故事会

2008·29

（总第422—425期）

合订本

STORIES

上海故事会文化传媒有限公司　出品

(00186)

图书在版编目(CIP)数据

2008《故事会》合订本.29/《故事会》编辑部编.
上海：上海锦绣文章出版社，2008.9
ISBN 978-7-5452-0151-2

Ⅰ. 2… Ⅱ.故… Ⅲ.故事-作品集-世界 Ⅳ.Ⅰ14

中国版本图书馆CIP数据核字（2008）第142221号

责任编辑：朱 虹
封面设计：李宝强

故事会2008年合订本29
(总第422-425期)
《故事会》编辑部 编
上海锦绣文章出版社出版
地址：上海绍兴路74号
网址：www.storychina.cn
中国图书进出口上海公司发行
地址：上海市广中路88号
电话：36357888
字数280,000
ISBN 978-7-5452-0151-2/G·017

422
2008
SEMIMONTHLY
上半月版
9月
STORIES
欢迎登录本刊主办的"故事中国网"（www.storychina.cn）

故事会

2008年9月
上半月·红版

主 编：何承伟
常务副主编：吴 伦
副主编：姚自豪（上半月·红版）
副主编：夏一鸣（下半月·绿版）
本期责任编辑：吕 佳
电子邮箱：lujia411@yahoo.com.cn
红版发稿编辑：
姚自豪 郑继文 周 吟 叶小萌
特约编辑：
范大宇 崔新三 申之珉
美术编辑：李宝强
电脑制作：郭瑾玙
通 联：归依玲
本社办公室电话：021-64375030
上半月刊编辑部电话：021-64332325
下半月刊编辑部电话：021-64336469
（上海市绍兴路74号 邮编：200020）
主管、主办：上海文艺出版总社
出版单位：《故事会》编辑部

制作、发行总监：张 凯
电话：021-64313938
广告业务：上海故事会文化传媒有限公司
广告总监：张 准
广告业务：021-34010383
广告投诉：021-64333738
广告经营许可证
沪工商广字31003200500022号
发行：中国图书进出口上海公司

· 笑话 ·

离家出走

儿子整天淘气，于是爸爸让他提前半小时上床睡觉，以示惩罚。儿子一声不吭就进了房间，五分钟后，他带着最心爱的玩具和一些衣服走出来，宣布："我要离家出走。"

爸爸镇静地问："你饿了怎么办？"

"我回家吃饭！"

"钱用完了呢？"

"我回家拿！"

爸爸看了看那包衣服，问："衣服脏了又怎么办？"

"我带回家让妈妈洗！"

爸爸松了口气，冲孩子妈说道："这孩子不是想离家出走，他是想去上大学。"（郝英子）

（本栏插图：包丰一）

蚂　蚁

学生一回到教室，就对老师说："老师，厕所里有好多蚂蚁！"

老师点点头，忽然想到蚂蚁这个英文单词一开学就教过了，就想看看学生是否还记得这个单词，便问："那蚂蚁怎么说？"

结果学生一脸茫然，过了一会儿才怯怯地回答："蚂蚁……它……它没有说话！"（黄　彬）

女生的牙齿

有个男生，特别喜欢研究别人的牙齿。

这天上课，女生小英和燕儿刚好坐在这个男生的旁边，他仔细看了她俩的牙齿后，一本正经地说："小英的牙齿是北京园林，燕儿的牙齿是苏州园林。"

"此话怎讲？"两个女生异口同声地问。

"北京园林讲究工整对称，苏州园林讲究高低错落有致。"（李文广）

牛皮的作用

幼儿园老师问同学们：“谁能说说牛皮有什么用处啊？”

娜娜抢着举手：“可以做皮鞋、皮带！”灵灵接着回答说：“可以拿来吹！”

老师听了有点纳闷，但还是接着说：“强强你最乖了，你来回答一下。”

强强犹豫良久，答：“牛皮、牛皮最大的用处就是……包住牛肉！”

（小　路）

实用礼物

高中同学聚会，阿明看到自己当年追过的晓霞已经和同学王丙成了两口子，就问晓霞：“当初我和王丙一起追你，你怎么就跟了王丙呢？”

晓霞说：“你送的礼物不如他的呗！”阿明奇怪了：当时自己送的是很珍贵的邮票，为了达到“等级”，有的还是偷爸爸的呢；而王丙家生活困难，礼物不可能超过自己的。

阿明问：“王丙都送了你什么呀？”晓霞说：“有梳子、发卡、镜子，反正都是女孩子用得着的。”阿明吃了一惊，赶紧问：“那我送你的那些邮票都哪儿去了？”

晓霞一笑，指着王丙说：“毕业后，都给他写情书用了。”

（陈　斌）

婚前教育

小弟要结婚了，老妈拿出一只镯子，说：“这是你姥姥留给我的，一只给了你哥，这只就归你了。”

一旁的老爸干咳两声，说：“儿子，爸也有东西送你。”小弟高兴地喊道：“爸，您不会也送我件古董吧？”老爸皱着眉头说：“比那个还珍贵。”说着拿出一叠信封，往小弟怀里一塞，“这是我多年来给你妈写的道歉信，你哥我都没舍得给，你小子赶快趁结婚前好好读读，对你以后有帮助。我早看出来了，你媳妇那厉害劲不比你妈差！”

（庄鸿儒）

失职的保护神

一位妇女走在大街上，突然听到空中传来一个声音:“站住！如果你再往前走，将会有危险。”妇女停下脚步，几秒钟后，一块砖头从空中掉了下来，正好落在她前方。

妇女暗自庆幸，她定了定神，准备穿过街道，那个声音再次大叫:“站住！不要穿过街道。”话音刚落，一辆失控的卡车疾驰而过。妇女感到非常震惊，她大声问:“你是谁？”

“我是你的保护神呀！”那个声音回答，“你有话想对我说吗？”

那个妇女突然大叫:“你呀，我结婚那天你到哪去了？”

（弯月如眉）

关手机

有对夫妻同在一个工厂上班，男人是组长，女人就在男人的组上。这天早晨，女人听到厨房里有水声，就问男人怎么不关水龙头，男人嘴硬，说他关了的，只是没关严。

到了车间，男人主持开了个短会，重申了开会时不许接打电话的纪律，正说着，女人的手机响了。员工们偷偷地看着组长，看他如何处置。

男人明白员工们的心思，走上前去，厉声问老婆为何不守纪律，女人狡辩说自己关了手机的。

男人再问:“关了为啥又在响？”

女人想起早上出门前男人的话，理直气壮地说:“没关严！”

（弯月如眉）

想不通

李大妈乐呵呵地跑来告诉张大妈“下个星期，儿子带我去欧洲旅游，坐头等舱、住五星级宾馆。”张大妈问:“你儿子加工资了？”李大妈笑道:“不是，他最近炒股赚钱了。”张大妈听完，眉毛拧成了个疙瘩。

送走李大妈，张大妈对老伴嘟囔道:“李大妈的儿子炒股赚钱了，我炒股赔钱了，我怎么觉得他们一家子旅游是我埋单呢？”

（雪　儿）

传口信

一对夫妻去看新买的住房。一开门，一只老鼠从眼前跑过。男人迅速关上门，拿起笤帚追打："我花了几十万元还没住哩，你倒先住上了，饶不了你！"

老鼠被打得快要咽气时，男人却开门将其放走。妻子不解，男人答："让它回去给其他老鼠捎个口信，咱这家人不好惹，以后别来骚扰！"

（郝英子）

哪里凉快

夏天很热，爷爷一边擦汗一边自言自语地说："找个凉快的地方歇会儿就好了。"一旁的小明说："爷爷，直升机里面凉快。"爷爷问："你没坐过直升机，怎么知道里面凉快？"小明说："直升机上面有个那么大的电风扇，能不凉快嘛！"

（凤　如）

提建议

工会主席拿着调查表让大家提意见，职工小娇在"有何建议"一栏里写了："组织春游。"工会主席说："你给公司提建议，一定要站在公司的立场上。"

小娇想了想，拿起笔重新写道："加强公司文化建设，比如，组织职工春游。"

（董　行）

领导对谁好

沈妍和同学小李在同一个单位当秘书。时间长了，沈妍就觉得领导对小李更好，比如：领导叫小李都是"李子、李子"的，很亲切，对自己则是"小沈、小沈"的，不冷不热。

一天，沈妍和小李说了这事，小李听后，叹了一口气，说："唉……谁叫你姓这个姓呢！你见过哪个领导追着女下属叫婶子（沈子）的？"

（雅琴阁）

本栏欢迎来稿，读者、作者可将有新鲜感、有精彩细节的笑话佳作投寄给我们。来稿一经采用，最高稿费为一则100元。本期责任编辑电子信箱：lujia411@yahoo.com.cn。

一个怪异的
手机号

这天一见面，董事长就笑嘻嘻的，他夸席先生上次讲的那个“手机”故事好听，席先生说，那不是“故事”，是发生在他们家乡的一件真事，而且那个王果和张静远前不久已经结婚了。董事长听了若有所思，接着，他也要给席先生讲一个有关爱情的“手机”故事，席先生听了笑着说：“董事长，您给我讲故事，我可付不起‘陪聊费’哦！”

董事长开始讲了——

现代人有时也很迷信，比如手机号最后四个数是“1414”，一般是不会去选用的，但有一个人偏偏不信邪，他就选了尾数是“1414”的手机号，用了好多年，不仅用了，而且一直太平无事，更奇异的是，最近有人愿花大价钱跟他换这个号码呢!

这个人叫——我们就叫他“1414”吧，这样说着也方便些。那天，一个朋友来找他，说有个老板想要他这个号，出1万块钱请他转让。“1414”摇头说不让，朋友说那就2万，2万还是不行，加到3万，3万不行，一直加到5万。“1414”看朋友不像开玩笑，自己也好奇起来，问是哪个大老板，钱多了没处花，可以买个像“6666”“8888”这样的吉祥号码，干吗非要买这个“要死要死”呢?

朋友反问：“那你当初又为什么选这个号？”

“1414”说：“我不在乎这个，当时随便选的。”

朋友就劝说他把号码卖了，卖了就可以轻松地赚到5万块钱。“1414”的一些同事很快知道了这事，大伙都怀疑买家的真实意图，于是纷纷猜测：说不定这个号码中了什么大奖，让那人先知道了，所以急着要买过来。“1414”苦笑着说：“我这个号用了快十年了，也没发现有什么好处，是我自己不想换，没别的。”

谁劝他也不听，朋友没办法，只好回话去了，同事们替他惋惜，也都感到迷惑不解：这个“1414”怎么就会值5万块钱呢？

委托买号的人仍然不死心，后来又两次请“1414”的朋友来劝说，“1414”都没答应，最后那人亲自打电话和“1414”商量，手机里传出的是一个中年男子浑厚的声音，话说得十分恳切，一点没有大老板盛气凌人的感觉，他对“1414”说：如果嫌5万块太少，还可以再加。

“1414”仍然委婉而坚定地拒绝了，结束通话后，“1414”看了看来电显示，对方手机的最后四个数是“9999”，“1414”暗自奇怪：那人的号这么好，为什么偏偏要买自己这么差的号？真是百思不得其解！

过了没多久，“1414”的手机开始收到大量垃圾短信，“1414”烦透了，便到通讯公司去查，一查顿时吓了一跳：几乎所有发短信来的号码都是已经停用了的，而停用的原因竟然是使用的人已经死了！这件事一传开，同事、朋友们都说“1414”用的是一个“鬼号”，“1414”听了只是一笑，照用不误。

这一用又是一年，也没出什么事，突然有一天，“1414”主动联系那个来买号的朋友，说希望直接见到“9999”，当面谈谈。

在朋友安排下，“1414”终于和“9999”见面了，看上去那人也很普通，一点没有大老板的架子。大家坐下后，“1414”直截了当地问：“首先我希望你能告诉我——是不是你用‘鬼号’发了那些垃圾短信？”

“9999”一开始显得有点尴尬，但很快就承认是他干的，他说，因为太想拿到这个号了，所以想方设法、不择手段，通过通讯公司的熟人，利用

了他们管理制度上小小的漏洞，为的就是让“1414”自动放弃这个号。

“1414”说：“你想知道我为什么不肯转让这个号码吗？我告诉你一个我自己的故事……”

“1414”的故事是这样的：十多年前，他有一个恋人，他爱她爱得发狂，但那个姑娘因为条件好人又漂亮，并不把他放在心上，高兴了想起他来就打电话约他玩玩，不高兴了就不理他。后来姑娘烦了，就换了手机号，而他的“1414”一直没变。他执著地等

待着，等姑娘心情好了，又会用新手机号打电话给他，就这样反复了好几回，最后一次姑娘换了号就再也没打来了。在这个大都市的茫茫人海中，他无法直接找到心爱的恋人，只有一直保留着“1414”这个号码，他坚信，她最终会想通谁才是真正适合她的。他要一直等下去，哪怕等十年、二十年。可是，不久前，他从一个间接的渠道听到了有关她的消息，说她好像快要结婚了，“1414”这才心灰意冷，于是准备出让这个号码。

“1414”讲完这段故事后，他看到他的朋友和“9999”都明显地被感动了，一会儿，“9999”突然说：“我也给你讲一个我的故事，你听完了也就会明白我为什么要这个号了。”

接着，“9999”开始讲自己的故事：他出生在一个贫寒的农家，父亲早逝，是母亲一手把他拉扯大的。不到十八岁，“9999”就辍学离家打工去了，在外混了好几年，没有混出什么名堂来，虽然穷得有时连电话费都交不起，但他牵挂家乡的母亲，还是买了个手机，好和家里保持联系。再后来，他得到一个机遇，终于打拼出了一番事业，他成功了，有钱了，母亲却在这个时候得了老年痴呆症，什么事都记不住了，只是记住了一个手机号码，就是“1414”现在用的这个。她认为这是她儿子用的，其实是她记错了，当时“9999”用的并不是这个号

码，但无论怎样对老人解释都没用，她认准了就是这个号码，但在她的记忆里，儿子还是穷得交不起电话费，为了不让儿子浪费电话费，她从来不打电话，而真正活生生的儿子站到面前她却又认不出来，所以她也不愿让儿子接去一起生活，唯一能够维系他们母子关系的也仅是那个电话号码。于是“9999”通过通讯公司查找到了用这个手机号码的人，他要不惜一切代价把号码弄到手，只有这样，他才能利用电话和母亲交谈，随时宽慰母亲，逐渐联络感情，这个号码成了他和母亲的“连心号”。

“9999”说完，“1414”的眼圈红了，最后，“1414”说：“我本来还有点犹豫，还不死心，还想再等一段时间试试，但你比我更需要这个号，它是你的了。”说完，“1414”从手机里取出SIM卡，往“9999”面前一放，起身就走。

“9999”追过去喊住他，一边掏支票簿：“我给你5万块，这是讲好的呀！”

“1414”摆了摆手，头也不回地走了。

回去的路上，“9999”给自己的手机换上了“1414”的SIM卡，换上没多久，手机就响了一下，他打开手机，看到了一条短信，没错，正是“9999”女友的手机号，她刚发来的。他和这个女友谈的时间不长，他爱她爱得如痴如迷，但女友一直忘不了以前的一个恋人，因此也迟迟不愿接受“9999”的爱。有一次，“9999”无意中偷看到了女友的日记，知道了她以前那恋人用的手机号，也就是那个“1414”。他知道，说不定哪天，女友就会把重续旧缘的短信给“1414”发出去，所以他必须千方百计把这个号弄到手，以此切断女友和前男友的联系。今天，她终于下决心给前男友发了表露心迹的短信，但前男友的“1414”号码已经到了“9999”手上，“9999”暗暗庆幸：前后就只差这么一步，好险！为了拿到这个号码，他真是费尽了心机：不但用“鬼号”发短信，而且那个“母子连心”的动人故事也是他编出来的。

“9999”取出“1414”的SIM卡，丢进马桶，看着那卡被水冲走，他既轻松又有点替“1414”惋惜：如果再坚持那么几分钟，“1414”等了十年的声音就会响起了……

董事长讲完这个故事后，房间里静悄悄的，两人好久都没有做声。席先生有一种异样的感觉：董事长的故事讲得异乎寻常的好，就像在讲自己的亲身经历一样绘声绘色，席先生的心里突然冒出了一个大胆的念头：他不会就是“9999”吧？

（**本期作者**：李兴春）

（**题图、插图**：安玉民　梁　丽）

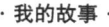

意外之财

□王彦民

打我记事起，爸爸就是一个瘫子，妈妈要没日没夜地照料他，只有大我七岁的姐姐，偶尔能带我出去玩耍。

那一年我六岁，村子里一户有地位的人家办喜事，为了庆贺，便请了人，准备放七天电影。这对于当时娱乐生活匮乏的我们，无疑是一个天大的喜信。

好容易熬到了晚上，我和姐姐吃完饭，就想早早去占个好位子。妈妈也很高兴，她虽然不能去，还是从兜里摸出了两毛钱，交给我，让我们也买点吃食。

放电影的场地在村东头的一片打谷场上，我们赶到时，那里已挤满了四邻八村的乡亲，黑压压的一片。当时放的是什么片子我记不得了，反正吸引我的不是情节，而是那种氛围。看着周围的人不停地吃着零食，我坐不住了。

两毛钱，在当时能买两瓶汽水，或者两袋瓜子，考虑再三，我和姐姐一致认为还是买瓜子来得实惠。

于是，姐姐占着位子，我从人群里钻了出去，来到了离我最近的一个小摊前。借着微弱的光亮，我左挑右拣地找出两袋自认为分量最足的瓜子，然后把手伸进口袋里。突然，我心里一沉，然后慌慌张张地把身上所有的衣兜都翻了个底朝天——我傻眼了：那两毛钱没了！

我哭丧着脸，极不情愿地把那两袋瓜子放回原处，失魂落魄地钻回姐姐身旁，忍不住哭了。姐姐听我说完经过后不住叹息，姐姐不是为吃不到瓜子而难过，她是为丢了两毛钱而痛心。

我和姐姐一下子没了看电影的兴致，当晚回到家门口，姐姐严肃地对我说：“千万别和妈说，钱咱姐俩花了没关系，要是让妈知道钱丢了，她会为我们伤心的。”

那一夜，我眼含热泪，心怀内疚地进入了梦乡。

第二天早上，我正睡得香，姐姐狠狠地推了我两下，兴奋地说：“弟，穿上衣服，快跟我走。”我揉了揉眼睛，愣了。

“是这样的，我刚想起来，昨天天挺黑的，大家都顾着看电影，说不定还没人把钱捡去。”看着我疑惑的样子，姐姐接着说，“我们快去，没准还能把钱找回来。”我听完眼前一亮，一骨碌爬起来，草草穿上衣服，和姐姐匆匆向打谷场跑去。

打谷场上一片狼藉，到处都是人们扔下的瓜子皮、香烟头、塑料袋……我和姐姐猫着腰，像寻宝一样分头找着。不一会儿，就听姐姐尖叫一声：“找到了！”我匆匆跑了过去，激动地从姐姐手里抢过那两毛钱，仔细一打量，我疑惑地说：“不对呀，姐！这不是咱们丢的那张，咱们那张两毛钱没这张新。”

“真的？”姐姐沉思了片刻，突然激动地拍了一下手，“这么说，我们还有可能再捡两毛钱！”

我一下子明白了姐姐的意思，急忙再次投入“寻宝”工作中。

令我和姐姐没想到的是，也许是天黑拥挤的缘故，像我这样的“倒霉蛋”还大有人在。不到一小时的工夫，我们不光找到了我丢的那两毛钱，还捡了五分的、一毛的，甚至还有五毛的钱。

我当时的喜悦胜过现在的彩票中奖，一毛两毛地数着这些战利品，一共是一块四毛钱，我乐得连蹦带跳，问姐姐：“姐，这钱我们怎么花？”姐姐摸摸我的头，叹了口气，说：“按理这钱我们不能要，但看电影的人这么

多，想找到失主也不可能了……咱妈的鞋都坏了，我想给妈买双凉鞋，但这点钱也不够呀……”

我想了想，说：“姐，要不，咱们明天再来捡？电影还要放六天呢……”姐姐的眼睛顿时一亮，说：“嗯，等我们攒够了八块钱，给妈买双凉鞋，就不再捡了！”

于是，看电影不再是我们最期盼的，真正让我们开心的，是第二天可以去那一片场地上寻找“战利品”。虽然有时候，我们忙活一早上，也只能捡到些纽扣、手绢什么的，但几天下来，我们还是捡到了好几块钱。

大概是第四天的早晨，在打谷场上清点收获后，我不禁欢呼跳跃：“姐！我们发财喽！今天我们捡到了两块五毛钱！”姐姐一把捂住我的嘴，我回头一看，原来是村里的傻老四正站在我们后面。

傻老四在村子里穷得叮当响，因为有点缺心眼，打了一辈子光棍。

姐姐的担心不是多余的。第二天，等我们一大早赶到打谷场的时候，傻老四正坐在地上，乐呵呵地数着手里的零钱。我和姐姐傻眼了，没想到这傻人活干得还挺细，我和姐姐在地上找了半天，愣没找到一分钱。

这天晚上，我们换了战术。电影散场后，等打谷场上的人都走光了，我们掏出了手电筒，几乎是把脸贴在地上，一点一点地找。也不知过了多久，终于又捡到了几毛钱，还差不到一块钱，就可以给妈妈买一双便宜的凉鞋了。

这时，天实在是不早了，我和姐姐只好匆匆往家赶，商量着第二天早上再捡最后一次钱。

刚到家门口，就见妈妈站在门外张望着，迎接我们的是一顿屁股板子，“急死人了，都几点了？”我疼得哇的一声哭了，不顾姐姐和我使眼色，哽咽着把这个伟大的计划断断续续地说了出来。妈妈听完，一把搂住我们，不住地抹去眼角的泪水，一边向我们道歉：“是妈不好，是妈没用……”

第二天，我和姐姐起了个大早，天刚蒙蒙亮就来到了打谷场。嘿！这傻老四真是闲着没事干，和我们一前一后地到了。我和姐姐迅速商量好了战术：由我跟着傻老四，姐姐自己找自己的。

这样，傻老四到哪，我就跟到哪。“一块的！”突然，我看到前方的一个小土坑里，有张一块钱的钞票，我心里怦怦直跳，撒丫子就冲那钱跑了过去，弯下腰刚想捡，一只粗糙的大手“噌”地伸过来，把钱抢了过去，我抬头一看，傻老四捏着钱咧着嘴冲我直乐。

“把钱还给我！是我先看到的。”我急眼了，蹦起来就想抢。傻老四用手一推，我一下子跌在了地上。我一骨碌爬起来，一边骂一边往傻老四身上撞，没想到傻老四对我下了狠手，几下把我打得鼻子流血。

姐姐急忙跑了过来，见到我的样子，一下子哭了。

这时，令我们没想到的是，妈妈竟一边怒吼，一边喘着粗气跑了过来。妈妈把我搂在怀里，冲傻老四说：“在村里，孩子还得跟你叫声四爷，你咋这么心狠？”

傻老四梗着个脖子，还满身是理：“是我先捡到的，他抢，挨打，活该！”

我使劲冲傻老四嚷道：“是你欺负人，我先看到的钱。”

傻老四一副幸灾乐祸的样子，把钱往兜里一塞：“找谁评理都不怕，只要没有失主，这一块钱谁先捡到就得归谁。”

妈妈盯着傻老四说：“那要是有失主呢？捡到东西要交还失主，对不？”

傻老四想了想，终于蛮认真地点了点头：“对，可这是谁丢的钱？”

“是我丢的。”妈妈冲傻老四说道，“你掏出钱看看，那票子被我不小心沾上了酱油，看看，是不是有个黄印？”

傻老四把钱从兜里掏出来，皱着眉头看了半天，然后，很听话地把钱递给了妈妈。

我探着脑袋一打量，果然像妈妈说的那样，钞票上有个明显的深色印子。我正在疑惑，姐姐一把将我拽了过去，动情地说：“弟，我知道是怎么回事了，怪不得昨天夜里门响了一下……一定是妈妈为了让我们实现心愿，摸黑来到打谷场，放了一块钱在这边……”

（**题图、插图**：安玉民　梁　丽）

红版编辑部各编辑邮箱：

姚自豪：yaobianji@126.com；
郑继文：zjw002@vip.163.com；
吕　佳：lujia411@yahoo.com.cn；
周　吟：keyin118@163.com；
叶小萌：xiaomeng.ye@gmail.com。

糟糕的一天

国外一家报纸曾报道过这样一则新闻：一名男子在自家天井里修理摩托车，就在他转动手柄的时候，摩托车忽然冲了出去，来不及松手的男子和摩托车一起撞在了门上。妻子一看，赶紧打电话叫来救护车。送走救护车，妻子见汽油淌得满地都是，就用卫生纸把汽油擦干净，然后把卫生纸扔进马桶。

不久，丈夫一瘸一拐地回来了。他心情十分沮丧，就坐在马桶上抽起烟来，顺手把烟头扔进了马桶。接着，妻子听见了爆炸声和丈夫的尖叫。她冲进卫生间，看见丈夫趴在地上，屁股都烧焦了。妻子赶紧打电话，同一组救护人员来到她家，丈夫又被抬上了担架。

一名护士好奇地问妻子，为什么会弄成这样。妻子把经过叙述了一遍，护士们忍不住大笑起来，一名抬担架的护士笑得太猛，跌倒了。担架上的丈夫狠狠地摔在地上，手臂因此骨折。

如果某天你觉得很不顺心，不妨想想这个男人在一天里遭遇的一切吧。 （**推荐者**：成　果）

更大的世界

19世纪中叶，美国爆发了南北战争，林肯总统领导北方军与南方军展开了一场十分残酷的战争。

这天，刚结束了一场战斗，林肯遇见了一位狂热支持北方军的女士。该女士激动地欢呼道：“这场战役他们死了2700人，而我们只牺牲了800人，这真是大获全胜的一战啊！太棒了！”

林肯严肃地说：“3500个同胞丧生，这样的战斗能称为大获全胜吗？”

“您可别这么说。”女士辩解道，“事实上，我方只损失了800人呀！”

林肯低下头，泪水涌出了他的眼眶，他用简短而有力的声音回答道“女士，看来我只能说，这个世界远远大于你的心灵世界。”

（**推荐者**：马玉良）

曾经有人说过：教育，是世界上最需要勇气的事业；而遇到一个好老师，则是人生最大的幸运。好的老师，不仅教给学生知识，还能唤起学生的兴趣和创造欲，同时把人格魅力的阳光洒进学生心中。

在“教师节”即将到来之际，编辑部特意安排了《宋人杀羊》、《大人不记小人过》等教师题材的作品，和读者朋友们一起重温那份长埋心底的浓浓的师生之情，并对所有为教育事业辛勤耕耘的园丁说一声：老师，我们敬爱您！

宋人杀羊

□李　青

学校里出了个特大新闻：暑假返校日这天，严老师在高三（3）班教室的墙角被罚站了！他和学生一样，规规矩矩，老老实实，手贴裤线，目视脚尖，低头认错。其他年级、班级的学生们络绎不绝前来参观，他们兴高采烈地唱起了久违的童谣：“我们都是木头人，不能说话不能动……”这是怎么回事呢？还得从头慢慢说起——

高三（3）班从高一的时候起，就是整个学校最差的班；严老师呢，则是整个学校最严的老师，还是学校副校长。（3）班学生的成绩严重拖了全校后腿，其他各方面的表现也是一塌糊涂。就因为他们这个班，学校经常被上级部门挂黄牌，什么检查评比都排在末尾。他们的班主任又是刚分来的一个美女老师，姓阮，人倒是年轻漂亮，就是心慈手软压不住阵，不但压不住阵，有时还和学生们嘻嘻哈哈、没大没小打成一片。严老师虽然严，但他正在暗中追求阮老师，于是也就抹不下脸来说什么。

班里有个学生叫马小勇，曾经混

迹于校外不良少年团伙，沾染了很多社会上的习气，他几乎每说一句话、每做一桩事都爱和人打赌，把整个班级带得打赌之风盛行，最后，连阮老师也和他们打起了赌——她对马小勇说："马小勇，你要是从此不和社会上的那些人来往，认真学习，毕业了考上个大学，老师我可以和你打上一赌！"

这马小勇平时被罚站墙角站多了，这时他诡异地一笑："好啊，如果我考上大学，那老师就要规规矩矩、老老实实地在墙角罚站，怎么样？"阮老师答应了，马小勇将信将疑地问道："真的？"

阮老师佯装生气，模仿马小勇平时说话的口吻说："老师是江湖上的好汉子，说话什么时候不作数？"

随后阮老师又一个一个地和全班同学都打了赌，比如那个上课爱说话的何娟娟，阮老师就和她这么赌：要是她考上了大学，老师可以"手板心煎鸡蛋"给她吃。嗨！你听听，在手板心上煎鸡蛋，那不让人痛死吗？

和其他学生打的赌也是五花八门，而全班最调皮捣蛋的陈文飞，更是不怀好意地向阮老师提出了一个赌约：他要是把成绩搞上来，毕业了考上大学，阮老师就得想法让严老师把他当命根子一样的茶壶都砸了！

这个赌约不是要严老师的命吗？他收藏了十几年紫砂茶壶，有一次陈文飞故意碰碎了他的一个茶壶，严老师心疼得大发雷霆，把陈文飞处罚得不轻，陈文飞是想报复来了。而严老师追求阮老师的事，也是学校半公开的秘密，他肯定得听阮老师的话。

阮老师全都答应下来。两个学期后，(3)班神奇地大变样，学生的成绩追上了全校的平均水平，到了高三，更是一跃成为全校第一。马小勇断绝了和社会上那些人的来往，何娟

娟上课硬是憋住了不乱说一句话，陈文飞也把他的聪明劲全用到了学习上。毕业后高考成绩出来，这个班的学生全部进入大学就读，升学率百分之百。其中，最出人意外的是一个叫张绍明的学生，他的成绩原来在班里排倒数三名，平常不爱说话，不哼不哈，独来独往的，大家都说他有自闭倾向，没想到蔫人出豹子，他在沉默中爆发，以全县理科第一名的优异成绩，考入了国内一所著名的大学!

严老师开始还挺高兴，可等他听到打赌的事，就急了，他叫来阮老师，板起了面孔："瞧你，到处乱打赌，满嘴金牙齿——一口黄话，答应这样答应那样，答应了你能做得到吗？"

阮老师笑嘻嘻地说："我不过是用这种特殊方式激励他们上进，都知道这是个玩笑，他们不会当真的。"

严老师忍住气说："你是教育工作者，听说过'宋人杀羊'的故事没有？你知道宋人为什么要杀羊吗？"

阮老师开起了玩笑："不是猪肉涨价吗？猪肉贵，就杀羊了……"

严老师气得眼睛都直了："开什么玩笑！'宋人杀羊'是史书上记载的一个故事——春秋战国时，有个宋人的老婆去菜市场买菜，娃娃哭着闹着要跟着去，她就哄娃娃说：你好好在家呆着，等我回来杀羊给你吃，娃娃听了就不闹了。一会儿，她看见丈夫真的按倒一头羊要杀，她急了，说'这是家里唯一的一头羊，还怀着崽呢，我不过是哄娃娃的，你怎么当真了？'丈夫说：'娃娃都拿大人当榜样，大人说什么他就相信什么，要教娃娃诚信，大人首先就不能说假话。'就这样，丈夫就把羊杀了让娃吃！我问你，你都答应他们什么了？"

于是，阮老师就一样一样把答应的事说出来，她说一样严老师就叹一口气，最后严老师擦擦一头的冷汗，说："要你兑现你打的赌，看来你也做不到了，还是我来吧，我就说你当初是按我的意思打的赌，现在学生们都说到做到了，老师也决不要赖皮。"严老师一直在追求阮老师，这副担子他

不得不揽过来挑了。

严老师决心代替阮老师履行和学生们的赌约，第一个赌约是站墙角，于是就出现了故事开头的那一幕……

接着要兑现对何娟娟的承诺，这可有点困难，因为谁也不知道怎样用手板心煎鸡蛋。最后，还是学生们想出了个点子，用一层薄薄的特制金属膜铺在严老师的手掌心上，接上导线通上微弱的电流加热，再打鸡蛋上去，好半天才勉强煎了一个嫩荷包蛋，为此，严老师的手板心烫出了密密麻麻的水泡……

真正难以兑现的是和陈文飞打的赌：把严老师苦心收藏了十多年、当命根子一样的紫砂茶壶全都砸了！有人劝严老师不要一根筋，陈文飞也向老师声明，他已经放弃自己打的赌了，但严老师仍然固执、坚决、悲壮地把他收藏的所有紫砂壶一件一件拿出来，摆在大伙面前。这些藏品每一件都凝聚着他多年的心血，是他跑了不少路、花了不少钱才搜集来的。

严老师最后一次细细地把玩着他心爱的宝贝，目光中充满了不舍，时间过了很久，他终于狠下了心，开始动手砸茶壶，砸一个一声脆响，响一声阮老师就抖一下。严老师板着脸问她：“你抖什么？”阮老师说：“我没抖，就是有点哆嗦。”过了半天她还在哆嗦，严老师又问：“你哆嗦什么？”阮老师说：“我没哆嗦，就是有点抖。”

“哆嗦”不就是“抖”吗？那阵势，不抖能行吗？最后，紫砂壶全部砸完了，满地都是碎片，严老师长出了一口气，看阮老师还在害怕，他问：“你害怕什么？”阮老师说：“我不害怕，就是有点紧张。”过了半天她还在紧张，严老师又问：“你紧张什么？”阮老师说：“我不紧张，就是有点害怕。”

严老师长长地叹了口气，说：“我都不害怕，你害怕什么？这事总算快完了，你瞧你都答应了些什么乱七八糟的！好了，现在就剩最后一个张绍明了，他可是个奇迹，简直起了翻天覆地、脱胎换骨的变化！你答应张绍明的是什么我还不知道，但无论如何要记住——宋人杀羊，我们答应的每桩事都一定要做到，要不然，孩子们就再也不会相信这个社会了——对了，你答应张绍明什么了？”

阮老师终于说出来了：“这个孩子有点怪，当时他一封又一封悄悄给我写情书，偷偷给我送玫瑰花，说是爱上了我，向我求婚。他是那样执著，我想他那时正是关键时刻，拉他一下，他就上来了；如果感情上有波动，耽误了学习，他就完了，所以我就哄他说：如果他考取了国内最有名的大学，我等他长大了就嫁给他……”

这回，严老师可没有叹气——他的一口气快上不来了……

（**题图、插图**：谢　颖）

大人不记小人过

□刘臻理

李局长的儿子李同结婚了，李家在老家柳林庄摆了五天婚宴，今天是第五天，前来赴宴的是李同的同学和老师们。

十点钟以后，宾客络绎来到，李同的同学也是三六九等、职业各异，交通工具啥样都有：轿车、“面的”、皮卡、摩托车……李局长父子及新郎官的十来个哥儿们，笑容可掬地站在大门口迎接着客人。十一点钟，村主任从院里走出来问李局长：“哥，人到得差不多了吧？要不就开始了？”

李同没等父亲说话，抢着说：“再等会儿，我高三时的几位老师还没到。”村主任笑了：“一个教员，有什么好拿捏的？早点儿动身多好。”李同说：“叔，你不知道，老师们工作忙，再说，他们又没有车，骑单车来，七八里地，怎么也得二十来分钟啊！”村主任狡黠地挤挤眼说：“教师的地位不是提高了吗？怎么还没给每人配辆车？”村主任刚说完，大家一齐哄笑起来：“哈哈哈……”

这时，有人突然说：“别笑了，你们看，来了几个骑单车的，是不是他们？”

李同一看，快步迎了上去：“是他们，我得上前迎迎。”

说话间，几位老师已经来到了大门前，李局长热情地和他们握手：“老师们辛苦，要知道你们骑车子来，我派车接一下好了，怨我疏忽，怨李同大意，原谅，原谅，请进，请进……”

这些教师中，为首的是当年教李同语文的高老师，他一边应答着李局长的寒暄，一边打量着大门两边那副红底金字、豪华大气的婚联，看着看着，他突然停住脚步十分专注地看了起来，一会儿，他问道：“李同，这对联是谁写的？”

李同答道：“是我王叔，我们村主任写的，怎么样？”

高老师接着又问：“那么，这又是谁贴的呢？”

“王叔和大家一起贴的，老师，怎么了？”

“字写得怎样很难评判，因为没有硬标准，但内容和形式上各有一个硬伤：内容上，对联中有错别字；形式上，上下联位置颠倒，这么隆重的场合，怎么能出这样的差错？”高老师面对嘈杂的众人一字一句地说着，那神态，令新郎官李同立刻想起了当年讲台上那位一丝不苟的语文老师。

于是，喧闹的众人马上静了下来，大家面面相觑，这时候，村主任——也就是对联的书写者、主要张贴者，从院里走出来问：“怎么回事？”有人告诉他，高老师说对联上有错别字，对联贴得也不对，村主任鼻子里“哼”了一声，嘀咕道：“真没白戴着螺丝转儿的眼镜，就是有文化。”

人群中爆发出一阵笑声：“哈哈哈……”

高老师不为别人的讪笑所动，他指着对联念道：“‘红梅叶芳淑女于归吉祥地，白雪献端好男领创幸福家’，你们听听，什么叫‘红梅叶芳’？那是‘红梅吐芳’；什么叫‘白雪献端’？那是‘白雪献瑞’，明白了吧？另外‘红梅’一句，最后的‘地’字是仄声，所以应该是上联，贴在大门的左边，读者的右边；而‘白雪’一句，最后的‘家’字是平声，所以是下联，应该贴在大门的右边，读者的左边。大家看，是不是贴反了？”人群中许多人在点头，笑声也没有了。

李局长瞟了一眼村主任，村主任依然昂首挺立，一脸自信，他说：“这位高老师也许就是高，但是——我也不怕丢人了，这副对联不是我写的，

是我从书上一字不差抄来的，高老师你难道比书本还高？另外，现在是什么社会？是改革开放的新时代，什么上下左右，平平仄仄，全是陈芝麻烂酱，根本没用，贴对联，就是图个喜庆，怎么贴都行，大伙说对不对？”村主任这么一说，也有人点头称是，院子里出现了一阵骚动。李局长毕竟是局长，见此情景，忙说：“李同，快把老师们让到家里去，咱们今天先喝酒，再说别的……大家快往院里请。”

“不，李局长，我是要喝酒，但是喝酒之前我想看看那本书，还要和主任分分上下左右。”高老师拒绝了李同的礼让，坚决地向村主任伸出了手，“拿来我看看。”

村主任也不含糊，他让一个小伙子拿出一本《对联集锦》，又亲手递给了高老师：“高老师，第133页，请过目。”

高老师接过书来，看看封面，又翻翻内容，笑笑说：“这是本盗版书，错误百出，不足以做范本。”这时，村主任的脸色一下子阴沉了下来：“高老师真是‘骆驼的屁股’——高眼，来到门前一眼就看出了俩错别字，拿出书来翻翻，又看出是盗版书来。高，实在是高，哈哈哈……”

村主任这么一说，惊得众人瞠目结舌，李局长父子一时也不知如何应付，但是，高老师并没有被激怒，他笑着说：“主任，请过来看，‘比翼双飞’你该知道吧？你这宝贝书上竟印成了‘比冀双飞’，它是不是盗版你该明白了吧？”说着，他把书递给了村主任，“主任说现在对联不再分平仄，那不是一两句话能说清的事，何况主任也不想听，也没必要听；至于主任说现在不分上下左右，我觉得还是有必要和你多说两句，因为你是一村之长啊，不定什么时候还真用得上……”

这时，人群居然静了下来，就连村主任也仰起头等着下文，高老师继续说道：“按我国现在的主流礼仪制度，观众、读者的右为上，为尊，为主；左为下，为卑，为客。这在稍微正规的场合都是不能颠倒的，大家可以看电视新闻，国家领导人接见客人时，是怎样站位、怎样就座的，还有追悼会上……”这时，村主任突然一声断喝：“你住口！人家办喜事，你说什么追悼会？胡言乱语，信口开河，我看你根本就不配当老师！”

村主任这么一说，在场的每一个人都惊呆了，大家都看着高老师，担心他会有过激的言行，然而高老师还是大度地笑笑，说：“是，我不仅不配当老师，还不配和主任在一起喝酒。”说着，他掏出五十元钱，交给一旁愣着的李同，说：“李同，怪老师给你家添了乱，抱歉，抱歉。这礼钱你先收着，喜酒我改日再喝，不过，记着，对联还是要改写。”说完，高老师快步走到自行车前，冲大家摆摆手，刚要说“再见”，手机突然响了起来，他掏出手机，瞄一下显示屏，便接听起来，几句话一说，李局长和村主任顿时目瞪口呆，在场的人也全都鸦雀无声——电话是刘县长打来的，刘县长请高老师明天陪他去北京，找一个姓张的老总，谈有关招商引资的事，从电话中说话的语气和内容看，刘县长和张总全是高老师的学生……

“好，明天六点半寒舍恭候，再见！”高老师收起手机，便准备跨上自行车，就在这一瞬间，李局长三步并作两步，奔了过来，一把抓住高老师的车把说：“高老师，你千万不能走，说句不怕大家挑眼的话——你要走了，我姓李的脸上无光不说，整个酒场儿就算阴了天。”他扭脸冲着村主任喊了一声：“还不过来给高老师赔礼道歉！”

村主任这时也明白是怎么回事了，他满脸堆笑地走到高老师面前，说：“高老师，别和小老弟一般见识，常言道——‘大人不记小人过，宰相肚里能撑船’，要不，我给你磕个头，算行拜师礼，一会儿你给我好好上上课。”说着，他一把夺过高老师的单车，李局长推着高老师的后腰，往院子里走去。走到大门口，村主任冲几个小伙子大声说：“快把我写的这破对联揭下来，一会儿我给高老师铺纸、研墨，请高老师给咱们写副好对联。”

这当儿，人群中不知谁喊了一声：“主任干脆给高老师脱靴挠痒吧！”

“脱就脱，挠就挠，只要对联写得好。”村主任笑着说，“伺候伺候老师那是应当的。”

人群中不知谁又喊了一声：“那村主任你是杨国忠还是高力士？”

“我是谁都行，只要咱们高老师高兴，大家说对吧？”

“哈哈哈……”院里院外爆发了一阵欢快的笑声……

（**题图、插图**：杨宏富）

·中国新传说·

韩瘸子拆楼

□郭选

韩庄的韩瘸子，一直是单身，过了35岁，才时来运转，娶了个媳妇，还盖起了小洋楼。

当媒人给韩瘸子介绍媳妇时，他满心高兴，可一听是几千里外的贵州人，赶紧摇头。以前他上过这样的当，那也是个外乡的女人，跟他过了没一个月，把他的存折骗到手取出了钱，就再也没有了踪影。

媒人说，这个妇女绝对不是那样的人，人家是真心想找个可靠的。韩瘸子禁不住媒人的花言巧语，动了心，给了媒人三百块钱后，媒人就把媳妇给他领到了家。媳妇叫柳琴，相貌平常，看起来倒很朴实。

韩瘸子想给自己的婚姻加把锁，提出要去办结婚证，柳琴爽快地答应了，两人很快把结婚证办来了。韩瘸子高兴得了不得，拿着糖果在街上乱撒。

柳琴是个爱干净的人，家里收拾得整整齐齐，每天晚上还要求韩瘸子洗脚。韩瘸子不习惯，吭吭哧哧不愿意。她也不说什么，端来热水，把他的双脚都泡上，洗干净后，再抱在怀里，为他剪趾甲，剪得他心里那个痒啊。这件事传出去后，全村的男人都羡慕得眼珠发红，嫌男人脚臭的多的是，通常的做法是从床上一脚踹下去，还想给你洗脚剪趾甲，做梦吧！

一年后，韩瘸子开始张罗着盖房，新房竣工以后，大伙傻眼了，这哪里是农民住的房子呀，简直就是城里有钱人住的小洋楼！上下两层，全都是塑钢窗、安全门，顶上的瓦也不是常见的青瓦，而是金黄色的琉璃瓦，再到里面看看，一个个套间相连，真皮沙发，冰箱彩电空调饮水机，一应俱全!

有人粗略估计了一下，连房子带家具，得15万！人们想不通了，韩瘸子确实勤劳，可他无论如何也攒不了这么多钱啊！大家问他，他嘿嘿一笑，说他攒的那仨瓜俩枣哪够啊，都是媳妇带来的。大家一听，无不赞叹韩瘸子命好，凭空捡了这么个金媳妇回来。更有人揣摩，一个女人咋就有那么多钱，可不管别人怎样拐弯抹角探听，柳琴都是闭口不谈。

韩瘸子的小楼简直成了韩庄的标志性建筑，韩瘸子脸上有光，干活更来劲了，把家里地里的粗重活全包了，不舍得让柳琴劳累一点。

一年后，柳琴生了个白胖小子，可把韩瘸子乐天上去了。只是两人盖小楼已经花光了几乎所有积蓄，柳琴剖腹产住院时又借了几千元外债，半年后，借据到期了。韩瘸子寻思着外出打工挣钱，柳琴摇头叹道:“打工能挣几个钱？就是还上债，还得供孩子的花销呢。你看咱们孩子，比其他孩子都健康活泼，这都是吃好奶粉吃的，以后我还要让他上最好的学校、有大出息。钱嘛，还是我来想办法吧，我回一趟娘家，和我哥说说，说不定连咱小孩上学的钱都能要回来呢。”

韩瘸子听了过意不去，说:“你生完孩子后身子一直虚，千里迢迢的，还是我去问你哥借吧。”柳琴笑笑，说:“你不知道，一定得我亲自回去，才能要回钱来呢。”她说干就干，很快就打点行李踏上行程，怕路上带着婴儿不方便，就把孩子留在了家里。

柳琴走后，韩瘸子也没心下地干活了，就坐在电话机旁等电话。半天后，柳琴打来电话，说到了郑州，一天后，打来电话说到了贵阳。那里离娘家没多远了，韩瘸子才稍稍放下心来。他又等了一天，按说该来电话了，

可等到天黑也没来电话。

到了半夜时分，一阵急促的电话铃声响起来，把韩瘸子从睡梦中惊醒，他一骨碌爬起来去接电话，话筒里传出个男子的声音："我是柳琴的二哥，下午她回家的时候，客车栽进了山沟，她……她……"

"她怎么了？"韩瘸子迫不及待地喊道。

"她伤得很厉害……"二哥悲切切地说。

韩瘸子一下子懵了，真有天塌地陷的感觉。天一亮，他就拜托邻居照看房子，然后带上儿子，赶赴贵州。

到了郑州火车站，需要转车，韩瘸子又要买票，又要照顾孩子，忙得手足无措。偏偏孩子这时候饿了，"哇哇"直哭。到了候车室，韩瘸子见有接开水的地方，就想给孩子冲奶粉，他一手抱孩子，一手拿奶瓶，很不方便。这时有个中年妇女上来搭话，说："我帮你抱孩子吧，你看你一个大男人，忙活得头上都冒汗了。"

韩瘸子有些犹豫，妇女看出了他的心思，笑道："你还怕我把孩子抱走呀，我就在这站着，一步也不离开，你冲好奶粉我马上把孩子还给你。"接着还感叹道，"我们这过来人都疼爱孩子，换个人才不管你呢，万一有事了还说不清。"

韩瘸子消除了戒备，把孩子交给妇女，转身去取奶粉接水。说来也怪，孩子到了妇女的怀里，被她一逗，马上不哭了。开始韩瘸子还不时扭头看，等水快接满时，就只注意水杯了。等他接满水回头一看，糟了，身后竟然没人了！

韩瘸子这是第一次出远门，没有经验，如果他马上叫喊或者立即报警，也许还能在出口堵住那女人。怎奈韩瘸子当时慌了，只是乱跑乱找，口里"啊啊"着说不出话来。等他转了几圈，实在找不到了，气得乱扯头发，左右开弓扇自己的耳光，这才引起大家的注意。警察很快赶来，问清原由，再帮助寻找，已经晚了。

韩瘸子不吃不喝，瞪着血红的眼睛，在火车站转悠了一整天，要是再让他看见那个妇女，他非生吞活剥了她不可。他问自己，这可怎么去见柳琴？思量了好久，他还是狠了狠心，决定先去看妻子，便踏上了南行的列车。

十天后，韩瘸子独自回村了，他神情沮丧，苍老了许多。邻居纷纷猜测柳琴是不是因伤势过重去世了，可问韩瘸子，他却是一言不发，悲伤的样子看着都让人可怜。

一天黄昏，韩瘸子找到本村拆房队的队长韩林，开口便说："韩大哥，你们能不能把我的房子拆了？"

韩林很奇怪，问："你不就那一座小楼吗？没听说你还有其他房子啊！"

韩瘸子语气坚定地说："就是想请你们把我那座小楼拆了！"

韩林摸摸韩瘸子的额头："不发烧啊，怎么说胡话呢？"

韩瘸子平静地说："我就是想把它拆了，工价多少？你说吧。"

韩林摇着头不肯接这个活，他有自己的想法，韩瘸子肯定是被妻子的死气昏头了，真给他拆了，万一过后他后悔了，再找自己的麻烦怎么办？

韩瘸子见说不动韩林，只好作罢。韩林原以为这事就算过去了，可第二天一早，他听见街上有人吵嚷，

起来一看，大吃一惊，只见韩瘸子竟然爬到了自己的小楼上，开始揭瓦。

人们议论纷纷，有人大声喊着让韩瘸子赶紧下来，可他好像根本没有听见，仍然一片片地揭着瓦。有人提议报警吧，虽说他是拆自己的房子，但还是得想法子阻止他的莽撞行为。

民警很快赶来了，拿着话筒向上面喊话。韩瘸子看看下面的阵势，犹豫了一会，还是下来了。

"这么漂亮的小楼，你怎么非要给拆了呢？"一个警察问。

韩瘸子嘴唇动了几动，没说出话来。韩林劝道："瘸子弟，大家都知道你难过，有话就说出来吧，自己也好受点。"

韩瘸子一跺脚，说道："我这也是为大家好啊！"

人们互相看看，都有点不明白，你拆你自己的楼，碍大家什么事了。韩瘸子继续说道："你们知道柳琴出了什么事？我见了她二哥才知道，她不是出车祸，是被抓了起来，她是个人贩子，拐卖小孩的人贩子！还是个主犯，不是死刑，就是无期啊！"

韩瘸子哽咽着说不下去了，好半天，才止住哭声，告诉大家关于柳琴的真实故事。柳琴自小是个心强的女孩，她看到自己村里一户人家房子特别好，就跑去问人家发财的原因。那家的女人对她说了发财的诀窍，拉柳琴干起了贩卖儿童的勾当。几年后，

逃上不归路

□朗　睿

有个贪官，在纪检机关发现他问题的前一刻，出逃到了欧洲，在一个小镇上买了栋房子居住下来。

那栋房子建在一处山坡上，离山下的居住区约有一公里，贪官又深居简出，附近的居民谁也不知道这里住着个国外逃来的贪官。那栋房子很大，是欧洲常见的那种两层小楼，四周是宽阔的草坪，围绕草坪的是松林，景色宜人。房子虽大，可居住在里面的只有贪官和他妻子，他唯一的宝贝儿子在离这里很远的一个城市读

柳琴攒下了一笔钱，就想金盆洗手，经人介绍嫁给韩瘸子，盖起了洋楼，满足了当年的愿望，她很高兴。

儿子出生后，柳琴要还住院借的债，还想再攒一笔钱供养儿子，于是萌发了再干几次的念头，不料一下火车，就被守候在那里的警察抓住了。

“以前光知道人贩子可恨，自从我儿子丢了后，才知道可恨到什么程度！一想到这房子就是用这个钱盖起来的……我不拆行吗？”韩瘸子说道。

“只是……有点可惜……”有人小声说。

“一点不可惜！”韩瘸子坚决地说，“万一有人看着这楼眼红，也动了歪心思咋办？这小楼害了柳琴，也害了我，还能留着它再害别人吗？”韩瘸子说着，又一拐一拐地要往上爬。边上一个民警拦住了他，说：“韩大哥你说得有道理，不过这小楼是非法所得，不能私自拆除，先要查封，等待调查……”

听了这话，围观的人们看着面前漂亮的小楼，议论纷纷起来……

（题图、插图：魏忠善）

书。夫妻俩平日无事可做，就养了一条狗，取名叫小白。据说小白原先在杂技团呆过，夫妻俩整天训练小白玩各种技巧，聊以打发时光。小白特别聪明，叼拖鞋、接木棒这些游戏根本不在话下，最绝的是，主人的吩咐它都能听懂。

这天早上，贪官的妻子出门去看望儿子，她走后，贪官开车带着小白去附近的湖边钓鱼。他在湖边呆了一整天，现在他最难打发的就是时间，钓鱼无疑是个消磨时间的好法子。贪官回到家时，天色已晚，他把钓来的鱼倒在盆里，然后到储藏室去取修车的工具。回来的路上，他发现这辆二手车有些不对劲，左侧震得厉害，还

发出一种“咣咣”的声音，他怀疑是左侧的减震系统出了毛病。

贪官开车经验丰富，一般的问题都能解决，更何况为了掩藏身份，他也不想去修车厂。用千斤顶顶起车子左侧后，贪官钻到车子底下，检查后他发现，车子左侧底盘的钢板出了毛病，于是他又钻出车底，到储藏室找来备用零件。

贪官卸下两个左轮时，天已暗了下来，松林里归飞的鸟群叽叽喳喳地叫着，小狗小白饶有兴致地用爪子扒拉盆里的鱼，一切都是那样的和谐、安详。贪官更换好钢板，正想钻出车底去拿车轮，没想到身体碰了一下千斤顶，只听“吱嘎”一声怪叫，千斤顶倒下了，车子重重地压了下来！贪官毫无防备，一下被车子前部压在了地上，他只觉得胸口一阵巨痛，不由自主地发出“啊”的一声惨叫，一下痛昏了过去！

小白听到贪官发出的惨叫，撒腿跑了过来。此时贪官的胸部已满是鲜血，头歪在一边，一根肋骨从胸部戳了出来。小白不知道那是肋骨，就用爪子挠他，小声哼叫着，像是想弄清楚发生了什么事。贪官很快就恢复了知觉，他挣扎了一下，但车子纹丝不动，出于本能，他使出吃奶的劲，大声喊道：“救命！救命！”

贪官的喊声充满了恐惧，声音传出很远，但除了鸟鸣声，却没有回应。

猛然间，贪官脑海里一闪，突然明白过来：他喊的是汉语！在最危急的时刻，他本能地喊出了母语，可在这异国小镇，谁能听得懂呢？贪官使出仅剩的一点力气，喃喃呻吟道："help! help！"他不懂这个国家的语言，只好用英语，可他的声音已经十分微弱了，估计十米外都听不到。

胸口的血还在不停地往外流，贪官觉得他的血快流干了。这时，剧烈的疼痛反倒让他清醒过来，现在他必须自救，否则必死无疑！

情急之下，贪官想到了平时和小白常做的游戏，他把小白唤到身边，一边做着手势，一边断断续续地说："小白，快，快把车、车上的电话叼给我。"小白叫了两声，像是听懂了他的话，跳上驾驶室，从里面把他的包叼了出来，放在他手边。贪官的两只手没被压着，还能动弹，他打开包，拿出手机，发现手机关了，顾不上多想，他按下开关，可手机的显示屏上却没有一丝亮光，他定睛一看，天啊，手机没电了！他这才想起，由于没有人给他打电话，他的手机已经好多天没充电了！

现在充电已经来不及了，再说小白也不会充电！贪官手一松，手机一下跌落在地上。他喘息了一会，抱着最后一丝希望，又对小白说："小白，快，快去书房，把书桌上的电话叼来！"他一边说一边做出打电话的动作，那是部无绳电话，他觉得那是自己最后的希望了。

小白飞快地跑向房子，很快就把无绳电话的子机叼来了。重压之下，贪官的呼吸已经很微弱了，他喘息着，用最后的力量，举起电话，按下报警号码。然而，电话里却沉默着，没有发出拨号的声音。这是怎么了？贪官又努力拨了一次，还是这样！他突然想起了什么：无绳电话的主机在他的书房里，这个子机的作用距离是50米。他这栋房子外的草坪就足有50米那么宽，现在他的车停在草坪外，这距离已经超出了无绳电话子机的工作距离！

贪官绝望地闭上了眼睛。随着时间一分一秒地流逝，贪官的意识逐渐模糊了，想叫小白下山去找人帮忙，可他连张嘴说话的力气都没有了！恍惚中，他忽然想起，他接受第一笔贿赂是在一个宾馆里，一个企业老板给他送礼，当时他住在18层，那个企业老板住在2层，两人之间的垂直距离大概也就50米左右……

刚想到这里，贪官就停止了呼吸。但他到死也不知道，从车子压在他身上到他停止呼吸，前后不到十分钟，而当年，那个老板给他送完礼，他一个人在房间里，思想斗争也持续了十来分钟，可最后没抵制住诱惑，从此走上了不归路……

（**题图、插图**：谢 颖）

烟盒里的秘密

□孙瑞林

于少杰在这所中学里也算得上是个有脸面的学生了，这倒不是因为他学习成绩怎么好，主要是因为他有一个有钱又办事活络的老爸。每逢开学之前，不少家长都要请老师们吃顿饭，以示感谢，于少杰自然也不落后，早就放下话给老爸:“咱们请老师时，级别一定要比别的同学家高。”

于少杰的父亲不敢怠慢，这不，今天，他在海天大酒店开席了。听说儿子新来的班主任爱抽烟，还特意上了盒大中华，这种烟据说是国宴用烟，当地要卖75元一盒，一根烟的价钱能顶普通人平时抽的一盒烟。

于少杰的父亲把一盒大中华握在自己手里，围着桌子发烟。他每发一次烟，总是把烟盒打开，先弹出几支来，略微端详一下，再细心地挑一根递给人家，然后自己也精心地挑一根，悠然自得地吸起来，随后，又把那盒烟轻轻地放回口袋里。

有的老师说:“你看人家，毕竟是做大生意的，见过世面，抽烟都抽得这么雅致。”于少杰对父亲今天的表现也特别满意，瞟了一眼在一旁给老师们倒茶的母亲，悄悄地竖起两个手指，轻声地说:“耶！”母亲瞅了于少杰一眼，只是淡淡地一笑。于少杰的父母都是很要强的人，下岗后，靠着摆地摊，愣是摆出了一个小加工厂。

酒过三巡，席间的气氛越来越融洽了，老师们说了不少于少杰的优

点，于少杰的父亲听了自然很高兴，不知不觉就有些喝多了。他看不少老师已经抽完了第一支烟，顺手又拿出自己口袋里那包烟，一人发了一根，有点口齿不清地说："尝尝，这是大中华。"

酒喝到了一定分量上，坐着侃大山没事，起来一动，那就糟糕了。发完烟，于少杰的父亲突然觉得酒往上涌，赶紧说："不好意思，我去下洗手间。"说着磕磕绊绊地离开了酒桌。

班主任抽了一口父亲递过来的那根烟，一皱眉，又抽了一口，不禁把烟横过来一看，轻轻地"啊"了一声，其他人也学着他那个样子一看，有好几个人也皱起了眉头。正在大口大口啃排骨的于少杰，赶紧接过一个老师手里的烟，一看，这烟根本不是大中华，而是本地生产的一种牌子，价值两块钱一盒！于少杰的脸顿时红到耳朵根，心里暗暗地抱怨：爸爸，难怪人家都说你小算计，生意做多大也脱不了小商小贩的本性。这事要传出去，我还不成了大家的笑柄？

这时母亲也有些坐不住了，找了个借口离开了。

过了一会儿，母亲陪着父亲回来了，母亲埋怨着父亲说："你老糊涂了，说你喝多了还不信。"父亲嘴上还犟，说："我没喝多，和老师们喝，我高、高兴。"说着，脚步踉跄了一下。于少杰突然感到，父亲的踉跄是那么地不自然，好像是故意装出来的。

母亲笑了笑，对大伙说："他还说没喝多，把自己的那点老底都露出来了。"班主任立刻心领神会，打圆场说："是啊，好吃不如爱吃，抽烟也是这样，那些有钱的老板，都不是像咱们想象的那样，专挑贵的烟抽，他们挑的都是自己爱抽的烟。"

母亲感激地看了班主任一眼，却没有顺着班主任的话往下说，而是说："其实，老于平时抽的就是大中华这种烟。”大伙不解地看着母亲，母亲接着说：“只有他出门的时候，才带上那种本地牌子的烟。”大伙更糊涂了，人家出门都带上贵点的烟，于少杰的父亲怎么反其道而行之？

母亲说完，从父亲的口袋里掏出那盒烟，抽出一根，递给班主任，说：“请你再看看这支烟。”班主任接过烟，奇怪地看了看，大伙的目光一下子全落在那根烟上。母亲笑着问：“看出它有什么不同了吗？”班主任摇摇头。母亲继续说：“你捏捏它，是不是很硬？”班主任捏了捏那根烟，点点头。母亲又说：“你把它扯开。”班主任扯开包烟的纸一看，啊，原来里面卷着一张百元大钞！

大伙疑惑不解地看着母亲，母亲解释说：“我们老于，每次出去谈生意前都带上几盒这种加芯的烟。大伙是知道的，现在生意场上什么人都有，他这也是以防万一。虽说有银行卡，但万一遇上坏人，让人家弄到密码，那卡里的钱还不是跟人家的一样？这种方法，老于用了好多年，一直没有改，说不这样心里不踏实。”母亲停顿一下，看看那几位老师手里的烟，接着说：“你们手里的那些烟，是他明天准备出门用的，还没有来得及把烟丝倒出来换上钞票。”

人们这才恍然大悟，有人好奇地问于少杰的父亲：“那你为什么用这种烟，而不用别的呢？”父亲“嘿嘿”一笑，说：“这两种烟的外形相似啊，不会引起别人注意，再说，这种烟便宜，浪费了也不觉得可惜。”大伙纷纷赞扬于少杰的父亲：“不愧是做大生意的，真精明啊！”

有这么一个精明能干的爸爸，于少杰脸上也倍感荣光。酒席散了之后，于少杰的父亲真的喝醉了，他蹲在地上又是哭又是闹。回到家里，把父亲安置好后，于少杰忍不住对母亲说：“爸爸这招真是绝了，可谓是独门绝活。”母亲瞟了一眼在里屋酣睡的父亲，低头不语。于少杰奇怪地问：“妈，

怎么了？”

母亲无奈地叹口气说：“其实，这之前你爸爸从来也没有这样做过。这是我们在洗手间外，临时想出来应付场面的法子。只有那一根烟里放过百元钞票，也仅有这么一次。”

于少杰惊讶地看着母亲，问：“什么？”母亲犹豫了一下，还是狠狠心说：“你也不小了，我就告诉你吧。我们的生意最近一直不顺，你爸爸怕影响你的心情，不让我跟你说。这回，为了不失你的面子，你爸爸花了不少钱，可是他自己实在舍不得也跟着大家抽那么贵的大中华，就想到了这个法子。用你爸爸的话说，这两种烟的外形差不多，只要自己注意点，是能蒙过关的。谁成想，听老师们夸奖你进步了，他一高兴就喝过了量，露了馅。”

于少杰的心为之一颤，稍后，有些抱怨地说：“妈妈，家里这样了，就不要请客了嘛，反正，反正……”于少杰下面的话是，反正自己也不想上学了，只是没好意思说出口。母亲苦笑了一下，摇摇头：“孩子，我知道你的心思，可我不敢跟你爸爸说，他这辈子没上过大学，就一门心思地想把你供上大学……”说完，母亲轻声地抽泣起来。

于少杰什么也没说，背起书包回到学校。他的人生坐标从此改变了，他开始努力学习了。看到于少杰成绩进步了，父亲高兴地说：“你不要想别的，好好学习，爸爸的生意好得很，你就是到外国留学，我也供得起。”其实于少杰早已从母亲那里得知，父亲已把厂子处理给别人，自己是在为人家打工了。于少杰看着面黄肌瘦的父亲，心里隐隐作痛。

于少杰在这一年多时间里，拼命地努力，但由于以前没有好好学习，基础太差，高考后，他还是名落孙山了。于少杰觉得无颜面对父亲，便背起行囊，到外面闯荡了。数年后，他已小有成就，但在他内心深处，对自己没有考上大学的事，一直很内疚，觉得对不起父亲。

后来，父亲病了，这天，于少杰来到父亲的病榻跟前，想趁着父亲还明白，跟他说声对不起，便试探着问：“爸爸，你还记得那次用本地烟代替大中华的事吗？”父亲那浑浊的眼里立刻放出了光，说：“记得，记得，那件事后，我一直很内疚。”

于少杰惊讶地看着父亲：“你内疚？为什么？”

父亲叹了口气，说：“我后悔当时自己怎么那么抠，在自己儿子身上都算计，真不应该，真不应该！”

（题图、插图： 魏忠善）

（本栏目欢迎来稿。来稿可从邮局寄发，也可从网上传递。如为电子邮件，请发以下信箱：lujia411@yahoo.com.cn。）

绑匪报警

□张东兴

有个职业绑匪，绑架了一个贵族高中的女学生，向家长索要5万元赎金。

上得起贵族高中的肯定是有钱人，怎么只要区区5万呢？这是绑匪的精明之处：当代价不大、风险不小时，家长绝对会选择花钱免灾。

绑匪给家长打电话，接电话的是个声音甜美的女性。绑匪提出要求："你女儿在我手上，快点拿5万块钱来！"可出乎他的预料，家长不但不着急，反而很不耐烦地说："少胡闹，我可没空陪你玩！"

绑匪大吃一惊，神情黯然地关掉手机，他想这下惨了，八成这接电话的是个"二奶"，自己多半是绑了"大奶"的孩子。可现在事情也不能回头了啊，绑匪决定先把人质看守起来。他绑上女学生的手，用胶带粘上嘴、蒙上眼，来到事先安排好的地点。

那是城郊的一个山沟，山里有一条小溪，绑匪拽着女生，蹚着小溪逆流而上。小溪里都是大大小小的鹅卵石，上面还生着溜滑的青苔，走着当然不容易，但这样可以有效地去掉脚印和气味，防止警犬追踪。

一直走出5公里，绑匪来到一个开采得一片狼藉的山沟里。这是一个私人小铅矿，为躲避检查，地点极为偏僻。老板胡采乱挖一通后，留下一堆拆不走的机器后废弃了。

走到这儿，绑匪累得快散了架，他喘息了半天，口渴得难受，就捧着小溪里的水喝了两口。然后他撕开封住女生嘴巴的胶带，捧了捧水给她喝。这女生就是他的庄稼，在没收割前，必要的灌溉还是要的。

不料女生绷紧双唇，怎么也不肯喝。绑匪奇怪了："你不渴啊？"

女生说：“渴。”

“那你怎么不喝？”

女生想了想，说“虽然你绑架了我，但是我也不能见死不救呀，我就告诉你吧，这个地方的石头都是铅灰色，条痕呈灰黑色，有金属光泽，又很容易裂成立方体小块，我在书上见过，这是典型的方铅矿。这小溪很可能是当初选矿的废水形成的，里面的铅肯定少不了。你没听说过铅中毒吗？会死得很惨的！”

绑匪当初考察这里时就知道这儿是铅矿，只是一渴就忘了，一听这话顿时慌了：“妈的，你怎么不早说？”

女生没吱声，只是用眼睛瞄了瞄扔在地上的封嘴胶带，那意思是：封住了嘴，我怎么说？

绑匪心中暗骂，脸上却挤出笑容，问：“有没有解法？”女生说：“解法倒很简单，你不是刚喝下去吗，应该还没吸收。你用手指往喉咙里探，把喝进去的水呕出来就行了。”

这个法儿绑匪和人斗酒时常用，所以操作很熟练。酒精在胃里残留一点没啥，铅可不能留，所以他掏了又掏，把胆汁都呕出来了，这才略觉放心，心想，等这次钱到手，首先就得弄点排铅的药吃吃。

可是呕了水又赔胆汁，绑匪更渴了，现在要下山买水也来不及，那女生也渴得难耐，就说：“这儿是铅矿，应该有浮选槽。浮选槽里应该有雨水，那是可以喝的，大叔您去找找吧。”

绑匪在附近转了转，果然发现一个机器槽里有水，是不是浮选槽他可不知道了，所以他又回来了：“水是找到了，可是我不敢相信你。为了证明你的诚意，这水你先喝一口。”说着他把女生推到那个浮选槽旁边，做了个女士优先的动作。女生说“你把我的手解开我才喝。”

绑匪说：“你想玩什么花样？不解！直接俯在水面上喝就行了。”女孩说“我耳朵里痒得难受，我得掏耳

朵。你不让我掏，我就不喝。那样的话，有没有铅你可试不出来了。”

虽然绑匪不敢小看这个女娃娃，可他想破了脑袋，也想不出她掏耳朵能对自己造成什么威胁，自己又渴得厉害，就给她解开了绳子。只见女生用小指的指甲很享受地掏了一会，这才撩撩水面，俯身用嘴喝了一通。

绑匪等了十几分钟，没见异常，这才放心，凑上去一通狂饮。

喝饱了水，又歇了一阵子，绑匪的精力恢复过来了。这时已经是深夜了，绑匪决定再给女生家里打个电

话，希望这次是“大奶”接的电话。可还没等拨通号码，他突然感到腹部一阵绞痛，接着抱住了肚子，呕吐起来。女生微微一笑，说“待会儿您还会更痛的，然后就是抽搐、惊厥、昏迷，但愿警察来之前，您不会出现肾衰竭，那样的话，您的生命可就有点悬了。”

绑匪不信，可肚子竟然真的越来越痛，过了一会，手也开始不由自主地抽搐。他这才惊慌起来，咬牙切齿地说：“你耳朵眼里藏着毒药？”

女生耸耸肩，说“我就是普通一学生，又不是特工，哪会随身带毒药，您还是铅中毒了。”

绑匪不信：“就一开始在小溪里喝的那两口？我都吐干净了呀！”女学生笑了：“其实，我让您呕吐，只会让您口渴，不会把铅排出来，而且这铅矿废弃已久，小溪里的水是活水，含铅量是远远不够的。真正起作用的，是您在浮选槽里喝的那一肚子。”

绑匪更不信了：“你不也喝了吗？”

女生笑了：“问题是，我喝之前掏了掏耳朵，这个动作您没做吧？您的时间不多了，我就告诉您吧：浮选槽是选铅的，那里的铅可比小溪里的纯多了。而且刚下过雨，那些铅要么沉在水底，要么呈粉末状浮在水面上，中间一层含铅量很少。我喝之前掏了一块耳屎扔在水面上，耳屎富含油脂，在水面上会形成一小块油污，把

水表面上的铅划开一块，我凑在那儿喝水，就不会中毒，您可就不同了。”

绑匪捧着肚子，咬牙切齿地说：“你……你怎么懂得这么多？”

女生笑笑，说“我从小爸妈就忙着办企业，我一个人闲着没事，看了不少杂书，您还是快些拿手机报警吧，晚了可就来不及了。”

竟然要绑匪自己报警？这也太有失尊严了。绑匪不愧是专业人员，危而不乱：他把手机掏出来，拿到浮选槽上方：“快说，有什么解法？不然我把手机一丢，我死了不打紧，警察叔叔也不会很快找到你。这荒山野岭的，会有冰凉的蛇爬过脚面噢！”

女生又笑了：“这有何难，我有十几种方法可以生火报警。”

绑匪无语，乖乖地把手机交了出来。女生不接：“你自己拨吧。我不晓得咋个报警。”

让绑匪自己报警？太伤自尊了，所以绑匪报警时，就顺便转述了“二奶”的原话：“少胡闹，我可没空陪你玩！”他讲得声音很大，一心想打击这个可恶的没人要的小女生。

女生听了，果然愣了一下，绑匪忍痛讽刺道：“怎么样，就算我把你送回去，家里那个二奶也容不下你。”

女生听了，却大笑起来：“你知道我爸妈为什么把我送去那个贵族学校吗？我们这个学校的学生，可都不一般哦。我爸妈一直忙企业的事，我从小就自强自立，但有时候还是想让他们陪陪我，到现在为止，我已经破坏了他们和客户的三次谈判，骗厂里的工人停工五次，所以我妈把我送进那个半军事化管理的学校，那里家长不接，学校是不会放学生回家的。说起来，我还得谢谢你带我出来散了一回心，真是比野营还刺激！至于接电话的那位，那是我妈！她以为我又耍什么花招骗她来接我呢……”

（**题图、插图**：刘斌昆）

三文钱

□於全军

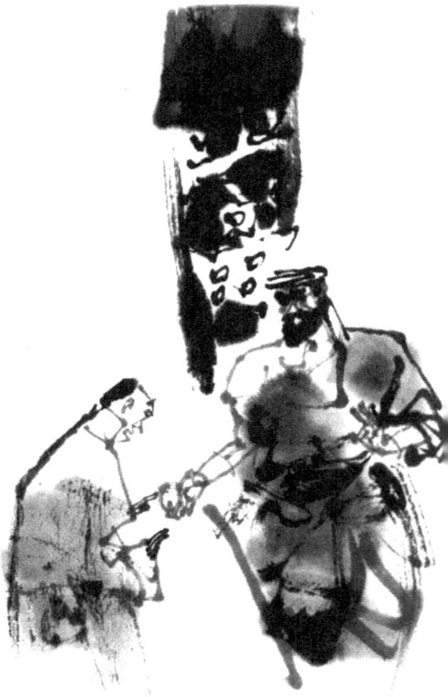

赊 账

这事发生在古代，那时候群雄逐鹿，狼烟四起。伏牛山下有一座小城，由于地处偏僻，暂时还算太平。小城里开着一家不大的当铺，老板姓金，五年前为躲避兵祸来到这里，雇了个当地伙计叫吴仁，两人操持着这买卖，其实也就是糊个口。

这天，吴仁独自在柜台里打瞌睡，忽然被一声大吼惊醒："伙计，我当东西！"这声音就跟打雷似的，差点把吴仁吓得尿了裤子，抬头一看，面前站着一条彪形大汉，像一座黑铁塔似的。黑大汉手里攥着一个手镯，吴仁只看了一眼，就吃惊不已：这可是汉玉啊，起码值千两纹银！

吴仁正打算到后面叫金老板，黑大汉伸手一拦："别麻烦了，我就当三文钱。"吴仁还当听错了："您，您说什么？"大汉两眼一瞪："就当三文钱，两文不行，四文咱也不要。"

吴仁心里这个乐呀，挺大一条汉子，敢情是缺心眼啊，当下麻利地开了当票，然后连同三文钱递过去。大汉接过钱，道了声谢，扬长而去。

吴仁捧着手镯直奔后堂，找金老板报喜去了。没想到金老板盯着镯子看了半晌，脸色竟阴沉起来："听你说大汉的相貌，莫非他是伏牛山的贼寇？我正要找他们报仇雪恨！"

原来伏牛山上盘踞着一伙贼寇，本地的铁知县剿了几回也剿不动，便在城里画影图形，声言捉到一个贼寇赏银百两，其中正有一个彪形大汉，和当镯子的人长得非常相似。而金老板五年前和妹妹由外地逃过来时，就遇到一伙蒙面强人，号称是伏牛山的，把他妹妹抢走了。

当下金老板领着吴仁，朝大汉离去的方向追了下去，打算找到大汉的落脚处，好向铁知县报告。这一追就追到一家新开的豆腐坊前，两人远远见到大汉在豆腐坊门前徘徊了几步，然后在门上写下一行字，快步而去。

大汉走远了，金老板凑到豆腐坊前，只见铁将军把门，显然主人不在家。再看大汉在门上写的那行字："暂住山神庙，明日奉还三文钱。"这是什么意思？金老板正在疑惑，远处过来个挑豆腐挑子的，原来是豆腐坊的主人刘老三回来了。这刘老三是半月前才从外地搬来的，金老板不认识他，见状忙上前拱手，问门上的字是怎么回事。刘老三呵呵一笑，说："今天一早，有个大汉来买我的豆浆，喝完了一摸兜却没钱付账，我说反正就三文钱，免了吧。他却说这算赊账，回头马上还我，没想到他还真当回事。"

金老板听完，拉着吴仁就回当铺。吴仁十分纳闷，问："老板，咱不去铁知县那里告密了？"金老板轻轻说道："这山寇是个诚信之人哪，他是不可能强抢民女的，回去把镯子藏好了，预备他随时来赎。"

设　局

两人回到当铺天色就晚了，金老板早早睡下，吴仁却悄悄溜出当铺，他还想着铁知县的那一百两赏钱呢，所以瞒着金老板，奔县衙告密去了。铁知县一听，这个高兴呀，能抓住一个伏牛山贼寇，升官发财指日可待啊。他连夜带着衙役直扑山神庙，没想到扑了个空。吴仁说，这贼寇是个死心眼，他明天一定还会去豆腐坊还钱，只要去那里守株待兔便可。铁知县觉得有理，一伙人又直奔豆腐坊而去。

豆腐坊院里点着灯，刘老三正赶着毛驴磨豆子，他老婆在一边帮忙。铁知县说明来意，命两口子继续磨豆，衙役们则抽刀在手，躲在一大堆干草后面，知县和吴仁藏在厢房里，指挥一切。

这时天色慢慢亮了，刘老三两口子累得气喘吁吁，连毛驴也满身是汗。刘老三的老婆心疼毛驴，便扯了一把干草喂毛驴吃。忽然，门外传来了敲门声，刘老三不慌不忙地去开门。门一开，外面站着的果然是那大汉，他两只巨眼往屋内一扫，忽然转身就跑。

铁知县急得大喊"抓贼寇！"衙役们顿时蜂拥而出。大汉却不慌张，魁梧的身子忽然像充了气的气球，轻飘飘上了房，闪了几闪就不见了。

铁知县这个气呀，没想到煮熟的鸭子还是飞了。正要回衙，一旁的吴仁走过来，轻声对铁知县说："您知道贼寇为啥能跑掉？是这对豆腐夫妻通风报信！”说着他走到干草堆前，指着上面的一个窟窿说：“这是他老婆喂驴时扯出来的，恰恰露出了衙役的刀！”铁知县听完勃然大怒：“来人，把他们抓进大牢！”

回到县衙，铁知县就琢磨上了，他这一回兴师动众，却让贼寇从眼皮底下从容逃去，被上司知道了可不好办啊，看来，只好对豆腐夫妻动用大刑，让他们充一回贼寇了。

第二天铁知县就对豆腐夫妻上了老虎凳。夫妻俩也是明白人，看这阵势，不画押只怕会立死堂下，便都按了手印。铁知县忙准备囚车押解上京，可还没等他动身呢，只见一条黑脸大汉雄赳赳气昂昂走进大堂，声音震得牛皮鼓嗡嗡作响：“我才是伏牛山正牌贼寇，不要为难老百姓！”

聚首

黑大汉被关进了大牢，吴仁就找铁知县领赏来了。他可忘了一件事，那就是这位铁知县的外号，叫做“铁手无情”。当然，这不是说他有多么公正廉明，而是说他的贪婪吝啬，谁也不能从他的手里拿出一文钱来。当下铁知县笑呵呵地说：“贼寇是自首的啊，跟你有什么关系？”

吴仁心里暗暗叫苦，这时候他就别提多后悔了：不但拿不到赏银，也无法再回当铺做活，而且伏牛山的同党铁定会报复自己，外出逃避吧，又没有盘缠。想到这里，吴仁一咬牙，干脆一不做二不休，他跟铁知县说：“这贼寇还有个汉玉镯子在金老板铺子里，藏的地方只有我知道，您要是答应把他的当铺给我，我就领您去。”

铁知县一听，知道这是财神爷上门，跟着吴仁就奔当铺来了。金老板已经从街上人们的议论中知道了大概，所以早有准备。吴仁一马当先，跑进藏玉镯的地下室，却发现里面空空如也，便逼问玉镯的下落。金老板从容地一笑：“吴仁啊，你是在我这里呆

过的，怎么不知道当铺的规矩？主顾把东西当在我这里，我就不能容许它有任何闪失！”“可这是贼赃。”一旁的铁知县接口了。金老板转脸看着他说：“我只知道，他是个讲诚信的人，所以我也不能失了诚信。”

铁知县看这情形，知道这人是块硬骨头，便命人把金老板以窝藏罪押入大牢，等以后再慢慢审问他玉镯的下落。至于吴仁，眼看这事又办砸了，只好悄悄溜了出去，从此隐姓埋名。

金老板一入狱，竟碰到一帮子熟人。原来这座监狱太小，只有一大间男牢，一大间女牢，所以先进来的刘老三，后进来的黑大汉，都和金老板关在一处。三人很是投缘，讲讲做人，谈谈诚信，不由兴高采烈起来。这时黑大汉变戏法似的摸出一块银子来，让狱卒买了些酒肉，三人开怀畅饮。不知不觉，三人都醉倒在地。

第二天，刘老三和金老板先后醒来，四下一看，不由大吃一惊：黑大汉不见了！他戴的拇指粗的手铐脚镣却都完完整整放在地上，牢房的锁也安然无恙。看样子，黑大汉凭着缩骨法之类的功夫，竟越狱了。可是，两人想不明白，为什么不把他俩一起救走呢？

还 钱

狱卒发现犯人越狱，马上跑去报告铁知县。不多时铁知县满面惊慌地来了，奇怪的是，他一没发脾气，二没骂狱卒，反而恭恭敬敬地对刘老三和金老板说：“都是吴仁那家伙挑拨，让我上了大当，两位请回吧。”

两人面面相觑，不过知县既然这样说了，他们也不再顾虑，便出了大牢。刘老三回了豆腐坊，不大工夫他老婆也从女牢里回来了。两人整理起了石磨，明天还得做豆腐呢，忽然发现石磨上有字，是用手指头刻上去的，写着：三文钱现在还上。

原来黑大汉还记着这档子事呢，两口子哑然失笑。可三文钱在哪里呢？一番寻找后，他们在驴槽里找到一文钱，钱下压着一张当票，当票后也有字：赎回玉镯足以小康。刘老三身上有刑伤，便让老婆独自拿当票去赎。

没想到老婆一走就是一个多时辰，刘老三不由担心了，于是他扶着拐杖也上了街，直奔金老板的当铺。大老远的他就看见，老婆竟和金老板紧紧挨着坐在一处！

这时，刘老三的老婆也看见了丈夫，她眼含热泪站起来，对丈夫说：“你当这位金老板是谁？他正是我离散的哥哥啊！”

原来那年，金老板带着妹妹赶路，一伙自称伏牛山贼寇的蒙面强人抢走了妹妹，正要凌辱，却被一个黑大汉截住了。双方一场厮杀，蒙面强

人纷纷逃跑，逃跑之时面巾落地，竟是溃败官兵所扮。黑大汉救下妹妹后自报家门，说他才是正牌的伏牛山贼寇，平生最讲公正，良心不曾亏负一丝一毫。黑大汉给了妹妹不少银子后便走了，后来她遇上刘老三，两人才有本钱开了豆腐坊。不过黑大汉喝豆浆时，妹妹刚好外出，所以没有遇上，后来听铁知县说要抓捕伏牛山贼寇，两口子才设计示警，让黑大汉及时逃跑。

两家人合成一家，三个人自然高兴万分。这时，刘老三说起黑大汉还要还那三文钱的事，金老板哈哈一笑，说："我见到他还第二文了，就在我门前！"原来就在刚才，一个青衣汉子飞一般跑到当铺前，跪下来高呼饶命，但刚叫了半声就倒地而死，他的后脑竟嵌了一文铜钱！不用说，这汉子就是那个吴仁了。

那么第三文钱在哪里呢？直到半年后，铁知县忽然暴毙，他的小妾透出消息，三人这才完全明白过来。原来黑大汉越狱那天早上，铁知县一觉醒来，发现有什么东西挂住了辫子，他还以为是被床头缝隙夹住了，抬头看时，竟是一枚铜钱把辫梢钉在床头上，那铜钱只要下移几分，自己脸上就是"万朵桃花开"啊！这时狱卒前来报告黑大汉越狱，他就明白了，这是铜钱示警啊，只得放了金老板和刘老三一家。这也是黑大汉没有直接救三人越狱的原因，如果越狱，三人就成了逃犯，只有这样才没有后患。

可铁知县到底是怎么死的呢？原来前不久，他昧着良心贪污了一大笔救灾款，心里高兴，便到小妾的房里喝酒。早上迷迷糊糊起来，他发现辫子又被挂住了，心里一急：坏了，伏牛山贼寇又上门了，结果竟当场吓死了。其实这回啊，那辫子倒真是夹在床头缝隙里了。可是，堂堂知县怎会用一张破床？因为啊，这床有暗格，那笔救灾款就在里面放着呢！

（题图、插图：黄全昌）

分手十年

我和关盈分手，似乎是上天故意安排的。关盈其实是个不错的女孩，无论是容貌还是性格，都让人无可挑剔。我知道有很多人笑我这样做很傻，可是，我还是主动和她分手了，尽管我是那样地不舍。

和关盈分手后的第一天，关盈起得特别晚，管宿舍的阿姨进门三次，都看到她蒙着被子，一动不动地蜷缩在床铺上。阿姨没有说什么，叹着气轻轻地把门关上。关盈起来的时候已经是十一点了，上午的课是上不成了，卫生间的镜子里映出的是一张憔悴的、眼角带着泪痕的容颜。那天，她粒米未进。

和关盈分手后的第二天，关盈化了很浓的妆，衣着妖艳地出现在西区的一个酒吧。关盈坐在吧台边，一杯接一杯地喝着不知名的烈酒。渐渐地，吧台上一字排起了十几只空酒杯。旁边一个男人不怀好意地靠过来，对关盈说："小姐你好漂亮。"关盈眼神迷离地看着那个岁数足可以做她父亲的男人，男人说："小姐你喝醉了，要不要我开车送你回家？"关盈说"好啊"，冷笑着抓起酒杯就往男人脸上浇去。男人极为恼火，挥起手掌要扇关盈一个耳光，却被几只有力的手抓住了，原来关盈的好友拉了班里几个男生找到了这里。

好友说："关盈你别这样，你这样我们大家都会心痛的。"可关盈说什么也不走，于是大家一起把她拖出酒吧，塞进了出租车。

酒吧里发生的一切我都知道，因为我当时正坐在酒吧昏暗的角落里，自始至终都在看着关盈。

和关盈分手后的第四天，关盈已经躺在医院的病床上两天了，她从那晚酒醉后便一直昏迷不醒，昏迷中她一直不停地唤着我的名字。同学们轮流到医院照看她。

和关盈分手后的第六天，我悄悄来到医院，站在她的病床前，洁白的床单映衬着她苍白的脸。我默默地陪着她一整夜，直到她快要醒来的时候才悄悄地离去。

和关盈分手后的第七天，关盈出院了。

关盈出院后的第一件事就是把自己一个人关在卫生间里，折腾了几个小时后才出来，室友们走进卫生间一看，顿时大呼“干净”，原来关盈一口气把卫生间的角角落落都擦了一遍。

一向嘻嘻哈哈的关盈从此变得沉默寡言，脸上总是一副冷冷的表情。几个好友看在眼里都知道，关盈一直没有忘记我，一直在怀念过去那段感情。

关盈开始特别用功，每天都在图书馆自习到闭馆，成绩也突飞猛进，得到了老师和同学的一致好评。

和关盈分手后的第二年，关盈被选举为系里新一届的学生会主席，我知道，这很不容易。关盈也知道自己责任重大，从此更加努力地学习。大三刚开始，关盈就在为考研做准备。理所当然，关盈成为了系里的知名人物，班主任教育大一新生时，都把关盈作为榜样宣传。还没到毕业，就有好几家知名公司要和关盈签合同。

和关盈分手后的第三年，关盈顺利考入一所名牌大学，攻读硕士研究生。关盈身边始终不乏比我优秀的男生追求，可是她从不理会，除了一个叫凌云的男孩，但关盈也只是把他当大哥哥一般，从没和他发生过什么。

和关盈分手后的第九年，我终于听说了关盈订婚的消息，新郎就是凌云。

和关盈分手后的第十年，她要结

笑到最后

◇ 一个女子下夜班，发现身后有一个男子尾随，图谋不轨。女子很害怕，正好路过坟地，她灵机一动，来到一座坟墓前，说：“爸爸，我回来了，开门啊！”男子闻言大惊，哇哇叫着逃跑了。

◇ 女子得意地一笑，正要离开，忽然从坟墓中传来一个阴森森的声音“闺女，你怎么又忘了带钥匙啊？”女子闻言大惊，哇哇叫着逃跑了。

◇ 这时，从坟墓里钻出个盗墓的，得意地一笑，说：“耽误我工作，吓死你们，活该！”盗墓的话音刚落，突然发现旁边有个老头，正拿着凿子刻墓碑，就好奇地问老头在干什么。老头愤怒地说：“该死的，他们把我的名字刻错了……”盗墓的闻言大惊，哇哇叫着逃跑了。

◇ 老头对着盗墓的背影得意地一笑，说：“敢和我抢生意，还嫩点儿……”正说着，一不小心把凿子掉在地上，老头弯腰正要捡，却见草丛里伸出一只手，有一个声音说：“你找死呀！乱改我家的门牌号！”老头闻言大惊，哇哇叫着逃跑了。

◇ 这时，一个拾荒的从草丛里爬出来，捡起凿子，骂道：“他娘的，搞一块铁也得费这么大的神！”

（**推荐者**：杨　建）

婚了。离结婚还有半个月的时候，关盈坐在新房客厅崭新的沙发上，给亲朋好友们写喜帖。她的脸上挂着幸福的微笑，越发楚楚动人。我知道很多人都会收到关盈的喜帖，除了我。

关盈打开一张张印着金色双喜字的大红喜帖，在上面郑重地写上新郎新娘的名字。在关盈写到第二十张喜帖的时候，她突然停下笔，对着喜帖愣住了，接着她扔下喜帖，放声痛哭，哭得那么凄凉、绝望。

我走上前去一看，只见那第二十张喜帖上，新郎一栏上赫然写着我的名字！

我不知道那是笔误，还是内心潜意识的流露，只是再也忍不住，眼泪终于掉了下来，那是我们分手后的十年间，我第一次流泪，而关盈她不会看到，谁也看不到，因为，鬼魂是没有眼泪的。

如果时光能够倒流，我绝不会因为赶时间而乱穿马路，十年前的那天，正好是关盈的生日，我手里提着一只蛋糕兴冲冲地往学校赶，在一个十字路口迎面撞上了飞驰而来的卡车……

（**推荐者**：洁　文）

（**题图、插图**：谭海彦）

大雪有痕

□ 彭晓风

1944年腊月中旬，清河下起了罕见的大雪，清河两岸弥漫在雪的世界里。这天傍晚时分，参军七年的李虎回到了老家清河，他所在的八路军某部接到命令，上级让他们前去消灭盘踞在清河一带的鬼子。

此时李虎已是侦察连长，他带领一个连的兄弟先一步赶到清河，准备摸摸鬼子据点里兵力部署的情况。李虎的老家就在清河南岸约六里处的小李庄，他原本想带兄弟们当晚住进庄里，顺便回家看看，没想到还没过河，连队又接到命令，说原据点的鬼子已经转移，目前情况不明，上级让他们先不要擅自行动，原地待命。

命令是连队指导员接的，他遗憾地对李虎说：“连长，看来你暂时见不到嫂子和大侄子了。”李虎参军时，他媳妇荷花已有五个月身孕，后来写信告诉他说生了个儿子，取名盼盼，显然是盼望他早点回家，这几年他随部队南征北战，做梦都想回家看看。

听了指导员的话，李虎一屁股坐在了雪地里，用手捶了一下雪，长叹一声，说：“真想见他们娘儿俩一面，这次错过机会，也不知还要等几年，还能不能再回来！”

李虎说的是实话，打仗的人，整天冒着枪林弹雨，没准哪天就光荣了。副连长安慰李虎说：“连长，鬼子现在是兔子的尾巴，长不了了，跟他们打了这几年，你还不是连根毫毛都

没伤着？等赶走了鬼子，你戴着大红花，风风光光回来多好！”

李虎笑了笑，看了指导员和副连长一眼，说：“你们去安排一下晚饭和放哨吧，我先睡一觉，这几天长途跋涉太累了。”

李虎这一觉睡得连晚饭都没吃。半夜副连长起来小解，突然发现雪窝子里的连长没了，他打了个激灵，忙推醒指导员，说：“连长不见了！”

开始指导员以为李虎查夜去了，但一见李虎的枪就摆放在自己身边，他随身携带的东西也不见了，便明白了八九分，于是压低声音对副连长说：“先别声张，让我想想。”

副连长这时也看见了李虎留下的枪，他意识到了问题的严重，就说：“兴许连长只是回家看看？”指导员摸出旱烟，手颤抖了几下才点着，吸了一口烟后，他说：“不像，东西都带走了，枪留下了，作为连长，他知道他的行为意味着什么，看样子是索性不回来了。”

“那怎么办？”副连长一听，立刻紧张起来，马上就要打仗了，连长这一走，往大里说，就是临阵脱逃啊！在战场上当逃兵，那可是天大的罪过，若按军法处置，是要掉脑袋的！

指导员见副连长焦急地望着自己，叹了口气，没正面回答副连长的话，却说：“连长参军七年，儿子都六岁多了，连爹都还没见过。这里又是敌占区，他能不牵挂家里吗？他立过多次战功，是全团出名的侦察员，还救过你我的命。”

副连长明白指导员的意思，他犹豫了一下，说：“那咱俩去把他找回来？”指导员看了副连长一眼，缓缓点了点头：“谁都有头脑发热犯浑的时候！要神不知，鬼不觉，不能让连里其他人知道！”

两人猫腰出了帐篷，躲过哨兵，踩着清河上的冰溜过河，奔正南方向就去了。两人在雪地里撒步如飞，不一会儿就到了小李庄。到了庄上，副连长有些犯难了：“指导员，这么大的庄子，究竟哪是连长家啊？”

指导员瞟了副连长一眼，嘴角露出一抹笑意，说：“连长平时教你踩点的本事都忘了？这半夜三更的，谁家还掌着灯，谁家没准就来人了！”

两人绕着庄子转了一圈，果然发现有一户人家的窗户里闪出点点灯光，指导员上前轻轻敲了敲门，屋里的灯“刷”的就灭了。停了片刻，里面一个女人用颤抖的声音问：“谁？”

两人对视了一眼，指导员冲着门板压低声音说：“是荷花嫂子吧，我们是李虎的战友。”

屋里静了一阵，紧接着灯又亮了起来，随后门“吱呀”一声开了一条缝，一张白皙的脸露了出来，上下打量他们俩一会儿后，说：“你们是李虎的战友？可李虎没回来呀！”

“嫂子，你就别瞒我们了。”副连长上前一步说，“他若没回来，这兵荒马乱的，你敢半夜随便给生人开门？我们是他兄弟，来找他是为他好，是救他！部队里现在还没有第三个人知道他偷跑回家了。”

荷花看着他俩，依然摇头说：“李虎真的没回来。”

副连长还想说什么，指导员却赶紧拉过他，笑着说：“嫂子是明白人，要是连长回来了，你赶快让他回部队，就说兄弟们需要他！我们再到别的地方找找。”说完拉着副连长就往回走。两人刚转身，荷花突然叫住了他俩，说：“俩兄弟路上要小心，鬼子前两天刚转移到山前一个庄里。”

两人出了庄子，副连长有些埋怨地说：“指导员，连长肯定在家里，干吗不找回去就这么走了？”指导员白了副连长一眼：“你没结婚懂什么？响鼓不用重锤，我敢保证，明天你一觉醒来，连长就躺在雪窝子里！”副连长想了想，才明白了指导员的话，挠了挠头，嘿嘿笑了起来。

出了庄子，两人刚拐过一个山凹，忽然听到身后有动静，还没等两人回头，腰眼上就被人用家伙顶上了。副连长一哈腰，转身想使个兔子蹬鹰，却被身后的人一脚踹倒在雪地里，那人用生硬的汉语说：“不许动，再动就开枪了！”副连长回头一看，只见雪地里站着高矮胖瘦四个鬼子，个个凶神恶煞似的，手里都端着枪。

这时，高个鬼子走了过来，用枪指着副连长，说：“你们的部队，开过来多少人？”副连长看了指导员一眼，没说话，指导员也嘴巴紧闭。瘦鬼子见他俩不说，上来就给了副连长一拳，副连长的嘴角顿时就出血了，他正想再打，高个鬼子却说：“带回去审问，不怕他们不说。”

四个鬼子押着指导员和副连长向南走去，路过一片竹林时，指导员突

然站住了，说：“实话告诉你们，你们已经被我们的大部队包围了，趁早投降吧，否则只有死路一条！”

“八嘎！”说话的是胖鬼子，他哗啦一下拉动枪栓，“再胡说八道，死拉死拉的有！”

就在这时，只听高个鬼子突然小声喊了起来：“三木，三木！”胖鬼子听他的声音很惊慌，回头看了他一眼，纳闷地问：“什么事？”

高个鬼子四下张望着，慌张地说：“三木！三木不见了！”

指导员回头看了一眼，果然，一直跟在后面的矮个鬼子，一眨眼的工夫就不见了。他心中一动，忽然笑了起来，对鬼子说：“你们以为我们就来了两个人吗？不信你们四下看看！”

指导员的话让三个鬼子顿时紧张起来，他们虽然半信半疑，但矮个子三木确实不见了，最后几个鬼子决定四下瞅瞅，看是否真有情况。

胖鬼子不以为然地向左去了，他刚走出没几丈远，人突然一下就消失了。高个鬼子还以为自己的眼睛看花了，他揉了揉眼睛，胖鬼子真的不见了！他急忙转身去看右边的瘦子，这一看不打紧，他的嘴巴顿时就合不拢了，只见瘦子走得好好的，人突然就瘫软下去，连哼都没哼一声就趴在了雪地里。

这一切指导员和副连长都看在眼里，趁高个鬼子愣神的工夫，他俩跃身而上，一个攻上面，一个攻下身，把高个鬼子放倒在地，卸了他的枪。

接着，指导员走到瘦鬼子身边，只见他背上插着一把匕首，匕首柄是一枚重机枪的弹壳，在雪地里发出亮汪汪的光，那是连长的匕首！连长出身武林世家，功夫好得很，尤其是飞刀，百步穿杨，绝无虚发。

指导员拔下匕首，把匕首和连长的短枪放在雪地里，向竹林里大声喊道：“连长，我知道你在，赶快回连队吧，我们大伙都需要你！你听好了，今天晚上什么事都没发生，若有人问起，我就说你带我们俩巡夜，你又侦察去了，随后就到。你的匕首和枪我放在雪地里了。”说完他和副连长押着高个鬼子回营地了。

第二天一早，连里接到上级命令，说大部队两小时后将对鬼子的新据点发起进攻，据说，正是侦察连长李虎当夜探查明白了鬼子新据点的情况，向上级做了汇报，上级才发出这一命令的。接到命令后，李虎率领部队旋风般开往上级指定的地点。

两年后，已是解放军某部团长的李虎再一次路过家乡清河，这次部队在小李庄驻扎了下来。当年的指导员和副连长随李虎回家后，发现他家里有个刚会走路的男孩，两人先是一愣，随即就会心地笑了起来。

（题图、插图：谭海彦）

老马识途

□范大宇

明末年间，内地战事频频，可是云贵地区却相对平静。一条上百年的“茶马古道”呈现出少有的繁荣。

话说在众多马帮中，有一个老“马锅头”，此人姓张名老福，三十多年来日日奔波在这条道上，挣些辛苦钱养家糊口。张老福的老家在云南曲靖府，家中只有一个儿子张小福。“穷家出娇子”，张小福已经二十出头，却手不能提肩不能挑，天天和一帮朋友泡在茶馆里高谈阔论，吹牛狂赌。

这年中秋，有人给张家报来急信，说张老福在玉龙府患了急病，要张小福立即赶去。那张小福听后无动于衷，他老妈一把鼻涕一把泪地求他，他才骑上快马踏上去玉龙的路程。

半个月后，张小福赶到玉龙府，那张老福已经气若游丝，在昏暗的油灯下，张老福拉着张小福的手，断断续续地说：“儿啊，我不行了，你要挑起家里的大梁。这个马帮是我一生的心血，也是你和你妈今后的依靠。这批货已经耽搁半个多月了，快点上路吧。我有一个老伙计，叫张才，他明天就赶回来，世事艰险，你一切都要听他的安排，对他就如同对我，切记切记……”说罢，头一歪，咽了气。

张小福自小对父亲印象不深，上次见父亲还是十年前。现在，老爹死了，他干嚎两声就算给爹送了终。

第二天，那个张才果然露了面，只见他六十上下，黑黑的皮肤，一双不大的眼睛透着精明。张才将张小福领到后院的马厩，指着说：“一共是三十二匹马，明天就上路吧！”

第二天天刚刚亮，张才就把张小福叫起来，跟着马帮上路了。一天下来，走得张小福筋疲力尽，到了客店，他一下子就倒在了床上。张才叫他喂马，张小福说：“我太累了！明天再说吧！”张才说：“牲口都有灵性，你不对它好，怎么能指望它给你挣钱？”说着硬是把张小福拖起来。

到了马厩，张才让张小福铡草。张小福铡着铡着就睡着了，醒来时已是半夜，他不知自己是如何进到房里的，就感到有人在动他的脚，一看，是张才扳着他的脚，用一根马尾为他挑脚上的血泡。张小福心底泛起一丝感激之情，张才看他醒了，说：“多走些路，练出来就好了。用马尾穿血泡，好得快，不会化脓。”

第三天傍晚，到了一个叫红花岗的地方。张小福喝了点酒，刚要躺下，就见门帘一挑，钻进个四十左右的男人，那人左右打量了一下，笑着说：“这位爷，是马锅头吧？”

张小福警惕地扫了来人一眼，问：“有何贵干？”

那人嘿嘿一笑，说：“我叫刘二，是做贩马生意的，不知这位爷有没有兴趣？”张小福摇摇头：“我是跑马帮的，不做这个买卖。”

刘二笑笑，说：“这位爷刚出道吧？不懂江湖上的事儿。我用两岁口的强壮骡子换你的瘦弱老马，一头换一匹，如何？”

张小福不懂了，这等吃亏的事儿，他刘二为什么要做？

刘二似乎看出了张小福心里的想法，说：“其实我也不吃亏。你的马都是川马，个小力薄，驮不了重物，但它们适合拉车跑短途运输，尤其拉客人赶集那是最好不过了。而我的骡子拉起车来显得太高大，车夫就是站在车上也看不清前面的路，容易出事故。用骡子拉客车，等于是杀鸡用牛刀，大材小用了。咱们互换，是双方都占便宜的事儿。”

这番话说得张小福动了心，他算了算，一头骡子多驮一百斤，三十二头就能多驮两马车的货。他笑了，于是主动伸出袖子，笼起手，准备谈价。

可是，就在买卖即将成交的时候，半路杀出个程咬金来，谁呢？张才！张才对这个买卖坚决不同意。他说：“天底下没有这等好事，少爷，这茶马古道可不是茶骡古道啊！”

张小福仍坚持自己的主意，张才急了，说：“我不能眼看着你把这马帮毁了。”

张小福也火了，提高嗓门说：“别忘了，我是主子，你是奴才。这马帮我说了算！”张才气得半晌说不出话来。这时，门外人声嘈杂，张小福出门一看，昏昏夜色里，那刘二已经牵

了骡子来，就等着交换了。张小福摸了摸刘二带来的骡子，又掰开骡子的嘴看看牙口，果然都是正当年的壮骡子，极满意，就去马厩里牵马。

张才哭着喊着不让牵马，可刘二指挥着手下人一一将马匹拉了出去，最后只剩下一匹老马，那张才死活不让牵，高声喊道："谁再动它，我就死给你们看！"说着，举起了铡刀。

刘二看看也就只剩下这一匹马了，冷笑一声，说："就便宜了你！"

那一夜，张才滴水未进。第二天上路时，所有货物只用一多半的骡子就装好了，空下的骡子张小福就当了坐骑。他笑着对张才说："你看，这多好，人也清闲了！"

张才摇摇头说："天上不会掉馅饼，没有便宜，那刘二能这么干吗？"张小福不服，问："他能占我什么便宜？"

张才说："在这茶马古道上，马匹最值钱，老马识途啊！他刘二明天就能把咱们的马匹卖出好价钱。骡子虽然力大，可在关键时刻指望不上啊！"

张小福不以为然，在骡子背上乐悠悠地哼起了小曲。那匹张才用命保下的老马，一直默默地走在骡队的中间，它似乎也在悲叹同伴的离去，没精打采的，气得张小福没少抽它。

从第三天起，马帮踏上了长达三百多里的无人区，一路风餐露宿，辛苦十分。张小福哪里受过这等罪，不断唉声叹气。张才语重心长地说："俗话说：钱难挣，屎难吃。现在体会到了吧？"

这天夜里，马帮走到了一处叫阴阳山的地方，这里山道崎岖，山路极窄，路侧是万丈深渊。马帮停了下来，张小福看了看脚下，也不由毛骨悚然。张才叹了一口气，说："这些骡子胆小，不敢走了。"

张小福问："那还有其他的路吗？"张才摇摇头，说："只此一条！"

"那怎么办？"

张才也不说话，将那匹老马牵到队前，亲切地拍拍它的屁股，说："老伙计，看你的了！"那老马似乎听懂了，微微点点头，头一昂，抬腿就走。有它打头，后面的骡子胆儿似乎也壮了些，一头头硬着头皮跟着。张才感慨地对张小福说："看到了吧，马有夜眼，马有马胆，马是帅才，马是将才。再瘦弱的马也比骡子强，那刘二为什么要交换咱们的马，你明白了吧？"

张小福万分内疚，他也感到一丝后怕，如果没有这匹老马，如何走完这漫漫长路？于是，张小福默默地学着张才的样子，站在窄路前，一头头地将骡子赶上前。张才说："你去前边照应吧，我断后！"

张小福听话地跟着一头骡子，心惊胆战地走过了这段险路。可是，就在最后一头骡子即将走过这段路时，意想不到的事情发生了：那头骡子也许是往两边看了一眼，看到了山下的险景，它猛然一惊，抬起后蹄一蹬，张才没有防备，一下被它踢中，掉下了山路。

张小福急忙高声大喊，可是只有山谷回音。他慌忙将马和骡子拴好，一步步地摸下山涧，终于找到了已经奄奄一息的张才。

张才苍白的脸上挤出笑容，断断续续地说："孩子，以后只有你一人独撑了。本想能带你几年，不料只有短短的十天，这也是天命吧！"说着，他强挣着从贴身的口袋里掏出一个玉佩，说："交给你娘！"

张小福看这玉佩十分眼熟，问道："这不是我娘的吗？"张才笑笑说："我和你娘一人一个，合成就是一对。"

张小福大惑不解："那你……"

张才苦笑，说："傻儿子，我是你爹张老福啊！"

原来，张老福眼看儿子虚度年华，万般无奈之下想出了个笨办法：先将张小福召到马帮来，然后让人冒充自己演了一场临终托付的戏，再亲自手把手带着张小福，让他体察生活的艰辛，成长为一个真正的汉子。

张小福听得泪水涟涟，他抱着张老福哭喊："爹，爹，是儿子害了你啊！"张老福怜爱地抚摸着小福，说"懂事了就好！"说罢咽了气。

张小福托起爹的遗体，一步步向山上爬去……

五年后，张小福成了响遍茶马古道的人物，号称"八百张"，意思是说他的马帮拥有八百匹好马。而张老福的墓地就在阴阳山的路边，墓碑上刻着一群马，生龙活虎，神采奕奕。据说后代的大画家徐悲鸿也曾到此临摹写生，才画出了栩栩如生的群马图。是真是假，只当是故事吧！

（**题图、插图**：黄全昌）

阿P学模特

□夜　雨

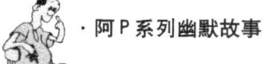

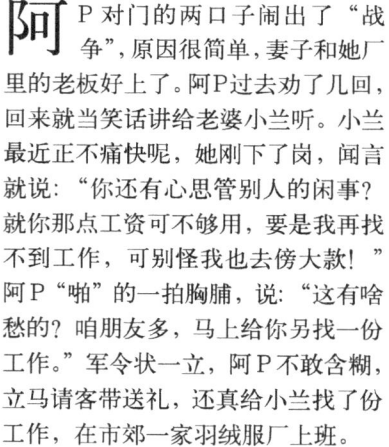

阿P对门的两口子闹出了“战争”，原因很简单，妻子和她厂里的老板好上了。阿P过去劝了几回，回来就当笑话讲给老婆小兰听。小兰最近正不痛快呢，她刚下了岗，闻言就说：“你还有心思管别人的闲事？就你那点工资可不够用，要是我再找不到工作，可别怪我也去傍大款！”阿P“啪”的一拍胸脯，说：“这有啥愁的？咱朋友多，马上给你另找一份工作。”军令状一立，阿P不敢含糊，立马请客带送礼，还真给小兰找了份工作，在市郊一家羽绒服厂上班。

羽绒服厂要上夜班，阿P生怕老婆出事，第一天便骑摩托去接。这些天正是梅雨季节，毛毛雨下起来就没完没了，阿P在泥水里左摇右晃，好不容易才到了工厂门口。

这时候下班时间也到了，大门一开，小兰就走出来了。她是低着头走出来的，才走几步忽然姿势一变，像一只猫似的左脚踩右脚，右脚踩左脚，走开了模特步。小兰本来就身材高挑，再加上衣服鲜艳，扭腰摆臀，差点把阿P的眼珠子看出来。他心里这个美啊，瞧咱娶的老婆，比电视里的模特还耐看呢。没想到才高兴了一半，忽然发现小兰好像还没瞧见自己呢，她这模特步是走给谁看的？只见小兰目光斜斜地往身后看，她身后的工厂门口站着个瘦子，那模样，放秤盘上也没四两肉，他目光炯炯，正盯着小兰看呢。这人阿P在帮小兰找工作时见过，正是这家羽绒服厂的老板。

阿P心里咯噔一下，他想起对门那夫妻俩来了，难道说自个家也会后院起火？这才一天工夫啊，不会发展得这么快吧？这时小兰已走到他跟前了，阿P心里有气，就跟小兰说：“你自己先骑车回去，我有点事！”小兰

见他神色不善，便自己回家了。剩下阿P一个人，他暗想，就凭瘦子的身板自个儿还不怕，便雄赳赳气昂昂进了工厂，找到瘦子老板就开门见山地说："小兰是我老婆，刚才的事我都看见了，你说怎么办吧。"

瘦子老板听了直翻白眼："刚才？刚才出啥事了？"阿P见他装糊涂，只好挑明了，他也学着小兰的样子左脚踩右脚，右脚踩左脚，走了几下模特步，才说："刚才这一幕我都看见了，你小子就在她后面，对不？"

瘦子老板一看大惊失色，一把将阿P拉到办公室里，悄悄说："这事您高抬贵手，千万不要朝外面说。"说着递过几张钞票来，"这两百块是点小意思。"

阿P虽然火气大，不过暗想才一天工夫，看样子也就是个未遂，便把钱一推，说："谁要你的臭钱！"便回了家。回家他就跟小兰说，羽绒服厂这活咱不干了，小兰听完柳眉一竖："不行，现在工作多难找啊，再说老板还说要提我当秘书呢。"阿P暗想，真要当了秘书，生米可就成了熟饭了，当下嗓子也提高了调门："你去哪里上班都行，就是不能去瘦子那里，因为——"这一"因为"小兰听出毛病了："什么？你怀疑我跟他有事？"

话说到这一步，阿P干脆就挑明了："那个瘦子不是好人，你走模特步的时候，他在后面偷看，眼珠子都快掉出来了！"小兰一听直犯迷糊："我啥时走过模特步？"

"就在工厂门口！"阿P当下左脚踩右脚，右脚踩左脚，走了几下模特步。

没想到小兰先是一愣，然后笑得上气不接下气，最后捂着肚子说："明天你跟我去厂里一次吧，只要一去你就明白了。"

第二天一大早，阿P就跟老婆小兰去了工厂。小兰领着阿P在生产车间里转了一通，最后又把他带出大门，指着他的皮鞋说："你看，你脚上都有啥？"阿P低头一看，发现自己皮鞋上满是路上踩的泥浆，上面还粘着好几根车间里的羽毛。他俯身就要用手抠，可觉着挺脏的，便斜着眼向后看，左脚踩右脚，右脚踩左脚，打算这么把羽毛踩下去。刚踩几步，就

2008年《〈故事会〉最有影响力的故事》征文启事

为鼓励多出优秀作品,《故事会》杂志社决定继续举办“2008年《〈故事会〉最有影响力的故事》”征文大赛，并对优秀作品实行四大奖励措施:

1. 入选作品除在杂志上发表外，还将收入《第一推荐·××则最具人气的故事D》一书; 2. 入选作品可得两笔稿酬: 在《故事会》杂志发表的作品，首发稿酬每千字400元; 获“《故事会》最有影响力的故事”优秀作品奖，再追加每千字1000元; 3. 入选作品均颁发奖励证书; 4. 本刊将邀请有关作者参加年底的颁奖大会，所有费用均由编辑部承担。

征稿范围: 1. 具有现实感、新鲜感且可读性强的中短篇（包括超短篇）原创作品; 2.故事性强、有口传性、能引起读者兴趣的推荐作品。

超短篇（如“幽默故事”）的字数一般在1500字以内，短篇（如“中国新传说”）的字数一般在5000字以内，中篇故事的字数一般在15000字以内。

来稿方法: 1. 从邮局寄发，请在信封上注明“征文大赛”字样，本刊地址: 上海市绍兴路74号《故事会》杂志社，邮编: 200020。

2. 从网上传递，可寄各责任编辑信箱，请在主题上注明“征文大赛”字样，本期责任编辑的信箱是: lujia411@yahoo.com.cn。

听旁边的小兰笑嘻嘻地嚷上了:“你这个大男人怎么也走上模特步啦?”

阿P一听，忽然明白了，原来昨天老婆也是脚上粘了羽毛啊，晚上光线暗，离得又远，难怪自己没看见羽毛呢。想到这里阿P乐了，他抱住老婆就要道歉，忽然，他又想起一件事来:“不对，虽然你不是故意走模特步给瘦子老板看，但他却乘机盯着你看个不停，肯定没安好心，不然他为啥要给我两百块钱呢?”

小兰一听也纳闷了，她拉着阿P直奔办公室，这事一定要说清楚，不然她小兰还怎么做人呢。办公室里，瘦子老板一见他俩就露出了一脸苦相:“我说两位，我给封口费你们又不要，怎么又来找麻烦了?”小兰怒不可遏:“什么封口费? 你说清楚点。”

瘦子老板说:“你那天扭来扭去往下踩的羽毛，是车间里带出来的鸡毛啊! 你老公看见后就拿这个威胁我，你想，我生产的可是鸭绒服，这用鸡毛冒充鸭绒的事传出去，鸭绒服还卖给谁去?”

原来是这样，阿P听完心里这个乐呀，看来老婆没有对自己变心。刚乐一半，就被老婆瞪回去了，这一误会不要紧，老婆的工作那是泡汤啦，不过等出了工厂大门，阿P又兴奋起来:“老婆，咱去工商局告状去，也算给老婆大人出口气!”

（**题图、插图**: 顾子易）

热情的笑容、低廉的价格、梦寐以求的产品，谁能拒绝这样的推销？听，门铃响了，平静生活就此打破……

□王　鑫

推销死亡的人

1．奇怪的产品

于秀珍念书的时候是当之无愧的班花，毕业后不久她就和一家大公司的主管兰涛结婚了。兰涛升到公司的高层后，便不再让于秀珍去挣那少得可怜的工资，要她安心做家庭主妇。开始的时候，于秀珍觉得这样的日子倒也悠闲，可不久就有些厌倦了：兰涛整天忙着公司的事情，早出晚归，常常留下于秀珍一个人呆在冷冷清清的大房子里。

这天，于秀珍正在家里百无聊赖地看电视，突然门铃响了，她穿着拖鞋，懒洋洋地走到门口，开了门，不禁愣了一下。原本以为是丈夫忘了什么东西回来取，不想门外却站着个陌生的男人，二十四五岁的样子。这男人一见于秀珍就笑了：“太太您好，我是成天科技股份有限公司的业务员，我姓林，叫林真，这是我的名片。可以耽误您几分钟时间吗？”

于秀珍素来讨厌这些推销员，因为自己性格太软弱，不好意思拒绝别人，最后往往买了那些价格昂贵但一点用处也没有的产品。不过，眼前这个林真倒不比寻常，他不像其他推销员一样赖皮，只是站在门口朝于秀珍坦荡荡地笑着，所以当他提出要进屋介绍产品时，于秀珍倒也不好拒绝，默默同意了。

林真脱鞋的时候，于秀珍注意到他的白袜子很干净，并且没穿拖鞋直接进了客厅，这使她心里平添了一分好感。林真坐在沙发上，从随身带着的一只挎包里取出一些材料，介绍道："我们公司成立的时间不长，但是研发的都是一些高科技的产品。您别看这些不起眼，但它们有意想不到的作用。"说着，林真从挎包里掏出了一堆小物件，有手表、领带夹、项链等，都是些平常的饰物，林真笑着说："您看，这就是我们的产品。"

于秀珍拿起一枚胸针，反反复复地看着。这只是一枚很普通的胸针，甚至谈不上精致漂亮。于秀珍暗想，这些搞推销的还真能故弄玄虚。

"没看出它们有什么特别吧？看外表，它们只是普通的饰品，但实际上，它们都是一种信息采集器。这么说吧，它们就像是侦探电影里的那种微型摄像头，只要在家里安装一个终端接收器，您就可以通过无线信号的传播，看到这个产品佩带者的所有行为，怎么样？很先进吧？"林真的脸上带着骄傲的神情。

于秀珍不相信地看着手中的胸针，这真是电影中才有的设备吗？但于秀珍只惊讶了一会，便抬起头，歉意地笑笑："这产品的确很先进，可我又不是特工，用不着这种东西吧？"

林真并不死心："太太，我想说一些您听了可能会不高兴的话。从您家的装潢来看，您的生活肯定不错。您在这个时间呆在家里，我猜是您爱人心疼您，不让您出去工作，那么这个家就是您爱人一个人在外打拼。男人在外面创事业，苦多累多，但诱惑也多，难道您就不想知道您爱人在外面都干些什么？"

林真说得不错，于秀珍在这个城市里没有亲戚，也没什么朋友，整天呆在家里，要多寂寞有多寂寞。她也明白，要理解丈夫的应酬，理解他的晚归，但要说她从来没有猜疑过丈夫，那是骗人的。有时候她一个人胡思乱想地就想到那方面去了。此刻，被一个外人猜中了心思，她有些气恼，便站起身来，说："我很相信我的丈夫。"说着，摆出了送客的架势。

林真还想说什么，但看着于秀珍坚决的样子，又把话咽了回去。他收拾好东西，礼貌地告辞了。

林真走后，于秀珍突然有点焦虑，做什么都心不在焉，她疲惫地坐进沙发里，伸手去摸茶几上的电视遥控器。于秀珍没有摸到遥控器，她摸到了一副眼镜。

那是一副黑框玳瑁眼镜，和丈夫平时戴的那副很像。于秀珍拿在手里仔细看了看，不记得丈夫什么时候还有这样一副眼镜。她想了想，突然意识到，这副眼镜是林真留下来的，当时它就和那些古怪的饰品放在一起，一定是林真走的时候忘了拿。于秀珍仔细地观察着这副眼镜，没看到针孔镜头，没看到电路，它表面上只是一副普通的眼镜，看起来一点也不高科技，但于秀珍觉得那薄薄的镜片后面仿佛有一双眼睛在冷冷地注视着自己。她的心头一紧，随手把眼镜扔到茶几下面去了。

这天，兰涛是后半夜才回来的，于秀珍躺在床上，听到厚重的防盗门开了又关上。兰涛在于秀珍的身边躺下，很快便睡着了。于秀珍双手撑起了身体，一只手轻轻绕过丈夫的头，摸到了他睡前放在床头的眼镜。那副眼镜在于秀珍手里翻了几个身，又被轻轻送回了它原来的位置。

早晨，兰涛起晚了。他匆匆洗漱完毕，飞奔到门口，一边穿鞋一边高声喊："老婆，看见我的眼镜了吗？"于秀珍里里外外地找了一大圈，跑到门口说："没有，昨天晚上你放哪了？"兰涛急急地说："放床头了，怎么又不见了……"

于秀珍想了想，说："你别着急，昨天我收拾东西收拾出来一副旧眼镜，要不你先凑合着？"兰涛抬手看看表，点了点头。于秀珍跑到客厅里，从茶几下面摸出那副眼镜，交到兰涛手上："戴戴看合不合适？"兰涛把眼镜架在鼻梁上，夸张地眨了眨眼睛："行啊，有总比没有强，老婆我走了！"说完一阵风似的出了门。

兰涛一走，家里一下又安静下来。于秀珍走进卫生间，突然发现洗漱台上，静静地躺着兰涛的眼镜。于秀珍笑了："粗心鬼！"可马上她的笑容便凝在了脸上：丈夫阴差阳错地戴上了那副有摄像功能的高科技眼镜，这也许真是上天赐予的机会！她静默片刻，终于从皮夹里翻出一张名片，那是昨天林真留下的。

一个小时后，林真已经站在了门口，他脸上还是带着那样热情的笑容。于秀珍把他让进客厅，倒了杯水。她本来怕自己出尔反尔，人家多少会给点奚落的脸色，没想到林真善解人意地抢着说："太太，昨天都怪我走得太匆忙，忘了把终端接收器给您留下

了。我给您装上吧！”

林真的诚恳让于秀珍既惭愧又感动，只见他从背包里拿出了一个不大的金属盒子、两根导线，在她家的电视机后面捣鼓了一会儿，电视屏幕上出现了图像，正是兰涛公司所在的大楼！电视上的图像不断地向前推移着，经过旋转门、经过前台小姐、经过电梯、经过电梯里陌生的脸孔、经过隔间里忙碌的员工、来到兰涛自己的办公室……眼镜像一个忠实的记录者，时刻把拍到的信号传递给坐在电视机前的于秀珍。

于秀珍没想到，自己平凡无趣的生活中竟然还会发生这样的事情，她惊喜地盯着屏幕，觉得有趣极了。林真一边调着电视图像的清晰度，一边轻声问着：“您满意吗？”

于秀珍满意极了，她爽快地问：“多少钱？”林真笑着说：“您满意就好，其实这套设备本来是不收费的。它原来用于军事领域，在日常生活中，它还是个新鲜事物，技术还不成熟，您看，它现在只能传递视频信号，还不能收集声音信息。公司为了调查人们的接受程度，特意让我们先找一些客户试用，收集反馈信息。您是我们公司的第一批试用者。我之前去过的几家，都不相信这种免费的好事，认为我是骗子，所以我现在象征性地收取一些成本费用。”

于秀珍听他报出了一个数字，的确不贵，便掏出了钱包。林真接过钱，便要告辞：“谢谢您，我的第一个任务完成了。以后，我还得收集您使用产品的反馈意见，同时给您介绍一些相关的其他产品，您看如何？”

于秀珍连声说着欢迎，林真笑着告辞了。

2. 意外的发现

这天，于秀珍在电视机前坐了一上午，电视里显示，兰涛也在办公室里呆了一上午。通过眼镜接收器，于秀珍看到办公桌前的合同，和一只翻着合同的手。于秀珍不懂生意上的事，看着看着就觉得无聊了。她睡了一觉，吃了碗泡面，又坐回到电视机前。兰涛已经不在办公室了，屏幕显示是在会议室里，对面坐着几个中年人，一个个面红耳赤的，嘴巴一开一合。由于听不到声音，他们的样子就有些可笑。他们一定在吵架，于秀珍听兰涛说过，他最近在谈一个项目，几个供应商明里暗里的都在争，并承诺给兰涛好处，但兰涛偏偏不吃这一套，对公司老总忠心得很。

过了一会，屏幕里出现一个年轻人，白白净净，唯唯诺诺的。他低着头，不发一言，好像遭到了兰涛的训斥。听说公司最近给兰涛安排了一个副手，会不会是这个可怜的家伙？

再后来，于秀珍又跟着兰涛的目光回到了办公室，兰涛坐回了办公桌

前。不一会，屏幕上出现了一只手的特写，于秀珍知道，兰涛是把眼镜摘了。兰涛有这样的习惯，累了的时候会把眼镜摘了，闭着眼睛使劲捏鼻梁骨。因为眼镜被放在了办公桌上，屏幕上出现了一部电话，一个笔筒，还有一个相框。相框里，是于秀珍和兰涛的合影，两个人脸贴着脸，一副幸福得天荒地老的模样。

那天晚上，于秀珍做了兰涛最爱吃的菜，开了瓶红酒，还在餐桌上点了蜡烛。兰涛回到家，被于秀珍突如其来的浪漫吓了一跳。于秀珍穿着带蕾丝花边的睡袍，斜坐在沙发上含情脉脉地看着他："老公，累了吧？"

兰涛当然不能累，他把于秀珍抱到床上。于秀珍闭着眼睛，陶醉在兰涛的亲吻里。这时候，兰涛突然说了句有点扫兴的话："对了，老婆，我的眼镜你找到没有？"于秀珍睁开眼："怎么了？这眼镜不合适？"兰涛笑着说"你也知道我眼睛那点度数，戴它纯粹是为了修饰脸形，不过这副新眼镜戴起来总觉得怪怪的。"

于秀珍想了想，说"可能是刚戴没习惯吧。我觉得这副比原来那副好看，我就喜欢看你戴这副眼镜。老公，以后你就戴这副！"说着，于秀珍还摸起旁边兰涛刚脱下的眼镜，硬要给他架在鼻梁上。兰涛只好笑着答应："好，老婆说戴哪副我就戴哪副！"

那天以后，于秀珍开始不看杂志，不听音乐，不出门逛街，不上网聊天，看电视成了她唯一的爱好。她每天估摸着兰涛到公司了，就迫不及待地找出接收器，接上电视，看兰涛批阅文件，看兰涛和同事吵架对下属发脾气，看兰涛在酒桌上把一个个前来刁难的人喝趴下。

准确地说，从屏幕上，于秀珍是看不到兰涛本人的，她是用兰涛的视角看到了他的生活。原本，结婚几年来，于秀珍以为自己和兰涛之间的关系渐渐变淡了，可现在，每日看着兰涛为这个家辛苦忙碌，于秀珍竟然又找回了当初热恋时的感觉。

这天，兰涛大概是签完了一个合同，提早下了班，他打发了那个副手小白脸，一个人开着车，最后，车停在了一家珠宝店的门前，店里漂亮的迎宾小姐拉开了门。电视机前的于秀珍一阵狂喜，自从戴上婚戒后，兰涛还从来没送过她这些东西呢。她随着兰涛的视角，看着柜台里琳琅满目的珠宝，太多太漂亮了：戒指不错，手链也可以，天啊，看那对钻石耳环，美得炫目，自己就想要这个……正胡乱想着，兰涛竟真的把手伸向了那对耳环。于秀珍从沙发上跳起来，像中了大奖一样又叫又笑，她关掉电视机，从客厅跳到卧室，又从卧室跳回客厅。

这天接下来的时间，于秀珍就静静地等着，等着兰涛敲门，等着他神秘地掏出那个绒布盒子……可她一直等了两个小时，兰涛还没有回来。于秀珍等不下去了，她拿出了藏在床底下的接收器，手忙脚乱地接在电视机上，打开了电视。

屏幕上是一个干净的房间，一张年轻女孩含笑的脸和一对晶莹闪烁的耳环。于秀珍所有的期待一下子被轰得无影无踪。

那女孩拿出了一张纸，那不是一张普通的纸，那是医院检测是否怀孕的化验单，结果是：阳性！

兰涛看了那张纸后抱着女孩转了好几圈。屏幕上，女孩欢笑的脸和后面飞旋的墙壁晃得于秀珍头昏脑胀。

于秀珍默默关掉了电视，藏好了接收器。那晚，兰涛回家后，于秀珍什么也没说，等兰涛睡着后，她一个人走到客厅里，静静地呆坐在黑暗里，直到天色发白。

接下来的日子，兰涛回家越来越晚，而屏幕里却越来越多地出现那张年轻漂亮的脸，兰涛给她买了好多东西，婴儿床、奶粉、纸尿裤、玩具……他们经常抱在一起笑，接着，眼镜就被摘下来，搁在床边，镜头也随之一直对着雪白的天花板不动了。每到这时，于秀珍就猛地关掉电视，放声痛哭。

可过不了一会，于秀珍又会坐回到电视机前，渐渐地，她越来越控制不了自己的情绪，她看着看着电视，会突然愤怒起来，她会跑进厨房里摔掉一大堆盘子，然后又去商场买回一模一样的摆回原处。可兰涛一回到家，她还是装作什么事也没有。她怕失去兰涛，她怕自己一揭发兰涛的外遇，他就会顺水推舟地承认一切，跑到那个女人身边去。那个女人年轻漂亮，肚子里还有个孩子，她于秀珍呢？三十多岁，没有工作，没有积蓄，没有社交圈，除了兰涛，她什么也没有。她明白，不能任由事情这么发展下去，只要那个孩子一出生，自己便再没有什么理由能留住兰涛了。

于秀珍知道，要想解决问题，一切都得从那个女人下手。可如何下手，下什么手，她一点

头绪也没有。

3. 推销员又来了

这天，于秀珍正窝在沙发里打盹，有人敲门，开门一看，门外站着的竟然是林真。于秀珍把他让进了屋子，林真笑容可掬地问：“我们的产品怎么样？有没有出什么故障？”

于秀珍淡淡地说：“没什么，只是有时候画面不清楚。”

“这是正常现象。”林真解释道，“您想，手机有时候还会信号不好呢，没有别的问题就好。您的脸色不太好，是不是昨天没睡好？”面对林真的关切，于秀珍心里一阵酸楚，连一个陌生人都能看出自己的疲惫，朝夕相处的丈夫却毫无表示。她说：“我最近有些失眠。”

林真低下头去在包里翻找了一会，从包里掏出了一个长方形的绒布盒：“那太巧了，您看，这项链是我们公司推出的一款新产品，对治疗失眠很有效。”

于秀珍接过盒子打开了，里面是条漂亮的项链，坠子呈泪滴状，折射着璀璨的光芒。她叹了口气，心想：现在我还戴给谁看呢？林真却没有察觉，得意地接着介绍：“这看上去是条普通的项链，其实里面奥秘可大着呢。您看这个吊坠，它其实是一个功能强大的微电脑，它能根据您的身体信息作出有效反应，用电磁波给您按摩穴位，促进新陈代谢，起到美容养颜、活血祛斑的作用，同时对治疗失眠也有效。怎么样，不错吧？”

于秀珍拿着项链，有些半信半疑，林真又说：“您可别不相信，上次我送来的产品您也用过了，是真是假您也知道。这款项链除了能保健，还有一个特别之处：它能防盗！只要我按照您的身体信息设定好，项链就能完全匹配您的生理特征，小偷如果戴上这条项链，不匹配的生理信息将会使项链对他做出电击。”

于秀珍心不在焉地听着，点了点头。林真继续说道：“您要是愿意，今天我就可以把信息给您设置好，不过设置好了以后，您千万别把这项链借给别人戴，别看它小小的，电力可大着呢。尤其是那些特殊体质的人，比如心脏病患者啊、孕妇啊，如果受到电击没准会送命的……”

听到这里，于秀珍猛然抬起头，眼睛里闪着异样的光芒，她拿着项链把玩了许久，才开口问林真：“你是说，一旦把我的生理信息设置到项链里，任何其他人戴上这根项链，都会遭到电击？”林真笑着点点头：“您的理解很正确。”

于秀珍深呼吸了一下，突然有点急切地说：“好，那你现在就帮我设置吧。”说这话的时候，她心里一阵狂跳，她觉得林真大概要看出自己的真实用心了，可林真还是亲切地笑着，一点也没察觉。

那晚，于秀珍把项链给了兰涛，她编了一个借口，说自己买了这项链后又不喜欢这个款式了，让兰涛拿去送客户好了，兰涛毫无怀疑地收下了。其实，于秀珍并不确定兰涛会怎么处理这条项链，也不确定事情会不会顺着她希望的那样发展。当晚，她又失眠了，直到吞了两片药，才昏昏沉沉地睡着了。

于秀珍醒来的时候，兰涛早就走了。于秀珍赶忙下了床，找出了接收器，打开电视机。兰涛已经在那个女孩那里了，而那条项链，也已经戴在了女孩的脖子上。于秀珍冷冷地笑了，她就知道，他会忍不住拿项链去献宝的。女孩幸福地笑着，在客厅中央像模特那样来回走着台步，展示着这件新礼物。突然，女孩表情痛苦地倒了下去。屏幕上静止了一会，忽然慌乱不安地晃动起来，一定是兰涛从座椅上跳起来，扑到了女孩跟前。于秀珍冷冷看着屏幕上那个不断痉挛的身体，心头涌起一阵快意。

现在，兰涛一定不知所措地蹲在那里，于秀珍不知道他现在是什么表情，但他和她一样，都眼睁睁地看着那个年轻的身体不停地挣扎，最后僵硬地安静下来。于秀珍在心里对兰涛得意洋洋地喊着:“叫救护车啊，怎么忍心让你的小情人受苦？”

于秀珍等着兰涛进一步行动，他或许会手足无措地大哭，或许会抱着女孩拼了命地往医院冲，可是，于秀珍猜错了。兰涛定定地站了一会，伸手去试了试女孩的鼻息，又把目光投向那条项链。最后，兰涛竟然摘下那条项链，拿起了自己的外套，若无其事地离开了。

于秀珍惊呆了。从这段时间的观察来看，她知道兰涛和那个女孩的约会是秘密进行的。兰涛一直很小心，从来不在她那里过夜，那个房子看来也是租的，可她毕竟怀着他的孩子，他怎么能抛下生命垂危的她、不管不

顾地走了呢？他怕这样的桃色新闻传出去影响他的事业？他怕去医院解释不清和女孩的关系？他怕女孩若真的死了、警察会把怀疑的目光落到他头上？

很快，电视里兰涛已经回到了办公室，他摘了眼镜，大概又在揉鼻梁骨，屏幕上，是他和于秀珍笑得甜蜜的合照。

晚上兰涛回来后，像什么事也没发生过，直嚷肚子饿。于秀珍从头到脚都浸在一股凉意里，她突然觉得，睡在自己枕边多年的丈夫，竟然如此陌生。

于秀珍想知道那个女孩死了没有，她突然有点可怜那个女孩，她侥幸地希望那个女孩在兰涛走后自己醒了过来，但她也知道这不太可能。兰涛再也没有去找过那个女孩，他正常地上班下班，正常地工作休息，仿佛什么事都没发生过。

以前，于秀珍从不知道兰涛是个有心机的人，兰涛单纯、勤奋、努力、专一……一切褒义词都能用在他身上。可现在，于秀珍吃不准了。兰涛一回到家，她就害怕，她不知道兰涛是不是在表演，他的一个笑容、一句玩笑，都像别有用心。于秀珍猜着防着，她觉得自己快要崩溃了。

4.最后的一击

事情似乎就在那天走向了无法挽回的结局。那天，兰涛说他要去香港出差半个月。

兰涛走后，于秀珍打开了电视机。她看到，兰涛并没有去机场，他把车开到了公司，进了自己的办公室。他拿起那张和于秀珍一起的合照，久久地凝视着。后来，他在照片上画了个叉。那个叉像一道封条，狠狠地划在了于秀珍笑意盎然的脸上。

于秀珍在电视机前，看着兰涛恶狠狠地划着他们那张亲密的合照，心里骤然悲伤到了极点。于秀珍知道自己做的事情愚蠢极了，那条项链毕竟是兰涛从自己这里拿走的，如果项链被做过什么手脚，自己是脱不了干系的，兰涛早晚会意识到这一点。于秀珍只是不知道他会怎么对待自己，既然他不愿意让人知道他有情人的事，那大概也不会把于秀珍送到警察那里去。他会提出离婚吧？毕竟自己杀了他的情人。情人也许不算什么，但她肚子里还有个孩子，他的孩子，他一直都喜欢孩子。

于秀珍正胡思乱想着，敲门声响了起来，开门一看，林真站在门外，他笑吟吟地看着于秀珍，说“我不进去了，您把这个合同签了我就走。”

于秀珍愣了一下，接过那份合同，问：“这是什么？”

林真笑着说：“那条项链被您当成杀人凶器了吧？那个女孩还怀了您先生的孩子吧？”

于秀珍说不出话来，只是直直地看着林真。林真彬彬有礼地说道:“您家发生的事情我们都知道了。接在您家电视后面的那个信号接收器并不是唯一的一个，我们公司里也有一个。对了，其实我们并不是什么研究高科技产品的公司，我们是一家私人情感干预公司，说白了，就是一家报仇公司。那些便宜卖给您使用的设备，其实都是为了今天这最后一单生意。对于您的情况，我们深表同情。您的先生欺骗您在先，现在他反而要向您报复。我们了解您的情况，离婚后您将一无所有，这太不公平了。现在，只要您签了这份合同，我们公司会帮您除掉那个背叛您的伪君子，让您得到这个家的全部财产。您放心，我们的手法是很高明的，绝对能干得神不知鬼不觉。当然，您是我的老客户了，我会给您八折优惠的……”

于秀珍愤怒得眼睛发红:“我怎么会想让自己的丈夫死呢？你们一定是疯了！请你现在马上出去，否则……否则我告你侵犯别人的隐私权！告你们敲诈勒索！”

林真依旧笑着:“您别激动，先仔细想想里面的利害关系。我们是出于人道帮您，不忍心看您成为一个彻底的受害者。再说，我给您的那两套产品也不能让您白用了不是？”

于秀珍已经不能冷静地思考了，她把手里的几页纸撕得粉碎，声嘶力竭地喊着:“滚！滚出去！”

林真不笑了:“您太不冷静了，您失去了最后一次机会。那我告辞了，这次，您可不会像上次一样，打个电话就能找到我了。”

于秀珍站在门口，平复着自己的情绪。林真他们会怎么样？没达到目的，他们还会再来的，可自己从没想过让兰涛死，从来没想过。他是自己的丈夫，怎么忍心让他死呢？可他们知道一切，他们会把自己送进监狱的。自己不怕坐牢，可坐牢真能解决

问题吗？他们要的是钱，要能买下一条人命的钱，这样的人，什么事情干不出来呢？

于秀珍被自己的想法吓了一跳，她跑进卧室，翻她的存折，翻她的首饰，翻出了一大堆能换成钱的东西。她抱着这些东西，眼泪止不住地流下来。自己当初为什么就那么好奇？他有外遇就有外遇吧，他有孩子就有孩子吧，至少他还是我的丈夫，他还平平安安地在我身边，我们还像从前一样生活着，平淡、温馨。

于秀珍抱着一大堆东西跑进客厅，发现电视还开着。都是它，害我到了今天这个地步，于秀珍走到电视机前，想关掉电视，突然，她呆住了。

屏幕上，是一张熟悉的笑脸，是林真！

现在，林真就坐在兰涛对面，热情地笑着，嘴巴开开合合，像在讲述着什么故事。

于秀珍瘫坐在地板上，怀里的东西散落了一地。接着，电视屏幕上出现了一份合同，和林真之前给于秀珍的合同那么相似。兰涛的手在合同上轻轻地敲击着，终于重重地签下了自己的名字。

林真一定告诉了兰涛一切，告诉了他是于秀珍杀了他的儿子，现在，兰涛要她死。

于秀珍悲苦地干嚎了一声，猛然从地上跳起来。她打林真的电话，关机。她打兰涛的电话，也关机。她拔了电视的插头，拔了电话线，她把所有的锁都锁住，关上了所有窗户，拉下窗帘，屋子里顿时暗了下来。她蜷缩着抱住自己，泪水汗水糊了一脸。绝望中，她微微颤抖着。

兰涛是十天后被于秀珍杀死的。他在香港下了飞机就给家里打电话，可没有人接，本来行程计划半个月的，他不到十天就办完了所有的事，匆匆赶了回来，没想到一进家门，躲在门后的于秀珍就拔出了刀子……

事后，于秀珍一直惊恐地喊着："他要杀我！他要杀我！"医生说她得了精神分裂。她不用为兰涛偿命，可她也失去了自己剩余的人生。

于秀珍永远也不知道，那副眼镜其实只是普通的眼镜，那条项链也只是普通的项链，那台所谓的接收器接收的不是什么超频信号，只是普通的录像信号，电视里播放的内容，都是事先录好的录像。那接受器同时也是一台监视器，能监视到于秀珍家客厅里的情形。她一直以为自己在监视别人，其实被监视的，恰恰是她自己。

兰涛死后，他公司的业务都被他原来姓林的副手接管了。这个爱笑的小伙子很快谈妥了一项久久没有谈成的项目，成了项目经理。据说，这次他可以多赚五千万。

（题图、插图：杨宏富）

击鼓而歌

□梁　锐

在历史长河中，有这样一些人值得我们记住：他们以无比的智慧、无畏的勇气，做出了无私的牺牲——只为了捍卫心中的那份正义……

1．百足人参

西汉初年的一天下午，被刘邦分封的齐国都城临淄暑热难耐，忽然，集市上让出一条道来，只见一名大汉背着一把斧头出现在人群里，这大汉体壮如牛，一脸杀气地闯入一家当铺，没一会儿就满身血污地出来，手里还拎着两个人头。集市上顿时大乱，奇怪的是，行凶的大汉却不逃跑，反倒不慌不忙地坐到当铺门口的条椅上，把人头往地上一撂，顺手从一旁的摊子上取来几张烙饼，大口嚼着，从容得很。有人认出这大汉正是不久前才到临淄西门卖肉的屠夫，名叫娄布，于是马上报了官。

不一会儿，官府的差役赶到了，为首的捕快一见大汉就骂道：“好个刁民！光天化日之下竟敢逞凶杀人，给我捆起来！”

娄布瞪大眼睛喝道：“什么逞凶杀人？这当铺的掌柜，前日算计了我的父兄，我这是来报仇的；况且我有药材进献，死罪当赦！”说话间，娄布从衣襟里掏出一份帛书扔到地上，这正是刚从城门处揭下来的一份布告。差役们小心翼翼用剑挑开，只见

布告上写着——相国曹参得了病，按照药方，急需百足人参，民间如有进献者，或赏百金，或可赦免死罪。

差役们你看我，我看你，说不出话来。按照汉律，平民是不能直接面见相国的，但此事十分特殊，为首的差役想了想，不敢怠慢，吩咐手下把娄布上了锁链，带到了相国府。

相国曹参听说娄布白天跑到集市杀人，杀了人后还不逃跑，觉得既新鲜又蹊跷，于是从病榻上起来，赶到大堂审讯。这曹参追随刘邦打天下，戎马一生，什么样的人没有见到过？他见娄布眉宇间透露着一股正气，顿时眼前一亮，于是撇开杀人的事不谈，问娄布知不知道他得了什么病。

娄布答道："布告上说需要百足人参，这种陈年老参饱受地气滋润，和别的药配起来熬汤阴性极重，只能用于调和阳性极重的疾病，所以相国的病不是心绞就是黄疸症，而心绞和黄疸同源，都与心相关。相国才到齐国不久，以国事为己任，郁结于心，时间一长，这才得病。"

医师为曹参诊断的正是黄疸症，曹参见娄布答得头头是道，心下大喜，但随即叹了一口气，说："我这里人参是有的，但最大的一棵支根和茎须加起来仅有九十条，俗称'九重归参'，虽然也是世间稀品，但还不如百足人参，不能入药……"

娄布一听笑了，说"正好我家有祖传秘技，可以用一只鼎一个鼓让人参生足，我愿为相国演神技。"

曹参听了勃然大怒："大胆娄布，真是一派胡言！你犯了死罪，还敢戏弄官府，来人，将罪民拉到刑室等候发落！"侍卫闻声赶来，立即拿下了娄布……

可奇怪的是，娄布并没有被拉到刑室，却被辗转带到一个地下密室，侍卫为娄布松开了手上的锁链，紧接着，搬来了一只鱼纹铜耳鼎、一座红漆木架竖鼓。准备妥当后，几个侍卫护着曹参进来了，曹参一见娄布就说："方才冒犯了，此事不宜声张，所以把你带到这里，请大侠为我演神技。"说完，贴身心腹取出了那棵"九重归参"，小心翼翼地放到了娄布跟前。

娄布作了个揖，指挥两个侍卫生火烧水，自己则袒露上身，在竖鼓上取出一对鼓槌，鸣鼓起舞。娄布在舞动躯干和手足的同时敲击鼓面，时而转体，时而跨步，时而俯身，时而飞跃，火光映在他的身上显得神奇而诡秘。在场的人无不眼花缭乱，啧啧称奇。第二通鼓开始的时候，娄布扯开低沉的嗓门唱了起来："大风起兮云飞扬，威加海内兮归故乡，安得猛士兮守四方！"歌声哀而不怨，反复咏叹，余音袅袅不息。响了几通鼓以后，鼎里的水也沸腾了，热浪逼得众人额头直冒汗珠。不知道是不是受了现场的气氛感染，在场的人都感到放在地上的“九重归参”在微微颤动，似乎是在对鼓点声不停地做出回应，而铜鼎下的火焰起伏飞扬，看起来就像火焰在随着节奏起舞。就在这个时候，在场的人呆住了：怎么啦？曹参的眼眶中竟然噙着闪光的泪花！

就在这时，鼓乐戛然而止，刹那间，娄布闪到一个侍卫的身后，抽出侍卫挂在腰间的长剑，顺势一送一扬，地上的“九重归参”竟被剑锋挑起，“扑通”掉进了沸水中，与此同时，娄布趁众人目瞪口呆之际，突然举起剑来往地上砍去，当众人反应过来的时候，却发现娄布竟然自残，把十个脚趾齐刷刷地断了一节，紧接着将这些断了的脚趾也逐一挑进鼎里。片刻间，人参和断趾全在高温下熟了、烂了，以至无形，鼎里的沸水变成了泥黄色、药材味极浓的汤水。这种以十个断趾来凑百足人参的做法，曹参曾听精通医道的老医师讲过，却第一次在现场见着，禁不住目瞪口呆、大惊失色。

此刻，娄布大汗淋漓，又失血过多，终于体力不支晕倒在地，而一直在旁静静观看的曹参激动万分，兴奋地自语道：“我终于等到一副好药了！”

2. 高粱美酒

娄布没有死，经曹参的鼎力推荐，他当上了齐王刘肥的贴身侍卫。娄布凭着耿耿忠心和神乎其神的武艺，赢得了刘肥的倚重，常常被派到皇城长安办事。

几年后，高祖刘邦驾崩，汉惠帝即位。惠帝二年，曹参由于德高望重，而且在齐地九年治理有方，被召还朝

廷担任丞相。又过了些时候，刘肥很想念这位相国老师，更想见一下新任皇帝，于是要进都朝奉。汉初还没有藩国主动提出朝奉的先例，齐国的属臣们极力劝阻，可是谁也拗不过固执的齐王，只好把这事奏请了朝廷。

这时执掌朝政的其实是吕后，她一看到这份奏折，顿时气不打一处来。吕后为什么那么愤恨，得先说说原因：这刘肥，便是高祖刘邦的老相好曹氏所生，高祖素来好色，也不知道他是在哪个酒肆认识这曹氏的，反正在刘邦认识吕后前她就有了身孕，刘邦一直把这事瞒着，直到君临天下、带出来给吕后看的时候，吕后傻了：人家儿子比自己的还大！吕后咬牙切齿，恨不得把刘肥母子给生吞了，不过那时刘邦还在，吕后只能算个打杂的管家，虽然她多番算计过刘肥，却总是功亏一篑未能得手，似乎冥冥之中有神灵相助刘肥，吕后也只好把这一肚子怨气埋在心中。

现在不一样了，吕后的儿子已是堂堂正正的大汉皇帝，同时也是个傀儡，事事得看他老妈的脸色，现在的吕后，可谓权倾一时、炙手可热啊！眼下，吕后见刘肥要来长安，暗自思忖了一会儿，然后批了“依意”两字，对着夜幕，嘴角露出了神秘莫测的笑容……

刘肥得到许可后，装好上百箱的黄金白银、翡翠玛瑙，从齐国出发了。珠宝贵重，刘肥特地挑了三百精锐铁骑护卫，整支队伍浩浩荡荡，一路上尘土遮天蔽日。

刘肥一行到了长安专门接待贵宾的馆舍里，正要休息的时候，有人进来急报，说是丞相曹参送来礼物，刘肥大喜，打开盒子一看，是一把闪着耀眼光辉的银柄匕首，盒子内外没有任何文字提示。刘肥百思不得其解，拿给一旁的娄布看，娄布看了好久，没说一句话，却皱起了眉头。

第二天一早，几个礼仪官就来请刘肥进宫，刘肥带着娄布等几个贴身随从，拣了几块价值连城的宝玉就进宫了。到了御花园，惠帝见了哥哥，高兴万分，跑过来一把抓着刘肥的手，刘肥和惠帝寒暄一番，欢欢喜喜地去见太后了。

刘肥哪里知道，惠帝其实早料到母后会加害刘肥，不过惠帝生性仁慈，他故意将酒席安排在御花园，这里视野开阔，一览无余，而且任何人不得携带兵刃，惠帝心想，母后无从下手，也就会罢休了。

皇太后吕雉盛装打扮，见了刘肥以后，满脸堆笑。刘肥恭恭敬敬地答了话，又趁机掏出珠宝献给吕后，气氛好得不得了。其实，吕后可不是简单角色，她工于心计，现在瞧着刘肥身后跟着一位彪形大汉，先是暗自惊奇，后来又见娄布不说一句话，规规矩矩地站在刘肥身后，暗想这厮也不过是一个普通的蛮汉，于是也就放下心来。

席上莺歌燕舞、喜气洋洋，酒过三巡，话也多了，惠帝和刘肥谈到往事，感慨不已，伤心处声泪俱下相抱痛哭，开心处拉拉扯扯手舞足蹈；娄布也喝得酩酊大醉，靠在树上打盹。杯盘狼藉之际，吕后忽然离席。

吕后来到了御花园一个绿阴重重的偏僻处，那里早有人恭候着，他叫审食其，是吕后的亲信。

这个审食其，一直是吕后身边的“舍人”，也就是专门跑腿的高级侍从。彭城之战汉军大败，审食其和刘邦的老爸、吕后一同当了楚军的俘虏，好在接下来楚汉对阵，刘邦用计骗得项羽放归刘老爹和吕后。天下一统后，审食其就仗着当年守护吕后这份功劳而飞黄腾达。审食其长年在吕后身边做事，当然懂得揣摩主子心思，此刻他马上对吕后的眼色心领神会，微微一笑，然后退去。吕后也沿原路返回，本以为天衣无缝，做得干干净净，不料这一切全被靠在树上打盹的娄布看在眼里。

娄布的确喝了很多酒，但他根本就没醉，倚树打盹不过是障眼法而已。吕后中途离席，娄布便施展轻功尾随其后，御花园本来就树茂林密，吕后怎么也没想到这个五大三粗的蛮汉居然会轻手轻脚地躲在自己身后，就连精明过人的审食其也未察觉。

宴席依旧热热闹闹，这时，上来了一个托着玉盘的侍女，玉盘上有两杯酒。吕后清清嗓子，对刘肥说：“齐王远道而来，实在辛苦，我以关中最为珍贵的高粱美酒敬齐王一杯，请。”刘肥喝得开心，毫无戒备，当即就要伸手将酒杯端过来，就在这刹那间，忽听一声大喝：“且慢！”这声音如同惊雷一般，只见娄布站了出来，他大大方方地向吕后作了个揖，说：“齐王千里迢迢进都，为的是祝福太后永

安，请太后先饮。”说完，娄布从侍女手中夺过托盘，用手指顶住，稍稍用力，托盘竟“呼”地打起转来，就像现在的杂技艺人耍“转盘”一般，在场的人不明就里，还以为娄布现场献艺，纷纷叫好。待娄布将转定的托盘端到吕后面前时，吕后傻了，她可分不清哪一杯是毒酒哪一杯没毒啊！

吕后咬咬牙，勉强笑道：“哀家年事已高，不胜酒力，方才喝了几杯淡酒，已经昏昏沉沉，还是让齐王饮吧。”谁知娄布又将托盘端到惠帝面前：“既然皇太后不适，那么请皇上代饮。”惠帝高高兴兴，端起一杯就要饮，吕后看着着急，仓皇起身抢步过来，一手打掉惠帝手中的酒杯，“哐当”一声，全场愕然。吕后恶狠狠地瞪了一眼娄布，忿忿而去。就在这时，倾洒在地上的酒水竟冒出腾腾水气，“嗞嗞”作响，众人方知其中有异，顿时大惊失色，宴席草草收场……

3. 帛书地图

刘肥回到馆舍以后，惊魂未定，马上吩咐启程出都。正备着马，忽然接到急报，馆舍门外围起了重兵，说是丞相曹参秉承太后旨意，特派皇家军队护卫齐王，还特别叮嘱近来长安盗贼很多，齐王无事就不要外出，请在馆舍安心休息。

刘肥听完才醒悟过来，差点没晕过去：“曹参这个忘恩负义的小人害我啊！上次送我匕首就是指望着我死呀！”一个随从当即拔出剑来：“大王，拼了！”一帮子精锐卫士都齐声附和道：“拼了！杀一条血路出去！”

娄布冷笑道：“硬拼无异于谋反，谋反者天下共诛之，即使诸位能杀回齐地，又有何用？保主公一日容易，试问诸位，能保主公一世平安吗？”

那帮傻乎乎的卫士被呛得无话可说，只得打消了硬拼的念头。刘肥也没什么好主意，他本以为吕后会恼羞成怒，会大开杀戒，不料吕后天天差人送来美酒佳肴，还让宫里的舞女来馆舍表演节目，一连十几天，天天如此待遇。刘肥带来的将士们不免松懈，心想反正生死难卜，于是大碗大碗喝酒，大块大块吃肉；酒一喝多，便去搂那些舞女，渐渐地全沉湎在温柔乡里。刘肥看在眼里，急在心里，走又走不得，留又不能留，而且无法将信息传回齐国，他渐渐明白了：吕后是想把自己软禁在此了！

那一天，刘肥因不能回国而对着窗外独自流泪，恰巧娄布进来，说曹参又派人送来一个盒子。刘肥打开盒子，取出一幅卷轴慢慢展开，原来是一幅描绘了齐国区划的帛书地图，地图的右下角写着一个模糊的“张”字，正看着，忽然“咣当”一声，从帛书中掉下一把黄金匕首！

“这是在连连逼我自尽哪！”刘

肥苦笑着摇摇头，放下地图长叹一声，“娄布，你随我几年了？”

娄布拾起地上的黄金匕首，若有所思地答道：“主公，八年了。”

“你是我最信任的随从哪，无奈如今身囚长安，你在我身边也无益处，这里有些珠宝，我分给你，你另寻出路吧。”说完，刘肥打开箱子，找了几件绝好的物件给娄布，娄布收下以后说：“曹参的礼物想必主公不想再看见了，不如转送给小人吧。”

说起曹参的礼物，刘肥禁不住叹了口气，自言自语地说：“如果我按照他曹参的意思先行自尽，就不必在御花园受辱了，娄布啊娄布，你虽然化险为夷、救我一命，但世事难测啊，如此是幸还是不幸？”

娄布好像没听见刘肥的话，他把帛书地图和黄金匕首收好，自顾自地说道：“主公往日非常喜爱翡翠树，可否分些给我？”

刘肥马上将身边的一件翡翠树赐给娄布，不料娄布摇摇头说：“这件太小，主公的贡品中应该还有更大的。”

刘肥没想到娄布如此贪心，就让随从把几件最大的翡翠树给了他，娄布仍是不满足，说：“主公平生最爱金丝玉缕珍珠链，可否分些给我？”

刘肥瞪了娄布一眼，取下正戴着的一串金丝玉缕珍珠链扔给娄布：“哼，想不到你到底还是屠夫本性！”

娄布没有说什么，他麻利地将几样宝物放到一个包袱里，这才凑到刘肥耳边轻轻地说：“臣下今日要去做一桩大买卖，主公可安心等待。”说完，他便悄然离去。刘肥见了，莫名其妙，不知道娄布要到哪里去、做什么大买卖。

当天夜里，娄布背着几件无价之宝，仗着夜幕掩护施展轻功，飞檐走壁，不大一会儿就翻进了一户人家，

这正是吕后宠臣审食其的家。那审食其正独自端坐在屋中央看简牍，忽见眼前冒出一个大汉，吓了一跳，不过那大汉并没有行刺，而是毕恭毕敬地跪着不动。审食其定睛一看，原来是娄布，便问：“你如何进来的？”

娄布依然低头跪着，恭恭敬敬地答道：“我早先在都中办差事，曾路过贵舍。”

“为何进来？”

“小人愚笨，想请教大人一事。”

“讲。”

娄布这才把头抬起，说：“不知天下万物，是否都有价可言？”

审食其合上简牍，哈哈大笑：“我听说你是屠夫出身，沽名钓誉本在我等之上，为何出此言论？”

娄布将包袱呈上，审食其迟疑了一下接过包袱，刚一打开，几件宝物便闪闪发光，屋内顿时金碧辉煌，审食其大惊失色，只听娄布说道：“我主公希望以宝物换取性命。”

审食其拿起翡翠树，掂量一下，又拿起珍珠链，掂量一下，爱不释手，而娄布依然低头跪着：“大人尚未回答小人呢。”

审食其眼珠子转了又转，终于放下宝物，对娄布说道：“娄布，我实话告诉你，这些仅可买刘肥现在不死，要买将来不死，还差三样东西……”

“愿闻其详。”

“齐王得割三郡之地。”

“不难。”娄布取出一幅帛书地图，“请参见地图。”审食其一怔，接过地图，只见上面用大红朱丹点了齐地三个富庶的郡，地图的右下角，隐约写着个“张”字，审食其吃了一惊，但他马上回过神来：“然后，齐王得尊鲁元公主为母。”

娄布答道：“齐王早有此意，特地让我转告，三郡中最好的城阳郡将作为母亲的封地。”

审食其又一怔，陷入了沉思，过了好久，他用下巴指了一下娄布的脖子：“还有一件东西嘛，就是你的脑袋！”

“这个最容易，不过大人既肯收我东西，是否一诺千金呢？”

审食其眯着眼睛笑了起来：“当然，我说到做到！”说话间，娄布突然起身深深作了个揖，然后抽出一把黄金匕首，审食其只看到眼前金光一闪，一颗人头已滚到了脚下……

4. 翩翩舞者

刘肥焦急地等待着娄布回来，不知不觉，竟趴在案几上迷迷糊糊睡着了。第二天一早，侍从唤醒刘肥，说是有人求见，刘肥急忙请客人进来，客人入室后，刘肥一看，只见来人黑纱遮脸，显得十分神秘。那人见四周无人，便从包袱里掏出两张刻着符文的通行证，又捧出一个匣子，刘肥打开匣子一看，登时哭得眼泪汪汪。

隔了一天，吕后在御花园宴请齐王，不过这次没有让惠帝参加。刘肥匆匆进宫，见吕后早已坐在尊位上等候，于是慌忙在三十步外一步一磕头。这时，审食其大声说道：“这位便是鲁元公主。”刘肥赶紧“扑通”一下跪倒在鲁元公主跟前，一边挤出几滴眼泪：“母亲啊母亲，儿子好想你啊！”

那鲁元公主，其实就是吕后的女儿、惠帝的姐姐，算起来，本该称刘肥为兄长才对，现在刘肥一个劲地行母子之礼，鲁元公主居然也厚起脸皮来答礼，引得哄堂大笑。吕后更是得意得不得了，她暗想，刘邦啊刘邦，你赶快睁眼看看你与那曹氏生的乖儿子吧！封了最富庶的齐地又怎么样？还不是我叫他割地就割地、玩弄于股掌之中？比我儿子年长又怎么样？如今他尊我女儿为母亲，论辈分，他得叫我奶奶啦！想到这里，吕后感到多年来积在心中的恶气终于得到了发泄，便放声哈哈大笑。她禁不住以赞赏的眼光看了审食其一眼，审食其赶紧谦卑地低下头。这家伙，正是吕后肚子里边的蛔虫哩，吕后所想的，他拿捏得一清二楚。

刘肥呢，窝着一肚子的不爽，这几声“母亲”，他叫出来后连自己都感到特别恶心，但他想起了一片苦心的娄布，想起了远在齐地的儿子。眼下毕竟不是意气用事的时候，为了保存家人，为了不辜负娄布，再屈辱也只得忍一忍啊！于是，他又恭恭敬敬地向吕后、鲁元公主等人逐个祝酒，敬完后规规矩矩地坐着饮酒，正正经经看文艺表演，若非回答问题决不开口说话。席终时，刘肥才向吕后轻轻道出一句：“太后奶奶在上，儿臣想择日先归齐地，为我母亲清理城阳郡封地，准备盛大庆典恭候圣驾，不知可否？”

吕后脸色一沉，审食其慌忙俯身在吕后耳边嘀咕道：“太后明鉴，现在娄布既除，齐王割了三郡之地，已经不成气候，如果不答应齐王回国的要求，恐天下诸侯不服啊！”吕后听了，不置可否，沉吟起来……

宴席之上，吕后虽没有当场应允刘肥返回齐地，但刘肥已经把她的心思摸了个八九不离十。当天晚上，刘肥打扮成一名卖酒的商人，独自一人，凭着审食其的第一张通行证逃出馆舍，直奔长安城东门，没想到路上碰到一支队伍，打的旗号是“东城门卫官”，那是正赶上守门的士兵换班了。令人意想不到的是，刘肥被领队的守门官拦住了，刘肥赶紧把第二张通行证掏出来，没想到守门官一看大怒：“原来是案犯，抓起来！”刘肥一下子懵了，连忙声辩“我怎么成案犯了？”那守门官喝道：“你手下有个姓娄的，几年前杀了我的一个兄弟，今天可栽到我手上了！” 守门官说完，挥手示意手下将刘肥五花大绑，押上一辆遮得密密实实的囚车。

囚车一路前行，不多一会儿，在一座气派不凡的大宅子前停下，刘肥被人带进宅内后立刻松了绑，随后又单独带进一间书房，房内早已摆好了一桌酒席，刘肥定睛一看，眼前站着一个熟人，那人一见刘肥就跪了下来："主公受苦了，请受曹参一拜！"刘肥还没明白是怎么回事，身后的守门官扯掉了头盔也跪了下来："齐王受委屈了，请受老臣张良一拜！"

在压惊的酒席上，曹参终于揭开了谜团——

原来，曹参派重兵"软禁"刘肥，正是怕吕后急切下毒手的保存之举，不过是做给吕后看的，骗取信任以争取时间。其实吕后压根儿没想过要放走刘肥，而在娄布和审食其交涉的当晚，审食其就向吕后告了密，吕后本来想大开杀戒，但张良巧妙地通过地图上故意让人看的那个"张"字警告吕后：开国元老张良可在局中哪，对于这样一位元老，吕后不得不有所顾忌。狡猾的审食其向吕后献计，让刘肥以"商人"的名义通行，然后用娄布的命案借题发挥，第二张通行证，其实就是认定商人刘肥连坐娄布命案的密令；同时，吕后派出亲信在长安城东门布置重兵，只要有人交出"通行证"就斩立决。于是，情急之下张良打扮成换班的守门官，中途把刘肥截住，接到安全处所。

刘肥听完后，当即跪下给两位老者行礼，曹参连忙扶起刘肥好生宽慰，刘肥想到娄布，悲切地哭道："可惜娄布啊，白白为我献身了。"

张良沉吟片刻，缓缓地把一壶酒洒在地上，声音略微颤抖地对刘肥说出了有关娄布的隐情："先主高皇帝知道吕后心胸狭窄，将来必定为难他最年长的庶子，也就是齐王您，于是数年前派曹参去齐国为相辅助您，而叮嘱我在都中观察吕后的动向，一旦

她有谋害齐王的举动，就派人通知曹参。其实，您在齐国时，吕后已经在您身边安插了多名亲信，为了避开耳目，进行秘密联络，我和曹参约定联络人必须以《大风歌》和自残见血为暗号，之后曹参通过这个联络人和我保持沟通。”

当时张良和曹参约定联络人必须自残见血，因为，万一有人截获情报，即使他知道《大风歌》的暗号，也定然不肯付出自残见血的残酷代价来伪装联络人。话说回来，曹参万万没料到张良居然能在世间找到娄布这样智勇双全、侠义心肠的人选，“娄布献药”这一场“戏”演得恰到好处，骗过了相国府里里外外多名卧底，连曹参也是最后才醒悟过来的。

正是由于娄布的出色表现，张良和曹参遥相呼应，使得吕后对齐国的多番算计都落空了，可是，不懂得政治棋局艰险的刘肥执意进都，尽管曹参暗中授意齐王的属臣们极力劝阻，可刘肥就是不听，最终羊入虎口。吕后希望借此机会除掉刘肥、分裂齐地，不过吕后身边有曹参的线人，曹参和张良很快截获了情报。

张良要求娄布不惜代价保护齐王，并以银匕首为警戒信号，而黄金匕首则作为吕后即将动手的最高警示信号，于是娄布马上贿赂审食其、实施“割地保身”的方案，给张良和曹参介入营救行动创造机会。娄布夜见审食其，应对自如，从容赴死，似乎对吕后的全盘计划了如指掌，这打乱了吕后的思路，她震惊了，最终没敢正面下手，而审食其自以为万无一失的借刀杀人之计，反而被张良将计就计，救出了困于局中的刘肥。

曹参万分感叹：“娄布以死来骗取审食其的信任，为我们创造了营救机会，可惜我对娄布的家世一无所知，不然至少可以立个碑作个传，遗憾哪！”

张良长长地叹了口气，泪眼蒙胧，他沉吟一会儿，对曹参说出了之所以隐匿娄布身份的原因：“当时我知道，这个联络人必须隐藏高皇帝和你我之间的秘密，还得时刻接受生死考验。我经过千挑百选，才从自己的族人后辈中挑出一名优秀的青年，改名为‘娄布’，而当年为了配合他，他的父兄甘愿到临淄伪装成当铺的掌柜，在必要时作了自我牺牲。”

听完这一段话，曹参惊呆了，一旁的刘肥早已抓住张良的手号啕大哭，一句话都说不出来。

后来，在张良和曹参的安排下，刘肥被秘密护送回齐国，于惠帝六年去世，谥号惠王。刘肥的灵柩下葬时，人们看到有一个镂金的衣冠匣陪葬，匣子上雕刻着一个击鼓跳舞的威武艺人，可是，谁都说不清楚这个舞者到底是什么人……

（题图、插图：黄全昌）

最爱你的人

根据日本作家赤川次郎的
小说改编

这天深夜，城郊的小桥上空无一人，突然，远处出现了一个妇女的身影，这个妇女名叫绫子，只见她怀里紧紧抱着一个小包，向着小桥疾步走来。

绫子来到了桥上，她看看脚下湍急的河水，一下子将怀里的小包飞快地抛入河中。这小包里藏着一个秘密，而绫子无论如何也不能让丈夫渡部知道这个秘密。

扔完小包，绫子匆忙往回赶，明天还要起个大早，给丈夫和女儿准备早饭呢。回到家，绫子轻轻打开后门，穿过厨房，溜进卧室——却见丈夫渡部站在那里，满脸怒色：“你上哪儿去了？”

绫子愣住了，一时说不出话来。

“哼，是把什么见不得人的东西扔了吧！”看来丈夫已经发现了自己的举动，绫子的脸色一下子变白了。

“扔了什么？说！”

绫子摇摇头，反问了一句：“你在怀疑我什么？”

丈夫好像真的生气了：“我替你说了吧——你扔的是你上司北山的信！我知道，他一直在追求你！”

绫子睁大了眼睛，好像想说什么，可接着，她慢慢将视线移到脚下，低着头，不再说话，那样子竟像是默认了。

“你真的跟那家伙勾搭上啦！”丈夫“啪”的一记沉重的耳光，把绫子打得头晕目眩，一头栽倒在床上。

等绫子好不容易抬起头时，丈夫已不见踪影，只见女儿由纪子怯生生地站在床边，黑黑的瞳仁里充满着恐惧和疑惑。

突然，由纪子张口问道："我到底是谁的孩子？是爸爸的，还是叫北山的那个人的？"

绫子吓了一跳，惊讶地说："你为什么问这个？"

"我想知道。"

良久，绫子没有做声，微风吹拂着她那已有些变白的头发。又过了好一会，绫子终于开口了："好，那就告诉你吧，妈妈只告诉你一个人……"

"你爸爸和我结婚前，还爱着一个人，她叫……晶美。"

晶美和绫子是同班同学，在中学里，她们比渡部低一年级，当时她们都很迷恋渡部，可绫子偏偏和晶美又是最好的朋友。不过，这两个女孩儿那时还处在不敢向异性吐露爱慕的年龄，因此，也就没有发生什么争"郎"大战。论家庭背景，绫子占上风。晶美死了父亲，与母亲二人相依为命，日子过得很艰难。她穿不起绫子身上的漂亮衣服，也不善于玩耍。不过，绫子知道，晶美特有的那种清纯、温柔和娴静是谁也学不到手的。

那件事发生在一个炎热的暑假。那天，晶美突然跑到了绫子家，渡部正巧也在绫子家一起温习功课。紧追着晶美而来的是一群凶神恶煞似的男仆，他们的主人是当地的首富，晶美的母亲就在那家干活。

"让那个女孩儿滚出来！"男仆们叫嚣着说，他们家小姐放在梳妆台上的宝石不见了，晶美当时正进府找她母亲，所以男仆们一口咬定，宝石一定是晶美偷的……看到晶美无助地流着泪，渡部发怒了，他让晶美躲进里屋，他转身直奔门口，跟那帮男仆大吵起来。

大概是被渡部那不要命的样子吓住了，男仆们嘟嘟囔囔地回去了，本

来他们也只是猜测，没有充分的证据。

渡部走向面色惨白、颤抖不已的晶美，温柔地拉起她的手……

然而，事情并未就此结束。暑假期间，晶美偷窃宝石的传言传遍了整个镇子。新学期开始后，几乎没有同学愿意跟她说话，她母亲也失去了工作，娘儿俩的日子更难过了。渡部却因为这件事真正地爱上了晶美，那不是出于怜悯或同情，而是纯粹发自内心深处的诚挚之情。绫子只好把自己的感情深深埋在心底，她一如既往地关心着晶美，同时暗暗在心里发誓：委屈自己，成全他们。

但是，单靠渡部这么一个学生的爱情，是无法支撑母女俩的生计的。在那年晚秋的一个黄昏，陷入绝望的晶美和母亲终于一同投河自尽了。

“后来，你的爸爸倒插门到了咱们家，再后来，就有了你。”绫子停顿了一下，继续对女儿说，“不过，你爸爸在心里一直思念着晶美。我只是他的妻子，晶美才是他所爱的人，而且只爱她一个……”

女儿由纪子听到这儿，长长地叹了口气，“可这与妈妈扔到河里的东西有什么关系呢？”

“今天，我打扫里屋的时候，发现了塞在天棚上的宝石。看来，当年晶美被人追到咱们家，趁你爸爸跟人吵架的当儿，踩着板凳，把宝石塞到了天棚里。我把宝石偷偷扔到河里了。”

“是、是这样……”由纪子几乎喘不过气来，“那你为什么不告诉爸爸呢？”

绫子莞尔一笑：“我知道，晶美的不幸使你爸爸在身心方面所受的打击有多大。对你爸爸来说，晶美是完美无瑕的女性偶像，如果告诉他真实情况，你想会发生什么事儿？”

“妈妈！”由纪子紧紧地抱住了母亲，“你才是最爱爸爸的人啊！”

在女儿的拥抱下，绫子的脸微微发红了。

（**推荐者**：阿　朱）
（**题图、插图**：安玉民　梁　丽）

·海外故事·

□于　强

一百亿分之一

爱琳和劳尔斯结婚不到一年，却整天吵架吵得没完没了，吵完了很快和好，和好了又很快再吵。这天，为一点鸡毛蒜皮的小事，两人又大吵起来，而且战火越烧越旺，谁都不肯让步，最后爱琳尖叫："咱们去离婚！"劳尔斯也大叫："谁怕谁，不敢去的是胆小鬼。"

两人气冲冲地找到一家律师事务所，没想到那里的律师竟然是两人的老同学戴尔。戴尔听完两人的离婚理由，哭笑不得："就为这点小事离婚，太不值得了吧？"

爱琳一边哭，一边痛诉劳尔斯伤了她的心，劳尔斯则铁青着脸，不停地抽烟，不时大吼一声："难道都是我的错吗？"

戴尔劝他们互相忍让，最后他说："你们其实还是爱着对方的，如果为一点小事就要离婚，那也太幼稚了。"他告诉两人，在他的老家圣路易斯，有一对老夫妻，结婚都七十年了，还十分恩爱呢。"七十年？"爱琳和劳尔斯瞪大了眼，半信半疑。戴尔说，既然他们不相信，不妨亲自去拜访这对老夫妻，向人家学学相处之道。

几天后，戴尔带着小两口找到了那对夫妻，丈夫乔治都九十多岁了，身体还十分硬朗，三人去时，他正在给身患眼疾的妻子修剪趾甲，而妻子则满脸甜蜜地抚摸着丈夫花白稀疏的头发。听完三人的来意，老乔治忍不住呵呵笑起来："这世界上哪有不吵架的夫妻啊，实话告诉你们，当年我们还曾经吵得几乎要离婚呢。"

爱琳和劳尔斯忍不住问，是什么使他们最终没有分开呢？老乔治回忆，当时那场架吵得真凶，两人谁都不肯让步，最后几乎要离婚了，只是在女儿的抚养权上存在着分歧，两人都想争夺女儿。就在事情越弄越僵时，乔治无意中摸到了裤袋里的一枚硬币，一刹那，他想出了一个主意。他告诉妻子：“这枚硬币是我的老师博拉送给我的，它有一种奇特的能力，能预测人的祸福生死，我们不妨掷一次硬币，硬币正面，女儿归我，反面就归你。”

妻子同意了，两人就来到十字架前，让上帝作证，之后把硬币抛到了半空，没想到硬币掉到桌子上，蹦了几下，最后竟然直立在桌子上，既不是正面，也不是反面。

两人傻了眼。

老乔治说：“我们当时以为是上帝的意思，不让我们离婚。而且说实话，我们心里还爱着对方，因此我们就和好了。”

劳尔斯是学数学的，他感叹说：“这真是一个奇迹！要知道，一枚硬币掉在地面上后直立的几率是非常小的。比方说，世界上有五十亿人，每人掷两次硬币，其中只有一次硬币是直立的，这个概率只有一百亿分之一啊！”

老乔治点头：“不错，可你们知道吗？那枚硬币还曾经直立过一次，也是我掷的，那一次拯救的不是婚姻，而是无数条人命呢。”

老乔治讲了一件往事：他的家乡在中美洲加勒比海地区，那里有两个毗邻的小国，老乔治的家正好在边境线上，因此他有两个国家的国籍。那年，两个国家发生了战争，一时炮火纷飞，尸横遍野。仗打了好几年，两个国家都厌倦了，但是由于面子问题，谁都不好意思率先让步，提出和解。就在这时，一个叫博拉的老师，向两国政府提议，找一个天真无邪的孩子，让他掷一次硬币，一国代表正面，另一国代表反面，那枚硬币掷出哪一面，哪个国家就先让步。

博拉的意见被采纳了，但是双方谁都不相信对方找来的掷硬币的人，

为了公平，最后找到了有两个国籍的乔治。当时乔治只有十岁，他把硬币抛出去后，硬币“骨碌骨碌”转了半天，怎么都不停下。两国的外交官都很紧张，因为谁都不愿意首先让步，那样太没面子了。没想到，硬币停下后，竟然是直立的。两国外交官面面相觑，最后经过协商，两国决定同时让步，在同一时间一起发布了和解声明。

“你们知道吗？当时如果硬币倒了，不论谁输，那场战争都不可能圆满结束。后来，为了表彰我在这次事件中的贡献，博拉老师建议，把硬币送给我作永久的纪念。”老乔治说着，从阁楼上取来一个箱子，从里面拿出了一枚亮闪闪的硬币，“上帝是公平的，这枚硬币送给你们，这里面就有夫妻相处的秘诀，还要靠你们自己领悟。”说完，他把这枚珍贵的硬币送给了爱琳和劳尔斯。

回到家，爱琳和劳尔斯沉默了许久，最后劳尔斯说：“这样吧，我们也来掷一次硬币，正面我们就离婚，反面就不离，让命运来决定。”爱琳犹豫了一下，只得同意了。

劳尔斯深吸一口气，轻轻把硬币抛在了半空，硬币在空中划了个漂亮的弧线，掉在桌子上：是反面！劳尔斯无奈地耸耸肩，做了个滑稽的表情：“看来上帝也不希望我们分开。”

之后，凡是两人吵架，劳尔斯都会拿出硬币，反面，代表劳尔斯错了，必须向爱琳道歉；正面则代表爱琳错了，要向劳尔斯道歉。可不知是什么原因，那枚神奇的硬币每次掷出的都是反面，结果每次都是劳尔斯道歉。爱琳得意地说：“看到了吧？连上帝都站在我这边。”

一晃数十年过去了，两人都已经是白发老人，由于有了硬币的裁决，几十年中他们很少再发生争吵，到后来，连用硬币的机会也越来越少了。

那天，是两人的结婚纪念日，孩

编读聊天室：众手浇开故事花

读者亦秋：看了5月（上）的《杯水情深》，想问一下，故事里说：“水有感知，会变化水结晶体”，这是真的吗？

编辑部：《杯水情深》是一篇带有科幻色彩的故事，故事里提到的“水有感知”却并非空穴来风。这一观点源自日本科学家江本胜的科普读物《水知道答案》，这本有趣的书用一百多张前所未见的水结晶照片，向世人展示了一项独一无二的科学观察：水能听，水能看，水知道生命的答案！比如，研究员在装水的瓶壁上贴上不同的字或照片让水“看”，结果看到“谢谢”的水结晶清晰地呈现出美丽的六角形；看到“混蛋”的水结晶破碎而零散。这一科学发现也启发人们，世界需要更多“爱与感谢”。

读者哥舒夜带刀：我很喜欢7月（上）的《带来好运的蜗牛》。现在房子是个热门话题，蜗牛说话并不稀奇，但蜗牛赠房就比较好玩了，有了房子就有了爱情，有了爱情却又有了意外；失去房子，没想到，刚生下的儿子又顺理成章地背回了房子……故事新奇有趣，令人不由感叹：假如世上真有这样一只赠房的蜗牛，它能解决几个人的问题？谁会是那个幸运儿？当想像走进现实时，故事带给我们希望，不管有没有蜗牛，生活都要继续，那么就轻松一些，也许蜗牛就等在前方。

子们齐聚一堂，爱琳得意地跟他们聊起硬币的事，孩子们都觉得不可思议：一连几十年掷的都是反面，这个概率已经超过了一百亿分之一的直立率。爱琳心里其实也很疑惑：那枚硬币实在过于神奇了！于是她又一次翻出了那枚许久没用的硬币。这时，小孙子正在边上玩一块磁铁，那枚铜锌合金的硬币一碰到磁铁，竟然“扑棱”一下子翻到反面。

大家都呆了！原来几十年一成不变的反面，就是因为藏进硬币里的磁铁。爱琳什么都清楚了，她握着劳尔斯的手，眼里泪光闪动，她其实早应该明白，几十年来她无数次的胜利，都是丈夫在对她故意忍让啊！

劳尔斯无限爱怜地对妻子说：“我们当初向老乔治告别时，他就悄悄告诉我，为了结束战争，博拉老师早就在那枚硬币里动了手脚，熔入了可以使硬币直立的磁粉，只要把隐藏的磁铁悄悄变换位置，就可以控制硬币直立或者翻向任何一面。他说，世上没有无缘无故的奇迹，奇迹都是人创造的，如果你心里还爱着你的妻子，你就会轻易掷出那一百亿分之一的奇迹。”

（**题图、插图：**安玉民　梁　丽）

□ 结庐人

找的就是她

一个中年汉子，戴着一副宽大的墨镜，坐在路口的大排档旁，一个劲地喝二锅头。

老板看着不是善茬儿，就探他的口气：“先生等人哪？”

汉子硬杠杠地说：“嗯，俺来这儿

堵一个大骗子。据可靠消息，这个大骗子要从这儿路过，她戴墨镜，穿风衣，竖着领子。”正说着，只听一阵清脆的高跟鞋响，一个身材苗条的女人走过来，戴墨镜，穿风衣，竖着衣领！

汉子跳起身来，一把抓住了女人的手腕子：“你这个大骗子，终于被我逮到了！”

女人莫名其妙，问：“凭什么说我是骗子？我压根不认识你！”

汉子说：“你敢说不认识我？没去过我家？”

女人手腕被抓，挣又挣不脱，打电话又打不了，就没好气地说：“我就是不认识你！更没去过你家！我跟你没任何关系，你找错人了！”

汉子大声对看热闹的人说：“诸位，她说不认识我，也没去过我家，我现在就做个实验，当面揭穿她的谎言。我家就在街对面3号，家里的狗凶着哪，哪位仁兄敢去一趟？”

有爱管闲事的人，还真的出头了。可是，没出五分钟，就见那位仁兄以超过刘翔的速度逃了回来，仔细一看，那人衣服的后摆都被咬破了。

汉子说“看到了吧，我家的狗看见生人就这样。这个女人不是说没去过我家吗？大家跟着我去看看我家的狗对她啥态度就知道了。”

到了街口，汉子和众人停下脚步，女人咬咬牙，紧贴着墙，一步一步挨到3号。门虚掩着，女人“吱呀”

出口恶气

□郭振宇

曹大龙是一家公司的老板，一天，一个年轻人扛着一包东西来到他的办公室，说有奇异的东西要向曹大龙推销，说着年轻人打开了包装，里面是一个假人，这个假人和真人一般大小。

年轻人说：“这个假人是专供人出气的，心情不好时可以打他，这样就可以大大缓解压力。”

曹大龙嘴一撇：“这有什么稀奇，这和练拳用的沙袋不是一样吗？”

年轻人说“不一样，这是高科技产品，你痛恨谁，就把假人想象成谁，你打假人，你痛恨的那个人不论身在

一声推开了门，里面立时狂吠一声，冲出一条牛犊似的狼狗。女人吓得眼一闭，不会动了，可是她闭了一会眼，没听见什么动静。睁眼一看，那条大狼狗正蹲在她面前，歪着头摇尾巴。

女人一看，也觉得奇怪：自己从没见过这条狗，怎么它见了自己跟见了老朋友似的？这样自己可真说不清了。想到这儿，女人挥着手威胁“咬，咬，你倒是咬啊！”谁知她不出声还好，一出声，那条狗反倒又舔靴子又跳高，更热情了。

汉子对众人说：“大伙儿瞅瞅，我没冤枉她吧，这女人和我家的狗都混得这么熟，想骗我的钱那还不容易！快还我的钱来。”

女人见众人都倒向汉子一边，一跺脚，缓缓摘下了墨镜。

大伙儿见了，一片惊呼：“哟，这不是那个大明星么？”有人就对汉子说“人家一首歌下来，比你一辈子挣的还多，怎么可能来骗你的钱呢？”

汉子却淡淡地说：“她当然是大明星，她天天在电视上做广告，我家的狗都认识她了。”说着他也缓缓摘下了墨镜，只见他两眼肿得跟铃铛似的，“这就是用她代言的药落下的，我不找她找谁？还钱来！”

何处，都会像真的挨打了一样感到疼痛，比如我把假人想象成你，我打它的时候，你就会感到疼痛。”

曹大龙不信，年轻人说：“咱们可以试试，我现在就把它当成你。”说着，年轻人照着假人就是一拳，曹大龙“哎哟”一声，那拳头好像真的打在身上一样，他围着假人转了两圈，对年轻人说：“我可以试试吗？”

“当然可以。”

曹大龙照着假人的肚子就是一拳，又抽了假人一个嘴巴，然后快步跑到了隔壁，只见隔壁的刘助理一手捂着肚子，一手捂着嘴巴，曹大龙问：“你怎么了？”

刘助理说：“不知道，突然感到肚子疼，好像给谁打了一下，嘴巴也疼，好像被谁抽了一下。”曹大龙哈哈大笑：“好极了，真准。”原来他把假人当成了刘助理。他回到办公室，对年轻人说：“这东西不错，我买了。”

成交后，年轻人又告诉曹大龙：“当你打这个假人时，你想象被打的人只会感到疼痛，而不会真的受伤，所以，你尽管放心地去打。”

年轻人走后，曹大龙乐坏了，这回可以痛痛快快出口恶气了，他抡起拳头打了起来：马老板黑了自己十万元钱，至今不见踪影，打；税务局老张罚了自己五万元钱，打；自己的老婆成天唠唠叨叨的，烦人，也得打……

曹大龙足足打了一下午，把跟自己有过节的人打了个遍。第二天，曹大龙觉得拳脚不过瘾，于是他找了根木棍打了一天。第三天，曹大龙想出了个更绝的招……

第四天下午，曹大龙突然觉得身体各处疼了起来，好像有人在打自己，而且力道越来越重，他想，一定是有人也买了假人，便赶紧给那个年轻人打去了电话。年轻人告诉曹大龙，目前假人还只卖出去一个。

曹大龙不信：“不对，肯定卖出去了，我现在觉得有人在打我。”

年轻人问：“我问你，你是怎么打那个假人的？”

曹大龙简单说了一下经过，年轻人一听就说：“完了完了，假人承受疼痛的能力是有限的，如果超过限量，所有的疼痛会在三天后原封不动地反弹到打人者身上，当初你打得越狠，现在你就越疼，你打多长时间，疼痛就会持续多长时间。”

曹大龙很愤怒：“你事先怎么不告诉我？”

年轻人说：“假人承受疼痛的能力很强，一般不会发生反弹，你肯定还对它做了什么。”

曹大龙带着哭腔嚷道：“我、我听说女人生孩子是世界上最痛的事，我就拿手术刀给假人做了个剖腹产手术……”

（**本栏题图、插图**：顾子易　王　俭）

423 2008 SEMIMONTHLY 下半月刊 9月

故事会

2008年9月
下半月刊·绿版

主 编：何承伟
常务副主编：吴 伦
副主编：姚自豪（上半月·红版）
副主编：夏一鸣（下半月·绿版）
本期责任编辑：夏一鸣 王雅静
电子邮箱：gshxym@163 com
绿版发稿编辑：
夏一鸣 王雅静 朱 虹 杭 帆
特约编辑：
范大宇 崔新三 申之珉
美术编辑：李宝强
电脑制作：郭瑾玮
通 联：归依玲
本社办公室电话：021-64375030
上半月刊编辑部电话：021-64332325
下半月刊编辑部电话：021-64336469
（上海市绍兴路74号 邮编：200020）
主管、主办：上海文艺出版总社
出版单位：《故事会》编辑部

制作、发行总监：张 凯
电话：021-64313938
广告业务：上海故事会文化传媒有限公司
广告总监：张 淮
广告业务：021-34010383
广告投诉：021-64333738
广告经营许可证
沪工商广字310032005002 2号
发行：中国图书进出口上海公司

谢天谢地

有个年轻人喝醉了酒，一只脚踩在马路上，另一只脚踩在水沟里，一脚高、一脚低走得相当吃力。一个警察正好开车路过，就停下车说：“喂，伙计，上车吧，看你都醉得不成样子了。”

“我醉了吗？”醉汉说，“我、我……我真的是喝醉了吗？”

“当然了，”警察说，“快上车吧。”

醉汉长长地舒了一口气：“谢天谢地，我还以为我腿瘸了呢。”（陈左国）

（本栏插图：包丰一）

领导开车

领导第一天开车上班，进单位大门时，因位置、角度不对，车卡住了门口，一时间形成“交通堵塞”。这时司机小周恰好赶到，见领导下了车正在丈量大门的宽度，便走上前笑着说：“还是我来开吧。”

领导不服气地说：“我就不信这个邪，今天我非自己开进去不可。”

“这样行不行？”小周灵机一动，压低声音对领导说，“您先上车，别打火，我们在后面帮您推，就算是您自己开的。”（滕建坤）

加　油

小美和男友开着一辆敞篷车出去兜风，路过一个加油站，男友准备把车子开进去加油。

突然，一阵风吹来，把男友的一顶漂亮的帽子给吹跑了。男友把车子停下，对小美说：“我去捡帽子，你帮我加油。”说着，迅速下车向帽子冲去，这时只听到小美在背后有节奏地喊道：“加油！加油！”（张　羽）

花生的条件

大良的老婆天天在大良耳边念叨，说孩子大了，房子太小，该换一套大的了。可大良却认为现在的房子住得挺好。

这天，老婆端给大良一盘花生，说："刚烤出来的，你尝尝！"大良接过花生津津有味地吃起来。

老婆问："这花生香吗？"大良点点头。

老婆却叹口气说："当然香了，有这样的条件，人家个个都是优良品种。"

大良纳闷地问："什么条件？"

老婆抓起一颗仨仁的花生说："瞧，人家一家三口住着三室呢，多宽敞，哪像咱们家呀……"

（司志政）

橡皮擦不掉

小明喜欢同学小红，这天他趁其不备，在小红的课桌上刻下"我爱你"三个字。

小红看到后十分生气，可字是用刀刻的，用什么橡皮都擦不掉。小明在远处见了心里暗喜。

放学后，小明特意走过小红的课桌，瞄了一眼，可一看不禁傻了眼，只见"我爱你"三个字后面，又加了四个字："塞北的雪"。

（李长亮）

记忆高招

小张刚当上商场主管，可他记性不好，总把营业员的名字叫错。这样下去，会有损主管形象的，终于他想到一个好办法，就是用各营业员负责销售的品牌来称呼他们。

一周后，领导前来考核小张上任后的工作情况，只见小张跑来跑去，忙得满头大汗，嘴里不断叫着："李宁，总台有你的电话！皮尔·卡丹，你把这里扫一下，都这么脏了。哎，顾客都来了，羽西你怎么还在吃包子……"（王　毅）

道歉

有个小伙子坐地铁，刚挤上去就发觉自己踩到别人了，扭头一看，见是一个漂亮的女孩，他脸一红，忙道歉道“对不起，小姐，我踩到你的脚了。”

可那女孩听到这话却是一脸茫然，这时只听旁边一位阿姨开口了：“小伙子，你踩的是我的脚。”

这下小伙子的脸更红了，忙对那位阿姨说“对不起，阿姨，我踩错脚了。”

（付瑜芳）

以牙还牙

理发师给一个卖扫帚的人刮胡子。刮完胡子后，理发师拿过一把扫帚，问：“我想买把扫帚，多少钱一把？”

卖扫帚的人说：“两便士。”

理发师摇摇头：“我只出一便士。如果你认为不够的话，就把扫帚拿回去吧。”

卖扫帚的人取回扫帚，随后问刮胡子要付多少钱。

理发师说：“一便士。”

卖扫帚的人说：“我只出半个便士。如果你认为不够的话，就把胡子再粘回去。”

（王传生）

到底治什么病

小华最近总感到自己头昏眼花，浑身没劲儿，便赶到医院看病。大夫照例问了几句话，接着就龙飞凤舞开好了药方。在取药处，大夫叮嘱小华说：“这药白天每隔半小时吃一次，每次吃一片，一共是两周的药。注意：服药时要喝两杯水。”

小华见这种服药法很奇怪，就诚心实意地问道：“大夫，我到底怎么啦？这药到底治什么病？”那大夫很实在，也很幽默，说：“哈哈，其实这药什么病都不治，你现在最需要的是多喝水。”

（千里马）

整齐划一

小芳一家去花园做运动，小芳和儿子做广播体操，老爸和老妈打太极拳，老公练哑铃，运动气氛相当浓烈，路人不时地停下脚步夸上他们几句。忽然，小芳发现小狗贝贝不见了，忙喊道：“贝贝，贝贝。”

一位阿姨指着树下的一只正在刨坑的小狗笑道：“你找的是它吧。一看就知道和你们是一家子，都是运动型的。”（滕建坤）

走下一步棋

棋牌室有两位老人正在下棋，其中一位叫老王，另一位叫老李，老王、老李以前下棋互有胜负，可今天他俩较上了劲，打赌说：谁输了，中午就请客吃饭。棋牌室一下子热闹起来。两人下棋前订了个规矩：三局两胜，“落棋生根”。而且，还特地关照他人“观棋不语”。

两局过去了，两个人打了个平手。第三局棋下得很慢，是个“持久战”。其中，老王倒了三杯茶，老李呢，上了两趟厕所，回到座位上就盯着棋盘，一言不发，全神贯注，就这样对坐了两个钟头。

突然，老王抬起头对老李说：“下棋时我极讨厌别人说话。但现在，我不得不问一下你老兄了：轮到谁走下一步棋啊？”（胡林禾）

给我削完啦

老张去老王家做客，去时顺便带了一袋又大又红的苹果，老王五岁的小孙子一看眼睛就亮了，嚷着要吃苹果。

老张挑了一只大苹果，说：“好的，我来给你削削皮吧。”老王一把夺了过去：“削皮太浪费了，我来吧。”说着，自己把苹果皮先啃了，然后交给孙子。

过了一会儿，小孙子又拿着一个苹果让爷爷削皮，老王正聊得开心，接过苹果竟忘记了自己的职责，啃着、啃着，竟把苹果啃成了一个苹果核。小孙子接过一看，顿时大哭起来：“爷爷，你这是削皮吗？怎么给我削完啦！”（付瑜芳）

· 我的故事 ·

是朋友本色，也是本色朋友。

幸亏这是我的车

□赵展召

常胖子是我的老朋友。这天，我和他来到一家饭店，按说，开车人不能喝酒，但不知怎的，两人竟一时头昏脑热喝了起来，从饭店里出来时，已是午夜时分。我脑子还有点清醒，把常胖子推到车后座上，自己坐上驾驶位。

常胖子大声抗议，说要自己开车回家，我哪敢听他的呀，苦口婆心地说道："驾车如驾虎，哥们儿你喝了这么多酒，还是歇歇吧。"

常胖子眼睛一瞪："喝了酒我是武松，再说你小瞧兄弟了，就你那驾驶技术，当我徒弟我还不收呢，我……"

我笑嘻嘻地听着，没把他的话当回事，发动车子向前开去。经过一个十字路口时，突然一辆货车从侧面杀了过来，我吃了一惊，手忙脚乱地急打方向盘，货车是躲开了，我的车却一头扎进了旁边的一条小巷里。

我急忙刹住车，惊出了一头冷汗，心里有点后悔酒后开车了。见我丢丑，常胖子来劲了，冷笑着讽刺我说："技术不错嘛，真亏了你，这么窄的胡同也能钻进来……嘿嘿，还是个死胡同。"

我这才发现，前面一道墙把去路堵得严严实实的，车子只能倒出去。再跳下车一看，我不由得叫了一声侥幸。只见胡同口的左侧堆了一垛砖，把胡同口塞得只剩下窄窄的一道，勉强只能通过一辆车。看看车身，居然连一丝划痕都没有。天知道，刚才我

是怎么钻进来的！

上了车，我有些犹豫了，以我的技术，误打误撞进来也就进来了，可想再安然无恙地倒车出去，恐怕比登天还要难了。

这时，一旁的常胖子突然仰天大笑起来，笑够了一把将我从驾驶座上扯下来：“说你不行你还不信，今天就让你看看我的技术。”

我急了，这小子车技虽然不错，但让酒精一刺激就没谱了。我又劝他：“你不看我面子，也得看看你这辆车吧？你喝了酒没轻没重，把自己的车划了，到时后悔可就来不及了。”

常胖子疑惑地问：“我的车？这不是你的车吗？”

我说不是，我是开着他的车送他的，我的车停在饭店门口了。常胖子听了，哈哈大笑：“我的车那就更好办了，我熟悉呀，你看着——”

常胖子脚下一踩油门，吓得我急忙躲到一边。只见车子摆了个优美的弧线，向后倒去，还别说，车子顺利地进入了那段窄路，可就在快要倒出去的时候，突然没来由地一侧，尾部吱的一下子刮在了墙上。

我的心里一紧，担心的事情终于发生了。我忙跑上去大喊：“别急，稳住了，慢慢来……”

“放心吧，没问题，刚才只是个小失误。”常胖子这话刚说完，车尾和墙体之间又发出一阵难听的声音。我的心都要跳出来了，大喊：“哥们儿你不行，没那两下子别逞能，赶紧先停下来——”

话没说完，我就知道我错了，果然，只听常胖子发出犟驴一般的怒吼：“我不行？我逞能？我豁出去了——”

车子也发出狂野的怒吼声，拼命一样向后蹿去，车体跟墙体擦出一溜火花。完了，这车算是毁在这小子手里了，我真恨不得打自己两个嘴巴，激将法哪能这时候用啊？我扑过去抱住车，简直是欲哭无泪。

常胖子钻出来，气呼呼地说：“我还就不信了，你看我出来了没有？咦？你那么难过干吗？”

· 我的故事 ·

我的手哆嗦着，指向惨不忍睹的车身。常胖子脸上的肉先是抽搐了一下，但马上就咧开嘴笑着说：“没事、没事，反正我正打算换车呢。也幸亏这是我的车，要是你的车，我还真不敢这么祸害，我知道车是你的心肝宝贝。”

“这就是我的车啊！”我气愤地喊道，“你喝迷糊了啊，你再仔细看看，看看，我是想让你小心点，才故意说这是你的车，没想到你……你……”

常胖子愣了，瞪大了醉眼上下打量，他终于认出来了，这不是他的车。他尴尬地挠了挠头，说：“这事闹的，我还以为是我的车呢，不好意思，不好意思……”

常胖子转念一想，又说道：“不过你也应该为我骄傲。”

“为你骄傲？”我死死地盯着常胖子，问，“为什么？”

常胖子挺起胸膛，大义凛然地说：“我刚才说了，要是你的车我绝不会这么做，我多为你着想啊，我这样替你着想的哥们儿，你上哪找去？”

（**题图、插图**：安玉民　梁　丽）

（本栏目欢迎来稿。要求写自己经历的或身边发生的故事，能够引发读者的情感共鸣。来稿可从邮局寄发，也可从网上传递。如为电子邮件，请发以下信箱：gshxym@163.com）

震后有个最佳的救人时间，人称“黄金七十二小时”，这天是5.12汶川大地震后的第三天……

大鞋子，小鞋子

□橄榄树

黄医生是第一批赶往地震灾区的女军医，今天是她在野战“帐篷医院”工作的第三天。

夜已经很深了，昏暗的灯光下，黄医生拖着疲惫的身子，回到由几块塑料布简单搭起来的生活区。就在这时，她看到有个小姑娘蹲在地上，正大口大口地啃着方便面，不由疼爱地摇了摇头。

这小姑娘叫晓兰，是个护士，今年二十出头，到医院工作没多长时间，这次也被派到灾区来了。

黄医生进帐篷拿了瓶矿泉水，递给晓兰，说：“给，喝口水吧！”

晓兰腼腆地笑了笑，说了声“谢谢”，接过水灌了一大口。

黄医生像慈祥的妈妈一样注视着晓兰，突然，她像发现新大陆似的叫了起来：“你这姑娘，怎么穿着这么大号的迷彩鞋啊？”她注意到晓兰左脚穿着一只白色的运动鞋，可右脚却穿着一只特大号的迷彩胶鞋，两只鞋显得很不对称。

“没啥，”晓兰使劲地咽了一口方便面，说，“下午送一个重伤员，抬担架时跑得太快，没想到右脚的鞋带开了，我手里举着输液瓶，也顾不得系了，跑着跑着，不知什么时候右脚的鞋子就掉了。”

黄医生叹了口气，是啊，当时晓兰哪怕停下几秒钟去系鞋带，也不会把鞋子给甩掉呀，可是她也知道，对于那些幸存者来说，时间就是生命啊！

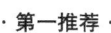

“晓兰，这只迷彩鞋从哪儿来的，多大号的呀，穿着很不合脚吧？”

“大是大了点，不过还行。这是一个战士的，他刚好有一双备用的迷彩鞋。”晓兰说着，站起身来抹了一下嘴，就向帐篷外面走去。

“晓兰，回来！”

晓兰慌乱地回过头：“怎么了？”

黄医生盯着晓兰问：“如果我没有记错的话，你的脚是38号吧？”

晓兰瞪大了眼睛：“啊，这您也记得？”

黄医生平和地说：“当然了，你们这些半大孩子的事我还是知道一些的。”说完就蹲下身子，把自己右脚的一只白色运动鞋脱了下来。

晓兰忙问：“您这是——”

黄医生把鞋子塞到晓兰的手里：“我的大小姐，你来回运伤员，穿着那么大号的鞋子怎么跑嘛，快，把我这只鞋换上，我的脚也是38号的。”

“把鞋给我，您怎么办啊？”晓兰急切地问。

黄医生摆了摆手：“咱俩换换，反正我动手术时都在帐篷里站着，不怎么走动。”

晓兰把鞋子递还给黄医生：“谢谢，可我不能穿您的鞋子！”说完拔腿向前方几十米远一片嘈杂的搜救人群跑去。

黄医生望着晓兰消失的背影，叹了口气：“这孩子！”

第二天早上，又忙了一个通宵的晓兰回帐篷休息，可她却发现自己的床铺旁边摆着一只白色的运动鞋，鞋里面还夹了一个小纸条，纸条上分明是黄医生的字迹：

“好孩子，穿上它！”

晓兰的眼圈一下子红了，她拿起黄医生的鞋子，啃着方便面，一路向旁人打听黄医生在哪儿，当得知在5号帐篷时，她赶快跑了过去。

晓兰走进帐篷，只见黄医生正在跟躺在床上的一个重伤员说着什么，她的右脚只穿着一只袜子，由于地面较脏，袜子全是土，已经看不出来原来的颜色了。

“黄医生……”

黄医生转过头，眉头马上皱了起来，快步走到晓兰身边说：“你怎么不穿上呀？”

晓兰咬了咬嘴唇，小声地说：“黄医生，我不需要，这只鞋还是还给您吧。”

黄医生一下子火了，把口罩摘下来，生气地大声说：“你怎么这么不懂事啊？现在可不是发扬风格的时候，让你穿上它，是要你抬伤员转移时跑得更快一些！”

由于激动，黄医生脸都涨得通红。

晓兰一下子吓得站在那里，不知道该说什么好，她可没见过一向和蔼可亲的黄医生发过这么大的火啊。

这时，很多护士和医生都被黄医生的大嗓门给吸引过来，大家还以为发生什么天大的事了呢。

黄医生看了看不知所措的晓兰，俯下身去，就要解晓兰右脚的鞋带，可晓兰却下意识地把那只穿着大号迷彩鞋的右脚向后一撤。

“你在干什么？现在我以军人的名义命令你给我换上这只鞋子！”黄医生抬起头，声色俱厉地说。

晓兰扫视了一下满满一帐篷的医护人员，但还是摇着头拒绝穿黄医生的那只38号运动鞋。

黄医生没办法，只好亲自给晓兰脱鞋，一边脱，一边不住地埋怨：“从来没见过你这孩子有今天这样倔过！”

可当那只大号迷彩鞋脱下来时，所有在场的人都惊呆了：那是一只什么样的脚啊，缠着厚厚的绷带、肿得像个发酵的大馒头！

旁边一个护士终于忍不住了，哭着说：“晓兰前天在废墟救人时被一个大钢钉扎到脚了，当时鲜血就把整个运动鞋都给浸湿了，可她硬是忍着痛简单地包扎了一下，就投入了战斗。我们知道，救人的最佳时间只有72小时，晓兰怕领导知道后让她休息，不让她参加救援，便求我们千万不要把她受伤的事情说出去。后来，由于剧烈运动，她右脚发炎了，肿得穿不下原来的鞋子，只好向一位男战士借了只大号的迷彩鞋……”

（**题图**、**插图**：安玉民　梁　丽）

黄金法则

美尔洛斯餐馆在美国是一家老字号餐馆，创始人库巴在经营之初就订下了一条“黄金法则”：要想别人善待自己，那就得先善待别人。后来，他的儿子小库巴接管餐馆后，也始终恪守不移。他甚至为员工专门设立了“紧急援助计划”。

这一年感恩节前夕，餐馆员工忙着为节日期间的点心供应做准备，然而就在凌晨3点，餐馆有条水管爆了，地下室此时是“水漫金山”。

小库巴闻讯赶到餐馆地下室，到那里一看，不禁惊呆了：只见地下室脏水泛滥，面粉、点心盒和刚购进的水果全都泡在了水里。他急忙命人安装抽水机抽水，到早上5点半，水才慢慢见底。小库巴松了一口气。突然，外面传来一阵巨响，紧接着就见地下室的水又开始上涨了。小库巴忙问出了什么事。员工报告说，餐馆的另一条水管也爆了。

小库巴这下绝望了……

就在这时，餐馆经理过来了，他高兴地对小库巴说：“咱们餐馆有救了！您看，雇员们都来了，他们说，公司为大伙做了那么多好事，现在公司有难，说什么也得鼎力相助。”

小库巴来到餐馆门口，眼睛不禁湿润了：眼前灰蒙蒙的都是人，不但有公司员工，还有老邻居、老同学，甚至还有老顾客，全都加入了救灾的行列。几小时之后，点心就恢复了供应，餐馆像什么都没有发生一样正常营业，而且宾客盈门。

财富启示：不论你处于顺境还是逆境，只要坚持做下去，“黄金法则”就一定会起作用。

（**编译者**：则　坦；**推荐者**：麻连飞）

不是“虚拟”空间，而是“形象”工程。

芙蓉街66号

□东 关

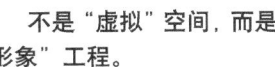

小王是市民政局地名处的一名干部。这天，他正在办公室查资料，一抬头，见一位老汉在门口探头探脑，一副想进又不敢进的样子，就忙热情招呼道：“大爷，您有什么事吗？”老人受到了鼓励，脸上挤满笑容，小心地问：“同志，这里管门牌号吗？”原来是来办理门牌号码的，小王忙把老人请进屋。

老人进来后，小王才发现，老人原来是个瘸子，个头不高，满脸皱纹，上身穿一件藏青色的中山装，虽然皱巴巴的，但成色还新，估计是为办事特地换的。小王和气地问：“大爷，您身份证和房产证带来了没有？”老人从怀里掏出身份证递过来，小王一看，老人姓赵，是外地人，猜想他大概是在本市买了房子，所以要来办门牌。小王又问：“房产证呢？”老人讷讷地说“我没有房产证。”小王一怔“大爷，您没有房子，那还来办什么门牌呢？”谁知老人却又说：“我有房子。”

这事儿奇怪了！小王想：在城区建房，事先都要申请门牌号码，这有房而没门牌号码，估计是违章建筑，于是就说：“大爷，那您就让单位或者居委会开一个证明来吧！”谁知老人连连摇头：“我没有单位，那地方也没有居委会。”这下小王愣住了：“那……大爷，您到底住哪儿？”老人赶紧回答：“城南，龙河边。”

龙河边？小王搞区划工作多年，说他是“活地图”一点不夸张。他知道，龙河在市区最南边，再往北就是环城路，而环城路跟龙河之间，是一条二十米宽的绿化带，那里只有一片小树林，哪来的民居呀？

小王把身份证还给老人，抱歉地说“大爷，对不起，根据规定，您这种情况，不能办门牌啊！”老人恳求说：“同志，你就给办一个吧，为了办这个门牌，我已经跑了不少地方了，人家都不管。你就行行好，给办一个吧。”他一边说，一边哆哆嗦嗦地从怀里摸出一包烟来，递给小王。

小王的心猛地一抖，老人这张饱经沧桑的脸，让他不知怎的突然想起了故去的爷爷。小王是爷爷带大的，爷爷操劳了一辈子，他不图回报，就是希望孙子有了本事后能为老百姓做些事。小王不忍心让老人这么失望地离去，想了想，说：“这样吧，大爷，我跟您去您家看看，只要可以办，我一定帮您办一个。”老人听了顿时喜上眉梢，对小王千恩万谢。

于是，小王就跟随老人来到城南龙河边。当老人把自己的家指给小王看的时候，小王惊呆了：这是一个建在郊外的公共厕所，旁边用石棉瓦搭了一个几平米的小棚子，走进小棚子，只见里面堆满了纸箱、塑料瓶等破烂。小王心中一酸：“大爷，您就住这？”老人说：“我住外面，里屋我女儿住。不瞒你说，隔壁厕所，还有这河边的卫生，都归我管，我就在这落脚，也图个方便。”

小王探头朝里面看了一眼，所谓的“里屋”里除了一张小小的床，地上几乎堆满了杂七杂八的东西，墙上还挂着一张照片，照片上，一个十五六岁的姑娘正靠着老人甜甜地笑着。老人乐呵呵地对小王介绍说：“这是我闺女，叫小雪，书读得可好哩，今年要考大学了！”

小王很惊讶：老人怎么还有这么小的女儿？他们老小就这么过着清贫的日子？小王看着，看着，鼻子发酸，眼窝发热，差点涌出泪来……

老人见小王不出声，有点儿着急，就问：“同志，你看，我没有骗你，我有房子，能办门牌吧？”小王实在不忍心拒绝老人，可像这种情况，根

本不可能替他办什么门牌，别的不说，如果老人以后不做这份工作，有关部门肯定不会让他继续在这里住下去。可是，怎么对老人说呢？

小王想了想，不解地问老人：“大爷，您……您为什么非要办门牌呢？”老人看了一眼照片上的女儿，忧心忡忡地对小王说：“同志，我女儿马上就高考了，将来上大学，学校要发录取通知书，到时候没有地址，收不到可就耽误事了。”小王恍然大悟，怪不得老人这么着急呢！可这问题不难解决啊，他说：“大爷，您别急，录取通知书可以直接寄到学校啊，您让您女儿到学校去拿不就行了？”

老人连连摇手，说“那可不成！听说去年有个学生让把通知书寄到学校，结果弄丢了，连大学都没上成。”老人顿了顿，又说，“还有，小雪上大学后，肯定要填这表那表的，要是连个家庭地址都没有，会让人瞧不起的。对了，以后小雪上了大学要给我写信，没有门牌号，我咋能收到呢？”没想到，一个小小的门牌号，对老人来说有这么重要！

小王太为难了！他十分同情这一对老小，可他是国家工作人员，必须按规定办事，这是原则。小王只好狠狠心，对老人说：“实在对不起，您这种情况，真的不能办门牌号码！”

老人的眼神直了，呆了片刻，突然泪流满面，失声痛哭：“同志，小雪命苦啊，我跟你说实话吧，她是我捡来的孩子啊！”怪不得他们年龄不对嘛！小王心中百感交集，他沉吟半晌，说：“大爷，您别着急，我回去再想想办法吧！”

一个星期过去了。这天，小王来找老人，果真将一个门牌送到老人手里，还帮他钉在小屋的门檐上。老人不识字，小王就解释说：“大爷，这门牌上写着：芙蓉街66号。这就是您家现在的地址！我把这个门牌号通知邮局了，以后小雪上大学的录取通知书，小雪给您写的信，都会送这儿来，您就只管等着收吧！”老人没想到事儿这么快就给办成了，高兴得合不拢嘴，连声说共产党的干部好。

晚上，老人的女儿小雪放学回来了，一看到门檐上崭新的门牌，乐得跳了起来。可再仔细一看，她脸上的笑容凝固了，满眼疑惑地问道：“爸，为什么叫芙蓉街呢？”老人往身后的龙河边一指，说：“民政局那位姓王的同志说了，这不栽着一排芙蓉树吗？所以咱这儿叫芙蓉街。嘿嘿，这名字好听！”小雪又问：“那……咱是66号，65号在哪里呢？”老人一怔，挠挠头：“这我倒没问。小雪，人家王同志一看就是个好人，不会骗咱们的。王同志说了，照这个地址寄信，保证能收到。”

可是，小雪还是有点将信将疑。第二天，她悄悄按这个“芙蓉街66号”

的门牌地址发了一封信，没想到放学回家，远远的，就看到老人手里举着信，像个孩子似的直朝她嚷嚷：“小雪，快来看，谁这么快就给咱家来信了？”小雪眼里涌出泪花：“啊，真的！这门牌号是真的！”

时间过得很快，星期天的一个下午，小王正在家里上网，突然门铃响了，开门一看，是个不认识的女学生。他愣了一下：“请问，你找谁？”姑娘羞怯地问：“您是民政局的王叔叔吧？”小王心里一动：“你……是小雪吧？怎么找到这儿的？”小雪点点头，说：“王叔叔，我就是小雪，我是

按您给我们家的门牌地址找来的。您看……”她抬起头，指指小王家门口的门牌，“我们家的跟你们家的一模一样：芙蓉街66号。”

真是个聪明的孩子！小王忙将小雪让进屋，解释说：“小雪，按照规定，不可能单独为你家规划命名一条街道，也根本不可能为你家办一个门牌号，而你爸爸为了你，他的心情比山还重啊，所以我就……请原谅，我实在想不出别的办法。”

小雪满含着感激的泪水，问：“王叔叔，那封信，一定是您特地让人送去的吧？”小王点点头：“小雪，你放心，这个门牌号咱们两家共用，如果有你们的信，不管多忙，我都会马上给你们送去，绝不会耽误的。”小雪低下了头，说：“可是，王叔叔，那多麻烦您啊！”小王望着这个懂事的姑娘，疼爱地说“小雪，一点也不麻烦。如果你愿意，你可以把我当成你的亲叔叔。和你爸爸那儿一样，这里也永远是你的家。”

小雪心里一个颤栗，一双美丽的大眼睛忽闪着，惊喜地问：“王叔叔，真的可以吗？”小王使劲地点点头，真诚地说：“是的，只要你愿意，芙蓉街66号，就是我们共同的家。还有，好好学习，好日子还得靠自己去实现！”小雪泪眼蒙眬，似乎听懂了小王叔叔的话……

（**题图、插图**：魏忠善）

在生活的天平上，钱不是唯一的砝码。

□刘自忠

老鳖真值钱

天价老鳖

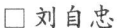

镇上的老海这两天成了新闻人物，每天到他家里来看热闹的人几乎踏破了门槛。不为别的，就为他家里现在有一只野生老鳖。

这只老鳖约有一尺半长，二十多斤，是老海的儿子阿超两天前从江里捉到的。据老一辈的人猜测，它至少有五百岁，算是江里的镇江之宝了。据说好多人出了数万块的高价想将它买走，只是老海一直没答应。人们估计老海这回肯定要狠狠发一笔了。这让经常和阿超一起捕鱼的石大民羡慕不已。

这天一大早，就有几辆宝马驶进了镇里，看来又是有钱的主儿到了。石大民觉得今天一定有热闹可看，就跟着人们来到了老海家。

此时老海的家里坐着好多人，几个车主下车后，径直进了老海的家，他们来到水池边，看了看里面养着的老鳖，不禁连连称奇，然后就跟老海讨价还价，想将它买下来。

石大民进屋的时候，已经有人出到十多万了，但老海仍没有卖的打算。这时一个理着板寸头的男子叫了一声："我也不想多说了，二十五万，一手交钱一手交货。"

围观的人群"哗"地叫了一声，这个价钱真是高得离谱了。谁知老海只是笑了笑，说："这可是百年难遇的宝物啊，我还是不能卖。"

男子问道："你到底想要多少啊，我想不会有人再高出这个价了。"

老海哈哈一笑，说："我将它留在家里，其实就是想让大家来看个稀奇罢了，说实在的，我是不会将它卖出去的，多少钱也不行。"

人们这才明白过来，原来老海打

算一家人自己吃呢。石大民知道老海家的情况，虽然算不上穷，但也实在没有必要将二十五万的东西吃下去啊。他对老海说：“老海叔，你真是糊涂了，这么值钱的东西，自己吃下去了，划不来啊。你想想，二十五万啊，得了这钱，你想吃什么就买什么，可比吃这王八强多了。”

老海笑道：“谁说我要吃了？我们一家昨晚商量过了，这宝物是江里的，我打算让大家看够了，就让它重新回到江里去。”

话一出口，人们全瞪大了眼。石大民一看阿超也在屋里，不禁将他拉到屋外，说：“你爹是不是脑袋给烧坏了，二十五万，就这么白白丢回到江里，这不是丢钱嘛。这王八是你捕来的，你为什么不自己做主？”

阿超摇着头说：“虽是我捕到的，可这个家还是我爹做主，他要放生，我只能同意。总不能为了一只王八和老爹闹吧，何况他说的也有道理。”

石大民无奈地摇了摇头，突然他拍了拍阿超的肩膀说：“你爹做得对！”然后走到老海身旁说，“对，老海叔，这是上天的宝物，我们不应该糟蹋它，我们支持你放生。”这时也有几个镇里的小伙子嚷着支持，老海这才笑了。

宝马车主见老海铁了心不卖，只得恋恋不舍地走了。消息一传出去，来看的人更多了，看过之后，有的人赞赏老海的举动，有的人则叹息，老海一家真有毛病了。

江心放生

几天后，就是老海将老鳖放生的日子，老海家门前围满了看热闹的人们。大家看着老海从池里将老鳖捞了出来，放进一个大袋子里，还扛着袋子进屋里上了一炷香，这才又扛到他们家平时捕鱼用的小船上。此时阿超已经在船上等着了。

老海上了船，却不让看热闹的人跟着上去，阿超立即将船划离岸边。来到江心后，老海才解开袋口，从里面拖出那只老鳖来。此时，站到岸边看老海放生的有数百人，大家都想看看，这二十五万块钱入水时的情景。

老海将老鳖拉出袋子后，对大家说：“这是上天的宝物，我老海不能据为己有，就让它回到自己的家里去吧！”此时，这只老鳖正伸着头呢，老海一推，老鳖“扑通”一声下了水，岸上传来众人经久不息的掌声。

石大民乐了，这老海一家人蠢得可以啊，还真的将老鳖放进江里了。以前不知道这江里有这么大一只老鳖，现在既然知道了，他不信这老鳖没有再露头的时候。其实那天他听老海说放生后，第一个对老海说支持，就是怕老海会突然变卦。现在老鳖已经回到江里，谁捕到，二十五万就是

谁的了。

第二天一大早，石大民就划着船来到江里，他这才发现，这里有好多船，平时在别的河段捕鱼的，这时全来到这里捕了。他顿时明白过来，敢情还有好多人和他一样啊，难怪老海一说放生，就有那么多人跟着说支持，原来竟是一样的心思哩。

看来对手还真不少，就看谁有运气了。但一天过去了，谁也没捕到那只大老鳖，倒是人都挤在这一段河流里，连鱼都没捕到几条。不过现在众人的心思都在那老鳖身上，能不能捕到别的鱼，也没有人在意了。

大家在江里折腾了十来天，一点收获都没有，渐渐地都失去了信心。但石大民却不死心，他想，这老鳖一定不会离开得太远的，只要有心，不相信捕不到。

这天，石大民弄来一身潜水服，打算潜入江里，看一看老鳖究竟藏身于何处。他从近岸的地方一直搜寻。搜了两天，这天刚潜到江心，就吃了一惊，只见前面有一团黑影，正是那只老鳖。

石大民不敢怠慢，立即拿起带在身上的网游了过去，游到老鳖旁边时，立即将网罩下去。那只老鳖显然没料到有人会下水来捕它，竟然一下子就给网住了。石大民大喜，急忙拖着网浮上水面来。可等他好不容易将老鳖拖上船时，他不由得惊呆了。

这哪是老鳖啊，分明就是一块圆型的石块，只不过这石块有点怪，中间厚两边薄，一侧有一块像嘴巴一样的突起，背上还隐约可见类似鳖的斑纹。初一看，这石块和老鳖还真有几分相像。

这时江上的船全都围了过来，大家看到这石块，都是一愣，继而明白过来。有人叫道："难怪那天老海不让别人跟着上船，原来他早就拿一块石

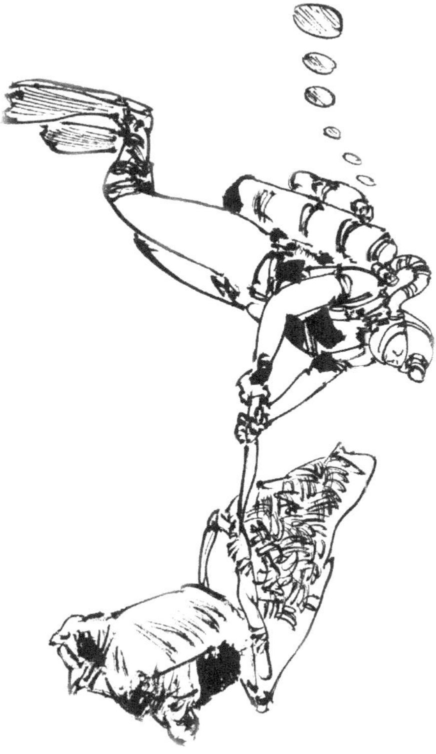

头充老鳖，当着大家的面放生呢。我早就怀疑，二十五万啊，谁会舍得丢进江里啊。”

石大民也醒悟过来，这老海是不想露财啊，他当着大家的面，将老鳖装进袋子里，其实偷偷换了这只假的，再到江心当着大家的面将它放入江中。看热闹的人只能在江岸看，谁也没料到此时的老鳖已经变成假的了。

老海这一闹不要紧，却害得镇里的兄弟们白白折腾了十来天。石大民看着众人失望的眼神，叫道：“这可恶的老海，可害苦我们了，不行，我们一定要当众揭穿他的嘴脸。”

其他年轻人都附和着，大家回到岸边，石大民扛着这只石老鳖，一行人来到了老海家。

飞来奇石

石大民将这块石头朝老海面前一丢，说：“你还真会糊弄人啊，口口声声说要放生，让大家以为你是个大善人呢，原来和我们大家一样。幸好我水性还行，这下你露馅了吧。”

老海哈哈一笑，说：“我一点都不怀疑你们的本事，就因为相信你们一定能捞到它，我才弄了个假鳖放进水里的。”

众人一听，不禁一愣，石大民问：“为什么要骗我们？”

老海笑道：“这老鳖可值二十五万啊，不管我到哪里去放，你们都会跟着去看的。它既然入了水，就不是我的了，凭你们的本事，很快它就会捞出来的。为了让它真正回到江里，我只好弄这只假的放进去，这样就再也没有人盯着我了，其实真正的老鳖我已经运到其他地方去放生了，谁也找不到它了。”

石大民叫道：“你丢了一块石头下去不要紧，却害得我们这么多人忙了这么多天。现在我帮你弄回来了，你好歹得给我点补偿。”

老海笑道："其实我放进水的，是一只泥做的老鳖，在水里泡这么多天，一定早化掉了。你们捞的这破石头，并不是我丢下去的，你还是将它搬走吧。"

石大民叫道："你就别骗人了，这石头就是你丢下去的，大家都看到了。大家乡里乡亲的，你拿这块石头糊弄我们，害我们白忙乎。不行，你得花五百块将它赎回去。"

这时阿超正好回家，看到石大民在叫嚷，不禁怒道："你这不是诈人嘛。"老海拉住儿子，说："好，你们这段时间也捞得辛苦了，也算是因为我才让你们辛苦的，我就花五百块将石头买了吧。"

谁知石大民却不服，叫道："老海，你可得把话说清楚，我不是卖这破石头给你，只是将你丢下水的石头捞出来，我要的是辛苦费。要不然你又说我是诈你了。"其实他也相信这石头不是老海丢的，但不这样咬定，人家说他拿块石头来诈钱，名声也不好啊。

老海没法子，只好点头道："好，这石头是我丢下去的，既然你将它捞回来了，我就给你五百块辛苦费吧。"说罢从口袋里拿了钱，交给石大民。

阿超见老海真给钱，急了，叫道："又不是我们叫他们去捞的，干吗花钱买这破石头？"

老海笑道："算了，不是因为我们，他们也不忙乎这些天，就算是请大家吃一餐吧。何况这石块真有几分像鳖，就留下做个纪念吧。"于是将石块移到水池旁。

石大民哈哈一笑，说："是啊，我们可没卖给你，只是将你的石头捞回来还给你们，这是老海叔请我们喝酒呢。"说罢和大家一哄而散，买酒买肉，众人喝了一晚，大醉而归。

第二天，石大民路过老海家门前时，看到一辆小车停在门前，一名中年男子走了进去。看来还有人来看老鳖啊，他不由得跟进去，想看看这次老海还能拿什么给人家看。

中年人一问，知道老鳖已经放生了，不由连称来晚了。突然，他一眼瞥见水池边的石块，急忙过去看，用手在石块上抚摸许久，然后抬头问："这石头一定是从江里捞出来的吧。"老海点了点头，中年男子又说："看形状还真有几分像鳖，石面光滑圆润，是块好石头。能不能将它卖给我？"

石大民没想到还真有人愿意买石头，笑道："这是老海叔拿二十五万块的老鳖换来的，放在家里当宝哩，你价钱给低了，他可舍不得给你。"

男子盯了一眼石头，说："如果十万你卖的话，我现在马上给钱拉走。行不行啊，老人家？"

石大民只觉得头一晕，一屁股坐在了地上。

（题图、插图：刘斌昆）

· 中国新传说 ·

苦盼几十年，善良的秦嫂终于美梦成真……

看一眼我的好人

□ 吕钟一

龙山村有个叫三根的，虽说命运不济，年少时因生了一场大病导致双目失明，然而，老天有眼，让他娶了个好老婆秦姑。

却说秦姑自从进了三根家，不但上山砍柴、下地担水，把男人的活儿全扛在肩上，对三根更是照顾得很周到。

时间一长，村里人都秦嫂长、秦嫂短地称呼她。秦嫂心里一直有个强烈的愿望，就是要把三根的眼睛医好，让他重见光明，所以她拼命干活，攒下钱来就陪着三根到处求医问药。

这天，秦嫂听人说数十里外的后山湾来了一个郎中，专治各种疑难杂症，就赶紧丢下手中的活，翻山越岭赶了过去。老郎中听了秦嫂的诉说，先是摇摇头，接着又点点头，说："难得！难得有你这样的好人。小嫂子，我教你一法，或许能治，只是不知你愿否？"秦嫂一听赶紧说："愿意，愿意！只要能医好我丈夫的眼病，我什么都愿做。"老郎中说："那好，既如此，你附耳过来。"于是，他附在秦嫂耳旁，如此这般说了一番。顿了顿，又道，"三年、五年、十年，不可中断；心气、精气、神气，金石为开。小嫂子，治好了不必谢我，治不好也不要怪我。"说完，飘然而去。

秦嫂朝着他的背影连声道谢，然后转身就往回赶，到家已是第二天凌晨。她走到三根床前，此时雄鸡正好开始打鸣，三根尚在梦中，秦嫂俯下身子，伸出舌尖，在三根的眼睑上轻舔起来。睡梦中的三根惊醒了，不解地问：“老婆，你……你这是干啥呀？”秦嫂说：“老郎中说的，我舌尖上有精气神，只要天天在雄鸡打头鸣时给你舔上七七四十九遍，你眼睛就能看到我了……舒服吗？”三根心里热乎乎的，哽咽着回答：“舒服，舒服……”

就从这天开始，每天这个时候，秦嫂必定要做这件事，三根几次劝她不要这样劳心伤神，然而秦嫂依然坚持不懈。

有一天，秦嫂睡过了头，等睁开眼睛时发现天已大亮。她吓了一跳，起来一看，才发现那只打鸣的雄鸡给杀了，她顿时明白了，这是三根舍不得她天天这么早起来。秦嫂流着泪对三根说：“三根啊，你怕我累，可只要能把你的眼病治好，这点累算什么！照老郎中的意思，今天误了时，以前做的就都白费了。不过没关系，咱们明天起从头再开始！”

秦嫂说到做到，当天，她牵了家里一只半大的羔羊来到集市上，换来两只神气活现的大公鸡，一只养在屋前，一只养在屋后，她要用这个“双保险”来确保自己每天不误起床。

秦嫂费尽了心思，给三根舔眼睑，一舔就舔了几十年。医学院有位姓田的眼科教授，下放劳动时住在秦嫂家，目睹秦嫂的举动非常感动，可是背着三根，他婉转地对秦嫂说：“大嫂，人的唾液虽然可能有一定的消炎、抗菌和清热作用，但对这种眼神经萎缩症，是不……不大可能有治疗作用的。”

田教授其实把话说得很明白，但秦嫂却舍不得放弃：“不大可能”并不是绝对不可能，只要有一线希望，我就一定要做下去……

转眼间，秦嫂已经整七十了，村里人都已经叫她秦婆婆了，长期的劳累，使她的身体一日不如一日，可她还依然强撑着雄鸡打头鸣时起床，轻手轻脚给三根舔眼睑。

这天，她给三根舔眼睑时，三根伸出颤巍巍的手，捧着秦婆婆的脸，呜咽着说：“老太婆，我……我这辈子欠你的，下辈子也还不清啊！”秦婆婆赶紧用手捂起他的嘴，叹了口气，说：“老头子，什么还不还的，谁让我们是夫妻呢！不过，真要说欠的话，倒是我欠了你的啊，只怪我没能把你的眼病治好，否则，让你好好看看我，看看我们这个家，哪怕只看一眼啊！”

秦婆婆的一席话，让三根伤感不已，再不说话。

过了几天，秦婆婆家门外突然传来一阵汽车喇叭响，秦婆婆颤巍巍地走出去，一看，是下放劳动时曾在自己家住过的省医学院田教授，带着他的助手坐面包车来了。秦婆婆不由惊

喜万分，她记得田教授当初离开时，曾经拉着她的手说过，三根的眼病目前还没有什么有效药物，但随着医学的不断发展，相信总会有办法的，只要有了治病的法子，他一定会再来。莫非，治三根的眼病有办法了？

只见田教授笑眯眯地对秦婆婆说：“老嫂子，我对你说实话，有效的办法目前还在摸索阶段，但我们实验室眼下正在进行一项试验。”

“什么试验？”

“叫‘视神经萎缩症PS线强刺激复明疗法’。”

秦婆婆听了摇了摇头。田教授又笑着说：“听不懂没关系。目前已达到通过这种强刺激使病人短暂复明一到三分钟的效果。老嫂子，让三根哥试一试，怎么样？为了让他的眼睛亮起来，你费尽心思、辛苦劳累了一辈子，现在，就让我也来帮帮你的忙吧！”

“真是太好了！我一辈子就盼着这一刻啊！田教授，我太谢谢你了！”

于是，田教授指挥助手忙开了，村民们也上来帮忙，他们一起将面包车上的实验仪器搬到三根屋里，接着接电源、拖引线、打灯光，足足忙了一个多小时，终于在三根床前有模有样地布置起了一个医疗实验台。田教授洗净双手，换上白大褂，然后给三根眼睛两边的穴道安上黑色的刺激吸盘，又将四根导线分别连到实验主机上，主机于是就正式开始进入工作状态，机器发出“嗡嗡嗡”的运转声，机屏上红绿指示灯闪烁不停。

田教授让秦婆婆和三根相对而坐，然后“啪”按下一个开关，这时，两盏小型聚光灯立刻将两束强光从左右两个方向同时聚焦到秦婆婆身上，将这位为爱奉献了一辈子的好女人照耀得熠熠生辉。田教授缓缓走到三根旁边，将手轻轻地按在三根的肩上，嘴里发着指令：“三、二、一，开始！”随着口令声落，靠在床上的三根猛地叫了起来“看见了，看见了，老太婆，我看见你了……”

秦婆婆愣怔着，片刻喜极而泣，扑上来拉住三根的手，颤动着嘴问：“三根，三根，你真的能看见了？你真的看见我了？”

“看见了！我真的看见了！你嘴边是不是有一颗米粒大的痣？”秦婆婆使劲地点点头，这时，只见一滴热泪滴在秦婆婆的手上，流淌在秦婆婆的心里……

站在旁边的田教授轻轻地舒了口气，他在心里默默地说：对不起，老嫂子，我接到三根哥托人打来的电话，就只能用这样的骗局来安慰你。我知道，你现在的身子一天不如一天，我和三根哥一样，我们大家都不想让你带着一点遗憾离开这个世界…… （题图：谢　颖）

人不能把钱带进坟墓，但钱可以把人带进去。

不仅仅是为了钱

□唐雪嫣

偶遇同窗

六盘湾是个依山傍海的偏僻小山村，这天傍晚，村民王铁成快到家时，看见有个人蹲在路边，正呜呜地哭着，他紧走几步，说：“有啥想不开的事？别哭了，跟我说说。”

那人抬起头来，王铁成心里纳闷起来：这人五十来岁，穿着打扮像是城里人，可看上去好像有点面熟。那人擦了擦眼泪，眼睛里也露出疑惑之色：“你……王铁成？”

王铁成一愣，奇怪地问：“你是谁？”“我是赵明远啊，”那人叫了起来，“我是专门来找你的。”

王铁成在记忆中搜索了半天，终于想起来了，赵明远是他的初中同学，两人大概有三十年没见面了。王铁成兴奋地一把拉住赵明远，哈哈大笑起来。

王铁成把赵明远请进他那间小草房，让他歇着，自己以最快速度炖了条鱼，又拎出一个装满酒的葫芦，两人喝了起来。王铁成问：“你都这么大岁数了，咋还像小孩子一样哭哭啼啼？遇到啥难事了？”

赵明远握着酒杯，低头不语，好半天才长叹一声：“老同学，我费了好大劲才找到你的住址，不怕你笑话，我是有家难回啊，我……”说着，脸上露出痛苦之色，放下酒杯抱住头，王铁成吓了一跳，忙问他怎么了，赵明远也不回答，从口袋里拿出一个药瓶，倒了几粒扔进嘴里。好半天，他才长出一口气，苦笑着说：“吓着你了吧？老同学，实话告诉你，大夫说我最多只能活一年。”

赵明远告诉王铁成，前些日子，他去医院检查，发现脑袋里长了瘤，医生说手术难度极大，只有百分之五的成功率，但如果不做手术，估计还有一年的寿命。他左思右想，最后决定不做手术，没想到，他真正的麻烦来了。

自他确诊那天起，他的三个儿子就不停地争吵，不断地找他，问他的公司到底留给谁。在他们眼里，他已经是个死人，他们关心的只是父亲身后的财富。赵明远绝望了，于是他以最快的速度卖掉了公司，然后离开了那个伤心之地。

赵明远的眼泪止不住又涌了出来："不是我绝情，而是他们太无情。我只是想平静地度过残生，他们都不成全我，我还顾忌什么？"

王铁成劝慰了很久。赵明远的情绪也似乎平复了不少。

第二天，赵明远跟着王铁成去了海边，他帮着王铁成打下手，倒也忙得不亦乐乎。晚上回到小草房，王铁成说"老同学，今天玩得挺高兴吧？不过你这个样子不行，有病得治啊，你应该去住院啊。"

赵明远黯然道："你以为癌症是那么容易治的吗？我见过接受化疗的病人，太遭罪了，再说我根本就没希望，活一天快乐一天，不是挺好吗？老同学，你不是赶我走吧？"

王铁成慌忙摆手，说自己不是那个意思。

惊天秘密

这天，两人正在海边忙活，一个孩子跑过来，边哭边喊："铁成叔，吴老师犯病了……"

吴老师是村里唯一的老师，还是志愿的，没有正式编制，因为有了他，村里几十个孩子才有书念。村里人包括王铁成都特别尊敬吴老师。

王铁成一听，大吃一惊，扔下渔网就跑。赵明远也跟了过去。到了教室，一些村民正七手八脚地把吴老师

往车上抬，只见吴老师口吐白沫，身上一股浓烈的“速效救心丸”的味道。原来吴老师的心脏一直有毛病，犯了病他就用这药救急，没想到今天救心丸也不管用了。

王铁成跳上车，对赵明远说：“老同学，我顾不了你了，你自己照顾自己吧。”

王铁成送吴老师去了医院，直到第三天才回来，脸色很难看，赵明远问他吴老师怎么样，王铁成突然说：“老同学，你挺有钱吧？我想求你帮帮我们。”

原来，他们把吴老师送到了市医院，吴老师的情况非常糟糕，大夫说需要做心脏“搭桥”手术，否则活不长久。但这种手术要十来万，全村人的钱加一块也不过几万块，他们无论如何掏不出这笔钱的，所以他希望赵明远能借点钱。

赵明远愣了，苦笑着说：“老同学，你可太信任我了，可是……可是这么大一笔数字，你让我咋借给你呀……我赚钱也不容易啊。”

王铁成失望地看着赵明远，小声说：“可跟人命比，钱算得了什么呀？你还能把钱带进……”

赵明远的脸色变得很难看，王铁成马上意识到自己说错了话，硬生生把“棺材”两字咽到肚子里。赵明远缓缓地说：“老同学，不是我不帮你，吴老师是好人，但他毕竟跟我没什么关系。我是活不久了，但我这辈子辛辛苦苦赚钱为什么？不还是为了儿子吗？虽然他们不孝，但他们毕竟是我的儿子呀，我这些钱还得留给他们。要不，我死后恐怕连个给我烧纸的人都没有了。”

王铁成不好意思地说：“我懂我懂，你就当我没说过，我再去想想别的办法。咱活人咋能让尿憋死？”他转身就走，赵明远却喊住他，拿出皮包，把里面的钱都取了出来，递给王铁成说：“大忙我帮不了，这是我的一点心意，解解燃眉之急吧。”

那些钱足有五千块，王铁成眼睛一亮，接过钱连连道谢。这天，王铁成一直张罗到晚上，把村民们的钱凑到一起，一共是两万多块。村长哭了：“这点钱还差得远呢，吴老师成全了咱们的孩子，咱们难道就眼睁睁地看着他死吗？王铁成，你不是说你同学有钱吗？要不，你再去求求他？”

王铁成默然无语，人家有钱是人家的，人家不想借，他总不能厚着脸皮难为人家吧？突然，他脑子里灵光一闪，想起了一个人：林海。

林海也是他的初中同学，在省城好像混得不错，想到此，王铁成兴奋起来，从怀里取出皱巴巴的电话本，用村长家的电话拨了过去。林海很热情，可一听说要借十万块，为难地说：“老同学，一两千倒拿得出，十万块我哪有啊？要不，你再找找别人？”

王铁成的心凉了，他失望地说："我一个打鱼的，哪里还认识人啊？你不帮我，吴老师就死定了。"

林海沉默了一会儿说："咱当年的同学，还真有几个大款，你记得赵明远吧？一个工厂的厂长，据说贪了上千万，最后被工人们联合上告，前些日子案发跑了。公安局正通缉他呢，要不是这样，他或许能赞助你个万八千的……"

王铁成大吃一惊，说："赵明远？不会吧？他现在正在我这里啊。他说他快死了，儿子争家产，所以跑我这里过几天清静日子啊。"

林海听到这个消息惊呆了，好半天才兴奋地说："王铁成，你别听他说瞎话了，这个赵厂长可是骗死人不偿命的家伙。你不是缺钱吗？我给你出个主意：报警，帮警察抓住他，你就能得十万块赏金。"

王铁成结结巴巴地说："你是说……把……赵明远卖十万块？那太过分了吧？咱们可是老同学呀。"

"呸！狗屁同学，"林海说，"他把他单位五千多号人害苦了，那些工人现在都靠政府救济才能活命呢，钱都进他一个人的腰包了……"

艰难抉择

王铁成的冷汗涔涔而下，原来赵明远跟他说的一切都是谎言，什么儿子不孝，什么得了绝症，都是编出来骗他的。三十年不见，他怎么那么容易找到自己？还不是早就做了准备工作？他想到这里避一阵子风头……

王铁成不知道是怎么放下电话的，他心里乱成一团，不知道该怎么办。按林海的建议举报赵明远？但赵明远毕竟是他的老同学啊，这样做太没人情味了；可是，没有钱就得眼睁睁看着吴老师死……

王铁成冲出屋去，一口气跑回小草房，赵明远惊讶地看着他，问他怎么了。王铁成哭了，哽咽着说："老同学啊，我

求求你了，帮吴老师一把吧，他是天下少有的好人啊。再说，你那么有钱，不缺这十万八万的啊。”

赵明远愣了一下，勉强地说：“你高估我了，其实我没多少钱，虽然我是个老板，但也就几十万资产，这钱不是大风刮来的，是我一分一毛挣出来的，对不起老同学，我真的不能给他，你就别再难为我了。”

王铁成呆呆地望着赵明远，一字一句地说：“要不，我给你跪下？”

赵明远眼珠转了转，沮丧地说：“算了，老同学，我在你这儿呆不下去了，你也别跪，我这就离开这儿。”说完，赵明远伸手去拿背包，王铁成慌了，急忙拦住他，就在这时，草房外有人喊：“王铁成，医院打来电话了。”

王铁成打了个激灵，恳切地对赵明远说：“我不该这么逼你，算我啥都没说，你可别走啊，你要是走，我可就再也没脸见任何同学了。”

见赵明远打消去意，王铁成才跑了出去。来到村长家，村长告诉他医院催促尽快做手术，吴老师的情况不容拖延。王铁成在屋里转了几个圈，突然狠狠地往地上吐了口唾沫，大声说：“大家都别担心，钱咱有了，十万块！”

不一会儿，王铁成带着警察赶到家，赵明远这时正悠然垂钓。警察扑上去把他铐住，赵明远装模作样地喊：“干什么？你们为什么抓我？”然后可怜巴巴地看着王铁成。

王铁成突然一阵难过，他硬着头皮说：“赵厂长，你就别装了，我给林海打电话想借点钱，他把你的事都跟我说了。”

赵明远可怜的表情不见了，一下子变得面目狰狞，双眼喷火，恨不得吃掉王铁成。王铁成不敢看他的眼睛，小声说：“老同学，你别怪我，我帮警察抓了你有赏，十万块啊。有了这笔钱，吴老师就有救了。”

“你不是人。”赵明远恶狠狠地骂，“你知道了我真正的身份，就应该知道我会破财免灾，我会拿出一大笔钱买你闭嘴，为什么一定要报警啊？咱们可是老同学啊，老同学你都出卖，你还有点人性没有？”

王铁成突然站直了身子，理直气壮地盯着赵明远：“你可以穷，你可以窝囊，你还是我同学，但你偏偏是吸血鬼，从老百姓身上坑钱，你就是狗屁同学。出卖你这个该死的，救活吴老师那样该活的，我咋就没人性了？”

赵明远被推上警车的时候，突然扭头喊了一句：“王铁成，如果当初我给你二十万，你还会报警抓我吗？”

“当初可能不会，”王铁成想了想，说，“但现在我想通了，你就是给我二百万我也会报警，因为你是个王八蛋！”

（题图、插图：魏忠善）

根据〔美〕格里戈里 · 克里斯蒂亚诺创作的小说改编

无法控制的欲望

□吴　江　改编

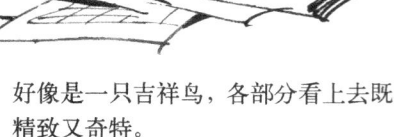

富兰克林今年35岁，在一家公司担任一个不大不小的经理之职。最近，公司总裁要他负责和投资方就某项投资进行谈判，投资方是一家赫赫有名的投资公司，老板叫马库斯。

这个马库斯很有意思，凡是谈判的事，无论大小，他都事必躬亲。谈判中富兰克林明显感到，马库斯是只“老狐狸”。双方你来我往，胶着不下。这天晚上，夜已经很深了，双方只好约定明天再谈。

走在回家的路上，富兰克林满脑子还在想着谈判的事。在一个胡同口，他突然觉得自己好像踢中了什么，赶忙收住步，扭头向下看了看，原来是一支钢笔。他弯下腰把钢笔拾起来，借着昏暗的灯光，他发现这支笔深紫色，镶着徽章似的金浮雕，造型好像是一只吉祥鸟，各部分看上去既精致又奇特。

富兰克林想道：咦，不错啊，今天真是意外之喜啊！于是，他把笔放进前胸口袋，又继续往前赶路。

回到家中，富兰克林先泡了杯热咖啡，拿起了那份谈判书，这时他想起在路边捡到的那支钢笔，于是便掏出来拧下笔帽，露出了宝石般亮闪闪的笔尖，但接下去他发现问题了：这支笔没有笔囊，吸不进墨水，而在徽章的旁边刻着一行拉丁文，用向右倾斜的标准花体字写成，再去细看，却不知道写些什么内容。

富兰克林试着用这支笔在谈判书上做一些记号，他发现这支笔用起来非常流畅，乌黑的墨迹在纸上均匀而且连贯。

富兰克林草草写下了一句话："马库斯一定要同意这个金额！"接着他又作了一些记录，把一杯咖啡灌下肚，然后就上床睡觉了……

第二天，富兰克林来到了办公室，继续与"老狐狸"马库斯进行谈判。他观察到马库斯的态度与前几次有微妙的变化，果然，在会议开始不久，还没等商讨谈判书的任何细节，马库斯就一口痛快地答应了。巧的是，那个金额数与他昨晚记在谈判书中的不谋而合！这时，全场立刻轰动起来。

合同一签好字，总裁立马就一个电话把富兰克林召到自己的办公室，拍了拍他的肩膀，说："小伙子，干得不错！你如果再下一城的话，我都要提拔你做副总裁了！"

副总裁，这可是他梦寐以求的事哟，富兰克林此刻激动得连话都说不利索了……

从此，公司上下全都对富兰克林另眼相看，更奇妙的是，他发现每次他用这支钢笔写下他的要求、条件或愿望，他都能如愿以偿！这已经不能再说是巧合了。钢笔上的那行拉丁文越来越让他感兴趣。

这天，富兰克林在一座教堂外停住了脚步，想起拉丁文的事，就进了教堂拜访一位老神父。他说："神父，我有件急事想求您。我有一支钢笔，上面刻着一行拉丁文，您能给我翻译一下吗？"

神父愉快地答应了。他们在书房里坐了下来，神父接过这支笔，看了一眼，微笑着说："这句话非常有趣，是说'无节制者是傻瓜'。"富兰克林似乎没听懂，脸上露出迷惑的神色。神父又把话重复了一遍，接着说："是《圣经》中的一句话。"

"为什么要把它刻在钢笔上？"

神父没有正面回答，而是问："你是在哪儿得到这支笔的？"

"我是在一条小胡同里发现的。"

"太奇怪了，我从来没见过这样

的笔，做得非常精致。我想，它的主人肯定是个学者什么的，提醒自己做事要谨慎，不要做出蠢事。至于说它的真正含义，我一时也说不清，年轻人。”

“谢谢您的指教。”他们说了几句闲话，然后富兰克林就回了家。

然而，很快他就把神父的话抛到一边。而且，现在就连副总裁这样的职位，对他来说也都缺少诱惑力了，他开始要好好利用这支笔了：

“我很想拥有一艘游艇。”

“我现在就要一张100万美元的支票，不，500万。”

“我今晚想要一位漂亮而且对我言听计从的女人。”……

每次富兰克林用这支笔写下自己的要求，都能够变成现实。他的每一个幻想、每一个怪念头、每一个要求都得到了满足。这太神了，真是一支神奇的笔。

几个星期过后，他越来越忘乎所以了，所有的虚荣心都得到了满足，然而，这一切让他变了，他计划做一些坏事并从中寻找乐趣。

一天，富兰克林从一份小报上注意到了一条消息：“老狐狸”马库斯手头有一批珍贵的钻石、稀有古币和其他宝石，秘密储藏在伦敦著名的银行地库中，据说那里还有许多达官贵人的藏品，价值连城。

这下，富兰克林可按捺不住了，这是个捉弄马库斯的好机会，他还希望得到马库斯的全部财宝。于是，他掏出钢笔写下了他的愿望。

很快，富兰克林便如愿以偿地走进了这间地库，果不其然，这里整整齐齐地陈设着钻石、珠宝、名画，他的心都快跳到嗓子眼了。但这间地库牢不可破，由钢铁和石头砌成，只有一个门，还装着定时锁。封得严严实实，真可谓固若金汤，最可怕的是里面空气稀薄。好在他用不着在此地久留，只要欣赏一下就可以撤离。

富兰克林心里真是乐开了花，这将是本世纪最著名的一次偷窃。他心里暗笑：“马库斯们一辈子也别想解开这个谜……这些宝贝都飞到哪儿去了？哈哈！他们永远也不会怀疑他，永远也不会知道是富兰克林——神偷干的事。”

时间在一点点流逝，就在这时，富兰克林感到空气有些浑浊，而且一阵比一阵发闷。他知道地库里的氧气有些不够用了，于是决定赶快离开。

富兰克林把手伸进衣兜，掏出了神笔，拧开笔帽，想在纸上写下一行命令，让自己带着财宝赶快回到别墅里，然而，他呆住了：这支神笔的墨水已经用干！

这时，仿佛有一只看不见的手卡住了他的脖子，他浑身止不住颤抖起来……

（**题图、插图**：佐　夫）

将计就计

□徐树建

人们只知道百无一用是书生，殊不知一智可当万人敌。

故事发生在唐太宗年间。这天，在边城大名鼎鼎的扬威镖局来了一个托镖人，只见此人扁鼻梁，眼睛小而深，自称赫连勃机，是个贩牛走羊的外族人。此时外族虽时时虎视中原，但双方尚未正式宣战，所以民间仍有生意往来。

听说有客户上门，当家镖头周一通就迎了出来。见了面，分主宾坐下，赫连勃机小心翼翼地从怀里掏出一个包裹，打开，是一件袈裟，金光闪闪，一看就非普通之物。

赫连勃机说："这袈裟是前隋高僧无相大师的遗物，只是由于某种机缘巧合被我得到，现在我想请周镖头把袈裟送到高昌城，那儿自有人接镖。镖金不论多少，尽请开口，五百两够不够？"

有生意上门，镖金又如此之高，按理应该高兴才是，谁知周一通却面露为难之色。赫连勃机见状，忙说道："周镖头，我知道往高昌的路上山深林密，多有盗贼出没，而且近日贵我双方交恶，不少人见了我这长相莫不切齿痛恨，故此我才重金相托。说实话，我是怕沿途盗贼骚扰，莫非周老英雄也怕？当今江湖豪杰说起扬威镖局无不交口相赞，想必你们不会是徒有虚名吧？"

周镖头被对方用话一激，情绪就有些激昂，说："你误会了，周某闯荡江湖数十载，又曾怕过谁？怕死就不吃这碗硬饭了。你这镖，我接定了！”赫连勃机见周镖头接了镖，拱了拱手便告辞了。

看着赫连勃机渐渐走远，周镖头忍不住大声咳嗽起来，只咳得气若游丝，让人听着生怕一口气接不上来。原来，周镖头隐伏多年的哮喘病最近发作，甭说上马杀敌，就是筷子拿在手中也有些不稳。刚才他是勉强接了镖，现在倒有点懊悔意气用事了。

这时，从镖局大门外急急走进一个文弱书生来。谁？周镖头的三儿子周文彰。

说起这个文彰，真个是文人胚子，不但不像他那两个爱耍枪弄棒的哥哥，而且对习武一事一点也没兴趣。文彰见了父亲，开门见山便说："爹，您怎么接下赫连勃机的镖了？看您这身体，怎能颠沛得起啊！"

周镖头仰天长叹道："要是我不接这镖，那咱扬威镖局可就声名扫地了，以后谁还送生意给咱们做？唉，要是你那两个哥哥有一人在身边，又怎会轮到我这老夫？乱世之中，百无一用是书生啊！"说罢，又重重咳嗽起来。

原来文彰的两个哥哥前两年都应征戍边去了。此刻，文彰听爹这一声长叹，脸顿时就红了，低头想了想，说："爹不必叹气，就让小儿替爹走这趟镖吧！"

周镖头停住了咳嗽"三儿，难为你这份孝心。可你一个文弱书生去走镖，岂不是羊入虎口？我虽说有病，但俗话说：'猛虎老了，雄风还在'！凭咱这名号，想必江湖朋友还是会给面子的。"

谁知周镖头这番话刚说完，文彰竟一伸手从兵器架上抽出一把刀来，一翻腕子架在自个的脖子上，说："做儿子的不能为父分忧，那还不如死了算了。爹要是不答应，小儿就无脸活在世上了。"

周镖头知道这个老三尽管手无缚鸡之力，可一使起性子来，十八条牛都拉不回来。于是只得点头说道："也罢，你就替爹跑一趟吧，我多派些镖师送你……"

文彰摇摇头："爹，树大招风，人多误事。我只要一匹老马足矣，爹尽管放心，我一定走好这趟镖！"周镖头见拗不过，只得答应了下来……

几天之后，边城崇山峻岭间走着一个和尚和一匹老马，老马背上一左一右驮着两只大大的书箧，不用说，那和尚就是文彰了。文彰见赫连勃机托的镖是袈裟，便灵机一动，索性剃了头发佯装僧人。果然不出所料，一路上尽管遭遇了不少强人，但见行者是个僧人，也就没有怎么为难他。

眼看一路走来，翻过大山就是最后一站高昌城了，文彰不由高兴起来。正得意间，忽听得林子中响起一声尖利的"唿哨"，随即旋风般冲出十

几匹马来，马上之人舞刀弄棒，杀气腾腾。

他们冲到文彰面前，一看是个和尚，不由直吐唾沫，连声骂道："晦气，晦气，守了半天却是个秃驴！哼，还不快走？"文彰大概是吓坏了，两腿打战，一听叫他快走，哆哆嗦嗦就抬起了腿。谁知刚走了几步，身后便传来一声断喝："站住！"

文彰听了，腿肚子又是一软。

只见一个头领模样的强人策马来到文彰跟前，把他上下打量了一番，问道："我说和尚，你打哪来？到哪去？这书箧里装的又是什么？"

文彰双手合十，答道"我是个云游僧人，从来处来，到去处去，既是书箧，装的自然是经书了。"

那头领"嘿嘿"一笑："既是云游僧人，当饱受风餐露宿之苦，又为何如此细皮嫩肉？且经书并不为奇，哪儿寺庙都有，你却千难万险地一路背着，这又何故？来人，给我把这书箧打开看看！"文彰心里暗暗叫苦：看来碰到对手了。

几个强人应声上来，挥刀"刷刷"几下将书箧劈开，逐卷搜寻起来，果然在一本经书封套里搜出了一尊小金佛。那头领得意极了，揣了金佛说："要不是看你是个和尚，早就一刀两断了！"说罢，打了一声"唿哨"领着强人们绝尘而去。

文彰心中暗喜，表面上却装出一脸沮丧的样子，继续赶马上路。

进了高昌城，文彰按事先所约找到接镖者，也是一个深目扁鼻的外族人。那外族人见送镖的是个和尚，一脸狐疑地问："袈裟呢？"文彰不急不忙地把自己身上又脏又破的袈裟脱下，拿柄小刀挑了针钱，拆开。哇，绝了！托镖的袈裟居然就缝在了破袈裟

中。

交了镖，文彰如释重负，打道回府。

不一日，文彰赶回了边城。刚刚走进镖局大门，就听到有人在院子里暴跳如雷：“周镖头，你好大胆，竟把我托镖之事让你三公子去办。你那三公子，谁人不知？是个文弱书生。若袈裟落入强人之手，我饶不了你！”

文彰一看，这个大吼大叫的人正是赫连勃机，再看老父垂着头一言不发，一副理亏的样子。他大喊一声：

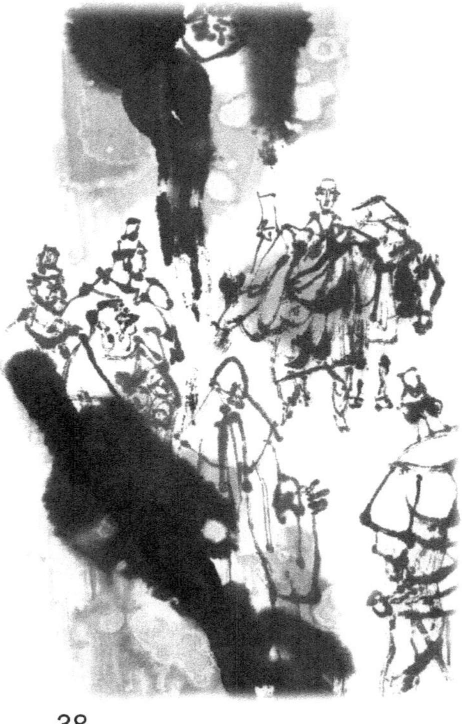

“爹，我回来了！”说着，就递上接镖人的回押。那赫连勃机一见回押，高兴得一蹦三尺高，大笑道：“好极了，好极了，这回大事成了……不不不，这回那袈裟可送到了。周老英雄，刚才我言重了，抱歉得很！”

周镖头站起身来，见文彰面容虽疲惫，但眉宇间却藏不住勃勃英气，心中大喜，鼻子里却冷哼一声：“我说三儿，我那金佛是不是被你拿去了？”

文彰点头道：“爹，我是故意带在身边的，不让强人得到东西，反而会坏大事的。”

赫连勃机在一边连连点头赞道：“三公子真是好计谋！”

周镖头却依旧冷若冰霜：“可是三儿，你算过没有，咱家走这趟镖划什么算啊？拿一尊金佛换五百两银子，都亏到姥姥家了！”

“不！”文彰却连连摇头，“爹，我让咱边城乃至大唐免去了一场灭顶之灾，您说这划算不划算？”一言既出，周镖头和赫连勃机都愣住了。却见文彰摇头晃脑地说：“爹，乱世之中，一个来历不明的外族牛羊贩子，出重金托咱们押送一件同样说不上来历的袈裟，您不觉得其中可疑吗？”

文彰话音未落，赫连勃机的脸顿时变了色。

周镖头沉吟着问儿子：“听你这么一说，倒真有些可疑，那又是为的

2008年《〈故事会〉最有影响力的故事》征文启事

为鼓励多出优秀作品,《故事会》杂志社决定继续举办“2008年《〈故事会〉最有影响力的故事》”征文大赛，并对优秀作品实行四大奖励措施:

1. 入选作品除在杂志上发表外，还将收入《第一推荐：××则最具人气的故事D》一书；2. 入选作品可得两笔稿酬：在《故事会》杂志发表的作品，首发稿酬每千字400元；获“《故事会》最有影响力的故事”优秀作品奖，再追加每千字1000元；3. 入选作品均颁发奖励证书；4. 本刊将邀请有关作者参加年底的颁奖大会，所有费用均由编辑部承担。

征稿范围：1. 具有现实感、新鲜感且可读性强的中短篇（包括超短篇）原创作品；2.故事性强、有口传性、能引起读者兴趣的推荐作品。

超短篇（如“幽默故事”）的字数一般在1500字以内，短篇（如“中国新传说”）的字数一般在5000字以内，中篇故事的字数一般在15000字以内。

来稿方法：1. 从邮局寄发，请在信封上注明“征文大赛”字样，本刊地址：上海市绍兴路74号《故事会》杂志社，邮编：200020。

2. 从网上传递，可寄各责任编辑信箱，请在主题上注明“征文大赛”字样，本期责任编辑的信箱是：gshxym@163.com。

什么呢？”周文彰道：“如今敌我双方交恶，一场大战不可避免，此时一字千金者莫过于军情，所以我思来想去，断定这袈裟中有诈。我一夜未眠，仔细寻找，终于发现在袈裟边缝，有一处针脚不同寻常，便暗请织工小心挑开，一看，里面竟藏有我朝大军的布防图以及约定攻城的具体日期。一番深思后，我就来它个将计就计，将布防图和攻城日期全部改了，再按原样缝好……可以断定，那接镖者肯定和眼前这位一样，都是外族的奸细……”

文彰正说着，只见赫连勃机大叫一声，拔刀就朝周家父子挥来，却又突然跌倒在地，动弹不得。原来是周镖头用一指神功点了他的穴，制住了他。周镖头抱住儿子瘦弱的双肩，银须飘飘，两眼放光：“三儿，想不到你如此有谋，只是为什么不事先告诉爹一声？”

周文彰笑了：“我告诉了爹，爹能让我去吗？况且，这是军机大事，万一爹性急如雷给泄漏出去，不就坏大事了？爹，咱爷儿俩现在押了这家伙去军营报告，一场大捷看来是唾手而得的了！”

周镖头乐得哈哈大笑：“想不到光宗耀祖的，竟是你这个文弱三儿。嘿嘿，谁说百无一用是书生，一智可当万人敌哩！”

（题图、插图：黄全昌）

·传闻逸事·

这则故事在民间流传甚广，有“三绝”之称。哪三绝？一绝者，宝中有宝；二绝者，情中有情；三绝者，戏中有戏。

金丝肚兜

□任黎明　搜集整理

宝贝失踪

唐太宗时期，绵州有一商人，姓孙名意兴，靠着父亲留下的家业，加上自己又肯动脑子，所以生意做得很好。

这年春天，孙意兴要出一趟远门，去收一笔父亲留下的老账。临行前，他从箱底取出一个金光闪闪的肚兜，交给新婚才半年的妻子荷儿，说：“这肚兜由万根金线编织而成，是我们家祖传的宝贝，今天就交给你了。我这次出门，也是不得已的事，父亲的老账散在外面，恐时间太久不妥，得去把它收回来。我不在的时候，你白天可以和小月做伴儿，小月虽说是丫环，可她是你从小的玩伴，你们情同姐妹；晚上你一个人的时候，就把这个肚兜戴在身上，就如我在你身边一样。”荷儿听了，一脸娇羞地点了点头。

第二天，孙意兴就上路了，荷儿依依不舍地把他送到院门口，一直看着他的身影消失在街角尽头。从此，她大门不出、二门不迈，成天和小月在房里吟诗作画，晚上有金丝肚兜贴

身，倒也不怎么觉得寂寞。

时间一晃就到了夏天。绵州的夏天，特别闷热。这天晚上，荷儿在房里舒舒服服地泡澡，泡了好久，还不想起来，就让在院里忙活的小月再给她送点热水。只听院里“咚”的一声，荷儿一惊：“小月，你没事吧？”小月说：“小姐，我不小心把水盆打翻了。”荷儿说：“罢罢罢，我其实也泡得差不多了，你自己收拾收拾吧，我不洗了。”她一边说一边就起身穿衣。就在这时，她发现，她洗澡前搭在门口竿子上的那件金丝肚兜，不见了！

荷儿慌了：“小月，你把我肚兜放哪儿去了？”小月一愣：“我没拿呀！”“我洗澡前明明搭在竿子上的，怎么现在没有了？”“不会吧？小姐，你一定记错了，就我们两个，还有谁会拿它？”小月四下帮荷儿找，可奇怪的是，从屋里找到院里，连所有的柜子都翻了个遍，可就是找不到。荷儿急得眼泪都下来了，夫君离家才几日，传世的宝贝就没有了，回来可怎么交代？

夫妻不和

再说孙意兴，出门在外，无一刻不在思念家中的娇妻，所以一收完账，就日夜兼程往家赶。这晚走到成都府，他实在走不动了，便找了家客栈住下。听说绵州有个戏班也在店里住，孙意兴喜出望外，觉得特别亲切，便上去和他们攀谈起来。戏班里有个男子，身材修长，皮肤白皙，大大的眼睛，孙意兴不由心中赞叹：好一个“俏娇娘”！

正想着，那花旦端杯过来，问孙意兴道：“兄台府上在绵州哪里？”孙意兴一一告之，花旦听后喜上眉梢，说：“小弟姓蒋，名玉春，寒舍离兄台府上不远。小弟先敬兄台一杯，今晚戏终，请兄台到小弟房里痛饮，小弟有事相求。”孙意兴不知蒋玉春所求何事，但既是同乡，哪有不帮之理？便很爽快地答应了。

当晚蒋玉春戏罢，孙意兴去他房里，恰逢蒋玉春刚脱下戏装，孙意兴猛然发现他贴身戴着一个女人的肚兜，竟和自己家传的那个一模一样，不禁心里一动。蒋玉春见孙意兴盯着自己的肚兜看，连忙穿上外套，随后就请孙意兴坐下喝酒。可孙意兴哪里还喝得下，推开酒碗，着急地问：“不知贤弟这个贴身肚兜从何而来？为何不将它换下呢？”蒋玉春羞得满脸通红，解释说：“此物是我家小娘子所赠，小弟舍不得换下，实在是因为思念心切，还请兄台不要见笑。”孙意兴一听，悲愤不已：想不到我才出门数月，荷儿就成了这个戏子的小娘子！他端起酒碗，将碗中酒一饮而尽。

蒋玉春看他情绪不佳，以为他是赶路累的，看看天色太晚，于是起身从柜子里拿出五十两银子，交给孙意兴，说：“劳烦兄台将此银两带与我爹。我们戏班已出来多日，我爹在家一定牵肠挂肚，请兄台转告我爹，我在外一切安好。”孙意兴看这蒋玉春虽然可恨，但还是个孝顺之人，就勉强答应了他，接下银子，起身回房。

第二天，孙意兴继续上路，但心里却别是一番滋味，他越想越生气，越走越没劲。待到家推开门，荷儿惊喜地迎上来，孙意兴竟粗鲁地一把将她推开。小月看小姐突然被姑爷冷落，不知出了什么事，就趁给孙意兴上茶的当儿，悄悄对孙意兴说：“姑爷，小姐天天都盼你回来呢，这下可好了！”谁知孙意兴却气冲冲地说：“怕是盼我永远不回来的好！”说完，掉头就到房里去了。

荷儿莫名其妙，实在不知道自己犯了什么错，想了想，便跟着孙意兴跨进房去，她要弄个清楚。可她刚踏进门，孙意兴就一把掀开她的衣服看，厉声问道：“咱家的宝贝呢？”荷儿这才明白过来，为何夫君对自己如此冷落。其实，从孙意兴到家的一刹那，荷儿的心就提了起来，她本想找个机会慢慢告诉夫君，可怎么也没想到他已经知道了。此刻，荷儿心里又慌又乱，支支吾吾地说：“我……我也不知道是怎么不见的。那天洗完澡，就突然找不到了。”孙意兴瞥了她一眼，冷笑一声：“还真是怪事，洗完澡丢的？怎么没把你这个大活人丢了啊？哼，明天我让你爹把你领回去，以后你爱跟谁跟谁，不用这么偷偷摸摸了。”

丫环顶罪

却说荷儿一听孙意兴要休自己，急得不得了：“你把话讲清楚，我怎么偷偷摸摸了？”孙意兴便把碰上蒋玉春的事说了一遍：“人家都叫你小娘子了，你少在这儿装疯卖傻！”荷儿心里真是冤啊，想想这件事自己是跳进黄河也说不清了，那只有以死来证明自己的清白。想到此，她一头冲

出门外，往院墙上撞去。

正在院子里的小月被荷儿这突然一撞吓坏了，赶快把她扶回房里。荷儿哭着对小月说："你为什么要管我？你让我去死吧！我从来没见过什么姓蒋的人，我怎么会去……宝贝没有了，你让我到哪儿去找回来啊……"

小月是个机灵丫环，一听荷儿这么说，就知道她撞墙的来由了。她心想：肚兜是姑爷家的传世宝贝，姑爷决不会就此罢休；现在姑爷要休小姐，小姐蒙冤撞墙，差点丢命；如果我把事儿揽下来，说肚兜是自己拿去的，姑爷就不会休小姐，小姐也不会去寻死。小姐待我情同手足，这恩我不能不报，我宁可不要自己的名声，保全小姐要紧啊！她想到这里，"扑通"一声就跪了下来，声泪俱下地对荷儿说："小姐，小月罪该万死，不但坏了你的名声，还差点让你丢了性命，你惩罚小月吧！小姐的肚兜是小月趁小姐洗澡的时候拿的，也是小月送给蒋……蒋少爷的，他一直和我暗中来往，送了我很多东西，我没有什么值钱的回他，就打起了肚兜的主意。"

孙意兴在旁边一听，将信将疑："你……你怎么会认识这个戏子蒋玉春的？"小月低头喃喃道："小月……小月平时常出去采买家用什么的，这才认识了蒋少爷。姑爷，小姐，小月不懂事，就请你们原谅小月吧！"

孙意兴和荷儿一听小月这话，都大吃一惊。荷儿气得脸色惨白，说："小月，你怎能如此待我？我们从小就情同姐妹，你明明白白说出来，我会风风光光地把你嫁过去，何至于此啊？"孙意兴更是怒不可遏，"腾"地拿出蒋玉春让他捎带的银子，往小月面前一丢，说："这是你那个戏子带给他爹的五十两银子，你给他爹去。你走吧，以后再也不要回来了！"

小月顿时痛哭流涕，可是没办法，她只好带着银子离开孙家，离开她相伴多年的小姐。她在孙家大门外坐了一夜，天一亮，就一路打听着向蒋家走去。找到蒋家老爷，小月将手里的银子交给他，说："这是您家少爷托我家姑爷带的银子，您老人家请收下吧！"蒋老爷一看，又气又恼，又爱又恨，说："这个畜生，我又不缺银子，怎么不给我带封信回来？"小月看老人家难受，便安慰说："能有银子带回来，说明他在外面没有受冻挨饿，您老就宽心吧！"蒋老爷一听，这丫头说话有道理呀，刚才还沉下的脸立刻舒展开来。

知县查案

告别蒋家老爷，小月一时不知自己该何去何从，想想天下之大，竟然没有自己的容身之地，不觉泪水涟

涟，漫无目的地在大街上转悠起来。也是事有凑巧，当她经过县衙门口时，看见那里有许多人，一打听，原来是衙门里在招聘打杂的，女佣也要。这不是“芝麻落在针眼里”吗？巧了！小月凭着自己的容貌和做过多年丫环的经历，一试就被选中，从此就在衙门里落了脚。

这衙门知县姓田，为官正直，断案如神，在城里很受人尊敬。小月在衙门里做久了，听大家说起他来个个都竖大拇指，于是留了个心眼，想让田知县亲手来破孙家肚兜这个蹊跷案。这天，趁田知县下堂的当儿，小月口喊“冤枉”，一步就跪在了知县老爷的面前。

田知县听小月把前后事情一说，觉得这个案子确实不太一般。他沉吟半晌，决定顺藤摸瓜，非把案子查个水落石出不可。他立马派人赶到成都府，将蒋玉春缉拿回衙，果然见他贴身穿着金丝肚兜。田知县问他：“你可认识荷儿小姐？”蒋玉春根本不知荷儿为何人，自然摇头。田知县又指指小月：“那你再仔细看看，这位女子你认识吗？”蒋玉春自然还是摇头。田知县一拍惊堂木，厉声喝道：“大胆刁民，金丝肚兜乃荷儿小姐的贴身之物，是她夫君孙意兴孙家的传世宝贝，为何到了你的身上？还说是你娘子所赠？”

蒋玉春这才知道自己被拿之因，他大喊冤枉，说这肚兜是他花一百两银子买来的。田知县不解：“你一个大男人，买这种女眷用物有何用？”蒋玉春犹豫了半天，要求田知县将左右退下，这才吞吞吐吐说出了事情的经过。

原来蒋玉春自小就喜欢做男扮女装，为这没少挨父亲的打骂。长大后，他越发有了做女人的心思，蒋老爷逼他在自己开的当铺学做生意，可他一点兴趣都提不起来。一天，当铺里来了个人，说是要当肚兜，伙计正好心烦，就没好气

地说：“去去去，别胡来，这种女人贴身东西，本铺不当！”可谁知那人前脚走，蒋玉春后脚就悄悄追了上去，硬是花一百两银子，把他手里的肚兜买了下来。回到家，蒋玉春躲进自己房里，打开肚兜一看，做工精细，金光闪闪，心里不由越发喜欢，待夜深人静之时，他戴上肚兜，又化了女妆，对着镜子轻歌曼舞，觉得自己就是貌若天仙的女子，从此便一发不可收拾，晚上非得戴肚兜才睡得着觉。再后来，他看到戏班唱戏，心想：若是在戏里，我不就可以大大方方地穿上女儿装了吗？于是就去找戏班班主。班主看他扮相俊秀，说话声音又绵软，让他学唱几句，还挺像模像样，就答应将他留下。可他回家和蒋老爷一说，差点没把老爷气死，将他痛打一顿不说，还把他锁进了房里。可蒋玉春去意已决，当晚就跳窗从家里逃出来，随戏班跑了。直到前不久碰上孙意兴，他心里到底还是记挂爹，就托孙意兴带银子回来，哪知这人竟就是肚兜的主人！

田知县问：“那个当肚兜的人，你可认识？”蒋玉春摇摇头：“不认识。小的只记得他大约三十岁年纪，身材瘦小，穿一件黑袍。”田知县问：“如果再见到此人，你可认得出他来？”蒋玉春肯定地点点头。田知县当即派人把孙意兴喊了来，孙意兴得知事情经过，捶胸顿足，觉得对不起小月，说：“都怪我当时气急攻心。现在想想，如果蒋玉春真和荷儿有什么，在客栈我告诉他名字时，他该躲着我才对呀。”

田知县一边听一边点头，他沉思着：用什么办法能尽快找出那个当肚兜的人呢？

戏中有戏

隔了几天，绵州戏班回来搭台唱戏了，戏名就叫《金丝肚兜》，蒋玉春唱女角，消息传开，全城轰动，大家都争先恐后地来看。戏就是根据孙家传世肚兜的事写的，可谁知第一天，演到肚兜的来历刚交代完，戏就结束了，说是明天再接着唱。第二天，来的人更多了，可是戏唱到丫环顶罪又没了。大家以为戏完了，都骂丫环恶毒，因为戏里没说丫环为什么要顶罪。这时候，班主报告大家一个好消息，说是好戏还在后头，明天剧情还有新的发展。大家一听还有好戏看，非常兴奋，都纷纷猜测会有什么样的结局。就这样一传十、十传百，第三天，戏台前人山人海。

这天，台上演到蒋家少爷被打入大狱、县老爷升堂审问时，大家一看乐了：怎么台上升堂的竟是田知县啊？只听他大声喝令：“带人犯！”衙役便用绳子绑着一个又小又瘦的男子上了戏台。田知县一拍惊堂木：“堂下何人？可知罪？”那男子双膝着地，

编读往来：你的问题我来答

安徽读者杨阳： 今年7月绿版有一篇故事《飞来的大奖》提到欧·亨利文学奖的事，我是欧·亨利的铁杆读者，请问真有这个文学奖吗？

绿版编辑部： 收到你的信后，我们特地查了一下资料。可以告诉你的是，《飞来的大奖》中的故事情节是作者创造的，但欧·亨利文学奖倒确有其事。较为规范的名称是“欧·亨利短篇小说奖”，主办方为美国艺术科学协会。从1919年起，该协会每年都要评选出版一部最优秀的短篇小说集，其宗旨是“促进短篇小说的艺术性并激励年轻的创作者”。只要是在美国或加拿大杂志上发表的英语作品，都有资格参评当年的欧·亨利奖。

河北读者王前程： 在“故事中国网”上我就曾提议《故事会》涨价，我注意到咱们杂志9月份终于涨价了。不过，我觉得故事也更好看了。我是《故事会》的忠实读者，我会永远拥护咱们这本杂志的。

绿版编辑部： 谢谢你对我们杂志的支持。近年来，纸张价格上涨幅度、速度都比较大，给我们杂志的发行带来不小的冲击。经过市场调查研究，并经上级主管部门同意，我们决定从今年9月上开始调价，从原来的每本2.50元调整至3.00元，但订阅价今年维持不变。细心的读者可能感觉到：1. 与以前相比，我们现在每期平均要多发表三四篇作品。2. 每则作品的含金量都有所提高。3. 纸张质量仍保持不变。

一年一度的杂志订阅将要开始了，希望广大读者届时前去邮局订阅，成为《故事会》大家庭的新成员！

汗如雨下：“大人饶命啊，罪民姓吴名飞，人称‘草上飞’，小人正是偷金丝肚兜之人。”

此话一出，台下一片哗然：这是假戏真审啊！再听下去，才知道这双膝跪地的男子原来叫吴飞，轻功甚是了得，是这一带的惯偷。

那天荷儿泡澡，肚兜搭在竿子上，吴飞正好从孙家房上踩点经过，一眼瞥见，心痒难耐，就此下了手；拿回家一看，他知道是值钱的东西，就送进了当铺；当铺不要，而蒋玉春却追着要，他自然就换了银子；这几天听人说戏班在演女人肚兜的戏，又听说戏里那丫头就是偷肚兜的人，这引起了他的好奇：怎么戏班唱的戏竟会和自己做的事这么相像？听说后头还有好戏，他不知道下文会是什么，于是今天就混在人群里来看。他哪里知道，其实唱戏只是诱饵，这是田知县故意设下的计谋，他在台下那副鬼鬼祟祟又探头探脑的样子，早被蒋玉春认出，并报告田知县盯上了。

案子真相大白，金丝肚兜自然又回归孙家。至于有情有义的小月后来深得田知县疼爱，终成田夫人的故事，这里不提。而蒋玉春，则和绵州戏班走遍了大江南北，《金丝肚兜》成了他们的压轴好戏。

（题图、插图：黄全昌）

一英尺的母爱

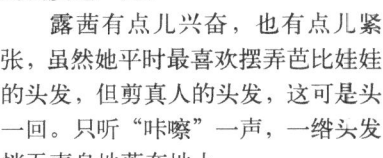

露茜十一岁那年，妈妈得了癌症。露茜知道后心里很难过，但妈妈却说她只需要去医院住一段时间，一切都会好起来的。

一天下午，妈妈把露茜叫进卧室说：“请你为妈妈做一件事，好不好？”

“是准备去医院用的东西吗？”露茜知道妈妈明天就要开始化疗了。妈妈摇摇头，在露茜的额头上亲了一下，说：“我想请你为我理发。”

露茜大吃一惊，哪有让小孩子理发的？况且，妈妈有一头美丽的金色长发，足有一英尺长，妈妈对头发非常爱惜，平时都去高级发廊打理的。

露茜拿起妈妈的一绺头发，放在剪刀中间：“您确定吗？”

“确定，请动手吧。”妈妈调皮地一笑。

露茜有点儿兴奋，也有点儿紧张，虽然她平时最喜欢摆弄芭比娃娃的头发，但剪真人的头发，这可是头一回。只听“咔嚓”一声，一绺头发悄无声息地落在地上。

“哎呀，太短了！”

“没关系，很好看，哈哈。”

“糟糕，又剪短了……”卧室里充满了母女俩的欢声笑语，地上的头发也越来越多。等露茜完工的时候，妈妈的头发只剩下两三英寸了，而且长长短短，像是被人胡乱修剪的草坪。妈妈对着镜子哈哈大笑，搂着露茜说：“谢谢宝贝，我太爱这个发型了，看起来就像一个有个性的摇滚明星。”母女俩抱在一起笑个不停。自从妈妈病了以后，家里已经很久没有这样欢乐的笑声了。

晚上，爸爸看到妈妈的样子吓了一跳，说：“亲爱的，你的头发怎么了？”妈妈若无其事地说：“哦，我让露茜剪的。反正化疗以后头发也会掉光的，不如先让孩子开心一下。”

现在，露茜也是一个母亲了。回想起那个冬季的下午，她终于明白妈妈是个多么了不起的女性。面对病痛和死亡，她先想到的是让女儿开心。为此，她毫不犹豫地献出自己最后可以奉献的东西。

（**编译者**：王　悦；**推荐者**：张海妃）

温馨的拯救

米歇尔夫妇带着他们的10个孩子，驾车外出野营。经过一个村子时，他们发现这里景色宜人，便停下车在一块空地上搭起了帐篷。

第二天一早，村里的面包师突然为他们送来了刚出炉的面包。不久，村长也来邀请米歇尔一家参加当晚专为他们举办的宴会。突然来了这么多好事，米歇尔惊慌失措地说:“我是个失业者，没有能力支付这些多余的旅游费用。”村长立刻表示:“您误会了，我们不是要钱，只是表示对你们这个大家庭的尊敬。此外，我自己还开着一个肉店，你们住在村里的这段时间可以随时到我那里免费取肉。”

宴会上，村长问米歇尔对本村印象如何，米歇尔表示非常喜欢这里。村长当即宣布，以村民委员会的名义，向米歇尔一家免费提供一幢6居室的房子，米歇尔也可以在村里自由挑选工作。“但有一个条件！”“什么条件？”“您的孩子必须在村里的学校就读。”

原来，这个村子的孩子很少，前段时间有两个孩子跟随父母搬离了村子，学校便只剩下了15名学生。当地有个规定，如果学校的学生数少于17名，该学校就得关闭。对这个村子来说，关闭学校将是最大的悲剧。当米歇尔夫妇带着10个孩子来到村里时，村长猛然意识到，这是最后的机会了。于是大家一致决定，竭尽全力挽留米歇尔一家。有了这10个孩子，学校若干年内都不会出现危机了。

得知了这背后的原因，米歇尔夫妇毫不犹豫地接受了村长的条件。

后来，村里人立起了一块大理石碑，上面写着：感谢米歇尔夫妇以及他们的10个孩子拯救了本村的未来。

（**原著**：扬·布鲁斯；**推荐者**：麻连飞）

·海外故事·

这些可爱的孩子都乖乖地闭上了眼睛，满怀希望地期待着那个长着一对翅膀的可爱天使翩然降临……

天使在身边

□曹景建

危在旦夕

纳粹军要打来啦！消息传开，亚马雷斯镇的居民们开始紧张起来，就那么一眨眼工夫，小镇上的人能跑的都跑得差不多了。然而，镇上的一所孤儿院却没有动静。

这所孤儿院建在镇西北亚马雷斯山上。此刻刚过中午，孩子们都在午睡，克劳诺太太在孤儿院门口焦急地踱来踱去，不时踮起脚尖朝山路上张望。她这是在等孤儿院院长威尔顿先生回来，院长昨晚就下山去找车了，可到现在还没有回来，孤儿院里的孩子们还小，没有车，他们可寸步难行啊！

克劳诺太太急得都要哭出来了，就在这时，威尔顿在山道那一头出现了。

克劳诺太太迎了过去，着急地问："找到车了吗？"

威尔顿先生眉头紧锁，摇了摇头。

"呜——"克劳诺太太终于忍不住哭出声来，"这可怎么办？看来，我们只好带着孩子们靠两只脚走了。"

"靠两只脚走？"威尔顿瞪大了眼睛，"克劳诺太太，您知道那些家伙已经到哪儿了吗？听说他们离小镇已经不到十公里路了。"

"那怎么办？我们总不能眼睁睁地看着孩子们一个个被纳粹军杀掉吧！"

威尔顿先生低头不语。他深思了一会儿，然后像是做出一个重大决定似的，握紧了手里的拳头，抬起头来对克劳诺太太说："克劳诺太太，这些孩子不是没有父母的弃儿，有你，有我，还有上帝，上帝在注视着我们！”

克劳诺太太盯着威尔顿，大声喊道：“院长，对孩子们来说，没有车，即使我们时刻陪伴在他们身边，也没有用啊！”

“嘘——”威尔顿先生示意克劳诺太太，“请先别急！克劳诺太太，您小声一点好吗？孩子们现在还不知道情况，我想，倒不如让他们在噩运到来之前尽情享受一次快乐！”

克劳诺太太一愣。

“是的，克劳诺太太，请您现在去把孩子们唤醒，让他们到小礼堂来集合，好吗？那里永远不会有战争，他们一定能得到他们想要的快乐。我保证！”威尔顿先生说这话的时候，满脸都是笑容。

克劳诺太太还想问些什么，当看到威尔顿神秘地指了指自己的嘴唇，她苦笑一声，道：“我明白了，威尔顿先生，今天孩子们一定会开怀大笑的。”

口技绝活

不大一会儿，孩子们都一个个安静地坐在了孤儿院的小礼堂里，一双双纯洁的眼睛默默地盯着前方的小舞台，期盼着那一份久违了的惊喜。

“嘎嘎嘎”，几声鸭子的叫声打破了沉默，孩子们的眼睛亮了起来，他们知道威尔顿先生今天又要为他们表演口技绝活了。

克劳诺太太走上前台，高声喊道：“孩子们，威尔顿先生今天将给我们作一次精彩的口技表演，下面，让我们用热烈的掌声欢迎威尔顿先生出场！”

随着热烈的掌声，威尔顿笑嘻嘻地走到舞台中央，他拿着话筒说：“是的，我的孩子们，今天我心情格外好，我将毫无保留地把自己平生所学奉献给你们，愿你们度过一个快乐的下午！”说到此，他突然停住，又仿佛想起了什么，于是神秘地说，“对了，孩子们，过会儿我将给你们表演一个新节目，它将十分刺激，但请你们一定要保持

冷静！你们能做到吗？”

“能！”台下孩子们齐声喊道。

“好！”只见威尔顿先生大手一挥，整个礼堂好像突然飞来一群小鸟，阵阵悦耳的鸟鸣声立刻让小礼堂变成了早春的一片小树林。

克劳诺太太陶醉似的闭上了眼睛，仿佛置身于鸟语花香之中。是的，这时候，她想尽力让自己的心情放松下来，也许只有这样才能减轻她的忧虑和痛苦。

突然，鸟声戛然而止，接着就是一阵公鸡打鸣的声音，还有母鸡刚下完蛋“咯咯咯”的叫声，转而又是“汪汪汪”几声狗叫……

“哈哈哈……”孩子的笑声把克劳诺太太从美好的幻境中拉了回来，她睁开眼睛，不禁也跟着孩子们大笑起来，原来台上的威尔顿正弓起腰学着猪吃食的样子，嘴里发出“啧啧啧”、“哼哼哼”的声音。他表演得憨态可掬，十分滑稽，怪不得孩子们如此开心了。

就在这时，“嗒嗒嗒”一阵枪声似乎从远处传来，克劳诺太太的心猛然一紧，孩子们仿佛一下子惊呆了，礼堂里突然骚动起来……

天衣无缝

不过，随着威尔顿慢慢直起身来，他的手突然做出射击的样子，微笑着望着台下。孩子们突然明白过来，原来这是院长在口技表演呀，接着就是一阵掌声——是呀，刚才院长不是说过要表演一个新的刺激节目吗？

威尔顿支起耳朵，一听到外面的枪声或者炮声就立即把嘴唇嚅动起来，而且用右手做出夸张的动作。他每次捕捉得都是那么天衣无缝。孩子们瞪大了眼睛，他们可能永远也不会明白，威尔顿的舌头是用什么做成的，竟然把枪声和炮声表演得如此惟妙惟肖……

过了好大一会儿，一片寂静，威尔顿再也没有听到枪声或者炮声了。

战争和屠杀也许已经结束了，威尔顿默默地想。他站在舞台上仰望着天花板，静静地听了一分钟左右，旋即把右手放在胸口，弯下身做了个漂亮的谢幕动作。

台下顿时掌声雷动，孩子们把小手儿都拍红了，他们惊叹今天威尔顿的口技表演真是太精彩了，尤其是刚才模拟枪炮声的那段节目。

“好了，孩子们，现在请你们闭上眼睛，认真默念克劳诺太太前天教给你们的那段圣经颂词吧，你们要用心去领会，只要用心，天使就会来到你们的身边……还有，我不说让你们睁开眼睛，你们千万不要睁开，听到了吗？”威尔顿看着台下，尽量平静地说。

“院长先生，您说的是真的吗？

只要我们用心，天使真的会来找我们吗？”台下一个大眼睛女孩问道。

威尔顿笑了：“当然了！当你们睁开眼睛时，天使就会飘然而至。”

他一说完，这些可爱的孩子都乖乖地闭上了眼睛，满怀希望地期待着那个长着一对翅膀的可爱天使翩然降临。

“威尔顿先生，你不觉得这样很残酷吗，他们等不来天使，等来的只是那些嗜血如命的狼！”克劳诺太太把威尔顿拉到礼堂外面，悄悄地说。

威尔顿叹了口气后，突然严肃地说：“克劳诺太太，你说的这些我都明白，可是我们现在能做的只有这些。先把孩子们的心稳住吧，不到最后关头，我不希望他们受到哪怕是一点点的惊吓。”

克劳诺太太点了点头，喃喃地说：“可怜的孩子们，但愿你们来世不再是孤儿……”

威尔顿咬着牙，注视着孤儿院的门口：“来吧，上帝会看在眼里，你们早晚会有报应的！”刚说完，就听到一辆汽车鸣着汽笛向孤儿院方向开来，越来越近……

生命转机

“魔鬼终于来了！”威尔顿先生攥紧了拳头，克劳诺太太却忍不住小声抽泣起来。可是，就在汽车开进孤儿院门口的一刹那，他们惊呆了，发现来的不是纳粹部队。

威尔顿先生简直不敢相信这是真的，他反复地问克劳诺太太：“我这不是在做梦吧？”

克劳诺太太喜泪纵横，说：“是的，威尔顿先生，我们得救了！是我们的军队！”

只见从吉普车上跳下来一个士兵，一看到威尔顿先生和克劳诺太太，就兴冲冲地回头朝车上喊：“嘿，上校，这里有两个活的！”

“是的，我看到了！”话音刚落，就见一位军官跳下车来，疾步跑到威尔顿先生和克劳诺太太面前，紧紧拉

着他们的手说，“我们还以为整个亚马雷斯镇的人都跑光了呢，没想到还有你们两个不愿舍下家园的人！”

克劳诺太太激动地说：“不，上校先生，不止我们两个，礼堂里还有好几十个孩子呢！”

“是吗？”上校径直向礼堂冲去，当看到那么多孩子都安安静静地坐在礼堂里时，他忍不住惊叫起来，“天哪，这是真的吗？难道他们不害怕战争吗？请告诉我，你们是怎么让孩子们做到这一切的？”

克劳诺太太把刚才发生的事向上校说了一遍，上校听了感动不已，他走到威尔顿先生面前，“啪”地行了一个庄严的军礼：“威尔顿先生，请接受一个军人崇高的敬意！您创造了奇迹，您拯救了亚马雷斯！”说到这里，上校悲愤地说，“你们也许不知道，亚马雷斯镇上那些逃出去的人，在路上就被纳粹军劫杀了，根本没能逃出魔掌……”

“什么？”

上校说：“幸好你们没有逃亡。我们有一支主力部队，趁这支纳粹部队向亚马雷斯镇逼近的时候，包抄了他们的老窝。在离亚马雷斯镇不到一公里的地方，他们仓促回撤了！”

威尔顿把上校请进礼堂，向孩子们大声喊道：“我的孩子们，现在，请你们睁开眼睛看看吧，上帝派来的天使，就在你们身边！是他——拯救了孤儿院，拯救了我们大家！”

上校握着威尔顿的手，动情地说：“不，威尔顿先生，您才是真正的天使，您是上帝派来保护孩子们的天使！”

（**题图、插图**：佐　夫）

·本刊信息传真·

故事中国网开通支付宝功能 购书订刊更方便

从现在起，支付宝用户可以直接在故事中国网（www.storychina.cn）上购买故事会公司出版的最新图书和订阅刊物了！我们为您准备了丰富的图书，并有特别的价格优惠哦。新学期已经开始，快来看看有什么适合送给学生朋友的新书吧。

故事中国网开设“故事点评”和“咬文嚼字”两个栏目，前者欢迎大家对每期《故事会》的作品进行点评，凡入选在网站发布的故事评论将获得50到100元不等的稿费，优秀评论还有机会在《故事会》上发表；后者则是您将在《故事会》中发现的任何语言文字上的错误，通过网站“举报”，就有机会获得《故事会》的合订本。

另外，故事演播室和电子书刊频道都已开通，为您提供了“听”故事、“讲”故事和“看”故事的新渠道，一定会让您在浏览故事中国网时感觉乐趣无穷！

我只认得三个字

□王应良

社会学家说：代与代之间是有差距的，这个差距是谓“代沟”。那么夫妻之间有没有差距？或者说，应不应该有差距？

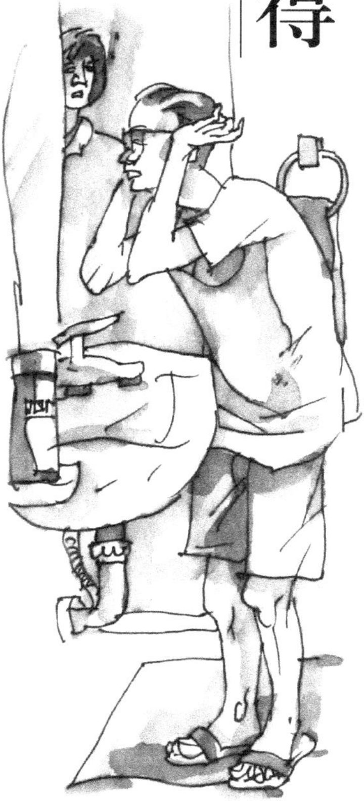

目不识丁

何中华原本是个默默无闻的农民作者，没想到，一篇小说竟得了全国大奖，有道是好事成双，没多久，何中华就从农村调进市作协，做起专业作家。而他那大字不识一个的老婆陈菊香，也跟着他一起搬进城里，正儿八经地过起城里人的生活。

这天早上，何中华站在卫生间的镜子前，往日渐稀疏的头上抹发乳。这时，家里电话响了。何中华隔着门，有点不耐烦地对老婆说：“菊香，你帮我接一下，肯定又是约稿的，真烦人！”

陈菊香犹豫了一下，过去轻轻提起听筒。一个女人用好听的声音问：“您好，是何作家的家吧？”

陈菊香对着话筒，慌忙说：“是的！是的！俺这个，就是何……何作家的家哩咯。”

对方显然没听懂她这口音浓重的家乡话，连忙问：“您在说什么？您能用普通话说吗？”

见对方这么问，陈菊香更慌了，连忙摇着头说：“俺说不来你这个官话，俺说了几十年，只会……说这个哩咯……”

对方还是没听懂，就对着话筒说：“那这样吧，您把我的名字记下来。何作家回来了，您就说我找他，我的名字叫……”

陈菊香忙不迭地打断她说：“别！别！我不认得字，更不会写，你说了也白说。”

电话那头愣了一下，心有不甘地又问：“哦！要不这样，你把我的电话记下来，如果他回来，就让他回这个电话，我的号码是138……”

陈菊香一听，又连忙打断对方的话，羞愧得差点哭起来：“你这个也莫往下说了，你说的这个数字，俺只会123456顺着写，你这个颠三倒四的，俺也写不全哩咯……”对方实在听不懂了，干脆就把电话挂了。

陈菊香放下电话，愣愣地站了好半天，一摸额头，满脑门的大汗都急出来了。她傻傻地看着丈夫，哭丧着脸说：“中华，你干脆把这个电话撤了算了，我一个人在家里，一听它响，心里就直打鼓，接也不是，不接也不是！”

何中华笑着说：“那怎么行？我要是不回来，或者出远门，也好打个电话回来告诉你一声。再说了，你在家里有时间，别老是纳鞋底、做布鞋啥的，多看看电视，多听听这普通话，慢慢就学会说了。”陈菊香听何中华这么一说，心里头就暖暖的。

何中华一出门，就长叹了一口气。他这个大老粗老婆，是他二十多年前娶的。当时，他高考落榜后，回到山里老家，仍怀着一个文学梦，整天窝在家里写东西，是个横草不沾、竖草不拿的主儿，可就是这个从未进过学堂的陈菊香却把他当个宝，死心塌地嫁给他。在乡下时，何中华觉得这辈子娶了她，是他一生最大的福气。可自打进城后，与那曲线玲珑、描眉画眼的城里女人一比，他就慢慢地觉得大脚、大手、大脸的老婆实在是上不了台面。

何中华走到大街上，犹豫了一会儿，还是打开了手机，回了个电话。他刚才已经听出是谁打来的，那是城里师范学院一个女学生，那女学生组织了一个文学沙龙，请他去参加。他本不想去，可一听到她热情似火的召唤，又屁颠屁颠地赶了过去。

贤良淑德

这天，何中华陪着她们上午游玩，下午神侃，晚上喝得醉醺醺的，又去唱卡拉OK，很晚才回到家。回来后，他只感到一身疲惫，便摘掉腰间的手机，放在桌子上，闭着眼睛，靠在沙发上，一声不吭地不想动了。

看着何中华累成这个样子，一直候着他回来的陈菊香心都痛了，忙上前帮他脱下笔挺的西服，挂起来，又手脚不停地端来热水，替何中华泡了脚，扶着他上床，服侍他睡下。

然后，陈菊香便忙着收拾桌上的皮包和手机，正在这时，手机突然"嘀嘀嘀"地响了三下。陈菊香给吓了一大跳，像给蝎子蜇了似的。

何中华躺在床上，又好气又好笑地说："有人给我发短信来了，你把手机拿过来。"陈菊香这才拿起手机，递给了何中华。

何中华一边拿着手机查看，一边对陈菊香说："你看，按这个键，就可以看到短信了。"

何中华看了短信，人一下子就精神了，翻身坐了起来，靠在床头，就开始写短信，发过去后，没过一会，手机又响起那"嘀嘀嘀"的声音，何中华一边喜笑颜开地看着，一边又写起短信。看着何中华如此高兴，陈菊香就在旁边问："看你高兴的，像娶了新媳妇儿似的！这短信上说的是啥？"

何中华得意洋洋地说："这是人家杂志社编辑通知我，我又有一个中篇小说发表了！"陈菊香听了，也学着电视里的人一样，在他脸上亲了一口，自豪地说："我男人就是有本事，人家赚钱，还要本儿，你在电脑上一敲打，钱就来了，我算是没看错人！"

从那以后，何中华似乎更忙了，回家的时间也越发少了。只要回家，他的手机就"嘀嘀嘀"响个不停，陈菊香就赶忙过去拿起他的手机，一边帮他打开短信查看键，一边叫着："短信、短信来了。"然后忙递过去。何中华看了短信之后，陈菊香有时也会打趣说："我看电视里，有的男人也和你一样，成天的短信'嘀嘀嘀'，你莫不是也像他们一样，在外面有个啥情况儿？"

何中华听了，就像受了天大冤枉似的，明知她不识字，却把手机递到她眼前，指给她看，不是说，有人请

他去讲课，就是说，打哪儿来了一个大作家，领导要他去陪。

这天，何中华回来比平时早，摘掉手机，一头钻进书房。陈菊香知道，丈夫莫不是又要写文章了？她便帮他带上房门，悄悄地回到厨房，想给何中华做几道他爱吃的菜。

就在这时，何中华放在外面的手机，又响起那熟悉的“嘀嘀嘀”三声脆响。陈菊香放下手上的活儿，忙过去拿起何中华的手机，帮他打开短信，看了一眼，就送到何中华的书房，说：“短信、短信来了。”

何中华伸手接过手机，看了一眼手机上的短信，嘀咕着说：“我哪来这么多工夫，不去了。”陈菊香见此，就在一边问：“短信上又说啥了？”

何中华望着陈菊香说：“又要去参加一笔会，去桂林，得七天。要去的话，晚上就得坐火车动身，我不想去参加，打算好好在家陪陪你。”

陈菊香一听，愣了一下，连忙摇着头说：“看你说个啥话？人家请你去，是看得起你，你可别狗坐轿子不服人抬！”

何中华有点不好意思地问：“我天天不着家，把你一个人丢在屋里，你就没意见？”

陈菊香摇了摇头。何中华高兴地过去揽着陈菊香，感叹地说：“你真是我的好老婆。我听你的话，我明天就去开笔会。对了，我先去洗个澡。”说着，何中华一边唱着歌，一边钻到卫生间洗澡去了。

爱在心底

洗完澡出来，何中华突然发现，陈菊香坐在客厅里，手中拿着一双绣花鞋垫，她的脚边放着两个包裹，一个装着她出嫁时带过来的、已经褪得看不见颜色的被絮，另一个装着她平时换洗的衣服。何中华一见，过去不解地问陈菊香：“你这是干什么？把这些东西翻出来干吗？”

陈菊香望着何中华，很平静地说：“我要回农村去了，我们离婚吧。”

何中华一听，一下子跳了起来，望着陈菊香，极其愤怒地说：“你有病呀，离个什么婚？这里不比乡下好？”说着，何中华似乎想起什么，又说，“哦，你大概怪我总是出去开会，不在家吧？你说说，这次开会，我不是说不去吗？是你让我去的……”

“你就别说了！”陈菊香打断何中华的话，声泪俱下地说，“何中华，你欺负我不识字哩咯，你就好骗我是不是？但有三个字，我是认识的！”

“什么三个字？”何中华小心地问。

“我爱你！”陈菊香说。

何中华一惊，问：“你……认识这三个字？”

陈菊香流着泪告诉何中华：“自打嫁给了你，我就暗暗地努力学这三个字，想当面说给你听，想当面写给你看，可又怕你笑话，这么多年一直留在心里，没说出口。”又说，自打搬进城里来，她就发现何中华慢慢地变了，经常在手机短信中，发现这三字，她的心像刀扎一般，可她还是忍着，只是旁敲侧击地提醒几句，希望何中华明白。

说着，陈菊香把手中拿着的绣花鞋垫晃了晃，就往包袱里塞，抹着眼

泪说：“明天是你四十五岁生日，我就将这三个字绣在鞋垫上，想送给你。我真傻！我咋没想到，你如今是大作家了，咋会稀罕这土得掉渣的东西。俺知道配不上你，俺……俺成全你……”

陈菊香一说完，拎起行李就要走。何中华一把拉住妻子，从包袱里翻出那双鞋垫，一瞧，眼睛就红了，羞愧得说不出一句话，妻子连数字倒过来都认不全，却把“我爱你”三个字绣得端端正正！这一段时间，何中华的确与那位姑娘打得火热，回到家里，还仗着陈菊香不识字，明火执仗地与她短信来短信去地调情。这一次，那姑娘知道他明天过生日，就约何中华到桂林来次情侣游，要把自己当生日礼物送给他。于是，何中华就让她发来一条短信，借口要出去参加一个笔会。哪知那姑娘也欺负陈菊香不认字，竟然又发来这三个字！

何中华将绣花鞋垫又塞回陈菊香手中，把她一下子拉到怀里，附在她的耳边，忏悔道：“原谅我吧！桂林我不去了，我要等着明天过生日，你送给我的生日礼物哩。”

说完，他又当着陈菊香的面，拿起手机，拨通了那位姑娘的电话，说：“对不起，我不能去桂林，因为有三个字，我老婆不仅会说会写，而且在心里对我说了二十多年……”

（**题图、插图**：谭海彦）

以前，只听说人死后有变猫、变狗什么的，倒没有听说过会变乌龟。乌龟在中国是骂人的话，变成这东西不但面子上过不去，心里也许更不好受。

乌龟背着重重的壳

□亦无伤

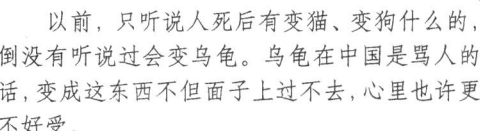

白皮县是个穷县，县令赵德柱到任已数月，可是什么油水都没捞到，心里好不失落。

这天晚上，赵县令正在房间里唉声叹气，就听见靠墙角的地方“窸窸窣窣”的似有动静，蹲下身子一看，发现是一只乌龟。他心里一喜：白皮县这个兔子都不拉屎的穷地方，弄得自己三个月都没有闻到肉香，这只乌龟倒是炖汤的好料啊！想着想着，便伸手去抓。

谁知这乌龟爬得倒挺快的，三下两下就不见了踪影。他觉得很奇怪，仔细一看，原来墙脚有个洞，那乌龟已经从洞里爬出去了。不过，让他大吃一惊的是，洞旁边怎么有几粒亮晶晶的东西？拿起来一看，吓了一大跳：这不是金豆吗？他赶紧立起身来，跑出去追，可那乌龟早不见了，屋墙后面就是河，估计是跳进河里了。

赵县令小心翼翼地把这几粒金豆捧在手上，心里不禁乐开了花：哈哈，老天可怜我，给我送金子来啦！从此，没事儿他就盯着墙角看，再不就到屋后河边去瞧。这天，他刚来到屋后，就看到那只乌龟正沿着河边慢慢在爬，一看到有人来，眨眼就没了影，大概又跳进河里了。赵县令也不管它去了哪里，只是在河边三番五次地找，果然在它爬过的地方，又发现了两粒金豆。敢情这是一只会屙金豆的乌龟？赵县令将金豆捡起来，从此几乎天天晚上都在这守着。

可让他失望的是，那乌龟却再也没有出现。

这天一大早，赵县令正站在河边发呆，只见县衙里的师爷一步三摇地走过来，笑道："您不会也像前几任县太爷一样，来这钓鱼吧？这河里的鱼很难钓的。"

赵县令惊问："您是说，以前他们常在这里钓鱼？"

师爷点点头："是啊，我就奇怪，怎么你们县太爷都有这爱好？"赵县令一听，嘴上没吱声，心里却暗笑：是你师爷不知实情啊，以前的县令哪里是在钓鱼，敢情都是在钓那只会屙金豆的乌龟！呵呵，这只金龟没让他们钓成，看来是老天爷存心留给我的了！于是第二天，他让人找来竹竿和渔线，就坐在河边下钓，也不准别人来看，说是想一个人清静些，其实是怕人家知道了秘密，把金龟抢了去。

就这样，一连数天，赵县令索性连公堂也不上了，天天坐在河边急着要钓金龟，可就是一直不见动静，偶尔渔竿有些拉动，一收线，钓上来的却是拇指大的小鱼。他气得简直要吐血！走吧，舍不得；继续钓吧，还不知要钓多久。就在几乎绝望的时候，突然，他手里的渔竿被狠狠地拉了一下，他急忙提竿，只觉得手里一沉，接着一团黑乎乎的东西被提上了水面。啊，是一只大乌龟，正是那只金龟哩！赵县令大喜。这时，他就觉得有一股力顺着渔竿在使劲扯他，他想松手，但来不及了，人一下就被扯进了河里。

赵县令有些水性，掉进河里并不慌张，仍旧握着渔竿不肯放手，只希望能够将金龟拖上岸去。可谁知渔竿那头的力却越来越大，一直将他拖到了河心，他这才觉得有些异常：一只乌龟，怎么可能有这么大的力气？会不会是个怪物呢？一想到怪物，赵县令就害怕起来，急忙放开渔竿，想游回岸上，可那渔竿却偏偏像黏在他手上似的，甩也甩不开。赵县令想喊救命，那渔竿突然往下一沉，他还没来得及喊出口，人就被拖到了水底。

赵县令心里一沉，睁开眼睛，只见水下的景物异常清晰，可是他往自己身上一看，却不禁吓呆了：自己的两只手，已经变成了乌龟的一双前脚了；自己的身上，竟然背着厚厚的龟壳；那根渔竿，不知何时竟变成了一根细细的渔线，正缠在自己那双“龟脚”上。赵县令又害怕又着急：这到底是怎么回事啊？

没一会儿，赵县令又被拖出了水面，有只大手将他轻轻一抓，嚷道：“幸好这一任县令是个贪官，要不我就得等好几年了。”赵县令抬头一看，抓他的人竟然和他长得一模一样！他惊声叫道：“你是谁？”那人“呵呵”一笑，说：“我是你的上一任县令，我也是被我的前任县令变成乌龟的。唉！都怪我贪财，这才被引入水中，当了这么多年的乌龟。今天你来了，我终于能回去了。告诉你，你现在已经成了一只会屙金豆的乌龟了，以后就安安心心地呆在这里吧！”

赵县令吓坏了，哀求道：“你放过我吧！我家还有老小，他们都得靠我养活呢！”这时候，他真恨不得让自己跪下身来，可是他的身子现在缩在龟壳里，哪里还跪得下来？那前任哈哈大笑：“我既然以你的身份回去，自然会对衙门尽责，这你放心。告诉你，回去以后，我这辈子不会再贪了，你就老老实实等下一任再来换你吧！”

前任说完，站起来就往岸上走。谁知走了两步，身子一个趔趄，又跌了下去。赵县令此时对他真是恨之入骨，于是扑上去张开大嘴就是一口。前任痛得大叫，想甩开赵县令，可赵县令哪肯放松。正在此时，赵县令突然发现自己的身子又变回来了，而那个前任又变成了乌龟。前任气得大叫起来：“哼，我等了这么多年，才等来一个贪官，我一定要换你的身子出去。”眼看前任乌龟龇牙咧嘴的又要向自己咬来，赵县令急忙用力一甩，将它丢入水里，自己火烧屁股般迅速爬上岸来。前任浮出水面，拼命大叫：“你跑不了，你让我没法回到世上，我这辈子就跟定你了，只要你还贪财，我就非把你换掉不可！”

赵县令一听，哪还敢在河边停留，连滚带爬回家里，一时急火攻心，晕了过去……醒来的时候，他发现自己躺在床上，家里人全围在身边呢，问他为何一身水跑回家，他哪敢将事情说出来，只是在心里对自己说：我再也不要什么金豆、银豆了，我宁可做一介穷县令，也比做那缩头乌龟强！

第二天，赵县令就上了大堂，定下清规戒律，认真做事，清白做人。离县衙门不远有一户人家，一个老头看着赵县令大堂内外忙碌的身影，笑了。不错，这老头正是师爷！

（**题图、插图**：黄全昌）

醋能治百病。

靠手艺吃饭

□徐　锋　搜集整理

明嘉靖年间，一天，有个姓赵的小偷，偷了一个老太婆家的几只老母鸡，被老太婆的儿子阿强逮住了，一路扭送至县衙。近来，那一带偷鸡案频频发生，有人甚至睡在鸡棚旁昼伏夜守，却也难挡贼手。所以这一次，大家纷纷要求县令杀一儆百。

县令听完陈诉，又看了看跪在堂下的赵小偷，叫赵小偷抬起头来，问道：“看样子你也是个精明的人，为什么会做这下三烂的事呢？”

赵小偷想了想，狡辩道：“小人实在是因为生活所迫，万不得已啊！”

“哦，”县令沉吟了一会，说：“如果确实为生活所迫，本官不妨为你指条生路。依本官之见，有个活儿很容易学会，挣的钱也不少，你可以去试试。”

“什么活儿？”

“纺纱！”

赵小偷“扑哧”一笑，可看到县令一脸威严的样子，忙掩住嘴：“谢老爷免罪，小的一定照办！”

县令当即令人买来一斤棉花，着典吏教赵小偷纺纱，说：“你什么时候学会了，我就什么时候放你出去。”

大家见县令非但没有治小偷的罪，反而指给他一条生路，都气得不得了，可又不敢多话，只得悻悻然离开县衙。

再说那个赵小偷，虽不走正路，人倒是很聪明的，很快就掌握纺纱的技巧，把那一斤棉花纺成了纱。县令很满意，又令人把纱拿到市场上去卖，然后将卖了的钱交给赵小偷，开导道：“买一斤棉花，我只用了一百

文钱，却卖了五百多文钱。除去你吃饭的花费，还剩下三百来文钱。年轻人，你回去以后，可以将它作本钱，好好靠这门手艺生活了。”

赵小偷鸡啄米似的点头，接过钱，给县老爷磕了一个头，然后飞也似的跑出了县衙。

然而没想到，才过了三天，赵小偷就嫌纺纱活儿苦，旧技手痒，不巧，又被人生擒扭送县衙。县令本来还想树个典型呢，这下很恼火，不过转念一想，觉得再给赵小偷一次机会，于是就让他在牢里一面纺纱，一面反省，这样足足关了一个月，等赵小偷出去时候，县令再三叮嘱，要他一定痛改前非，正经做人。

这回总该收敛了吧，谁知，一个月后，这家伙又被人送来了，还是因为偷了人家的鸡。县令这回不客气了，板着脸说：“你这是三进县衙了，有句老话，叫事不过三，看样子不给你点厉害，你还不知道马王爷几只眼！”

说完，叫来两个衙役，架起赵小偷就在堂上疾走，他自己则在一旁一、二、三数起步来。当数到一千时，他一声令下：“停！”

赵小偷头都转晕了，不知道这是哪门子刑，正诧异间，只听县令叫典吏递上一大碗热醋，命令他当场喝光。赵小偷心想：这个县令，怎么尽出怪招啊！不过，醋这东西，喝点应该不是什么问题的。想到此，他接过碗，“咕咚、咕咚”就喝起来。谁知刚喝了一半，突然有人从背后朝他猛击一掌，他大吃一惊，呛了一口醋，大声咳嗽起来。

也真奇了，打这以后，赵小偷这咳嗽就止不住了，而且一到晚上，只要一想到行窃，就必定咳嗽。再要去做小偷，已不可能；后来又多方寻医问药，也总不见效。这样，赵小偷就真的只好靠纺纱度日了。

这事儿一传十，十传百，曾经猖獗一时的偷鸡案竟然逐渐绝了迹。众

快速打扫房间法

有朋自远方来，不亦乐乎？但因没有充分准备，有时不免手忙脚乱，比如，房间来不及打扫，怎么办？下面是几位网友推荐的办法，俗话说：临阵磨枪，不快也光，不妨拭目以待。

◆ **打滚法：**对于凌乱的床铺，可扯过一张大床单铺在床铺上，然后顺势在上面打几个滚，即可收到让床面快速平整的效果。

◆ **脚踢法：**对于散落在地面上的零散小件，可用脚将其踢入床底下，然后再将床单拉低遮盖，这样，一眼望去，整个房间基本上保持整洁而不散乱。

◆ **纸箱法：**取家电纸箱一个，将不易收藏的皮鞋、衣服、袜子、玩具、碗筷等快速丢入其中，然后将纸箱靠在墙边。在客人询问时，可以未开封的新家电为名加以解释。

◆ **拉帘法：**如“窗不明几不净”，可快速拉上窗帘，然后打开温柔的灯光，同时打开音响，放点酒吧音乐，如此这般，即使是大白天，客人也会被你孜孜不倦地追求高品位生活的精神所深深折服，哪里还会猜想窗户是否明亮，桌子是否干净。

◆ **坏锁法：**将无法快速收拾洁净的房间迅速锁上。当客人打算参观居室时，可指着无法打开的房间对他说：“真不凑巧呀，这间屋锁坏了，正找人修呢！”

◆ **丢钥法：**如果时间紧、任务重，客人敲门也急，为了争取时间，可以用十万火急的声音对门外的客人说：“哥们儿啊，你来得正好呀，我老婆走时把门从外面锁上了，正好你来了，我把钥匙从阳台扔出去，你帮忙从外面开一下吧！”趁着客人下楼的空当，赶紧收拾。

◆ **拖布法：**如果房间实在无法在短时间内收拾好，那就在门口准备一大桶水，然后将拖布掷入其中，同时快速将所穿的衣服弄成凌乱不堪的样子，然后以一手拿抹布、一手抻衣襟儿的形象给客人开门。这时就是你家里再乱，客人也会理解。为啥？这不明摆着的事吗，人家正在大扫除，只能怪你来的不是时候。

（**推荐者：**滕建坤）

百姓纷纷拍手叫好，阿强还特地到县衙感谢老爷，正好那天典吏也在，典吏问县令：“这办法，大人是从哪里学来的？”县令微微一笑：“你忘啦，我不仅遇恶必惩，也惯常见善必采。告诉你也不妨，我是从一个老郎中那里听来的，那次与他对饮，他无意中说了这个事儿，我就在姓赵的身上试试，果然一用就灵。嘿嘿，这个惯偷，靠打板子不能让他断了贼根，只有用这个办法了！”说罢，众人大笑起来。

（**题图、插图：**刘斌昆）

肩负着一份神圣的使命，一位“民俗学者”闯入一块神秘的土地……

生命的禁区

□齐 山

1.奇风异俗

在我国西南边陲与某国接壤的地方，有一个百来户人家的少数民族村落。由于地处偏僻，绝大多数村民都不会讲汉语，反倒是因为经常与某国接触交流，他们或多或少都会一些那个国家的话。这村子里的一个年轻后生叫查万，曾到外面的学校念过书，高中毕业的他在这村子里学历最高，也是为数不多的能讲汉语的村民。

这天，有位客人来到村子里。这人长得白白净净，三十多岁，说着一口流利的北方普通话，村民们听不懂他的话，就把查万叫来。查万与他交谈后得知，此人名叫任宏林，是从北京专程来这里观光旅游的，想找个业余向导。任宏林见查万汉语说得很好，又得知他还会说某国语，顿觉喜出望外，当即邀请查万来做他的旅伴，并许诺付给他一笔不菲的报酬。查万愉快地答应了。

第二天一大早，查万就带着任宏林出发了。按照他们商量好的计划，查万本来是要领任宏林到附近古镇参观游览的。可谁知道，在半路上，任宏林却忽然要司机改道，送他俩到边境去。查万很吃惊，任宏林这才向查万说出了此行的真正目的："我是一位民俗学者，在资料上偶然看到关于某国的母系原始部落——佐卡鲁族的记载，引起了我的极大兴趣。这次来是想亲自到那儿做一番田野考察，需要一位了解那里情况、又会讲那儿话的人为我做翻译和向导。查万兄弟，我想请你来帮我这个忙，好吗？"

一提到那个母系原始部落，查万立刻兴奋起来："我听村里老辈人提起过，他们说那个部落的首领是由一个会巫术的女人来担任。她的法力很大，部落里所有男人都得听她的话，否则就会受到惩罚。也正因为如此，佐卡鲁族形成了独特的母系氏族：女人的地位至高无上，而男人则是她们的奴隶，服从她们的指挥。"

任宏林笑着说："你讲得对极了！那你是愿意陪我去喽？"出于年轻人的好奇，查万不禁跃跃欲试，再加上任宏林一再许诺提高报酬，于是他便答应了。

这儿国境线两边的居民来往频繁，任宏林和查万顺利地在边检站办了个临时通行证，进入了某国境内。两人步行了一天一夜后，终于来到了位于一片热带雨林之中的佐卡鲁部落所在地。可到了那里两人才发现，佐卡鲁族至今仍然保持着自我封闭、与世隔绝的生活方式，轻易是不会让外人进入的。

两人辛辛苦苦赶来，却吃了个闭门羹。

查万有些失望，只得默默地与任宏林转身往回走。走了一段路，任宏林突然拍拍他的肩膀说："喂，跟我来，走这边。"查万见往丛林深处走，感到十分奇怪，任宏林却一把拉住他的手，神秘地说："先跟我走，到时候再给你解释。"查万莫名其妙地跟着任宏林在丛林里绕了一大圈，最后在一大片高耸入云的绿楠树林前停下了脚步。

见四周一片莽野，查万满脸疑惑地问道："任大哥，你带我到这儿来干什么？"任宏林也不答话，只是用手向上指去，查万抬头一看，发现在离

地十多米高的半空中，那些绿楠树的树杈上，搭着一个个小木屋。这些小木屋足有两平方米面积，半人高，做得十分简陋粗糙，侧面留着进出门洞。查万搞不懂这些木屋是干什么用的，正想问任宏林，却猛地发现一个木屋里竟然有人影晃动。

“哟！”查万不由自主地发出一声惊叫，叫声刚落，就见众小木屋中探出几十颗脑袋来往下张望，查万惊得张大了嘴巴。更让他惊讶的是，一旁的任宏林这时举起左手掌，不停拍打嘴唇，对着上面的人发出“呜……呜”的声音，而树上那些人也用同样的动作和叫声来回应他。一时间，树林里响起震耳的“呜呜”声，惊得鸟儿们四散乱飞。

见查万一脸困惑地盯着自己，任宏林连忙解释道：“这些人叫‘树人’，全是佐卡鲁族的青壮年男丁。根据他们的传统，部落里的男人成年后都要住进树上的‘树屋’里做‘树人’。而部落里的女人则会到这里来挑选身强力壮、令她们满意的‘树人’回去做她们的奴隶，并‘娶’中意者为夫，生育下一代。这是他们上千年来形成的传统。”

查万好奇地问道：“这是真的吗？你是怎么知道的？”“我不是说过吗？我是一个民俗学者，刚才我用原始资料介绍的方法向他们问好，哈哈，结果你看到了，他们都是挺热情的。”接着，任宏林话锋一转，说道，“查万，我查过资料，知道通过正常途径进入佐卡鲁部落，几乎是不可能的。所以，我想到了另一个办法，你愿意和我一起试试吗？”“什么办法？”任宏林眼睛一眨，吐出几个字来：“扮成‘树人’被选进去。”

查万一下愣住了，他盯着任宏林半天没说出话来。他虽然不愿意，但架不住任宏林的再三恳求，再说，他也是个讲义气的人，不能丢下任宏林一个人回去，于是便同意了。

2. 进入部落

看来任宏林事先就做好了准备。他从背包里拿出棕色橄榄油，先让查万脱掉外衣，用橄榄油把查万全身上下涂成深棕色，然后又掏出一块虎皮纹的布，往查万腰上一围，盯着查万左看右看好一阵，不禁兴奋地喊道：“哈哈，不错，太像了！”接着，他如法炮制，把自己也装扮成“树人”一样……

万事俱备，任宏林、查万两人在夜幕的掩护下，悄悄爬进树上的一个“空巢”。

第二天清晨，查万被任宏林的笑声吵醒，顺着任宏林手指的方向，查万伸出头一瞧，也禁不住笑了起来：只见“树屋”里不约而同露出一个个圆滚滚的屁股，正从半空中往下拉屎。查万正乐着呢，有人来给他们送饭了。任宏林像其他“树人”一样，把“树屋”里的长绳垂了下去，送饭的果然也给他们捎了一份儿。

就这样过了两天。

第三天太阳升起的时候，外面突然响起一阵急促的击鼓声，接着，就是一阵奇怪的叫喊声。任宏林和查万探头往外一瞧，只见在不远处的山头上，一群佐卡鲁族男人正手执长矛振臂呐喊。而在旁边，他们的同伴用手击鼓为他们伴奏。七八个脖子上箍着一层层项圈的女人被他们簇拥在中间，神态傲然地注视着这边。

查万觉得很稀奇，不由喊了起来：“哇，脖子上套那么多项圈干什么？弄得像长颈鹿似的？”

任宏林告诉查万，这个是佐卡鲁族的特征。女人们脖子上的项圈，代表着各自在部落中的地位，项圈越多，地位则越高。而且，据他了解，这些女人很可能是来挑选“树人”的。

果然，她们开始召唤“树人”了。她们同样用左手拍打嘴唇发出“呜……呜”的声音，而树屋中的“树人”们，先是大声回应，然后做出各种各样的动作和姿势，展示自己雄壮的体魄，竭力想引起对面女人们的注意。

任宏林见状，立即学着样子，一边叫一边捶胸抬臂，可忙活了半天，对方却不屑一顾，他只得把躲在一边的查万拽过来，他们俩一块儿做动作。

没想到，查万一露脸，那边就有人注意到了他们。一个佐卡鲁族男子跑过来，在树下朝他们叫了两声。“他让咱们下去呢，怎么办？”查万心里有些害怕，任宏林鼓励道：“别怕，跟我走！记住我给你交代过的事情。”然后，兴冲冲地先爬下了树，查万没办法，只好硬着头皮跟着下了树。

两人被带到对面山头上，在一个女官面前停住了。这女官脖子上套的项圈最多，颈子被拉得老长。她打量了两人一番，开口问道：“你们俩怎么呆在一个‘树屋’里，难道不知道规矩吗？”任宏林朝查万使了个眼色，查万立刻答道：“对不起，他是我哥哥，是个哑巴，脑子也有点糊涂，我得带在身边。”

那女官听了，拿眼瞥了任宏林一下，任宏林就势“咿咿呀呀”地比划起来，一副傻乎乎的样子。

女官盯着他看了半天，看得两人心里直发毛，不过还好，并没有露出什么破绽。女官像是动了恻隐之心，对查万说道：“你俩跟我回去吧。”

任宏林和查万原以为能成为这个女官的奴仆，谁知，她却把两人带到部落最气派的宅院，在正屋中堂盘腿坐着一个神情威严的女人。

从外表上，看不出她有多大年

龄，其貌不扬，不过她那双眼睛非常独特，看人就像X光透视，似乎能把人身体里的一切看得一清二楚，她全身上下弥漫着一股神秘的气息，令人不寒而栗。

女官俯下身子，毕恭毕敬地对坐着的女人说“首领大人，我把新选的男奴给您带来了。”任宏林和查万偷眼朝那边看去，发现女首领犀利的目光“刷”地扫了过来，吓得两人赶紧低下了头。

那女官向女首领介绍了两人的情况。女首领对查万还算满意，但对任宏林却不置可否。突然，她朝任宏林大喝一声，见他毫无反应，才默默地点了点头，拂袖而去。

女官对查万和任宏林训话道：“以后你和你哥，就做首领的奴仆，不过，你和你那哑巴哥哥得小心点！如果犯了错，你们的下场就跟后院绑着的男奴一样，他以前也是首领大人的男奴。警告你们：千万不要惹恼了首领大人，否则绝没有好果子吃！”

查万一边不停地点头，一边拉着任宏林退了出去。

两人到后院开始干活。在那里他们见到了被绑在树上的男奴。只见他双眼紧闭，神情萎靡。他们不知道男奴究竟犯了什么错，又不敢找人打听。任宏林悄悄告诫查万，以后千万小心，因为他感到女首领对他们其实并不放心，肯定会派人监视他们。

查万闻言，惊得目瞪口呆。

3. 一展法力

这天傍晚，任宏林和查万正在院子里干活，忽然听见外面传来一阵喧闹声，出去一看，发现部落中央的空坝上燃起了熊熊大火，男女老少急匆匆地往那里赶去。查万忙拉住一个人打听，这才知道：原来是首领召集族人，要施展法力惩罚一个犯了错的男奴。

任宏林听查万解释后，赶紧拉着他随着人流跑去。此时空坝上族人们

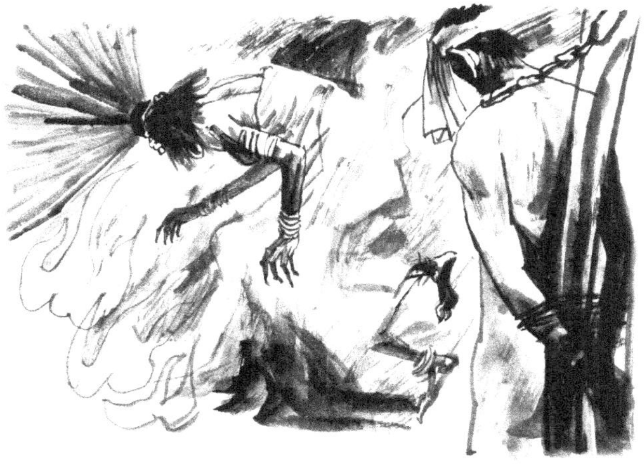

自觉围成一圈，圈中间是一块空地，竖起的木桩上绑着一个满脸惊恐的佐卡鲁族男人，一看，正是他们在后院见到的那个男奴。过了一小会儿，一群手拿鼓、钹等乐器以及持着长矛、棍棒的男子走来，围着木桩前的火堆转圈、跳起舞来。那诡异的音乐、奇怪的舞蹈，使整个场面阴森可怕。

就在这时，人群自动闪开一条路，女首领大步走了过来，她面罩黑纱，身披大氅，缓慢地朝那个男奴走去。此时，男奴面如死灰，眼中露出恐惧的神情，嘴里不停地喊叫着乞求饶恕，可女首领却视而不见，大手一挥，便有人端来四个火盆，放在木桩的四周。女首领转过身来威严地向众人宣布道："这个奴才犯了个错，将要受到惩罚！你们记住，如果谁犯下错误或不听我的命令，那么下场也和这个奴才一样。我有上苍赐予的法力，你们谁也逃不出我的手掌心。"

她说到这儿，突然"哈哈哈"发出一阵狂笑，然后又转向那个可怜的男奴。她伸出细长的双手，慢慢举向天空，接着仰起头像狼一般嗥叫一声，又猛地把双拳放进燃烧着的火盆中！火盆顿时"哧"的一声腾起一股黑烟，火苗灼烧着女首领的双手，但她似乎根本没有灼痛的感觉，依然狂笑不已。

男奴仿佛已被吓呆了，张大嘴巴，面无表情。围观的人群此时也噤若寒蝉，只有女首领的笑声像幽灵一样四处回荡。查万被眼前的一幕惊呆了，而任宏林瞪大眼睛，面无表情地看着。

女首领把手从火盆中慢腾腾抽了出来，接着，轻轻朝手上吹了口气，便拿起权杖，直指天穹，口中念念有词，似乎在乞求上苍赐予她力量。这时突然刮起一阵风，火借风势，燃得更旺了。女首领收回权杖，指向男奴，而男奴就如同被摄走了魂魄似的，目光呆滞，一动也不动。有人给男奴松了绑，可他现在既不叫也不喊，就那么呆若木鸡似的立在那儿，连女首领手拿一柄利刃朝他走来，他也毫无反应。

女首领来到他面前，开始用利刃一刀一刀地在他身上割了起来，前胸后背，一条条口子流出殷红的鲜血，但男奴却木知木觉，纹丝不动。接着女首领将刀交给男奴，命令他自己割自己的身体。男奴顺从地接过刀，在自己身上割了起来。很快，全身上下血肉模糊……

眼看那男奴的血就快流尽了，女首领举起权杖高呼一声，转身扬长而去，四周围观的人群也四散走开。可任宏林和查万没有动，他们想看看下面还会发生什么事。只见那男奴终于撑不住了，身子一歪，不一会儿就气竭而亡……

任宏林和查万胆战心惊地回到住处，想起刚才发生的恐怖场景，两人连觉都不敢睡了。查万忧心忡忡地说："太可怕了！难道那女人真的法力无边？她会不会发现我们俩的真实身份？如果被她发现了，那我们必死无疑。任大哥，我们还是想办法逃走吧，我不想再在这里呆下去了。"任宏林想了一下，也觉得后怕，便点头同意了。

两人收拾好东西，准备后半夜就动身。谁知刚过午夜，任宏林突感浑身上下不舒服，手脚发软、呼吸急促。接着，神志也有些不清了，满嘴胡言乱语。查万见状又急又怕，决定立刻带任宏林逃走。他搀扶着任宏林，趁着夜色偷偷地向外面摸去。

两人虽然逃离了部落，但噩运似乎并没有放过他们。渐渐地，查万的头也开始痛了起来，那感觉，就像是孙悟空头上套了个紧箍咒，最后没办法，只能和任宏林双双躺倒在草地上。这时候，任宏林稍稍有点清醒，他小声地问道："查万，要不咱们还是回去吧？以我们现在的情况，肯定是走不了多远的。再说，万一真是那女首领给咱们下了咒，我们不回去恐怕后果会越来越严重。"

查万实在不愿意再回到那个恐怖的地方，但想想三十六计，"回"为上计，于是只得无奈地点头答应。

任宏林挣扎着挺起身子，跪在地上，双手合十，小声嘀咕了一阵，然后伏地磕了个头，这才长长地舒了一口气，慢慢地站了起来。查万问他刚才在做什么，任宏林说他在向女首领忏悔，请求宽恕。查万听了没有作声。

两人你搀我扶地慢慢往回走去，令人惊奇的是，没走多远，任宏林发觉全身的不适感居然完全消失了。他兴奋地说道："肯定是女首领听到了我的忏悔，替我解除了咒语，我现在全好了。"查万见此，也学着他刚才的样子忏悔了一番，没想到他的头也渐渐不疼了。这么一来，他打心眼里相信，那女首领真的法力无边啊！

4.再施魔法

有了这次经历，任宏林和查万回到佐卡鲁部落就更加小心翼翼，丝毫不敢轻举妄动。可他们总不能一直这样呆在这儿呀！

查万心里很急，便问任宏林该怎么办。任宏林哪里有什么好办法，只能安慰查万不要着急，寻找时机出逃。

这天早晨，两人刚刚起床，就听见外面有人大呼小叫，说受到妖孽的作祟，部落栽种的庄稼已倒伏了一大片。很快，就有人跑到女首领那儿汇报，并恳请她施法避祸。

果然，不一会儿后就传来消息，说女首领将在今天夜里作法除妖。部落男奴开始忙碌起来：有的在房顶墙脚、岔道沟渠里撒满了白色的木屑灰，以防止妖怪逃遁隐匿；有的负责烧饭做菜；还有一些人忙忙碌碌地抱着一摞摞草垫子往外跑……而部落的女人们则聚集在一起，由女首领领着举行祭祀仪式，祈求神灵保佑。

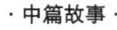

任宏林和查万被女官叫去砍柴。看到大家如临大敌、如履薄冰的样子，他们也像被传染了一样，心里变得忐忑不安起来。

天擦黑的时候，女首领把全族人都叫到空坝上，令众人和她一同跪地拜神，然后剪下一缕头发扔在地上。接着，所有人都领到了一碗浓稠的汤食，据说，吃了它就能驱邪避凶，妖魔难以近身。

大家一口气把汤食吃得精光。

就在这时，只见女首领登上高台，对台下众人大声说道："时辰已到！大家快进密林中躲藏起来，我将作法收服妖孽。"

任宏林和查万也随众人进了树林，他们发现部落早有准备，已放好了许多草垫子，但他们必须在此呆上一夜，等一切平安后才能回去。

此时，夜幕已完全降临了，四下里漆黑一片，只有鸣虫的叫声此起彼伏，四周显得异常诡异和恐怖。查万突然用力捅了捅任宏林，轻声问道："任大哥，你听见了吗？"

"听见什么？"

"好像有什么东西跑过来了！"

任宏林没有应答，而是伏在地上凝神静听。

忽然，传来一阵尖利刺耳、摄魂夺魄的声音，查万吓得赶紧捂住了耳朵，任宏林小声安慰道："别怕，别怕，没事的。"过了好一会儿，查万才敢抬起头来，然而，怪声并没有终结，先是狼嚎般的嗥叫，接着是孤雁似的哀啼，然后又如巨雷在咆哮……每一种声音都如同一把利剑直穿心底，让人惊惧不已。

这时，任宏林轻声叫道："快看，空坝起火了。"查万抬眼一望，果然，远处部落的空坝上，燃起了熊熊大

火，火焰扭动跳跃着，似乎有一股诡异的风在撩拨着它，火光照得四周一片光怪陆离。

突然，空坝上空弥漫起一股绿莹莹的薄雾。紧接着，只见一个浑身长满红色长毛，模样似狗，但体形比一头公牛还大的怪物出现在空坝中央。在怪物身后，是手执长矛的女首领。此时的她，已变得身高似塔，头大如斗。只见她挥舞着手中的长矛刺向红毛怪物，怪物一边负伤狂奔，一边发出雷鸣般的吼叫声。

也许是地上的木屑符咒起了作用，那怪物开始变得踉跄起来，摇摇晃晃。女首领大吼一声，一矛击中了它的要害。那怪物惨叫一声，倒在地上一动不动了。女首领则提起那硕大的怪物，将它投入了火堆中。然后，站在一旁默念咒语，看着那怪物被烧成一缕缕黑烟。不久后，火光熄灭了，天地间又陷入一片黑暗。

这离奇惊险的一幕把查万吓呆了，只感到昏昏沉沉，晕晕乎乎，过了许久才缓过神来问身旁的任宏林："任大哥，你看见了吗？好可怕呀！""我……"任宏林的声音有些发颤，"这些原始资料都没有记载，我没敢看。"

接下来两人睡不着觉，东一句西一句地聊着，挨到天亮，才和大家一起回到部落，一齐拜谢女首领，此时的她已恢复平常的模样。她告诉族人们，妖孽已被降服，佐卡鲁族已平安无事。所有人都跪地拜谢。

5. 暗中探秘

这件事之后，查万发现任宏林好像发生了变化，经常一个人躲到树林里不知在干什么，查万以为他被吓着了，在四处寻觅机会偷偷逃离部落。

这天一大早醒来，查万又发现任宏林不见了，一直到干活的时候，任宏林依然不见踪影。查万既担心又害怕，生怕给女首领知道了，两个人都难逃厄运。

整整一天过去了，直到傍晚，任宏林才偷偷跑回来。查万忙问他去了哪里，一开始任宏林还不肯说，但在查万一再逼问下，任宏林这才告诉查万他是跟踪女首领去了。查万听了大惊失色。

任宏林说，他很想弄明白女首领的巫术到底有何奥秘。他偶尔得知，女首领每隔一段时间都会外出修炼法术，于是便秘密跟踪一探究竟。

查万叫道："我的天啊，你真是太胆大了，难道就不怕被她发现吗？"任宏林说为了学术，他愿意冒这个风险。查万又是摇头，又是叹气。

任宏林沮丧地说：他一进入丛林中就迷了路，转了整整一天才走出来。可奇怪的是，他走出来才发现那片丛林其实很小，只有半个足球场大小，可他却始终走不出来。现在他向查万保证，他以后不再干这种傻事了。查万这才松了口气。

夜里，查万为何时才能离开这儿忧心忡忡，久不能眠。忽然，他听见旁边床上传来轻微的声响，他明白任宏林又要出门了！查万心中一凛，赶紧翻身下床，拦住任宏林问道：“任大哥，你要到哪儿去？”

见被查万发现了，任宏林只得如实说他想去女首领的住处看看，据他观察，每次从外面回来，女首领这时间还会在屋里继续修炼法术。

查万说：“你是我哥哥，你出事了，我也活不成。干脆咱俩一起去，好歹也有个照应。”任宏林称谢不已。

女首领住的地方位于部落一角，与其他人的房屋隔得很远。此时夜色已浓，两人悄无声息地绕到房子后面，看见一间“炼药房”燃着火，透过半开的窗户，可见女首领正背对窗户坐在大火盆旁边，而燃得正旺的火上，架着一个圆滚滚的黑色铁罐。女首领一边转动铁罐，让大火慢慢炙烤，一边喃喃低语。

就这样折腾了半天，女首领终于停了下来。她把被烤得发红滚烫的铁罐取下来放到地上，跪在它面前闭目不语。突然间她又睁开双眼，疾步走到窗户边，任宏林和查万以为被她察觉了，赶紧蹲下身子。后来见女首领只是过来将窗户关上，这才放下心来。两人继续守在外面，过了一会儿，屋里的火光熄灭了，女首领也离开“炼药房”进了卧室。

等卧室灯光也熄灭后，任宏林、查万悄悄摸进了“炼药房”。屋子里黑乎乎的，弥漫着一股呛人的焦糊味。任宏林划亮一根火柴，借着微弱的火光，他俩在一个角落里发现刚才那个铁罐。打开一看，里面什么也没有，只是散发出难闻的酸臭味。在屋子四周，摆满了各式各样的瓶瓶罐罐，任宏林把它们一一打开，仔细看过后，拿出塑料袋倒了

些进去。

查万压低声音问道：“你装什么？”任宏林摇摇头：“不知道，说不定跟她的巫术有关呢！”查万听了不禁有些害怕，让他还是别碰那东西，任宏林解释说他只是拿一点回去研究。就在这时，查万一不小心碰到屋里的一只铁罐头，只听“哐啷啷”一声响，紧接着就传来女首领的厉声喝问：“什么人？”两人大惊失色，任宏林一把拉起查万跑到院子里，将他摁倒在地，低声说道：“躺下，就说有人把你打晕了。”

慌乱之中，查万只能如此照办。任宏林拔腿逃出了院子。女首领很快跑了过来，查万赶紧闭上眼睛。女首领先喊了他几声，又踢了他几脚，见没反应，便拿了盆冷水泼去，查万这才装作刚苏醒过来的样子，可一眼瞥见女首领那两道锐利的目光，不禁心虚胆怯。女首领盯着他，冷冷地问道：“刚才发生了什么事？”

查万揉着自己的后脑勺，结结巴巴地答道：“我……我也不知道，就觉得脑袋……脑袋上挨了一下，就……晕了。”查万说完，低下头不敢再看女首领的眼睛，女首领又突然问查万：“你那哑巴哥哥哪去了？”

见查万不回话，她恨恨地念道：“妖孽、妖孽来了！竟敢在这里兴风作浪，看我怎么收服它！”说完，女首领就命两个男奴把查万架起来，盯着他问：“哼，你以为能骗得过我吗？我说过，我有上天赐予的法力，任何人跟我作对都不会有好下场。快老实告诉我，你是打哪儿来的妖孽？是不是到我屋里偷走了我的东西？你混进我的部落里到底想干什么？”

查万依然一言不发，女首领瞪了他一眼，恶狠狠地说：“你不要自作聪明，到时刻我会让你乖乖说话的！”

查万被关进一间屋子里，很快便觉得全身冰冷，四肢僵硬麻木，一会儿感到他自己飞上云端，一会儿却又觉得自己跌入地狱。突然，他看见女首领腾云驾雾向他走来，柔声细语地问：“查万，快告诉我，你是什么人，你来这里究竟想干什么？”查万觉得她的声音好亲切，像和他拉家常似的，于是抑制不住地要把一切都讲出来，虽然心里有个声音在警告他：“别说，什么也别说……”

6.道高一丈

不知过了多久，查万从恍惚中醒来，发现自己被绑在空坝边上的一根木桩上，再一转头，竟看见任宏林也被绑在身边。

“怎么是你，任大哥？”查万失声喊道，“你怎么也被抓起来了？是我，难道是我出卖了你？”

任宏林朝他“嘘”了一声，示意他不要多说话，然后表情轻松地冲他笑笑"别担心,查万,咱们不会有事的。"

查万正想问他怎么被抓的,突然间,号角响起,伴着鼓乐和呐喊声,女首领登场了,只见她对众人说道:"今天我又要在这里惩罚两个犯了错的人,不,他们是妖孽!记住,你们谁也逃不出我的手掌心!"

和上回一样,四个火盆被端了上来,放在任宏林四周。女首领将双拳举向天空,狂吼一声,然后伸进火盆中,一股黑烟带着火星翻涌起来,将任宏林罩在了里面。黑烟散尽后,查万看到任宏林的脸变得暗红,一副十分难受的样子。女首领抓起权杖先指向天空,又指向任宏林。他便也和上次的男奴一样,好像被抽走了魂魄,目光空洞,表情呆滞。

女官走上前去给任宏林松了绑,接着拿出一根削尖的竹片,递给女首领,女首领抓起了任宏林的手,查万吓得紧闭眼睛,他听见周围的人群发出"啊"的惊呼声,他知道那是女首领把竹片刺进去了,查万的血涌上心头,决定要冲上去救出任宏林……

可当查万睁开双眼,却看见任宏林安然无恙,相反的,却紧紧抓住了女首领的双手。女首领一边挣扎一边恶狠狠地诅咒他,可任宏林死活不肯松手。

大家都被这一幕搞蒙了,不知道这是怎么一回事,愣愣地看着。女首领渐渐停止了挣扎,无力地站在那里,表情也变得十分平静,仿佛被任宏林驯服了似的。这时,任宏林喊道:"查万,快过来!"这一喊让查万回过神来,也让其他人吃了一惊,因为他们一直以为任宏林是个哑巴,现在居然开口说话了。

任宏林对查万说:"你现在先帮我翻译一下,告诉这里的所有人,我是上苍派来的使者。"查万惊奇地望着任宏林,见他目光坚定,不像是在打诳语,便一句句翻译起来:"这个女首领其实根本没有什么法力,那全都是骗人的!"

人群立刻骚动起来,任宏林做个手势让大家安静下来,让查万继续转

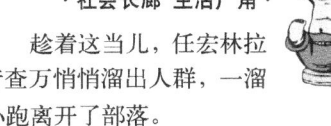

述自己的话："眼见为实！现在我就在她身上做个示范，你们也就明白是怎么回事了。"

任宏林先用绳子绑住女首领，然后从怀里拿出一个纸包，纸包里正是昨晚上他从女首领屋里拿走的粉末。女首领见状，大吵大闹拼命挣扎。

任宏林二话不说，点燃纸包，里面的粉末燃烧后冒出一股黑烟，很快，女首领便安静下来，绵软地立在那里，表情也变得十分麻木。任宏林拿起一根尖竹片去戳她，她也丝毫没有反应。

"大家看见了吗？"任宏林提高声音说，"所谓法力，其实就是靠那些粉末！这些粉末都是由她出去采回来的各种植物烘烤提炼制成的，有大麻，有蔓陀罗，还有蛤蟆菌……这些植物都含有神经毒素，能麻痹人的神经中枢，使人丧失意识，产生种种幻觉。她要惩罚人时，就把事先捏在手里的粉末扔进火盆里，使其燃烧产生毒烟，人吸入后就会短暂失去意识。而她降服妖怪的做法也如出一辙，她在给大家吃的食物里，放入了蛤蟆菌。人吃了它，就会产生幻听、幻视，你们看到的红毛怪物，其实不过是一只被涂了红漆的狗罢了。在幻视作用下，你们看到的就是一只庞然大物，当然，你们的首领也跟着变大了……"

听到这里，人群再次骚动起来。

趁着这当儿，任宏林拉着查万悄悄溜出人群，一溜小跑离开了部落。

7．披露真相

却说任宏林与查万踏上了返程之路，查万终于明白：原来任宏林并不是一个民俗学者，他的真正身份是公安部缉毒总队的技术专家。

前一段时间，公安部发现国内出现了一种新型的毒品，且呈现迅逼蔓延的趋势。这种毒品会让吸食者产生强烈的幻觉，对人体伤害极大。经过侦查，他们得知这种毒品是由某国偷运到我国的，而其中含有的一种特殊"致幻物"就出自佐卡鲁部落。于是，公安部派任宏林到某国去侦查这种物质，为以后的侦破工作和成瘾者治疗提供依据。但任宏林不懂某国语，需要一名翻译，所以就以寻找导游的名义找到了查万。

从此前掌握的资料中，任宏林了解到佐卡鲁族的女首领拥有能控制人意志的"法力"，他推测这多半与那种"致幻物"有关。果然，那次女首领惩罚男奴的过程，印证了他的想法。但他没料到查万由于恐惧而打退堂鼓，为了不引起查万的怀疑，任宏林假装同意离开，暗中给他喝的水里下了药，再在半路上装作中了女巫的咒，重新回到了部落。

接着，女首领说要作法降服妖

孽，任宏林估计也跟“致幻物”有关，所以当女首领要大家吃下同样的食物时，他便起了疑心，没有吃下那碗汤食。事实证明，那里面确实被放入了蛤蟆菌，所以查万才会听到各种各样的异响。女首领和那条被涂了红漆的狗出来后，任宏林开始有些奇怪，但后来听了查万的描述，方才知道这也是女首领耍的鬼把戏，通过幻觉让大家以为她有降服怪物的神奇法术，从而死心塌地听从她的指令。

接着，任宏林便发现一个“规律”：女首领每隔一段时间就会单独外出，形迹可疑，他便尾随其后，终于，他发现了女首领的秘密行为，等拿到提炼出来的粉末回去查验成分，他初步断定那就是神秘的致幻物。

本来，至此任宏林的任务已圆满完成，他可以和查万离开了。但他很想让受蒙蔽被迫为奴的佐卡鲁族男人了解真相，改变他们的命运，于是，他主动向女首领承认自己到她屋里去过，设置陷阱，诱导女首领惩罚自己以便现身说法。所以，当女首领把粉末撒进火盆燃起毒烟时，他就先气沉丹田，躲过了一劫。

“原来是这样！”查万恍然大悟，惊叫道，“可我有点担心，佐卡鲁族会不会因此出乱子啊？”

任宏林开心地笑道：“不用担心，我已让有关部门通知了某国政府，他们会介入此事，圆满解决的。不过我个人倒是希望那些男奴们能奋起抗争，不要再做奴隶，也算是我为促进性别平等，维护咱男同胞的利益做了一件大好事啊。哈哈。”

半年后，查万又见到了专程来看望他的任宏林。他刚去了某国，协助某国政府铲除了那些害人的植物。

任宏林还告诉查万，他还回佐卡鲁族部落看了看，可令他深感遗憾的是，那里的一切依然没有任何改变，男人们仍心甘情愿地做着女人们的奴隶。

任宏林无奈地叹息道：“唉，以前我觉得他们很可怜，现在却觉得他们很可悲。”

（**题图、插图**：杨宏富）

超常策划

□王静者

高总是一位著名的地产商，有人说，他跺跺脚，四城都乱颤，但最近他却很少露面，熟悉高总的人知道，这又是在琢磨什么大事呢。

这话还真说着了。这天，高总家来了一位相当级别的富商，聊着聊着，高总话锋一转，说："我在策划把精神病院的医生变成疯子。"富商惊得眼珠子都要掉出来了，不住地摇着头。

哪料高总却来了劲，道："你别不信，我告诉你，我要是做不到，就从这30层楼顶跳下去。"话音刚落，门开了，走进来一位清洁工。一抬头，见高总他们正在密谈，连忙道歉："对不起，我不知道……"

富商眼一亮，悄悄拉了一下高总，小声说："你要真有这本事，就先把这个清洁工变成疯子吧。"说完站起身，拐入里面的一个酒吧间，端起杯酒，悠闲地看着。

高总瞥了眼富商，转过脸对清洁工说："没事，你来得正好。我正要找人问件事呢。"说到这，他托起下巴，若有所思地问，"你说，把一个正常人变成疯子，用什么办法最好？"

清洁工见高总没责怪自己，就想了想说："让他进精神病医院。"

高总赞许地点了点头说："跟我老婆说的一样。"说完，他突然变得神秘起来，"千万别告诉别人，不瞒你说，我，就要到精神病医院里去了。"

清洁工大吃一惊，高总却满不在乎笑了起来："别紧张，我进精神病医院，是在做一个重要的试验：我要让里面的医生，都变成疯子。"

清洁工觉得跟听天书似的："不可能吧？"

高总瞪了他一眼，说："怎么不可

能？”说着一把拉开窗帘指着外面，“全城百分之八十的房地产，都是我开发的。我有的是钱。有钱，就是上帝，想做什么就能做成什么。”

听到这，清洁工的汗都下来了，哆哆嗦嗦地问：“那，那夫人她，她同意吗？”高总哈哈大笑了起来，说：“当然，昨天就已替我联系好了。今天，精神病医院就要来人接我过去。”

可真巧了，高总的话音刚落，一位穿着白大褂的医生就推门进了屋，在他后面还跟着几个人。

清洁工看出来了，这是精神病医院的医生带人来了，吓得一把抓住医生喊了起来：“他不是疯子！他是要做试验，把你们这些医生都变成疯子，可千万别把他带走啊！”

医生奇怪地看了眼清洁工，随即面带微笑地拍了拍他的肩说：“好，我知道了，谢谢你。”说完，指着高总对身后的那几个人说，“这就是那位患有严重‘妄想症’的精神病人，把他带回医院治疗……”

刚说到这，医生突然闪电般拿出电棍，一下子把清洁工电翻在地，摇着头说：“没想到这里还有一位呢，怎么越有钱的人家，得这病的人就越多？也一起带走。”有人走过来，把清洁工抬起，向外走去。

富商被这变故吓了一跳，随即明白了过来。怪不得今天高总说话这么没谱，闹了半天真是得了精神病。不过别说，他还真把清洁工，给变成了疯子，这不，都要被带进精神病医院了。

富商正瞎想呢，突然，高总像哥伦布发现新大陆似的，探着身子，手指着清洁工刚才躺倒的地方，叫道：“太好了，太好了！又有一块地皮，我要买下来，开发成一片居民区。”

他的话音刚落，再看富商，“嗖”的一下从酒吧间蹿了出去，喊道：“有地皮？太好了！高总，咱俩合股开发怎么样？”

几乎同时，医生扔掉电棍，扑向高总，叫了起来：“快说什么时候开盘啊，我先预订一套！”

（**题图、插图**：安玉民　梁　丽）

□高国俊

天下事难不倒阿P

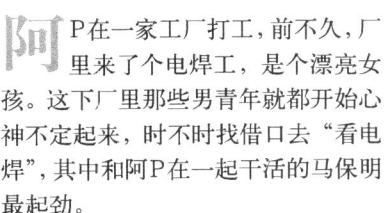

阿P在一家工厂打工，前不久，厂里来了个电焊工，是个漂亮女孩。这下厂里那些男青年就都开始心神不定起来，时不时找借口去“看电焊”，其中和阿P在一起干活的马保明最起劲。

这天，马保明又去“看电焊”，可没过多久，他就捂着眼睛，哭丧着脸回来了。工友老王笑他：“咋了，是不是美女太耀眼，把眼睛给晃了？”马保明没好气地答道：“还说呢，不小心被电焊灼伤了……”说着把手从脸上移开。

阿P一看，见马保明满眼通红，泪流满面，心里暗笑道：活该，谁让你动不动就凑“热闹”，但面子上还是关切地问：“很疼吗？要不上医院看看？”老王出了个主意：“电焊灼伤了眼，上医院治，三天五天好不了。我听说有个偏方，用奶水抹抹好得特快。”

“这我也听说过，可到哪里去讨奶水呢？”马保明哭丧着脸说。

话音一落，几个人眼光“刷”地向厂门口望去——厂门口小卖部的老板娘刚生了孩子，此时她正在给孩子喂奶呢。

“这个——”阿P不禁挠起了头皮。这老板娘年龄不算大，可伶牙利齿的相当泼辣。谁得罪了她，她能骂得你一佛升天，二佛入地，厂里的男工都有些怕她，每次去买东西都小心翼翼的，有时被她数落几句，也只能咽进肚子里。现在，要向她要奶水，谁敢说得出口呢？

马保明腾出一只手一挥，对老王说：“老王，你去跟老板娘要点吧，你年龄大，她还不至于敢骂你。”“我，我……”老王摇摇手拒绝了。

“P哥，只能靠你了，”马保明转

过身又哀求阿P,“在我们这里数你最有办法了。”

阿P犯难道:“这,这是往桌面上倒脏水找抹(骂)的差事,弄不好奶水要不到,反而给记耳光啊!”

马保明这下急了:“谁去把奶水要来,晚上我请客喝酒。哎哟,哎哟,我受不了啦!”

阿P见马保明一脸痛苦的样子,实在于心不忍,想了半天,这才说:“我去试试,不过我可不是为了让你请客,为朋友……”

“我知道,两肋插刀,快去!”

阿P硬着头皮走到厂门口,看着老板娘怀里的小孩子,他故作惊讶地说:“嘿,小家伙长得真可爱,像老板!”

老板娘打断了他的话,敷衍道:“还是拿烟?”

“不……是……是……是这么回事,”阿P一指马保明,远远的,马保明和老王正往这边望,看到阿P一指他们,吓得急忙别转身子。

“小马被电焊灼伤眼了……”阿P结结巴巴把自己的意思说了一通,老板娘没听完,“扑哧”一笑,把孩子往摇篮里一放,拿起一只塑料杯子,进了屋……

过了不久,阿P就端着杯奶水向马保明那边走过去。马保明和老王一见阿P,大老远像迎接亲王一样迎了上来。老王忙掏出纸巾蘸着奶水就往马保明的眼上抹,阿P用手挡了一下,小心翼翼地说:“慢一点,别滴在地上,滴奶赛白银啊。”顺便又提醒马保明别忘了刚才说的话。马保明眨巴着眼说:“放心,P哥,今天晚上我请客。哎,这玩意儿就是不一般,舒服多了!”

阿P一看马保明那副滑稽相,笑了:“哪有那么快就见效?怕是心理因素吧。”

马保明指了指眼睛,高兴地说:“真的很管用,很舒服。”

傍晚时分,马保明受伤的眼睛果然消肿了,他在厂部小餐厅点了几个菜,两瓶老白干,找来了阿P和老王,三个人推杯换盏喝了起来。马保明眼睛轻松了,就劝酒说:“今天阿P多喝点,功劳大大的!”

老王也凑上来说:“就是,P哥今

天是关云长再世，千里走单骑……”

阿P被这么一吹，不禁得意起来，禁不住左劝右劝，不一会就喝高了，一张嘴也没把门的了，他扶着马保明的肩膀，得意地说：“小，小马，你觉得，这、这奶水效果怎么样？”

马保明忙说：“管用，真太管用了，你看，我这眼能睁开了，也不流泪了……”

阿P听了，哈哈大笑，打断了马保明的话说：“你、你认为我，真、真的敢向老板娘要奶水呀？我，我只不过是赊了她一小瓶，娃、娃哈哈果奶，让、让她倒在杯子里……”

“砰——”没等阿P说完，马保明蒲扇大的巴掌就拍在桌子上：“什么？什么？你要的不是奶水，是娃哈哈果奶？阿P啊，阿P，你太缺德了！要不看我们朋友一场，这巴掌早掴到你脸上了！”

阿P一下子吓醒了。马保明愤愤地说：“我说这奶水还真有点酸味，你万一把我眼睛弄瞎怎么办？”

老王忙在一旁打圆场：“算了，小马，人家阿P说了真话，就不能算不仗义，不告诉你也不就当是人奶了？刚才还说管用，现在看来，这电焊灼伤眼，用牛奶未必不行，弄不好比人奶疗效更好……”

这时，阿P的酒完全醒了，再也坐不下去了，就说：“这顿、这顿酒钱算我的。”说完跌跌撞撞地往外溜，身后还传来马保明尖利的骂娘声……

第二天，阿P去了小卖部，老板娘问：“要啥？”

阿P拿出一元钱搁在桌上：“昨天赊的那瓶娃哈哈果奶。”

没想到，老板娘却笑了，问：“马保明灼伤了眼，是他用的，怎么自己不来付账？”

“他，他经常遭你训，他不好意思来……”阿P话没说完，老板娘打断说：“我有那么凶吗？数落他是为了他好，让他少喝点，少抽点，挣个钱容易吗？再说，喝多了既伤身体又误事……”

说着，老板娘话锋一转，冲着阿P说道：“算了，我也说你几句，在一块干活，缺德的事你也做得出来？电焊灼伤了眼，娃哈哈果奶能治好？我可没听你的馊主意，给你们挤了半杯奶，饿得俺儿子哭了小半天！”说完，把阿P的一元钱给扔了出来，转身进屋了。

阿P揣起钱，心里不知道是啥滋味。他抬起头，看到远处低着头干活的马保明和老王。心想：不管怎么说，这些人中还是我阿P胆子最大，点子最多。问老板娘要奶水，从今往后这工地上可能再没有第二人了。

想到这里，他又得意地哼了起来……

（**题图、插图**：顾子易）

效率太低

□顾　金

李小娟在婚姻办事处工作，负责办理离婚手续。可她抱着“劝合不劝散”的观念，总是苦口婆心，劝过男的又劝女的。这样一来，她一天接待不了几对夫妻。不了解内情的人，还以为她在磨洋工，给领导打了个小报告。

小娟听了心里很难过。这天上班前，李小娟特意跑到镜子前面，暗暗告诫自己：我改了还不行吗？

到了单位，刚开门，就进来了一对年轻夫妻，小两口都虎着脸，一副非离不可的样子。照以往的情况，李小娟一定会给他们摆“龙门阵”，可今天不一样了，李小娟像换了个人似的，见双方都无异议，便快刀斩乱麻，很快就办好了离婚证。她瞥了一眼墙上的挂钟，前后只用了三分钟。

男青年接过离婚证，转身走了，女青年却原地站着，还一脸茫然地问：“这么快……就好了？”“好了，好了。”李小娟连连点头。

女青年低头看看离婚证，又抬头望望李小娟：“你、你是李小娟吗？”

李小娟点点头：“是啊！”

“你以前办证不是要半小时以上吗？怎么今天三分钟就办完了？”

李小娟说：“以前就是效率太低，现在这样不好吗？你们可以各自去找真正的幸福了。”

女青年一听，那张脸由白转绿，又由绿转红，突然“哇”的一声大哭起来。李小娟见状，委屈极了：“来这不就是离婚嘛，我用最快的速度给你们办好了，让你们快点脱离苦海，你还有什么不满意的？”

女青年满面泪水，伤心地说：“我听说你很有‘劝功’，很多闹离婚的人到你这儿都和好如初了，特意赶过来的，原本是想吓吓老公——”女青年说不下去了，放声大哭起来。

李小娟张大了嘴：原来女青年压根就不是来离婚的。

孩子是谁的

□小 可

李家庄有个李二，头脑有时不大灵光，村里人都叫他二痴子。

二痴子长大后，他爹托人给他娶了房媳妇。媳妇进了门才知道丈夫的底细，心中有些懊悔，但也没办法。她担心丈夫在外面吃亏，就一再嘱咐："出门别人说什么你甭随着说，就当没长耳朵。"二痴子嘻嘻一笑，根本没听进去。一来二去的，媳妇也就不管他了。

媳妇进门两年，竟也生了个男娃。这天二痴子出门，村里的几个年轻人拦住他，笑嘻嘻地对他说："听说你有儿子了，恭喜啊。"

二痴子撇了撇嘴说："这孩子又不是我生的，有什么可恭喜的？"

这几个年轻人听了，知道二痴子的痴劲儿又上来了，想调笑调笑他，就问："孩子不是你生的，那又是谁生的？"二痴子说："管他是谁生的，反正不是我生的。"

这几个年轻人想，莫不是二痴子的媳妇儿跟谁不正经被他撞见了吧？这种事情如果能从二痴子嘴里掏出来，一定有趣，于是就说："要是你告诉我们，我们就凑个份子，请你喝一回酒。"

二痴子想了想，说："你们得先请我喝了酒，等我喝醉了再告诉你们。不喝醉了我不好意思说出口。"

这些小青年心想，这下可有故事好听了，于是就你三个铜板我五个铜板地凑了一笔钱，到村口的小酒铺买了一瓶酒，叫了两个菜，请二痴子喝酒。

二痴子美美地喝了一通，把嘴一抹，笑嘻嘻地说："这孩子嘛，当然是我媳妇生的呗。你们也不好好想想，我一个大男人，就是想生也生不出来呀，是不是？"

整容

□文 华 改编

这天，阿元在一家小饭店喝酒，没想到，竟碰到了老同学阿扁。于是，两人便坐到了一张桌子上，推杯换盏喝了起来。

不久，话题转到了各自的工作上，阿扁开始大发牢骚："我在公司做了好几年的营销了，可业绩向来倒数第一，上司对我翻白眼，同事对我抛冷眼！"

阿元赶紧端起酒杯和阿扁碰了一下，劝道："别人笑话你，又怎么啦？"

"可人有脸，树有皮啊！"阿扁摇摇头，一副痛苦不堪的样子。

不过，阿元觉得阿扁的确不适合做营销，他从前就是一副老实不起眼的样子。

"是不是外表有问题呢？"阿元想了想，半真半假提醒说，"像谢顶的人，戴了个假发套，人就变得特别自信。啊，对了，你去做个整容手术，变成个帅哥怎么样？要是师奶们看着喜欢，哈哈，老兄的业绩一定会上去的！"

阿扁又摇摇头，支吾了一下，拿起酒杯一口气喝干了。临走时，两人互留了联系电话。

一转眼，好几个星期过去了。

这天，阿元正在用餐，阿扁来了个电话。

"告诉你老同学，我现在感觉好多啦。"听声音就知道阿扁现在心情很好，原来他听了阿元的话后，真的去做了整容手术。

"现在，我对别人挖苦我，嘲笑我，一点儿也不在乎！"

"是吗？太好了，整容后业绩上去了是吧？"

"哦，不，业绩嘛还那样，照旧倒数第一。"

阿元似乎没听懂，只好再问："业绩没上去？"

"是啊，没有。"

不花那冤枉钱

□裴文兵

马老汉一向很节俭，平日老伴炒菜，连盐都不让多放一粒。

年初，电信局将电话线拉进了村里，邻居们纷纷装上了电话。老伴也想装一个，但马老汉坚决不肯：“我有腿，干吗花那冤枉钱？”老伴嘴一撇：“咱儿子马小栓都二十六了，家里连部电话都不装，你想让他今后怎么跟人家姑娘约会？听说山里的严老汉家都装了。”

严老汉是马老汉的铁哥们，住在山里，半年也不见出来一次。这么一说，马老汉才很勉强地点了头。

电话是装上了，但马老汉从来都不打电话，并且也不接，电话铃声一响，他就心惊肉跳。后来，老伴告诉他，接电话不用花钱，他才开始敢碰电话机。

这一天，田里的活儿闲了，马老汉想起了老伴要给儿子找媳妇的事，于是告诉老伴，自己想去严老汉家一趟。严老汉人头熟，可以让他留意一下，附近村子有没有合适的姑娘。老伴听了，指着电话机说：“这点事，你打个电话不就成了吗？”马老汉却把头摇成拨浪鼓：“腿脚好好的，不花那

“那怎么——”

“多亏整容啊，那些个事儿呀我已经满不在乎了。随便他们说什么，我呀，都能冷眼旁观，怎么啦？就当他们放屁，就这种感觉！”

阿元这下是越听越糊涂。

“哈哈……”阿扁说，“老实告诉你吧，我把脸皮给加厚了！”

冤枉钱。”

哪知马老汉昂首挺胸出了门，半天后却龇牙咧嘴地回来了。老伴一看就知道马老汉是老毛病犯了，一边给他上膏药，一边埋怨道：“严老汉家住在半山腰上，你这爬上爬下的，腰不疼才怪呢！”马老汉一边呻吟着，一边说“我这不是想省钱嘛！”老伴拿起手上的膏药：“这是我刚买的，一盒二十多呢，你想想哪个划算？”

马老汉这回不说话了。第二天，马老汉终于下了床。他忽然想起住在十里外青河村的妹妹，又起了让妹妹给马小栓介绍对象的念头，老伴劝他道：“要走这么远的路，你就在电话里把话说了吧。”

“不行，已经花了二十块冤枉钱，这回一定要省下来。”马老汉说完，就头也不回地往外走。没想到，他刚出村，就发现天色不对，于是决定先回家拿把伞。

刚进自家的院子，马老汉就听见了儿子马小栓的说话声，声音大大的，还夹着笑，却听不到有人答话。马老汉心里一沉，赶忙加快了脚步。进屋一看，果然看见马小栓正抱着电话筒在说话，脸上还笑眯眯的，一副很投入的样子。

这下，可把马老汉给心疼坏了，他几步上前，正要呵斥儿子放下电话，却被匆匆赶来的老伴一把拉住了：“先别急着骂，要是让电话那边的人听见了，那你让小栓以后怎么出去见人？”马老汉只得咽下嘴边的话，心里却像火烧了一般暗暗着急。

好不容易十多分钟过去了，马小栓终于放下了电话。这时，马老汉再也忍不住了，他喘着粗气道：“不过了，这日子不过了！你打我也打，我不去你姑家了！”说着，就要去拿话筒按号码。

就在这时，电话铃忽然响了起来，马老汉一接听，原来是青河村妹妹打来的。只见马老汉冲着话筒，嚷了起来：“妹子，你这个电话打得好啊！刚才好险啊，我差点……差点就给你打过去了……”

火眼金睛

□黄 冈

这天一早，家家美超市刚一开门，就进来两位工商人员。超市赵经理一见，暗暗叫苦。他认出其中一位正是工商局打假办的王主任。

此时，将假货下架已经来不及了。赵经理慌忙封了个大红包，一溜小跑来到王主任跟前，请王主任移大驾前去经理室指导工作。不料，王主任根本不吃他这一套，沉着脸，冷冷地说："查完再去指导也不迟。"

说完，王主任迈步来到烟草柜台前，目光如炬，盯着货架上的一条中华烟一眼，眼一亮："中华，假的！"立刻，他身后的队员冲过去，将假烟扔到地上，三脚两脚，就给踩扁了。

走了几步，王主任眼又一亮"茅台，假的！"那队员冲上去，将假酒"啪"摔在地上，当场销毁。

走到服装区，王主任扫了一件皮衣一眼，眼一亮："皮尔·卡丹，假的！"

那队员冲上去，"咔嚓"、"咔嚓"，横竖就是几剪子。

赵经理心里直哆嗦，再往前走可就是家电区了，王主任眼睛要是再亮几下，我可就惨了。

赵经理急得抓耳挠腮，一转头，看到了女秘书丽丽。赵经理眼睛一亮，忙挥手将她叫到身边，低声说："丽丽，考验你的时候到了，你快上去攻一下关。"

丽丽真不含糊，说声看我的，扭动腰肢，挺着胸脯凑到王主任身前，媚眼飘飞，娇滴滴地说："王主任……"

这女秘书漂亮得惊人，尤其是身段，前凸后翘，着实吸引人。

英雄难过美人关，王主任眼不由己，不由看了女秘书那喷薄欲出的胸脯一眼，眼睛似乎放出光来了。

"啊——"女秘书惊呼一声，护住胸脯，转身就跑……

戏里戏外

□ 吴相阳

城里有个剧组到老虎乡拍一段外景戏，导演请胖乡长帮忙物色几个临时演员：一人演乡长，其他的演群众。

胖乡长拍拍胸脯说：“乡长还要找吗？我当不就得了！”说完，他还推荐最信得过的张三，张三又带来几个群众演员。

导演对大家很满意，交代了一番，便让大家自由发挥，演出就正式开始了。这场戏演的是一场论证会，讨论要不要在乡里建个休闲区。真是巧了！老虎乡前不久也搞了这么个论证会，还别说，场景一模一样，胖乡长也是坐在上首，叼颗烟，跷个二郎腿，好不惬意哪。

胖乡长触景生情，清清嗓子，刚要说话，却忽然瞥见导演在一旁做出一个“嘘”的手势，胖乡长只好收住嘴，僵在那里。

这时候，几个演群众的演员开始发言了。胖乡长没想到的是，这几位一个赛一个精神，一个比一个能说。胖乡长正想断喝一声：你们眼里有没有我这个乡长啊？却见导演冲他使劲地摇头，那脸阴得像要拧下水来，他只好作罢。

那张三也不是省油的灯，只见他跳起来叫道：“那不是我的意思，是乡——”“长”字还没有溜出口，胖乡长心头猛地一紧，生怕张三说漏了嘴，“霍”地站起来，刚要张开口，却听那边导演满意地大叫一声：“停，结束！”话音还没落，就听见“扑通”一声，胖乡长倒在了地上。

这下拍戏现场立即炸开了锅，导演也慌了神，正打算拨120，却见张三跑过去，附在胖乡长耳边，轻轻地说：“乡长，建不建还不是您一句话？”

胖乡长这才回过神来，长长吐了一口气，悠悠地说：“到现在还不让吱声拍板，想把乡长我憋死啊——”

424 2008 SEMIMONTHLY 上半月版 10月

故事会

2008年10月

上半月·红版

主　编：何承伟

常务副主编：吴　伦

副主编：姚自豪（上半月·红版）

副主编：夏一鸣（下半月·绿版）

本期责任编辑：周　吟　叶小萌

电子邮箱：xiaomeng.ye@gmail.com

红版发稿编辑：

姚自豪　郑继文　吕　佳

特约编辑：

范大宇　崔新三　申之珉

美术编辑：李宝强

电脑制作：郭瑾玮

通　　联：归依玲

本社办公室电话：021-64375030

上半月刊编辑部电话：021-64332325

下半月刊编辑部电话：021-64336469

（上海市绍兴路74号　邮编：200020）

主管、主办：上海文艺出版总社

出版单位：《故事会》编辑部

制作、发行总监：张　凯

电话：021-64313938

广告业务：上海故事会文化传媒有限公司

广告总监：张　淮

广告业务：021-34010383

广告投诉：021-64333738

广告经营许可证

沪工商广字3100320050022号

发行：中国图书进出口上海公司

·笑话·

剖腹产

大李正在网上下载一部电影，临睡前，电影还没有下载完，他就把电脑开着，妻子见了有些不满，示意大李关电脑。

大李辩解道：“这网上下载就跟女人生孩子一样，孩子生到一半了，女人能去睡觉吗？我正在下载文件，不能半途而废，不然电脑一关机，下到一半的文件就全没了。”妻子半信半疑，说：“既然电脑下载文件跟女人生孩子一样，那么为了节省时间和电费，现在我命令你，剖腹产！”

（梁　斌）

（本栏插图：包丰一）

仰卧起坐

妻子在床上躺了一整天，丈夫皱着眉头望着她臃肿的身子，说：“你怎么这么懒呢？你不觉得应该做些运动来减减肥吗？”妻子伸了个懒腰，说：“你说得对，我正打算练习仰卧起坐。”

丈夫怀疑地问：“是吗？你真的决心做运动了？”

妻子点点头，接着继续慵懒地躺回床上，说：“是的，今天先仰卧，明天再起坐……”

（秦　仙）

骑摩托车的小伙

一天，小芳在路口等男友。没多久，一辆摩托车停在小芳面前，小芳立马跳上后座，一边使劲捶着那人的安全帽，一边说道：“怎么这么晚？都超过30分钟了！”骑摩托车的那人把安全帽罩子打开，结结巴巴地说：“小、小姐，我是来问路的，请不要打人！”

（董　行）

好主意

倍受丈夫冷落的约翰太太非常苦恼，这天，她突然神采奕奕地告诉朋友：“我终于想到了让我丈夫寸步不离、依赖我的办法。”

朋友很为她高兴，说：“太好了，是什么好办法？”

约翰太太回答：“我要和我的丈夫去法国旅游。”

朋友一脸疑惑：“那一定是想在极富浪漫情调的法国重温旧梦吧？”

约翰太太摇摇头，说“不对！原因是我精通法语，而他连一个法语单词都不会说！”

（谢林师）

劳斯莱斯

玛丽的生日快要到了，丈夫问她想要什么礼物。玛丽想到邻居家有辆劳斯莱斯名车，于是她开玩笑地说：“如果送我‘劳斯莱斯’的话，那该有多好！”

生日那天早上，玛丽在花园里听到奇怪的声音。她踮着脚往窗外看去，看到两头驴被拴在篱笆上，每一头驴的脖子上都挂了一个大招牌。其中一个上面写着“劳斯”，另一个上面写着“莱斯”。

（孙建刚）

插播广告

明天就是期末考试了，数学老师堂而皇之地霸占了学生们最后一节体育课。为了安抚同学们的情绪，他说：“我就讲一些考试应对技巧和调整考试情绪的方法。大家就当是听次演讲吧！”同学们一片雀跃欢呼，数学老师看同学们的情绪稳定下来，就接着说：“当然我还要插讲一些题目，不然演讲就太空洞了。”教室里顿时鸦雀无声。片刻，从角落里冒出一个声音：“原来，这演讲还要插播广告啊！”

（聂桂梅）

·笑话·

都是第一

高考录取分数线刚一公布，青山县三所高中的宣传广告便铺天盖地而来。

县一中的广告是：热烈庆祝我校考生上线率、考入重点大学人数蝉联全县第一名。

县二中的广告是：高考再创佳绩，考生上线率、考入重点大学人数同比增长率为全县之冠。

县三中的广告是：高考又传捷报，考生上线率、考入重点大学人数列同类学校之首。

（李建永）

视力训练

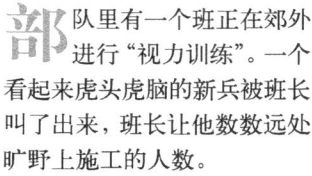

部队里有一个班正在郊外进行“视力训练”。一个看起来虎头虎脑的新兵被班长叫了出来，班长让他数数远处旷野上施工的人数。

施工队在很远的地方，那些人看起来就好像一些小点儿，但是这个新兵毫不犹豫地回答：“十六个士兵和一个中士，长官。”

班长说：“正确。可是，你怎么知道那里有一个中士？”

新兵回答：“因为他不用干活，长官。”

（蓝献伟）

电脑性神经综合征

小丁感觉面部酸疼，于是到一个小诊所里就医。医生给他简单地检查了一下，说：“这是电脑性神经综合征，你们年轻人天天和电脑面对面，荧屏一闪一闪，一明一暗的，就会引起脸部肌肉劳损。”小丁对医生说：“医生，可我是建筑工人，不用对着电脑。”

医生愣了愣，盯着小丁看了一会，故作恍然大悟的样子，说：“哦，你这也是电脑性神经综合征！你每天日出而作，日落而归，一会被太阳晒一会不被晒的，这和电脑屏幕一明一暗是一个道理。”（梁　斌）

秘密武器

汤姆陪父亲在家中看英超联赛电视直播，正当两人看得津津有味时，楼下响起了一阵阵急促的狗吠声，影响了他们的情绪。

于是，父亲让汤姆去把小狗赶走。

汤姆起身走到窗前，大声吼叫，希望可以赶走小狗，但小狗似乎无动于衷，仍吵个不停。父亲一急之下，顺手拿了一团东西，向楼下扔去，小狗顿时跑得无影无踪。

汤姆见状，疑惑不解地问：“爸爸，你扔的是什么东西啊？那么厉害！”

父亲回答：“是你上个星期藏在沙发底下的臭袜子！”

（低调旋律）

专家请假

一家软件公司贴出新的请假规定：一般情况下，公司员工请假天数最多为七天。小丁是领导器重的软件技术专家，一天，他向领导提出请假一周的申请，经理说：“我只同意给你三天的假。”小丁急忙说：“我有急事要办，三天时间不够。”经理笑笑，说：“你是个能干的专家，别人需要七天办的事，你只要三天就能办好了。”（秦川牛）

检查宿舍

一天，大学教务处主任带着几个老师到学生宿舍检查安全工作，他们先来到了女生宿舍，宿舍门口的黑板上有几个硕大的字，写着：男生止步！主任满意地点点头，对旁边的老师说：“女生宿舍做得不错！我们再去看看男生宿舍！”接着，他们来到男生宿舍，宿舍门口的黑板上也有几个硕大的字，写着：女生请进！美女优先！

（龙开明）

本栏欢迎来稿，读者、作者可将有新鲜感、有精彩细节的笑话佳作投寄给我们。来稿一经采用，最高稿费为一则100元。本期责任编辑电子信箱：xiaomeng.ye@gmail.com。

为了让您满意

这一天，席先生按照约定时间，叩响董事长房间的门，与董事长寒暄了几句后，他的陪聊就开始了——

董事长，你知不知道乡下有些地方有这样的习俗——老人过了八十岁去世，被称作“喜丧”？今天这个故事里的主角是个农民，叫李有福，他的娘去世了，享年八十八岁，又是在睡梦中安然而去的，这正应了“喜丧”的彩头，这一天是出殡的日子，十里八村的远亲近邻都赶来了，十分热闹。

“出丧”的仪式正在进行着，主事的人高喊一声“起灵”，于是，李有福和家人便伏倒在地上大哭起来。这时，李有福忙中不乱，偷偷给老婆使了个眼色，老婆急忙站起身来，朝摆在正中央的那张桌子奔去——那里正供着供果！也就在这一刹那，早等在一边的村民一拥而上，纷纷伸手去抢供果，村民为啥要抢供果？原来乡下流传着这么一个说法：办喜丧时上供用的供果是“宝贝”，给小孩吃了能驱除百病、延年益寿。

供果只有两盘，哪里禁得起这么多人抢？没抢到的不甘心，恨不得到别人手里去夺，李有福的老婆抢到了两块蛋糕，而这两块蛋糕又是供果中叠放在最上面的，被称作“供尖”，是最好的，她死死抓住不撒手，随即便扭头往后屋跑，李有福见了，这才一颗心放回肚子里，这供果有大用处咧！

到了晚上，客人都走了，李有福正要回屋，忽然有人登门了，来的是个贵人，村里的人都叫他“总经理”，他办的几个企业，管了村里一大半人家的饭碗，李有福的儿子、儿媳都在他手下打工。总经理的独生儿子得了一种怪病，看了好多医生都不见效，所以总经理昨天特意嘱咐，让李有福把供果的“供尖”给留下。平时李有福想拍马屁都没机会，一听这话自然是像得了圣旨一样，他千叮咛万嘱咐，让老婆一定要把“供尖”给抢下来，现在这“供尖”果然抢到了手，正放在后屋呢。

李有福立即让老婆进屋去取，自己陪着总经理在外屋一边喝茶一边有一搭没一搭地聊天，可是左等右等，却不见老婆出来，李有福坐不住了，便走进后屋去看个究竟，一进屋可把他气坏了：老婆没拿“供尖”，倒在那里打狗。那狗叫大黄，虽然是条普通的土狗，可是救过李有福奶奶的命，那一天刚下完雨，地上滑，老人不小心掉进了河里，是大黄连拉带拽把老人拖上来的，如今李有福的娘故世了，可奶奶还在，一百零一岁了，你说李家人还不把大黄当宝贝一样伺候？现在李有福见老婆在打狗，火了，忙问啥事，老婆嚷道：“大黄把供尖吃了！”

李有福一听，急了，顿时怒从心起，抬腿照着大黄的屁股就是一脚，大黄疼了，叫了起来，夹着尾巴跑了，李有福正要一路追去，却听见里屋传出了奶奶的声音：“谁在打大黄呢？”

李有福不想惹奶奶生气，只得作罢，他神色慌张地走到外屋，把狗吃供果的事告诉了总经理，总经理气得瞪圆了眼，他想了想，说“这样吧，既然狗吃了供果，那就把狗吃了，反正都吃在肚里，一样的。这样吧，我出二百块钱买你的狗。”总经理说着，随手掏出两张百元大钞往李有福手里一塞。

李有福一听这话，脸就拉长了，他难啊，得罪总经理，那可是得罪了阎王爷呀，可话又说回来，要是杀了大黄，奶奶一百个、一千个不答应，这可咋办？

李有福左右为难，总经理脸上挂不住，黑着脸走了。

李有福这下可犯愁了，他坐立不安地等了几天，总经理没来找茬，村里却通知村民开会，李有福到了会场上，一会儿村主任就清清喉咙开始说话了:“乡政府下达了《限制养犬管理办法》的通知，说一千道一万，就是不让养狗了，非得要养，行，办个《犬类准养证》，也不贵，才四百；除了这项就是每年验一次证，也不贵，才二百多；还要打什么疫苗，也不贵，一针一百多……”村主任还没讲完，村民就嚷开了，有人大声问:“村主任，那不办证还养狗有啥说法？”

“没啥说法，过几天就成立个打狗队，遇到没户口的狗就打死。”

村主任说得轻描淡写，李有福的心可是沉了几沉，他垂头丧气地回到家，对老婆说了这事，老婆急着问:“大黄可咋办？这钱掏是不掏？”偏偏这话给奶奶听到了，她颤颤巍巍地从里屋走出来，问出啥事了，李有福只好实话实说了，奶奶听了没言语，又走进了里屋，没一会工夫，她让李有福进去，颤抖着递给他一个手巾包，说:“去，把狗证办了，这狗救过我的命，不能杀。”

奶奶发了话，而且还拿出了省吃俭用攒下的“私房钱”，李有福哪敢不听？于是，他就去村主任家交钱办狗证，村主任拿着钱盯了李有福足有三分钟，最后“哼”了一声，说:“行，你家有钱，拿四百元办狗证眼都不眨，以后别再申请救济款了。”李有福打掉牙往肚里咽，不敢多说，他心里明白，这乡政府限制养狗的通知村主任今天是读给他一个人听的！

有了狗证，李有福还是不放心，他告诉老婆把大黄关在家里，不让出门，可越是怕事偏就有事，这天一早，李有福听见门外乱哄哄的，老婆惊慌失措地跑进来，喊道:“不好了，打狗队来了！”

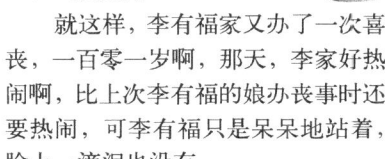

李有福慌了，连忙进屋取狗证，拿了狗证刚出来，打狗队的人已经闯进了大院，为首的那人是村里有名的泼皮，是总经理老婆的舅舅，平日里村民见了他都绕着走，他见了李有福就把裤腿往上一捋，露出血淋淋的一条腿，然后大大咧咧地往地上一坐，嚷道："你家狗把我给咬了，你说咋办吧！"

李有福一听急了："这几天我家大黄就没出过门，凭啥就说它咬的？"

那泼皮一挥手，人群中"呼啦"走出五六个村民，都一口咬定亲眼看到大黄咬的，那泼皮冷笑着说："瞧见没有？我没冤枉你吧？有这么多的人证，打官司你都得输！"说完，他不管三七二十一，拎起一根棍子就向大黄头上打去，大黄被打急了，扑上去就是一口，这一下可真真切切地把那家伙咬着了，李有福吓懵了，他老婆吓傻了，那泼皮干脆往地上一躺，哭爹喊娘地嚎叫起来，说是李家放狗咬死人了……

那泼皮这么一嚎，打狗队的人全按捺不住了，"哗"地一下围住大黄，举棍拿棒，准备捕杀，就在这时，突然后屋传来一声哭叫，李有福的儿子大叫着跑了出来："快来人啊，太奶奶没了！"

李有福撒腿就向里屋跑去，原来是奶奶听院里闹得厉害，想起来看看，下炕时绊倒在地，竟然一口气没上来……

就这样，李有福家又办了一次喜丧，一百零一岁啊，那天，李家好热闹啊，比上次李有福的娘办丧事时还要热闹，可李有福只是呆呆地站着，脸上一滴泪也没有。

总经理是最后来的，一进门就递给李有福二百元钱，李有福看着总经理，也没接钱，也没说话，那神情就像傻傻的一样，过了好久，他才对着后屋大喊了一声："上供果——"话音刚落，十来个人从里屋鱼贯而出，每人手里端着一盘子果品，在李有福的指点下放在总经理的面前，李有福哽咽着说："总经理，这回俺能交上差了……"说完这话，他的泪水流了一脸……

（**本期作者**：九　斗）
（**题图、插图**：安玉民　梁　丽）

征稿启事

"新一千零一夜"是本刊"红版"新推出的栏目，希望广大读者能喜欢。"红版"编辑部热忱欢迎作者惠赐原创佳作，要求：1.题材不限，能以较新的视角反映生活，立意独到；2.核心情节新鲜、奇巧、生动；3.篇幅在2000字左右。来稿可从邮局寄发，也可发电子邮件，请在信封或电子邮件的主题栏内注明"新一千零一夜"字样。红版编辑部各编辑邮箱见第88页。

嚼出一道招牌菜

□何　川

我在一家酒楼担任行政总厨的职务，平日里不但要控制好菜品的质量，而且还要管理好后厨的每一个员工。都说管事容易管人难，还真是这么个理儿，有个刚来不久的年轻厨子就让我伤透了脑筋，他叫阿金。

阿金在技术上绝对是把好手，一把雕刀在他手里要得游刃有余，无论什么蔬菜瓜果，在他的刀下想要变成个啥样立马就成个啥样，可这小子就是脾气太倔，有些自以为是，对他说轻了不当回事儿；说重了就撂挑子，而且最让人头痛的是这小子还有个坏习惯：总喜欢在干活的时候掏一颗口香糖出来抛到半空，再用嘴接住嚼，为这些，后厨的其他员工不止一次地向我诉苦。有时候，我还真想把阿金给扫地出门，但想到要真把他炒鱿鱼了，菜品的质量上不去，食客不买账，到那时，老板就要找我算账了，想到这里，我只得隐忍了下来。

一个周末的晚上，送走最后一桌客人后，餐厅已到了打烊的时间，我便开始吩咐后厨按照惯例进行一周的盘点，就在这时，前厅值班的服务员阿鹃说又来了两个客人。按酒楼规定，遇上这种情况，后厨应该继续当班，其余的员工接着盘点，然后下班。我一边吩咐一边瞧着排班表：这次后厨值班的员工中正好有阿金，显然，他不乐意了！

不多时，阿鹃便把客人点的菜品报了上来，各部门开始运作。虽然客人点的菜不多，但有一个叫“精品酥香海味蟹”的菜却要费上些工夫，光是盘内的果蔬装饰就够弄上好一阵子。这虽然是餐厅最新推出的一个菜品，但我相信，这对阿金来说应该不是问题，但就在阿金备好料要操刀的时候，他又习惯性地把手伸进围裙袋，想掏出他的口香糖罐，见我正盯着他看，便下意识地又把伸进口袋里的手缩了回来，脸上显出不屑一顾的表情，手里的活也开始慢了起来，看来这小子是要故意向我示威了！

我一边组织盘点一边监督着出菜，不多时，其余的菜陆续上完了，就只剩下这份“精品酥香海味蟹”了，这时，阿鹃跑到橱窗边开始催菜。

不多一会，一份热气腾腾的“精品酥香海味蟹”端出来了，阿鹃把它端走的时候，其余该下班的员工早已下了班。

大约过了五分钟，突然，阿鹃神色慌张地跑到厨房部说：“客人在那份‘精品酥香海味蟹’中发现一粒口香糖，叫厨房部负责人出去解释。”我一听，赶紧随同阿鹃来到了餐桌前。

两个客人中有一个是年轻人，还剃了个光头，他见了我，愤愤不平地说：“我们是电视台的，今儿和同事出去采访忙活了一整天，很晚才回来，这累得够呛饿得心慌不说，事儿也没办成，听说你们这菜烧得挺好的，就来尝尝，嘿，没想到里面竟冒出颗口香糖来……你怎么向我哥俩解释？”我定睛一看，的确有一颗完整的口香糖正镶在用果蔬做出来的水草中间，我立马想到了阿金，看来这小子还真是不想混了，故意跟我较上了劲！

这时，坐在光头对面的戴金边眼镜的男人也发话了：“反正今天出去采访也没找到合适的素材，这不就是一个挺吸引人的新闻吗？”说着，金边眼镜便要取放在身旁的摄像机，我慌了，心想要是这一曝光，后果就严重了，餐厅还不得玩完？我盯着那颗口香糖思忖着，突然灵机一动，我忙解释道：“这的确是口香糖，但它却另有用意，这正是我们这道菜的特别之处，可能是新来的服务员没记住上菜的流程，怠慢了些，才让两位产生了些误会。”这一番话直听得两人云里雾里……

我忙吩咐阿鹃随我去厨房拿来一个精美的小水晶杯，并往里面倒上了大半杯汽水，随后叫阿鹃端了出去。这一切，呆在厨房里的阿金全看在眼里，他也吓怕了，惊呆了，要知道，事情要是真给闹大了，就是天王老子也保不了他！

我来到大厅餐桌旁，把阿鹃端上来的水晶杯放在盘里几只蟹的中央，然后把那粒口香糖用镊子夹进了杯子里，口香糖慢慢沉入杯底，随即便汩汩地冒起了气泡。

我解释道："这是我们店刚推出来的一款菜品，我们想把它做得更好，正征求食客们的意见呢，而这道菜一直都没有一个好的名字，想听听两位的意见。"

光头顿时提起了精神，他觉得这太有创意了："几只蟹围着冒气泡的水晶杯张牙舞爪……"这时，金边眼镜猛一拍大腿，随即取了个菜名——"群蟹戏龙珠"，大家都觉得不错，就这样，尴尬的局面应付了过去，为了表示歉意和谢意，我特意叮嘱收银员给两位客人打了个很大的折。

就这样，这道"群蟹戏龙珠"的菜被标在了餐厅新招牌菜的菜单上，后来阿金向我主动认了错，说是自己当时忍不住想偷吃口香糖，谁知口香糖抛到空中、正要用嘴接的时候，却听见阿鹃在叫他，心头一慌，口香糖就掉了下来，情急之下也没找到，没想到竟掉进了菜里，才出了这档子事，要不是我的帮忙，这个娄子就捅大了。我听后拍拍阿金的肩膀，说："幸亏这口香糖没吃过，不然谁都不能打掩护……"随后，我便和阿金讨论起了菜品，还特地作了改进，口香糖改成了球型，还用锡箔包了起来，再在上面用针扎些小洞，这样就更能出效果了……

慢慢地，阿金不但改掉了干活吃口香糖的坏习惯，而且和同事们的关系也融洽了起来，一直对阿金不太搭理的阿鹃也对他有了好感，他干起活来更是生龙活虎的，之后，在一次全省厨艺大赛中，阿金还一举夺得了总冠军哩……

（**题图、插图**：安玉民　梁　丽）

不是没看懂

□ 刘臻理

柳庄村主任的母亲要庆贺八十大寿，这消息一经发布，不到半天，就传遍了这个不大不小的村庄，每家每户都在盘算着如何随礼、如何表示。

要说这位老寿星，的确不是一般的老太太，中年丧夫、守节寡居不说，难得的是在那缺吃少穿的年代，还能支撑着家庭、供养三个孩子读书，现在居然都功成名就、出人头地，大儿子是县里的常务副县长，二儿子是交通局长，三儿子官最小，是本村村委会的主任，平时老太太就同他住一起。

俗话说："别拿村长不当干部"，在柳庄百姓心目中，村主任绝对是主宰自己命运的父母官，这几年，村主任靠了他两个哥哥的支持，给村里弄来了不少好处，也因如此，他的官架子也越发大起来，村民们既敬他又怕他。

这天下午，没人召集没人通知，众村民三五成群地拥到了村主任家的大院里，这里原是生产队的场院，足有三亩地大，男女老少齐动手，顷刻间就把整个大院打扫得光溜溜的，把十间正房、八间偏房以及厨房、厕所、锅炉房、车棚等等收拾得窗明几净，纤尘不染。傍晚，村主任又叫来了几个人，一本正经地说："昨天二哥送来的寿幛还没有缀字，你们几个把字缀上，明天一早就得挂出去。"说着，他从套间里拿出四个一米见方的金字和条幅，几个人毕恭毕敬地接了过来，急急忙忙地到西客厅缀字去了。

村主任自然知道寿幛上的几个字非同小可，这是他二哥的同事花一万块钱求市里一个书法家写的，村主任想，嗨，这寿幛一挂出去，必定是金光灿灿、气派不凡，让那些孤陋寡闻的村民们眼界大开、羡慕死人！

第二天，祝寿活动正式开始，这幅大红寿幛也早早地、高高地悬挂在门楼上，最先看到这寿幛的是一群妇女，她们是结伴到村主任家帮忙的，一群人见了寿幛后“叽叽喳喳”地说开了：“你们看人家这天鹅绒质量多好，要是用它做件外套才阔哩！”

“你别土老冒了，现在谁还用这个做衣服，做窗帘还差不多。”

“我看还是撕一块当盖头，再娶你一回更好！”

“嘻嘻嘻……”

一群人七嘴八舌地调侃着，说说笑笑地走进了村主任家的大院，那四个金光闪闪的大字，她们没在意！

八点刚过，乡里来了大小五辆汽车，车上下来书记、乡长及副职干部共十多人，他们走到村主任家大门前，书记看看那幅寿幛，说：“好字儿！好词儿！”

众人齐声附和道：“好字儿！好词儿！”

之后，众人簇拥着书记等人走进大院，这些人呀，对那寿幛上的四个字，有的没在意，有的看不懂，有没有看懂不说的？没有调查，不敢妄断。

接下来的一拨人肯定是看懂了，他们是村小学的几位老师，村里给他们派了任务——给村主任当“账房先生”。

几位老师走到大门前，抬头看看寿幛，不禁瞪大眼睛，其中有一个刘老师，他说：“这字写得真好，真有功力，就是这词儿怎么能是这样？是不是搞错了？要不咱们告诉村主任去？”

几个老师交换一下眼色，他们想到村主任平时的为人，摇摇头，笑笑，走进了大院。

他们是看懂了不说，不敢说，不屑说，不愿意说！

十点左右，村主任家门前的人越来越多，有些还是从邻村来的“外

宾”，他们看着那幅大红寿幛，指指点点，说着什么。村主任出来找人，看到这情形，心里美滋滋的，他冲大家点点头，说：“都院里请吧。”

正在这时，从街东面走来一个人，这人可不是常人，他姓杜，七十多岁了，是十里八村的知名人士。这杜先生是村里第一个大专生，退休教师，也是村主任家三兄弟的恩人，尤其是当县长的老大和当局长的老二，他们能够在恢复高考后第一次考试中一举得中，全赖杜先生的倾心辅导，所以是他们的“恩师”。

村主任看见他来了，赶紧迎上前去：“叔，快院里请。”

杜先生并不答话，他抬头看看寿幛，冷笑一声，说：“三儿，你母亲改嫁怎么也不跟叔说一声？”

一言出口，如霹雷般炸响，惊得村主任张着嘴说不出话来，众人也一个个呆若木鸡。

半晌，村主任才说：“叔，这时候别开这种玩笑……”

杜先生板着脸一本正经地说：“谁跟你开玩笑，你自己念念这幛子上写的什么。”

村主任这才专注地看着寿幛，一字一板地念道：“母、配、孟、德。”

杜先生这才“哈哈”一笑，说“是呀，这不就是说嫂子又许配给曹操了吗？”

此时，众人已经顾不上村主任的威望和尊严了，一个个笑得前仰后合，眼泪鼻涕满脸淌，村主任的脸也涨红了，红得如同煮熟了的虾，他突然吼道：“什么他妈的书法家？写的什么词？我看他是不想活了！”

杜先生平静地说：“三儿，人家写得并不错，‘德配孟母’嘛，意思是说嫂子的高风亮节足可以和孟子的母亲相匹配，知道孟子的母亲吗？知道‘孟母择邻’的故事吗？孟母可是我国好母亲的典范呀！”

“知道，知道，原来是她呀！”村主任答应着，又对杜先生说，“叔，这事好办，把幛子拿下来，把字重新缀缀不就行了？不过，我得找缀字的这帮小子算账！”

村主任也不想想，他昨天傍晚把那四个字交给下面的人，也没说明怎么缀，干活的人以为放在上面的字先缀，哪想到这四个字原本是随意叠放的。

村主任要重新缀字，杜先生脸色一沉，说：“字，自然是要重新缀的，但是，问题远没有这么简单，你们兄弟三人大小都是官，有时间要仔细想想——为什么幛子挂了近一个上午，竟然没人告诉你们？难道都是没读懂？”

村主任闻言，不禁打了一个冷颤，额头上竟然冒出了细细的汗珠…… （**题图、插图**：魏忠善）

就要你获奖

□王兴莱

刘青大学毕业后，来到县委宣传部办公室没几个月，就接到一项重要的任务：省文化厅组织了一次全省范围内的本地传统文化的论文大赛，县里得上交一篇论文参评。办公室徐主任想也没想，就把这个文件批到了刘青那里。

这下，轮到刘青犯难了。原来，现在的大学生读书时都很浮躁，很多论文都是东拼西凑抄来的，老师也大多睁一只眼闭一只眼，刘青自然也不例外，四年里，连抄带改，弄了十几篇论文，算是混到了毕业证，哪想到工作了还要写论文？

刘青拿着主任的批示，硬着头皮说了句：“徐主任，我试试看吧。”

下班后，刘青回到家，赶紧把大学里那套写论文的方式拿出来，圈定重点词，上网展开大搜索，很快从网上搜出了一些论文，可不是太专业，就是太零散；再说，刘青也不放心抄网上的，毕竟这一次是省里组织的大赛，专家评委一大堆，网上的这些论文说不定有些就出自他们之手，到时一旦被发现，问题就大了。

刘青连着几夜难眠，眼看交论文的日子到了，他还没弄出个眉目，急得他嘴角生了两个大燎泡。

正当刘青山穷水尽的时候，一个周六，他上街去吃米粉，路过一个卖旧书的摊子，摊子的主人是个老头。刘青停下脚步看了一会，心想，说不定这些破纸烂书里，能找些东西出来

呢。于是刘青在一堆旧杂志下，找到了一本破烂不堪的手抄本，封面是牛皮纸包着的，他翻开一看，居然是研究本县一个特殊历史人物的，这个人物就是美人虞姬。当年楚汉相争，虞姬最后自杀的地方，就在本县附近，这本小书里写的恰恰就是这件事，翻到最后，才知是一个叫朱有博的人在1962年写的。

刘青如获至宝，扔下5块钱给卖书的老头，拿着那本烂书，一路小跑回到家，坐在电脑前，拼凑论文去了。

周一，刘青忐忑不安地把打印稿放到徐主任的桌子上，主任翻了几页，说："凭我多年的经验，刘青，我看你拿个奖回来没问题！"

徐主任不说这句话，刘青心情还能承受得了，他一说能获奖，刘青立刻惶恐不安起来，要真能获奖，弄得人人皆知，说不好还会再出本论文集，肯定会被人识破，到时丢人现眼就麻烦了！

论文写不出来，千方百计想抄一篇了事，可报上去之后，刘青的心里就发生了变化，每天晚上回家，对着墙壁念叨：千万别获奖！谁知一周后，地区宣传部就给徐主任打来电话，说报上去的论文写得不错，已经作为重点推荐到省里去了。

挂上电话，徐主任连忙把这个消息告诉了刘青，刘青表面上装作高兴，可心里却翻江倒海，他以前读过一个小故事，讲的是一个年轻人在图书馆里翻出一本满带灰尘的旧书，抄袭后，结果一路凯歌，居然出版了，挣了大钱，可最后的结果是那年轻人被揭穿了，弄得名声败坏。刘青不想则已，一想就心乱如麻，自打论文报到省里以后，刘青吃不安，坐不下，整日无精打采。

事情的发展却不尽如人意，很快，徐主任又告诉刘青：论文顺利过了初审关，成为复审的100篇之一。

天哪，怎么会这样？刘青暗暗叫苦，赶紧打开电脑，把那篇改头换面的论文看了又看，他一会觉得论文应该没事，一会又觉得到处都是漏洞，只有接着祈祷。谁知过了几天，传来消息：那篇论文已经进入最后一轮的评审了！

消息传来，连分管文化工作的李副县长都亲自打电话来祝贺刘青，一时间，刘青成了办公室里的红人，谁见了都会祝贺几句，弄得刘青都不敢出办公室的门了。

就在这时，省文化厅直接把电话打到县委，让刘青准备一下，一周后去省里答辩。刘青心里想，完了，原形毕露了。谁知，徐主任对这件事特别上心，居然找来一大堆关于虞姬的史料，让他准备答辩。

事到如今，只能硬着头皮往前走，刘青赶紧抱着徐主任给他的那些资料，回家鏖战。因为心虚，没底气，刘青连上厕所都带着资料看，睡觉说梦话都跟虞姬有关，一周下来，他几乎快把那些资料全背了下来。

去省城的那天早上，整个办公室的人都出来送刘青，李副县长还亲自把自己的小车派给刘青，让他坐着小车去，好养足精神，争取拿个第一回来。

到了省城，刘青来到举行答辩的所在地——文化厅办公大楼，在上楼时他的小腿一直哆嗦不停，可结果连刘青自己都没想到，答辩超乎寻常的顺利，专家问到的那些史料他是如数家珍，一些引用的材料更是倒背如流，结果，那篇论文获得了特等奖。当5万块钱奖金拿到手的时候，刘青觉得自己仿佛置身梦境当中，直到他离开文化厅的办公大楼，才长出一口气：幸亏是一本烂书里翻出的论文，否则早被人识破了。

回到县里，刘青早把抄论文的事扔到了九霄云外，还把那个水晶奖杯放在了办公桌上最显眼的位置。同事过来道谢，他大言不惭地说："不就是写篇论文嘛，小事小事。"办公室里的人让他请客，他一拍胸脯，说："没问题，周五下班大家一起去，酒菜都挑好的来！"

到了周五下午，连徐主任也去了，酒过三巡，徐主任感慨道："这么多年了，咱们办公室终于出了个才子！"直说得刘青飘飘欲仙。

陆续有人喝倒离场，喝到最后居然只剩下了徐主任和刘青两个人，徐主任酒量大，他端起一杯酒说："咱俩再喝一杯。"一口下去，徐主任又谈起了论文："小刘，如果我没记错的话，你把论文的第5页的第5段和第6段调了个，第7段呢，你删去了一半。论文第8页，你连着删去了3段……"刘青听到这里，冷汗涔涔，酒也醒了大半，徐主任说的这些可都是他抄袭那篇论文时做的手脚。刘青一把抓住徐主任的胳膊，恳求道："主任，求求您，

您别说了，我错了……”

徐主任笑了笑：“你怎么错了？”

刘青说“我抄别人的论文了，我当时只想着交差，没想到居然获了奖……可是主任，您明明知道我的论文是抄的，干吗还让我去省里？”

徐主任叹了口气，对刘青说“你还记得那个卖旧书的老头吗？那老头就是我父亲，这篇文章就是他写的，当年他写这篇论文，不仅没得到什么奖，还被批斗，几乎把命丢了。那天，你去把他的手抄本买走了，他高兴得不得了，回家喝了半斤酒，说是终于有人看到他论文的价值了。我不想揭穿你，就是想看看这篇论文的造化，结果连我都没想到，它还真一路杀到最后的评奖了。你去省里答辩前，我给你的那些资料全部是我父亲收集的，不过，你小子也够争气的，认真看了书，居然答辩答得那么好，说明你和这篇论文也是有缘的。”

刘青听了这番话，瞠目结舌：“主任，您……看现在……该怎么办？”

徐主任哈哈大笑起来：“既然你上了这条船，下去就不那么容易了。虞姬的史料研究，我父亲写的那篇论文也只是三分之一，剩下的三分之二就靠你了，你就把那5万块钱奖金当作是研究虞姬的专项资金。”

刘青用力地点点头：“请徐主任放心，我一定努力……可是主任，我还有一件事不太明白——您说那篇论文是您父亲写的，可那本手抄本上的署名却是——”

徐主任笑眯眯地问：“朱有博是吧？”

刘青好奇地问：“是啊，您父亲不是应该姓徐吗？”

徐主任哈哈大笑起来：“小刘啊，看来你心还是挺细的，难得你能看出这一点。我父亲他是倒插门女婿，我是随我母亲姓的。”

（**题图、插图**：魏忠善）

·本刊信息传真·

“第一推荐”面向全社会征稿

把“最好听的故事”推荐给《故事会》

为加强故事的可读性，本刊决定开辟“第一推荐”栏目，面向海内外读者征集“最好听的故事”。除发行量较大的文摘类杂志（如《读者》、《青年文摘》、《特别关注》等）外，凡公开或内部发表的作品均可推荐。推荐作品要求故事性强，有口传性，能引起读者的兴趣。

推荐稿务请注明原作者、出处，一经采用，每篇付稿酬100—200元。来稿方法：1. 从邮局寄发，请在信封上注明“第一推荐”字样，本刊地址：上海市绍兴路74号《故事会》杂志社，邮编：200020。2. 从网上传递，请在主题上注明“第一推荐”字样，本期责任编辑的电子信箱：xiaomeng.ye@gmail.com。

你是谁，他是谁

□卢卫平

这天，张光寒找久未见面的老朋友李新喝酒，李新一直愁眉莫展，张光寒问他怎么回事，李新唉声叹气道：“我妻子有了情人，明天我得出差，我这一出差，倒给他们创造机会了。”

张光寒听了气不打一处来，李新的妻子是新娶进门的，这还没几天，就有外遇了？张光寒想，一定要替李新教训教训那个第三者。

第二天晚上，张光寒找了一个在煤气公司工作的朋友，借了一套工作服，然后装作查煤气表，去了李新的家。说也巧，上一次张光寒因为出差没能参加李新的婚礼，因此，他不认识李新的妻子，但是他认得李新的家，他在外面看到屋里有一个男人的身影在晃动，张光寒心里那个气啊，李新才走，你小子就迫不及待地来了，今天可得好好教训一下，让你小子这辈子再也不敢找情人了！

到了门口，张光寒就开始敲门，而且声音特别大，里面一个男的问了一声：“做什么的？”

“查煤气的。”

于是门很不情愿地开了，张光寒看到一个男人和一个穿毛衣的女人站在客厅里，就像一对夫妻，不用问，那女的肯定是李新的妻子，那男的自然就是她的情人了！

张光寒一边装模作样地查煤气表，一边想：一会儿就故意找茬先和他们吵起来，然后就给那个男的几下子，教训他一顿，让他们去找煤气公司吧，反正我那朋友也不是管这一地区的。

张光寒正要找茬，忽然听到门在作响，是一个人在用钥匙开门，那个女的很害怕，一下子就靠在那男的身上。张光寒想，能用钥匙开门，也许是李新回来了，这回可好了，当面把他的妻子和情人给捉住了，可他又想，知道男主人回来了，那个男的怎么不藏起来呢？难道要和李新摊牌吗？

这时，门开了，那个用钥匙打开门的人一进来，张光寒就愣了：那是一个他不认识的男人，而且屋里的那两个人也不认识他！那男人刚进门的时候没看到客厅里的三个人，就像回到了自己家一样在门口换鞋，这时，那女的惊叫了一声，于是那男的才看到了客厅里的三个人……

张光寒马上想到那男的一定是一个高级小偷，不然，能随意用别的钥匙打开人家的门吗？

也就在这个时候，意想不到的事情发生了：这一男一女突然给后进来的那个男人跪下了，张光寒一看，这个气啊，他上去一下子就把跪下的那男人打倒在地，嘴里还一再地说："你们怕他什么？他是小偷啊，你们那德性，对一个小偷就怕成这样了？"

那一男一女听了这话，也来劲了，扑上前去打那个后进来的男人，后进来的那男人一边和那两人扯打着，一边嘴里嚷道："我不是小偷，你们才是小偷啊！"

眼前的情景虽然有点复杂，但张光寒根据目击的现场情况断定后进来的那男人必定是小偷，他本来是可以帮那一男一女的，但是他想，小偷打了李新的妻子和她的情人，那也算是为李新出了气，所以他才没有动手。

三个人扭打了一会儿，张光寒对他们说："我报警去了。"

张光寒嘴上说"报警"，却不打电话，他是走着去报警的，这样就好让他们多打一会儿，好让那个小偷替他教训一下李新的妻子和情人，不是吗，他张光寒今天到这里来原本就是为了替李新出气的呀！

张光寒去了门卫室，保安赶紧打

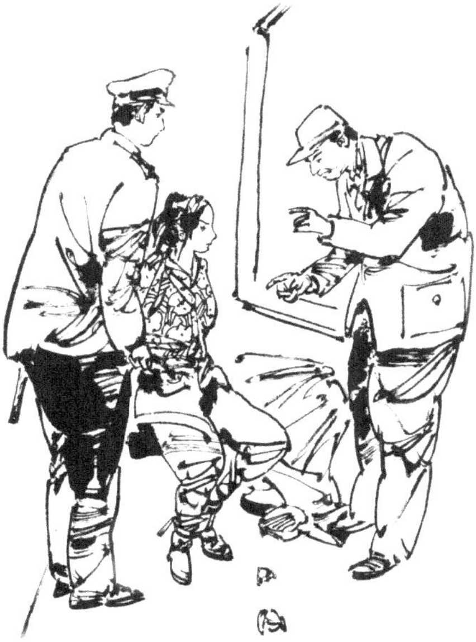

电话，一会儿警察就来了，张光寒领着警察到了李新的家门口，突然，他感到不对劲，因为门开着，客厅里也没见人，于是，他就去卧室找，当张光寒打开卧室的房门时，他看到了又一个陌生的女人，那女人显然不是张光寒刚才看到的、认为是李新妻子的那女人！她被绑在床腿边上，嘴里还塞着东西。

张光寒上前一把拽出女人嘴里的东西，着急地问："你又是谁啊？"

被绑着的女人喘了一口气，说："这是我的家啊！"

"这是你的家？那刚才客厅里的一男一女是谁啊？"

被绑着的女人答道："他们是入室抢劫的啊！"

张光寒一拍脑袋，顿时明白了怎么一回事：这个被绑着的女人才是李新的妻子，刚才客厅里的一男一女是入室抢劫的小偷，他们把李新的妻子绑在了卧室里。当张光寒自己乔装打扮来到李新家的时候，那一男一女就装成了一对夫妻，而张光寒自己误把他们当成了李新的妻子和情人。可是，后来进门的那个男人又是谁啊？

张光寒看了看被绑着的女人，笑了笑，问："后面进门的那个男人是你的情人吧？要不怎么会有你家的钥匙呢？"

被绑着的女人红着脸没说话，张光寒又问了一句："那他怎么不救你呢？"

被绑着的女人无奈地说："被那一男一女一顿打后，他还以为是我设计敲诈他的钱呢，后来，他怕警察来，丢了面子，就给了那两人一笔钱，赶紧走了。"

抢劫犯逃了，警察要张光寒随同他们回警署配合调查，这下，张光寒头大了……

（**题图、插图**：刘斌昆）

· 本刊信息传真 ·

故事中国网开通支付宝功能 网上可买《故事中国》

从现在起，支付宝用户可以直接在故事中国网（www.storychina.cn）上购买故事会公司出版的最新图书和订阅刊物了！我们为您准备了丰富的图书，并有特别的价格优惠哦，其中包括了汇聚《故事会》30年来最优秀作品的《故事中国》一书。

故事中国网开设"故事点评"和"咬文嚼字"两个栏目，前者欢迎大家对每期《故事会》的作品进行点评，凡入选在网站发布的故事评论将获得50到100元的稿费，优秀评论还有机会在《故事会》上发表；后者则是将你在《故事会》中发现的任何语言文字上的错误，通过网站"举报"，就有机会获得《故事会》的合订本。

另外，故事演播室和电子书刊频道都已开通，为你提供了"听"故事、"讲"故事和"看"故事的新渠道，一定会让你在浏览故事中国网时感觉乐趣无穷！

“喝”出来的官司

□李敬文 改编

吉祥小区的旁边有一条街，街边摆着两个摊，一个是修鞋的，摊主叫“小无锡”，其实他都已经四十多岁了；一个是修自行车的，摊主是山东人，姓李，外号“老山东”。两个摊靠得近，天天见面，熟了以后话也就多了。像他们这样的男人在一起最爱聊的是什么？三个话题 钱、女人、酒，说起喝酒，小无锡和老山东谁都不服输，小无锡说：“哎哟，耍嘴皮子算啥本事？要么就来真格的，我家就住在这小区里，老婆带着孩子回无锡了，家里没人，我现在正式给你下战书——收摊后上我家去，我们哥俩来个一醉方休，看看到底谁的酒量大！”

老山东也是个血性汉子，他挺胸凸肚，嚷道：“酒场就是战场，酒风就是作风，酒量就是胆量，酒瓶就是水平，咱怕谁？”于是一言为定。

傍晚收摊后，小无锡带着老山东回了自己的家。三下五除二，几样菜就摆上了桌，家里有一瓶现成的高度高粱酒，两人便杯来碗去，吆五喝六，喝得不亦乐乎。没多久，一斤酒喝完了，于是小无锡就下楼买酒去了。

吉祥小区附近没有超市，小无锡走了不少路，才找到了一个卖酒的店铺。他买了三斤高度白酒，急冲冲跑回家，进门一看，“哎哟”，只见老山东竟然趴倒在桌子上，醉了，醉得人事不知、一塌糊涂！小无锡奇怪了：怎么回事呀？刚才两个人才喝了一斤酒哪！小无锡左思右想，突然又是一声惊叫：“哎哟，不好！”他慌忙走进厨房间一看，傻了：厨房间的角落里放着一个一尺多高的广口瓶，瓶里浸着药酒，人参、黄芪、虫草，那是小无锡补身子喝的，刚才他还舍不得拿出来两人共享呢，现在倒好，这么一大瓶药酒，老山东喝了个八九不离十！

小无锡心疼啊，但也没法，现在难办的是：小无锡虽然平时和老山东天天见面，但只知道他姓李，山东人，根本不知道他家住在哪里，无法让家里人来接，或者把他送回家，唉，看样子今晚只好让他在自己家里过一宿了！

小无锡用了吃奶的力气，总算把老山东弄到了床上，给他脱鞋掖被，让他舒舒服服地睡了一夜。

过了一夜，老山东醒了，他说头

昏沉沉的，小无锡叫他当天别摆摊了，回家好好歇歇。老山东答应着，和小无锡告了别。

当天，老山东果然没有出摊，第二天，他的修车摊还是没有摆出来，小无锡见了连连摇头："哎哟，就算酒喝得再多，睡两夜总该醒了吧？不至于连摆摊都误了吧？矫情，矫情！"随后，小无锡又把前天晚上两人喝酒的事告诉了附近几个摆摊的：烤羊肉串的小新疆、摆水果摊的橘皮张、卖拉面的兰州王，他们听了，全骂老山东是"孬种"，喝得再多，总不能忘了挣钱养家糊口吧？

可奇怪的是，第三天，老山东还是没来摆摊，到了第四天，一个惊天动地的消息传来，吓得小无锡屁滚尿流、魂飞魄散：老山东因酒精中毒死了！紧接着就有几个陌生人来找小无锡，其中还有律师，没多久，李家就把小无锡告了！

小无锡气得眼睛都瞪直了："哎哟，这算怎么回事？我好心好意请他上家里喝酒，怎么倒喝出官司来了？而且，厨房里的药酒是他自己偷着喝的呀，再说了，老山东第二天离开我家时可是一根汗毛都没掉呀，他是死在自己家里的，关我屁事！"

小新疆、橘皮张、兰州王等人听了齐声附和，都说这事赖不到小无锡身上，这官司哪怕打到北京最高法院，也得判小无锡胜诉。

一个月后，法院开庭了，法官宣判时，小无锡的脑袋昏沉沉的，什么“最高人民法院司法解释”、什么“人身损害赔偿”等等，他听也听不懂，但法官说的一个数字他倒是听得清清楚楚、明明白白，他惊呆了……

谁都没有想到，法庭竟然判决小无锡承担10%的责任，赔偿人民币18550元，旁听席上的小新疆、橘皮张、兰州王全都惊得目瞪口呆。

从此以后，每当有人说起“酒”字，小无锡便会痛心疾首地说：“哎哟，哥们，听我一句话，要喝就自个儿喝，喝死人也赖不到别人身上，千万千万别拉人一起喝呀！”

小无锡请人喝酒喝出官司的事很快传开了，成了街谈巷议的一个“流传故事”，但人们嘴上传得起劲，心里未必明理，还得请律师说说“法”上的道理。

律师点评：本案适用的是民事损害赔偿中的过错责任原则，即根据当事人有无过错以及各当事人的过错程度作出不同比例的判断。

首先，老山东作为具有自我管理义务和自我把握能力的成年人，应承担主要责任。

其次，作为家属，应当了解老山东的健康状况，应该在主观上意识到酒醉可能发生的危险，故也应承担相应的法律责任。

再者，从本案反映的内容来看，小无锡是主动将老山东请至家中喝酒的，致使老山东酒醉身亡的药酒又是放在明处的，所以，他的行为不仅有劝酒的故意，而且还有疏忽大意、任其醉酒的过错。小无锡在老山东醉酒后没有及时送至医院救治而是在次日任其自行回家，没有尽到照管等注意义务，为此，法院判决其承担10%责任是恰当的。

（**题图、插图**：谢　颖）

·本刊信息传真·

法律知识故事征文

本刊在与司法部连续举办三届法制故事征文的基础上，从本期起推出新栏目“法律知识故事”，通过发生在我们身边的、短小而具体的个案，生动、形象地宣传法律知识。这些知识注重现实性、实用性，真正起到解剖一个案例、明白一个道理的作用。

为鼓励作者深入生活，写出高质量的法律知识故事，我刊决定面向全国征文，优秀作品除在《故事会》发表并参加评奖外，还将结集出书（具体评奖方法稍后公布）。

本次征文也欢迎读者和法律界人士提供相关素材、案例，一经录用，即付稿酬。

来稿方法：1. 从邮局寄发，请在信封上注明“法律知识故事”字样，本刊地址：上海市绍兴路74号《故事会》杂志社，邮编：200020。2. 从网上传递，可寄以下信箱：wulun@vip.sohu.net，请在主题上注明“法律知识故事”字样。凡已和我刊编辑有联系的作者，稿件可继续投给原编辑。

爱的另一种方式

大利的儿子今年12岁了，生日那天，娃娃的亲生父母找来了。

12年前，大利夫妻俩在自家门口听到一阵婴儿的哭声，大利出门一看，是一个弃婴，男的。夫妻俩婚后10年没有生育，这简直是上天的恩赐，妻子说：“我们领养他吧。”妻子的口气坚决而从容，好像天上掉下了一个大馅饼。

大利有些迟疑，心里嘀咕着：他的亲生父母将他丢在咱们家门口，一定知道咱们没有孩子，将来他们会不会来要？

于是，两人看着弃婴讨论了几分钟，妻子愤愤地说：“听他的哭声像要了我的命，我不管了，我要把娃娃抱回家。”

大利蹲下身，从弃婴的衣服里找出一张小纸条：“娃娃身体健康，恳求好心人收养他。”

“没人要的，我们要。”妻子说着，把那小小的身子贴在怀里，逗着小婴儿，“宝宝，亲亲！”

大利在一旁目不转睛地看着妻子专注的样儿傻笑起来，心头突然涌起一股暖流。

第二天，街头巷尾传开了：大利夫妻俩一夜之间创造了奇迹，生了一个白白胖胖的娃。其实这都是掩耳盗铃的话，从这天起，夫妻俩就想着做一件事：搬家。

为了搬家，大利买了张地图，偌

大的城市，找个藏身之处可真难，好像这百万人都认识他们似的。他们夫妻俩每天都在商量着把娃娃藏到哪里，只有藏起来才能完完全全变成自己的。他们商量了100天，娃娃百日时，夫妻俩欢天喜地地照了全家福，算是纪念，然后就搬离了捡娃娃的地方。

这一晃就是12年……

就在这一天，孩子的亲生父母找上了门，而且现在的科技太发达了，大利夫妻俩想说假话都不行，可以做DNA检验的。妻子大哭了一夜，决定把娃娃还给人家。

娃娃才12岁，却倔得很，他不明白：这么好的父母怎么会是假的？他哭着、闹着，谁都没办法。

大利挠挠头，对孩子的亲生父母说：“先把孩子放在我这儿吧，12年来我把他看得比命还要重，也不会亏待他这几天的，我有办法叫他回到你们身边。”

之后的几天，家里又恢复平静，大利想在孩子离家前给他买一只小狗，因为孩子喜欢小动物。小狗抱来的那一天，大利给它取名“狗宝宝”，从这天起，娃娃就做了狗宝宝的“妈妈”，喂牛奶，盖被子……

狗宝宝渐渐长大了，它跟娃娃的关系最亲，娃娃上学时，它到门口送；放学时，它到门口接。

这段时间里，娃娃的亲生父母隔三差五地来看他，他们只想要回自己的孩子。妻子每次看到他们来了都会落泪，大利劝慰妻子，说：“别伤心了，人家有亲生的爹娘啊！”

狗宝宝半岁了，冬天也到了。12年前捡回娃娃的时候也是冬天，妻子常常在夜里哭醒，娃娃离开他们的日子越来越近了。

这天，大利拿回了一张宣传单，是街道发的，说是为防治狂犬病，要把没有户口的狗全灭了。大利推说眼睛不好使，让娃娃自己看，娃娃看了后不以为然，他说：“我们可以给狗宝宝上户口啊！”

大利叹了口气，伤心地说：“我们都是外来人口，连人都没有户口，何况这狗，还是找个好人家送了吧！”

娃娃号啕大哭，抱着他的小狗一天一夜不吃不喝，饿得小脸发白，泪珠儿没有断过。娃娃哭，大利的妻子也哭，她心疼娃娃小小年纪就遭遇了这么一场生离死别！

娃娃必须对狗宝宝的去留做出决定，为了宽慰他，大利的妻子说了个办法，娃娃含泪应允。

接着，娃娃找来了一个漂亮的大盒子，把狗宝宝的被子、火腿肠、小皮球、碗放了进去，他一边放一边哭，哭成了泪人；他还写了一张纸条嘱托收养狗宝宝的人，他写道：“狗宝宝身体健康，恳求好心人收养它。”

大利夫妻俩看到这纸条都哭了：12 年前的纸条再现了……

妻子牵着娃娃的手，把狗宝宝放在车站的站台上。妻子安慰娃娃，说“这一站坐车的大都是在公司上班的人，他们吃得好穿得好，也有一些人爱养宠物，像狗宝宝这样的好狗狗，一定可以找到爱它的人。”

那天晚上，娃娃哭了一夜，眼睛都哭肿了。

第二天，他竟没有起床，失去狗宝宝的悲痛就如同失去了自己的亲人。妻子看到这情景，抽泣着对大利说：“当娃娃体验到这种痛苦后，他就能理解亲生父母，就会跟着他们走了吧？”

这一天，娃娃的亲生父母又来了，大利夫妻俩把他们请进屋就离开了，他们远远地听见屋里响起了哭声，撕心裂肺的，娃娃认下了他们……

娃娃走的那一天，大利夫妻俩都没敢在家。

回来的时候，夫妻俩看到了娃娃留下的纸条：“爸妈，身体健康，不要忘了我……”

（**作者**：胡小命；**推荐者**：余　军）

（**题图、插图**：谭海彦）

（本栏目欢迎来稿。来稿可从邮局寄发，也可从网上传递。如为电子邮件，请发以下信箱：xiaomeng.ye@gmail.com）

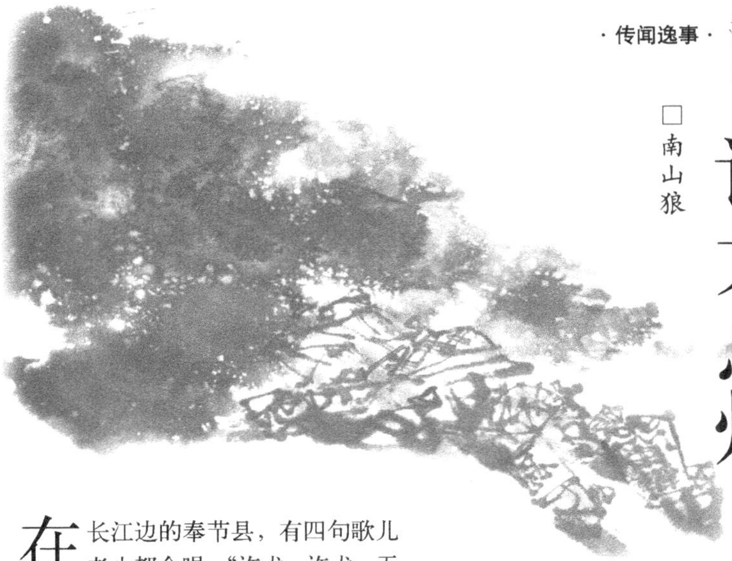

许尤点灯

□南山狼

在长江边的奉节县，有四句歌儿老少都会唱：“许尤，许尤，无冤无仇，无故开墓，罚你上油！”这歌儿说的是有个叫许尤的贪官，偷盗刘备刘皇叔墓室的事儿。

古城奉节以前叫夔州，州府大堂的门有三道，一道中门，两道侧门，可奇怪的是，大堂的中门一年四季都死死关着，从来没有人见它开过。

那时候，来了贵客，是要开中门迎接的，就是小家小户的也要开堂屋门迎客，以示恭敬，可是夔州府不管谁来了，都得走侧门，因为刘备刘皇叔的墓室就在大堂下。你官再大，钱再多，还能和刘备刘皇叔相比？人家怎说也是偏安一隅的蜀国皇帝啊！

所以，这不开中门，已成了夔州府不成文的规矩，当地就传下一句歇后语：“夔州府的中门——开不得。”

明朝万历年间，有个到夔州新上任的知府，叫许尤，是个不信邪的家伙。他是个状元，被皇上钦点的，上任时想来点排场和威风，硬是叫人打开夔州府的中门来迎接他。

开始时下面的人不敢，但许知府发了话，不听他的，就回家抱孩子去，哪个又想丢掉饭碗呢？天高皇帝远，这知府可是这儿最大的官呢，要你生你就生，要你死你就死，人家要开中门，不开行吗？

新知府上任可是大事儿，那天好热闹，夔州全城都闹哄哄的，吹号的，打鼓的，敲锣的，踩高跷的，划龙船的，仪仗队进了城，人们看稀奇，街上全挤满了人。

这知府大人耀武扬威地坐在十人

大轿上，进了依斗门，穿过走马街，上了九步梯，到了狮子坝，刚刚到达府衙的门口，说也怪，那晴朗的天空突然变得乌云密布，黑压压的，狂风陡起，雷电交加，一个闪电直刺刺地向这十人大轿袭

来，又一个雷响当当地劈在新知府耳边，把个许尤吓得尿了裤子不说，还从轿子里滚了出来，趴在地上，像死猪一样一动不动，嘴巴里还不断地吐白沫。

围观的人感到好笑，有人说新知府得了母猪疯，有人说他得了羊角疯，有人说他是花痴，见前面站了个乖妹儿就发作了，当然什么都不是，要是真有这些病，哪能考得上状元、当得了知府呢？

后来许尤自己说——是张飞一巴掌把他从轿子里打出来的，朦朦胧胧中，他看到了后汉昭烈帝刘备高坐在中堂，诸葛亮手摇鹅毛扇，关二爷举起青龙偃月刀，张飞抡着丈八蛇矛，守在中堂门口，不让他进去，还口口声声要杀他。

从这以后，许尤再也不敢开启中门了，可是这许尤，是个大大的贪官，有人说因为他来了，夔州的地皮都下陷了两寸！天上飞的鸟儿，他要拔根毛；长江里游的鱼儿，他要刮片鳞；煮在油锅里的铜钱，他都敢伸手去捞！夔州本来就地瘠人贫，家穷村瘦，遇上这号当官的，真是倒了八辈子的霉！

一天，许尤在后堂清点他搜来的金元宝，突然手指一滑，“当”的一声，一个金元宝掉进了砖缝里，许尤十分惊奇，这里的地上全是用一块块四方砖头镶上的，砖缝这么小，这金元宝

是咋个滚进去的呢？

于是，许尤就把这块四四方方的地砖撬开，奇怪，金元宝不见了，却出现了一块光溜溜的乌黑发亮的圆形石板，一敲，“咚咚咚”，声如庙里的大钟，显然里面是空的。

许尤心里高兴得不得了，早就听说刘皇叔的墓室就在知府中堂下面，看来所言不欺人啊，里面一定藏着不少的宝物哟，这下自己可就发大财了。从这儿下去，说不定刚好找到墓道。许尤心里那个乐啊，就像娶了个花儿似的小老婆。

果然不出许尤所料，撬开这圆形的石板，当真出现了一个墓道，虽然黑洞洞的，但许尤仍然高兴得差点跳起来。他怕别人知道后会分了他的财喜，就谁也没打招呼，悄悄地一个人，提着盏灯笼独自钻进了墓道。

许尤下了九九八十一道墓梯，过了三道门，转了九道拐，走着走着，一股冷风袭来，把灯笼给吹灭了，于是眼前就黑咕隆咚的了。

许尤慌了，浑身打颤，冷汗直淌，好一会儿才稍微定了定神，勉强打起精神，朝前面摸去。

不一会儿，终于有了一丝丝儿亮光，许尤走近一看，好大一个墓室，一个极大的棺材，用铁索吊在了空中。棺木是朱红漆的，正中有一盏金晃晃的万年灯，在那里眨呀眨地闪着绿荧荧的光。

许尤细细一看，灯柱上还刻有“孔明灯”三个字，灯柱下立着一块石碑，上面写着几个字：“许尤，许尤，无冤无仇，无故开墓，罚你上油！”

落款是诸葛武侯，时间恰恰是一千多年前的今天！再一看，上任那一天的情景又出现在眼前：汉昭烈帝刘备高坐在中堂，诸葛亮手摇鹅毛扇，关二爷举起青龙偃月刀，张飞抡着丈八蛇矛，许尤顷刻之间双脚发软，一下子瘫在地上，胯下热乎乎的，尿裤子啦，他战战兢兢地爬起来，磕头如捣蒜，嘴里结结巴巴地说：“丞相饶命，丞相饶命！”

原来一千多年前的孔明算定今后有个贪官叫许尤要来此处，于是罚他上油！

许尤悄悄退出墓室，对谁也没有说这事儿，但自从出了墓室后他就一病不起，这病也是怪怪的，头昏脑涨，风湿麻木，腿肚子转筋，吃啥药都不行，病势一天比一天重，请了多少郎中来看，吃了几箩筐的药，就是不见效。

有一天，白帝庙的和尚给许尤送来了一个偏方，说只有这个偏方才能救他的命。

许尤打开一看，那根本不是什么药方，纸上只有一个字：油。

许尤琢磨了半天，心里明白了怎么回事儿，尽管又怕又羞，但也没有办法，只好照着去做，于是他就乘旁人不在的时候偷偷钻进墓道，给墓室中的孔明灯上油。

说来也是奇怪，许尤每去上一次油，病就轻松一点，第二天接着上油，病又轻松了一点，如果不去上油，那病就越来越重，没办法，他只好天天

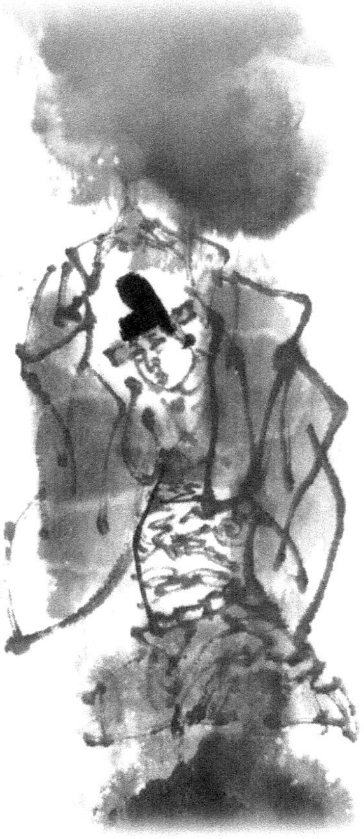

去上油。可这油也得花钱买啊，一年下来，他搜刮来的钱财全都变成了油，流进了孔明灯，自己的家底花光了，只好向夫人讨，夫人的私房钱也用光了，但那盏孔明灯也奇了，无论你上多少油，就是装不满，但许尤又不敢停止上油，身上的病还在哟!

这下，夫人不满了，俗话说“三年清知府，十万雪花银”，这许尤知府当着，却没有钱，连老本都赔光了。

夫人说:“相公啊，我早劝你不要去做那些伤天害理的事，你不听，只当耳边风吹了，你想想，刘皇叔死了多少年，这夔州府来当官的人有多少?他们为什么不敢去打刘皇叔墓的主意?现在夔州府的油全被你买光了，看你拿啥子油去点灯?”

许尤听了夫人的话，不觉有了三分愧意，但心里也觉得烦，他的手在梳妆台上一拍，喝道:“你吵个啥子?”

这一拍刚好把夫人放在梳妆台上的梳头油瓶给打翻了，见了这瓶，许尤欣喜若狂:这儿不是有油吗?于是他赶紧把油瓶扶正，抓在手上，一溜烟地往墓室跑。他一步一跪，五步一叩，下了墓道，来到孔明灯前，高高举起了那瓶梳头油……

这瓶里能有多少油?全倒了还不到灯盏的一半!

可想不到的事发生了:许尤刚把那点油倒进那只以前从来没有满过的

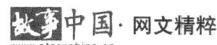

狼狱

在高原上，有三个最好的猎人，更确切地说是猎狼人。他们猎狼多年，配合默契，这个地区外销出去的优质狼皮几乎有一半出自他们之手，但有一次，他们却陷入了前所未有的绝境，被有生以来遇到的最大的狼群包围了。

猎枪弹药所剩无几，但凭着多年的猎狼经验，他们知道，即使手里只剩下短短的猎刀，狼群也不敢靠得太近。猎手们在等待着，只要狼群铁桶似的包围圈出现一个小小的缺口，他们就能突围。但狼群并不给他们机会，除了时不时袭扰他们一下，就退回来坚守阵地，依然把包围圈护卫得严严实实，看来是打算困死他们。

三个猎人也在包围圈中找到一个有利的地形作为屏障，背靠背坐下来。

凭经验，狼群不敢近身攻击，时间长了难免会丧失斗志，到时候也就只好散伙了。

果然，有几只狼悄悄地溜走了，猎人们立即挺身而起，蓄势待发，就

孔明灯，那油竟然一下子满了……

许尤跪在地上不愿起来，满眼泪花，头磕得山响，额上磕出了几个苹果大的青包。

好久好久，许尤抬起头来，眼光刚好落在孔明灯前的石碑上，突然，他瞪大了眼睛：石碑上原先罚他上油点灯的字不见了，而是这么四个字：“奉公守节”！

许尤后来还真的变成了清官，夔州府也因此而改名为奉节……

（**题图**、**插图**：黄全昌）

在这时，狼群的头狼发出一声低沉的咆哮，那几只溜掉的狼赶紧转身回来。

就这么僵持到午夜，一轮满月像一只没有瞳仁的鬼眼一样升起在山顶，突然，远方传来了一声凄厉的狼嗥，紧接着，山顶上出现了一个狼头人身的身影。三个猎人心惊胆战，脊背生寒：莫非今天遇到了“狼神”？他们可以和凶狠的狼群搏斗，可以和险恶的大自然抗争，却无法想象该怎么抵挡神秘的超自然力量！

“狼神”并没有过来，而是在远远的山顶上甩臂一抛，抛来满天像雨点般的小动物的尸体，散落在狼群周围。

狼群一改抢食的习性，井然有序地分批“就餐”，它们似乎知道“狼神”抛来的食物足够它们吃的，不需要争抢。

三个猎人开始感到有获救的希望，但狼群吃饱了却没有像他们希望的那样撤走，仍然死死地守着他们，这下三个猎人的心又沉了下来，难道狼群真的是听命于“狼神”、有意识地来围困他们？

接下来的事又令他们大惑不解：“狼神”在远处再次甩臂一抛，抛来的东西撒落在他们面前，它们竟然是人类食用的食物和水袋。

三个猎人又饥又渴，也顾不得许多了，便狼吞虎咽起来。

“狼神”随后便隐没在山那边，一夜都不曾出现。接着，狼群和猎人又僵持了整整一天，第二个夜晚，“狼神”再次现身，同样抛来狼和人的食物，又神秘地隐去。

就这样一天又一天……由于“狼神”的喂食，野性的狼似乎渐渐都成了驯养的狗，当上了专职看管猎人的监狱看守，而三个猎人似乎也成了囚犯，他们既没有越狱的机会，也不会被饿死。

高原腹地人迹罕至，群狼却成了他们最奇特也最恐怖的“狼狱”看守。

在狼狱里一关就是三年……

狼群分批换班，他们三人每天也是轮换着吃喝拉撒睡，只盼着有哪一天狼狱看守出现疏忽，他们就合力冲杀出去，但狼群仿佛知道他们的心思，漫

长的三年时间里都忠于职守，没有一只狼敢擅离岗位。

狼群仿佛也知道：一旦有哪个方向守不住，给了猎人可乘之机，不但会让他们越狱，还会给自己和同伴带来杀身之祸。

猎人们想尽了各种办法，也曾无数次冒死突围，但狼狱依然牢不可破，还有那每夜出现的“狼神”身影，也给他们造成了巨大的心理压力，到最后，三个猎人索性枯坐狱中听天由命了。

第四个年头刚开始，一夜之间，狼群突然全部走光，三个猎人就像当初莫名其妙地入狱一样，又莫名其妙地出狱了。

重返人类社会，谁都不相信他们讲述的经历，直到那个奇异的“狼神”现身——他原来是一个动物学家，在一次电视访谈节目中证实了这个传奇故事。

主持人问那个动物学家：“你是用什么方法指挥狼群成为这样可怕的狼狱看守？”

动物学家说：“其实狼群并不完全听从我的指挥，更主要的是受我的引诱。狼本身就是极聪明的动物，头狼相对其他狼又更聪慧一些。我想法让它明白——只要看住这三个猎人，我就会给它们提供吃的。它们自己也担心，一旦包围圈出现口子，猎人就会冲出来，随后展开报复，整个狼群都有可能无法生存。当我预定的三年期满，我不再给它们提供食物，它们自然也就散了。”

主持人继续问：“那你为什么要用这奇怪的‘狼狱’关住他们整整三年呢？”

动物学家淡淡一笑：“我想你理解错了，我不是用狼狱关住这三个猎人。高原需要三年时间恢复生态平衡，我既不愿意猎人消灭狼群，又要狼群在这三年时间内不出来自由活动，就想了这个办法。你们以为狼群是狼狱的看守、三个猎人是囚犯？恰恰错了！三个猎人才是狼狱的看守：这三年时间里狼群不是也像被关住了一样、没有远离过那块地方吗？”

（**作者**：李兴春；**推荐者**：黄金玲）

（**题图**、**插图**：杨宏富）

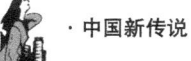

今夜有眠

□华　凯

穷人有穷人的烦恼，富人也有富人的烦恼，其实，只要是人，都会面临烦恼。城里有个富婆叫金姐，她的烦恼，自然不是没福气享受，而是有福享受不了——失眠。

这晚，金姐又失眠了，已经是下半夜两点钟，她还在床上翻来覆去睡不着。说来也怪，伴随着穷人的烦恼，更多的是奋斗，伴随着富人的烦恼，往往会产生一种莫名其妙的妒忌。金姐就是这样，越是翻来覆去睡不着，她就越是妒忌呼呼大睡的小保姆。

金姐家的小保姆是个挺能睡的人，干了一天活后，坐在沙发上，头一歪就能打起呼噜来。金姐心里不平衡了：主人彻夜难眠，保姆却睡得像死猪似的，这太不像话了，为此，今晚金姐特意把小保姆赶到车库去睡，让她也尝尝失眠的滋味。

金姐很想知道小保姆在车库睡得怎么样，于是就下了楼，蹑手蹑脚地走到车库前。车库没有窗，里面又闷又热，金姐将耳朵贴到透气孔上一听，里面什么声音也没有。小保姆会不会被闷死了？金姐吓了一跳，赶紧打开车库门，摁亮电灯。灯光下，却见小保姆睡得正香呢：躺在地板上，四肢舒展，简直像个无忧无虑的活神仙。金姐看她时，小保姆还咂一下嘴巴，好像在睡梦中嘲笑主人的失眠。

金姐气坏了，用力把小保姆摇醒，大声喊道：“起来！起来！”

小保姆吃惊地问：“发生了什么事？”

金姐拿出一张百元纸币：“这是工钱，你走吧！”

“这半夜三更的，你叫我去哪？你不称心，那我明天就走。”

“不行，现在就走，你随便找个地

方睡去，不要让我看见你。只要想到你在呼呼大睡，我是无论如何闭不上眼的。”说完，她又拿出一百元给小保姆。

把小保姆赶走后，金姐没想到更睡不着觉了。她只能坐起来，翻起了报纸。她看到一个私人诊所的广告，心想，反正睡不着，何不叫个医生上门来看看呢？即使看不好，聊聊天也不错么。再说，医生本来就有半夜出诊的职责。

金姐当即拨打广告上“李医生”的电话，好一会儿才有人接听，接电话的正是那个李医生，是个女的，声音很温和，金姐却埋怨说：“你怎么这么久才接电话？”李医生连忙道歉：“对不起，我刚才睡得太沉了。”

金姐心里一乐：我就是要搅醒睡熟的人！李医生问金姐有什么事，金姐假装着急地说：“我妈病了，正在床上打滚，李医生你快来！我家在秀水山庄88号。”李医生说：“好，我马上来！”

过了一阵子，李医生终于到了，金姐开门后两人全都愣住了，不约而同地叫了起来：“原来是你啊！”

这个医生是金姐高中同学，叫李丽丹。李医生背着药箱，手里拿着雨伞，原来外面下雨了，看着老同学湿漉漉的衣角，连金姐这样缺少同情心的人都有点感动了，她想：待会儿要多给老同学几块钱。

李医生放下药箱，问金姐的母亲在哪儿，金姐只得实话实说：“我母亲两年前就去世了。”李医生问到底是谁得了病，金姐不好意思地说：“没人得病，是我睡不着觉，想找个人看看聊聊，不把话说重点，怕你不来。”

李医生一听哭笑不得，没好气地说：“你怎么捉弄我？”金姐却笑了：“你的广告写得不清不楚的，我怎么知道是你？反正已经来了，你就陪我聊聊吧，我加倍给你出诊费。”

李医生听金姐这么一说，也不好再讲什么了，她就在金姐对面坐下，天南海北地聊了起来，聊得最多的，自然是失眠的话题。李医生说，她以前遇到过一个病人，症状跟金姐一模一样，那病人也是个女的，很有钱，什么都能买到，就是买不到睡眠，看见旁边的人呼呼大睡她就恨得牙痒痒，结果越恼恨越失眠，越失眠越生气，有时半夜三更还起来砸东西。

“哎呀，我就为失眠砸碎过不少茶杯呢！我老公也因为我的脾气，经常找借口不敢回来睡觉。”金姐情不自禁地都说了出来，“那个病人后来怎么样了？”

李医生微微一笑，说“我最后用一种偏方把她的失眠治好了，现在她一觉能睡到天亮。”

金姐高兴极了，请李医生快给她治疗，李医生却说，这个偏方分两种治疗方法，要同时进行，缺一不可，而且其中的一种治疗方法挺苦的，怕金姐受不了，金姐一听急了，连声央求说：“老同学，你就让我试试吧，只要能治好失眠，再苦我也受得了。”

李医生终于点了点头：“那就先试一个小时吧，不过你得保证，在这一个小时内，你一切都要听我的，还不能生气。”

金姐信誓旦旦地作了保证：“行，只要能治好我的失眠，我都依你。”

李医生使用的第一种治疗方法得有个条件，要去室外治疗，她从床上拿了一条毛毯，就和金姐出发了。金姐有私家车，她亲自驾驶，按照李医生的吩咐来到火车站。停放好小车后，金姐以为去宾馆，李医生却说要去前面的天桥，金姐只好跟了过去。这座天桥很大，外面下着小雨，桥下却很干爽，许多还没找到工作的民工横七竖八地躺在天桥下，睡得正香呢。

李医生抖开毯子，铺在地上，招呼金姐：“咱们也睡吧。”金姐吃惊地问：“你不是说给我治病的吗？怎么带我来这种地方睡觉？”李医生说：“这就是第一种治疗方法，病人要吸收外界的新鲜空气，来，快睡吧。”

金姐说啥也不相信这种方法能治失眠，她恼怒地说：“在家里舒舒坦坦地我都睡不着，在这种鬼地方哪能入睡？”李医生笑了笑，说：“你前面向我保证，一切听我的，必须要睡满一个小时，再说，我的偏方可得两种治疗方法一起使用，你不睡的话，第二种治疗方法也不管用了！”

金姐懊恼死了，可事到如今，只能在桥下躺一个小时了。为了能治好自己的失眠，她咬咬牙忍下了。

金姐刚躺下，一条手臂就搁了过来，也不知是谁的，竟然架到了她的脖子上，那人的手掌还一个劲地往上撑，刚好撑住金姐的鼻孔，金姐一跃

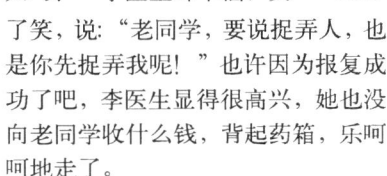

而起，对着那人仔细一看，正要发作，张开的嘴立即闭上了。她轻轻放下对方搁上来的手，小声对李医生说："换个地方吧？""为什么？"

"冤家路窄。边上睡的不是别人，正是被我赶出来的小保姆！"

李医生乐了："难得主人和保姆同床共枕，好哇，等她醒了，你们好好聊聊。"

"这个死丽丹，今晚栽在你手里了！"金姐不敢再多嘴，规规矩矩地躺着，生怕碰醒小保姆。幸好小保姆睡得正沉，否则就更难堪了。

金姐躺在水泥地上，就像在地狱里一样，筋骨酸疼，浑身酥麻。平时，她是为睡不着而度日如月，而今，她是怕碰醒小保姆而度时如年。好不容易才熬满了3600秒，她"嗖"地一下子跳起身，催促着李医生给她进行第二个治疗。

李医生说，第二种治疗方法需要在室内进行。于是，金姐立马驱车，和李医生一块回家。一回到家，金姐就迫不及待地催着李医生开始治疗，李医生慢条斯理地说"别急，你先要保持平静，这样才可以进行第二种治疗。"金姐立马安静下来："好吧，听你的，那我接下来该怎么做？"

李医生说："接下来的事就好办了，你去找个舒坦的地方接着睡！"顿时，金姐意识到被耍了，她心里的火直烧到嗓子眼，气急败坏地说："好你个李丽丹，你这不是捉弄人吗？"李医生却不恼，笑了笑，说："老同学，要说捉弄人，也是你先捉弄我呢！"也许因为报复成功了吧，李医生显得很高兴，她也没向老同学收什么钱，背起药箱，乐呵呵地走了。

金姐后悔死了，早知道老同学是报复的，说啥也不跟她在桥底呆上一小时，经过这一番折腾，金姐累坏了，她一屁股坐到沙发上，刚才在桥底坚硬的水泥地上躺过后，金姐才知道家里的沙发多么舒服，坐着坐着，她就像小保姆一样，睡着了。

金姐一觉醒来，已经是中午，她正打着呵欠揉着惺忪的眼睛，李医生适时打来了电话，问她睡得怎么样，金姐兴奋地说"从桥底下回来后，我居然靠在沙发上睡了七八个小时，你说怪不怪？"李医生听了没说话，只是笑，到了这时，金姐也已经知道老同学的偏方到底是怎么回事，她问李医生以后还要不要去桥底下睡，李医生说，什么时候失眠了，就去那里睡一个小时，挺管用的。金姐想到桥底下的情景就有点后怕，她皱起眉头问："总共要睡多少次？"

李医生郑重其事地说："睡到你能把那小保姆当作朋友，没有了嫉妒心，你的失眠就能根治了。"

说到小保姆，金姐沉默了……

（**题图、插图**：刘斌昆）

·中国新传说·

一张两元车票

□张国心

刘嫂是个官太太，丈夫虽然是个小小的村官，却很会用权。刘嫂依仗男人的地位，享点福，也就算了，村里人气不过的是，这刘嫂趾高气扬，看不起平民百姓。

有一次，村小学的王老师求刘嫂丈夫办点事，拿了价值五十元的两瓶酒上门拜访，刘嫂连眼皮都没抬一下，说：“我们家老刘喝低档酒会反胃，你还是拿回去吧！”后来，王老师又在邻居六嫂家借了二百元钱重新买了两瓶酒，这才把事办妥了。

说来也对，三十年河东，三十年河西，此话一点不假。

几年后，刘嫂的丈夫因经济问题下了台，退赔了很多钱，他手无缚鸡之力，除了那张嘴，什么也不会做，失去了经济来源的刘嫂，一夜之间来了个三百六十度的大转弯，由趾高气扬的村官太太变成最底层的农村妇女。

刘嫂的骨子里很要强。她不忍心眼看着这个家就这样垮下去，就忍受着别人的白眼，到处拾破烂卖钱，虽然收入极其微薄，但毕竟也是进项。

渐渐的，眼皮下的破烂都捡完了，刘嫂就到水里捞。秋天的一个早晨，刘嫂来到同村六嫂家的水沟边。刘嫂和六嫂尽管是一字之差，但倒霉的刘嫂，根本不在翻身的六嫂眼里。

此时，刘嫂光着脚从六嫂的水沟里拽上几个装满泥土的编织袋子，她一个一个地把里面的土倒出来，正要拿去洗，六嫂跑来了，大嚷大叫：“好啊！你捡破烂捡到我头上来了！”

刘嫂怯生生地说：“这，还有用吗？”

六嫂厉声说："怎么没用，明年我还要用它们堵水呢，你马上把土给我再装回去！"

刘嫂很听话，什么也没说，又把倒出来的土一点一点地往回装。

六嫂站在水沟边，双手叉腰，嘴里骂骂咧咧："你男人在势的时候，你吃香喝辣的，把谁都不放在眼里，现在你男人下台了，怎么，就成这副德行了？你知不知道，你吃喝了我们老百姓多少血汗钱？"刘嫂就像是被训的孩子，一句话也没说。

这一幕，被王老师看到了，虽然送酒那件事他一直难以忘怀，但眼前的情景，他实在是看不下去：都是一个村里的乡亲，人家都落难成这个样了，不该再这样对她呀，于是他硬是把大声训斥的六嫂给拉走了。

说来也怪，越是冤家越碰头。

几天后，正逢中秋，王老师和六嫂被推选为村里的代表，去省城参加表彰大会，并参观新建成的江桥。一大早，王老师和六嫂就来到村头等客车。这天要坐车进城的人特别多，王老师费了好大的劲才挤上了车，回头一看，六嫂也上了车，但令他奇怪的是，在兴高采烈的六嫂的身后，还跟着一个愁眉苦脸的刘嫂。王老师自然不知她去干什么，只是友好地对她一笑。

村里让王老师和六嫂当代表，跑腿买票的事自然都落到王老师身上。车上的人太多，售票员被挤得动弹不得。王老师买票的钱是经过两个乘客才传递过去的。那车票很便宜，每张只有两元钱。买完后，王老师对着后面的六嫂喊道："六嫂，车票我买了。"

说来有缘，天下无巧不成书。

两天后，王老师从省城里回来，又见刘嫂出来拾破烂了。再后来，他听说刘嫂有了些本钱，就不再拾破烂了，而是开始收破烂，生意越做越好，日子也一天天地好了起来，刘嫂的脸上也露出久违的笑容。这年的腊月底，刘嫂突然登门，硬是拽王老师去自家吃肉，王老师推卸不了，只好去了。

那天，刘嫂喝了不少酒，喝着喝着她就哭了，她一边哭一边对王老师说：“大兄弟，你是个好人啊，我这条命，是你给我捡回来的。”

这话让王老师听得一头雾水，他问：“刘嫂，这话从何说起呀？”

刘嫂说：“那年，你给我买了一张车票，你还记得吗？”

“我给你买了一张车票？”王老师想了半天也没记起来什么时候给刘嫂买过车票，便连连摇头。刘嫂说：“看你，贵人多忘事不是，那年中秋节，咱们都坐车进城去，你不是给我买了一张车票吗？这事你能忘，可我却一辈子也不会忘的！”

王老师一下子什么都明白了：当时那张票，不是为刘嫂买的，而是给六嫂买的。瞬间，他的脸火烧火燎的，好在正喝着酒，谁也没看出来，他支支吾吾地说：“那、那也不过是两元钱的车票，你、你也不能把话说得那么重呀！”

刘嫂急了，说：“那可不只是两元钱的一张车票啊，那是一颗宽恕人的心。你知道那天我要干什么去吗？告诉你，那天，我进城去，是要从那座新建成的江桥上跳下去，结束自己这条命！”王老师听了一脸煞白。

刘嫂接着说：“自从家里败落后，我每天都在大家的冷言冷语下活着，连自尊都没了，可是，你对我还是那么的客气，给我买了一张车票，这时我才知道，不是所有的人都瞧不起我，还有人把刘嫂我当成人看，我还真不能就这么去死呀！于是，我改变了主意，你是个好人啊，好人啊……”

王老师被触动了：原来自己这微不足道的两元钱，使刘嫂找到自尊，看到希望，使她在走向不归之路的时候中途下了车。刘嫂肯定是把“六嫂”听成“刘嫂”，以为自己替她买了车票，她就没买，因为车上的人实在太多了，售票员也没发现，就这样，阴错阳差，她留下了一条性命……

在刘嫂家回来的路上，王老师望着那轮挂在天边皎洁的月亮，心里有说不出来的感受。

（题图、插图：魏忠善）

最后一只碗

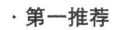

在一个民风古朴的山村，有一个补碗匠名叫莫非。那时人们对吃饭的碗有一种特殊的感情，大多数人一生只用一只碗，大小形状也基本相同，选定了就不再换了，裂了破了就让莫非来补。莫非补碗的手艺很高超，补过的碗就像添加了一枚精致的佩饰，显得更加完美。

莫非是一个事事追求完美的人，特别是补碗，每一次补碗，他都要养足精神并换上新衣，有如请神般将碗请到补碗的密室，细细打量，慎重下手，精补巧镶，一丝不苟。有时，一条裂纹他要修补几天几夜，让碗主极为过意不去。他补碗收银甚微，而且有定价，绝不多收，日子清苦，但也快乐，碗主取补好的碗时大声叫绝称妙，每到这时，莫非就和大家说说笑笑，十分快乐，莫非觉得这是他人生最美满的时刻。

那时各地都有补碗匠，莫非名气大了，不断有外地的补碗匠来拜访，带上自己最得意的活儿，切磋之中有交流也有争议，他们都说自己补的碗是最完美的，也就从这时起，莫非变了，他不再接待任何补碗匠，和村人之间也不再谈笑风生，闭门不出苦苦补碗，有活儿时他更加精心，没活儿时他就补他自己的那只根本不用再补的碗。

有一位老者猜到莫非有心事，提醒他"你补碗几十年，从没失过一次手，补过的地方从没补过第二次，这没人能做到，算得上完美了。物极生反，你已走过头了！"莫非苦笑，也说了实话："我要补出一只十全十美的碗，美到极限，成为天下最后一只碗，再也不生争议，再也没有其他碗可以超越！”老者听后长叹一声。

莫非继续修补“最后一只碗”，要使尽所能，用最好的材料和绝技，让这只碗成为艺术绝品且永不破裂，永远无需修补也没人可以修补。

不久，老者带着一位商人前来拜访莫非，商人看了莫非尚在修补过程中的那“最后一只碗”，大笑说：“你的完美就从这只碗结束了！”莫非脸色大变，商人说：“人世在变，碗也在变，根本不存在什么最后一只碗，更不能靠修补来产生什么十全十美的碗，你已超出了修补的极限，这只碗不日必破！”

莫非不以为然，继续闭门补碗。这只碗已缀满了绝妙的“佩饰”，有如一顶绝世无二的皇冠，就在做最后打磨时，碗竟然突然破裂成一堆碎片，再也无法修补！

就在这时，无比沮丧的莫非突然听到一种很奇妙的乐声，悦耳动听，他正在纳闷，老者进来了，他怀抱一大摞碗，笑嘻嘻地放下，又一个一个地摆开，摆了一炕。莫非大惊，几十个碗，几十种样式，几十种材料，金银铜铁瓷木玉石，大小高低琳琅满目，他一个也没见过，实在不知道这山村之外的碗竟繁衍进化到如此程度，上面的镂花缀景比他的修补更加奇妙！

那老者就像顽童一般，拿来一双筷子在碗上敲打起来，碗声叮当，抑扬顿挫。老者的表情和“碗乐”终于把莫非逗笑了，两人一起来敲，一直敲到执手大笑，老者这才发问——

“莫非，碗有何用？”

“吃饭。”

“吃饭何用？”

“活命。”

“活命何用？”

“这……”

“你不知活命何用，就是你大错之根了！活命不是为了补碗，不是为了虚荣和功名，更不是把一只碗补到前无古人后无来者的地步。活命是为了快乐，是做每一件事情时有一个快乐的过程，是快乐成全快乐，快乐相伴快乐，快乐只有这携手共存的过程，没有什么最后！”

莫非开始悔悟，老者带他去各家走了一遭，他又是一惊：原来，在他闭门补碗时，碗商的碗已经走进各家各户，不仅用来吃饭，还成了器具和饰品，甚至成了乐器，最让莫非吃惊的是：各家不断拿些传统破碗让他修补，竟不是为了使用，只是为了让他不断地补碗，从中得到快乐！

莫非由此彻悟了：人生追求快乐的过程即是完美，当完美成为一个人无休止的奢望时，人生就会陷入痛苦之中。

（**作者**：张鸣跃；**推荐者**：默　默）

（**题图**：魏忠善）

纯纯的爱

□老 三

三口之家的生活常常是平淡、平静、平和的，但有时也会平地一声雷，这天，老郑家就被这么一声雷震得天翻地覆、地动山摇了：晚上，妻子文兰陪着十三岁的女儿纯纯在写作业，一会儿，文兰看到纯纯两腮潮红，一副心猿意马的样子，便打趣地问女儿：“有什么喜事，乐成这样？”

纯纯“刷”地羞红了脸，说：“妈妈，我告诉你一件事，但是不许你告诉爸爸，好吗？”

文兰坐直了身子，说：“你讲吧，我不会告诉爸爸的。”

女儿羞羞答答地说，她恋爱了，对象是郝叔叔……

文兰一听，又惊又奇，又急又气，怎么会有这种事呢？纯纯说的这个“郝叔叔”，是纯纯的父亲——也就是老郑的同事，和老郑家非常要好，他虽然长得高大帅气，但也差不多要四十岁了，而且已经结婚了！文兰立刻板起了脸，教训道：“别胡思乱想、胡说八道了，羞不羞？”纯纯听了，小嘴一撅，较真地说“妈妈，是真的……昨天中午，郝叔叔还吻过我呢！”

文兰的心中“咯噔”一声，她顿时警觉起来！昨天是清明节，碰巧也是礼拜天，两家人一起去陵园上坟；然后，老郑和老郝又顺道在附近的一个彩票投注点买了当天开奖的彩票，两人都是彩票迷，长年累月，乐此不疲；中午又在饭店吃的饭，用餐的时候，纯纯要去卫生间，还是老郝陪她去的。想到这里，文兰问道：“他什么时候吻你的？”

女儿说：“就在饭店，去卫生间的路上。”

文兰站了起来，心烦意乱地踱了几个来回，然后，她对纯纯说：“好了，这件事，不许再对任何人讲，听见没？”

文兰出了卧室，掩上了门，来到了客厅。丈夫老郑正坐在客厅的沙发上看电视，她走过去，“啪”一声把电视关了，然后坐到老郑旁边，悄悄地把事情复述了一遍。

老郑听了，惊讶得张大了嘴巴说不出一句话来，他不愿相信，可是又不得不信，真是知人知面不知心啊！这个狗东西，他怎么能向自己最好朋友的女儿下手？简直禽兽不如嘛！这时，老郑冲动地抓起了茶几上的电话：“我给这个王八蛋打电话，问他是怎么回事！”

文兰拦下了老郑，说：“你疯了？这种事，怎么问？ 他又不是傻子，他能承认？”

老郑咬牙切齿地赌咒说：“好你个姓郝的，老子非要你好看不可——咱们走着瞧！”

老郑是国营工厂的车间主任，老郝是他手下的大班班长。第二天上班，老郑就对老郝鼻子不是鼻子脸不是脸，老郝觉得蹊跷，早点名后，他就笑嘻嘻地凑到老郑跟前，故意开玩笑地从老郑的上衣口袋里掏烟抽，老郑一反常态地打开了老郝的手，极度反感地说道：“姓郝的，你给我放尊重点！”说完，他拂袖而去。

老郝十分尴尬，愣在那里，半天没回过神来，心里嘀咕着：莫非那件事……他知道了？

官大一级压死人，几天后，老郑找了个借口，把老郝的大班班长撤了。“是人不带长，放屁都不响”，别小看了一个大班班长，在工厂里，这直接影响到了奖金系数、涨工资，甚至将来的提拔，绝大多数车间主任可都是从大班班长提起来的。

老郝失意至极，一天，他下班回到家，默默地喝闷酒，老婆宽慰他，说那个老郑也太不像话了，不就那么点事吗，至于这样吗？老郝“呸”了一声，怒气冲冲地说：“滚！干了那种下三滥的事，还有什么话好说！”夫妻俩你一言、我一句，吵个没完，老婆这阵子没少挨丈夫的骂，她受不了，一气之下回了娘家。

老婆刚走，电话突然响了，竟然是纯纯打来的，原来，老郑出差了，只有母女俩在家。今天傍晚，文兰下班回到家，急忙进厨房做饭。她家的煤气闸门中午忘关了，漏气，她进厨房没一会儿就被熏倒了，好在纯纯正巧放学回家，见此情景连忙关了闸门，打开门窗，打电话求救，她不晓得父母已经和郝叔叔交恶，所以先打给了他。

老郝一听，蹦了起来，冲下楼，拦了辆的士，赶到纯纯家，把文兰往背上一背，就往楼下跑，乘出租车赶往医院急救。人很快抢救过来了，只是

脑子略有损伤，需做高压氧仓恢复。老郝尽心尽力地服侍、照顾，一连两天没有合眼。

第三天，老郑赶回来了，妻子这时已经痊愈了，老郑感动地握着老郝的手，好久说不出一句话来。

又一个星期天，老郑和妻子在饭店设宴，请老郝两口子来作客。酒过三巡，老郝的妻子难过地说："郑大哥，我知道你生我们家老郝的气，可那确实不怨他，都怨我贪图小便宜。"

老郝的妻子说的是这么一件事：她家门口有个彩票点，不久前，老郑托老郝买了张彩票，彩票他也没要，一直放在老郝的妻子那里。等到开奖，那注彩票中了2000块钱，老郝的妻子一时财迷心窍，把奖金领了，把自己买的一张没中的彩票让丈夫给了老郑，说是没中。老郝的妻子本以为这事神鬼不知，后来见老郑对丈夫"打击报复"，做贼心虚，感觉事情不妙，今天她才当众承认了这事。

老郑抬着眼皮使劲回忆，终于想起了这档子事，连忙说："嗨，那有什么？你是家属，在社区扫地干临时工，工资低，那点钱你拿去就是了。"

老郝的妻子哭了，说："郑大哥，你还说没事呢！就为这，你撤了我们老郝大班班长的职，害得他天天在家喝闷酒……"

见老郝的妻子把话说到这份上，老郑也不便再瞒了，他狠狠地瞪了老郝一眼，说："我恼的不是彩票这事，是另外一件事……"

老郝眨巴着眼睛，疑惑地问："什么事？"

"你为什么吻我的女儿？她才多大？"老郝完全傻了，目瞪口呆，说："这这这……这是从何说起？"

从开始喝酒，文兰就一直在翻看一个笔记本，这时她笑了，对丈夫说"这是咱们女儿的日记本，我偷出来了，我给你们读两段，你们就全明白了。"接着，文兰就开始读了——

"4月5日：今天是清明节，我和爸爸妈妈还有郝叔叔一家，上完坟后去公园玩。郝叔叔太帅了，我发觉自己好像爱上他了耶！中午在饭店吃饭，我要去卫生间，不知道地方，郝叔叔陪着我去。当我俩走在走廊上时，我突然想：这多像白雪公主和白马王子呀，要是郝叔叔这时能吻我一下，该有多好啊……"

"4月6日：天啊，我好像闯祸了！刚才，妈妈不相信我爱上郝叔叔了，我一时气愤，撒了谎，脱口而出，说郝叔叔吻过我！天啊，天啊……我怎么脸皮这么厚？"

老郑听到这里，恍然大悟："原来没有这回事，是孩子的想象？"文兰叹了一口气，哭笑不得地说道："一个情窦初开的小女生的爱，被我们大人搞成了什么？"

（**题图**：安玉民　梁　丽）

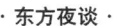

青蛙可以变成王子，天鹅可以变成公主，睡美人可以因为王子的一吻醒来……只要有了爱情，一切都变得可能……

魔法旗袍

□王本云

摄影师林想办了一个自己的个人摄影网站，为了提高网站的点击率，他常常拍些美女图放在网上。

这天，林想在小区里晃悠,忽然，他眼前一亮，不远处走来一个穿紫色旗袍的漂亮女孩，这年头穿旗袍的女孩可不多，而且她身材一流，配上这旗袍简直完美至极，只见女孩将一头的长发高高地挽在头顶，露出白皙的颈部，正悠闲自在地走在街道上。

林想跟上前去，女孩显然没注意到他，林想假装打电话，用微型相机对着女孩“卡嚓卡嚓”拍了起来。

回到家，林想迫不及待地把整理好的照片发到自己的网站上，他给女孩起了个名字，叫“旗袍小仙女”，并把这些照片配上说明，命题为：追踪“旗袍小仙女”。做完这些后，林想有些兴奋，这是这么久以来拍得最美的一个女孩，相信她一定会给网站提高点击率！

之后，林想每天都在小区里等候“旗袍小仙女”，直到第三天晚上她才再次出现在林想眼前，这次，她穿了件黑色旗袍，胸前别着一枚银白色的鹤形胸针，显得美艳动人。

林想顿时心头撞鹿般地跳，“旗袍小仙女”进了附近的咖啡厅，坐在面对橱窗的桌子旁。不知什么原因，林想总觉得她在对着自己微笑。“旗袍小仙女”喝了一会儿咖啡，就走了，林想恋恋不舍地收了工。这些天，“旗袍小仙女”成了林想网站的红人，一时间网站的浏览量大增。

第二天，林想又去跟踪“旗袍小仙女”，不料却出了一件怪事：他发现一位“旗袍老婆婆”正坐在小区的小石桥上休息，这个老婆婆穿着一身白色旗袍，胸前别着一枚银白色的鹤形胸针，梳着跟“旗袍小仙女”一模一样的发式，除了年龄差异外，她的脸形、身材都跟“旗袍小仙女”很相似！天！林想惊讶万分，这个老婆婆看上去起码七十多岁了，难道是“旗袍小仙女”一夜之间变老了？

就在林想沉思的时侯，有人从后面拍了拍他的肩膀，他回头一看，这不是“旗袍小仙女”吗？她又变年轻了！一模一样的旗袍，一模一样的胸针，一模一样的发式，不一样的只是年龄。林想往小石桥上看去，那里已空无一人，林想彻底晕了，他张口结舌地看着“旗袍小仙女”，再也说不出一句话来，难道她穿了一件魔法旗袍？

林想不由有些慌乱，“旗袍小仙女”看了看他，说：“我有事求助于你，你愿意帮我吗？”林想连忙点点头。“旗袍小仙女”便自我介绍说：“我叫袁旗旗，刚才在那边的老人是我外婆，多年来，她每年的今天都会固执地在这里等我外公——而我的外公早在五十年前就离开了人世……”

听袁旗旗这么一说，林想才恍然大悟，问道：“有什么要我帮忙呢？”袁旗旗低下头小声说：“最近外婆的身体很不好，我担心她过不了今年夏天……其实我早就知道你在偷拍我了，不拆穿你就是想引你上这儿来，因为你长得很像我外公。”

一小时后，林想按袁旗旗的吩咐穿上一套白色西装，来到小石桥上，袁旗旗不知什么时候溜走了，而那老婆婆不知什么时候又回到小石桥上。林想硬着头皮走上前，按照袁旗旗的吩咐大声喊道：“鹤云，我回来了！”老婆婆抬起头，脸上忽然露出很羞涩的表情：“回来了？你可回来了！”说着，她上上下下地打量着林想，眼中满是泪花，一脸柔情地闭上眼睛，期待着对方的吻。

林想为难了，他虽说答应袁旗旗

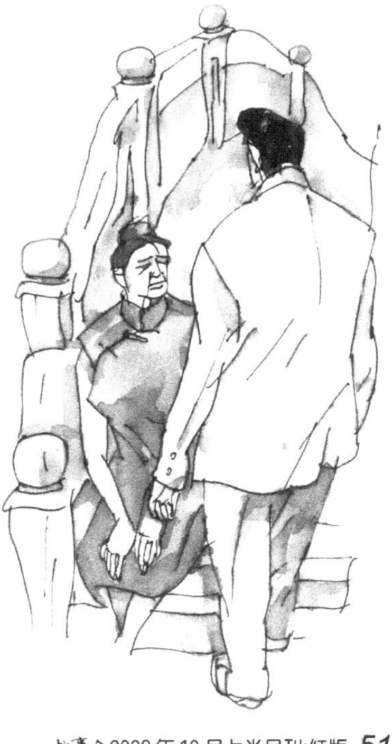

扮演她的外公，但他这么一个大小伙子怎么好去吻一个老婆婆呢？可刚才袁旗旗要他满足老人的任何要求，即使不为袁旗旗，就冲老人这热切期盼的样子，他也不忍心让她失望，想到此，他豁出去了，低头在老人的面颊上吻了一下。

一吻之后，奇怪的事发生了：老婆婆竟然变成了袁旗旗！看着林想吃惊的样子，袁旗旗两眼含泪地说："我不是什么袁旗旗，我是袁鹤云。"林想傻了："这到底是怎么回事？"

鹤云给林想说了一个胖女孩和一件魔法旗袍的故事——

鹤云以前是个胖妞，身高只有一米六五，体重却达到了八十六公斤，虽然脸蛋漂亮，可身体却胖得像个气球，她曾经试过很多种减肥的方法，却都失败了，就在她万分沮丧的时候，她看到网上有这样的消息："出售魔法旗袍，圆你瘦身梦想！"

鹤云立刻被吸引，订购了旗袍，不久，她便收到美丽的旗袍，这可真是一种魔法旗袍，穿上它后，鹤云的身材马上就变得玲珑有致。她试穿七天，走到哪都是惊艳的眼神，奇异的是这旗袍还会根据她的心情变换颜色。

可到了月末，鹤云却发现她变成一个苍老的婆婆！她发疯般地在网上把卖主骂了一顿，卖主心平气和地回复说，这是魔法的副作用，要解除并不难，只要当她是个老婆婆时，有年轻男子能真心真意地吻她一下，就可以解除旗袍的负面魔法，于是鹤云四处寻找愿意真心吻她的人，并自编自演了好几次"袁旗旗和外婆的故事"，可就是没有人愿意吻她这个"老婆婆"，直到遇到林想，这才如愿。

林想听了鹤云的话，奇怪地问："既然你发现这旗袍这么可怕，为什么不试着脱掉它呢？"

鹤云立刻叫道："不！我想要美丽，不要肥胖！"

林想温柔地看着她："如果让你在真心爱你的人和这魔法旗袍之间做选择，你会选哪个？"

鹤云从林想的眼里看出了情意，她低下了头，过了很久，抬起头，勇敢地说："我选爱人！你跟我来！"说完，她拉着林想往家里走。

到家后，鹤云让林想在外面等她，几分钟后，她羞怯地打开门让林想进来，林想看到她穿着一套肥大的休闲服，样子十分可爱，便开心地说："这不是蛮好看的吗？不胖嘛！"

鹤云一听，跑到镜子前左照右照，惊喜地说："真的不胖了！这……这是怎么回事呀？"说完，她突然想起了那魔法旗袍，四处寻找，都没找到，找到的只是放在桌上的一张小字条："魔法旗袍，助你苗条；找个爱人，白首偕老。"

（**题图、插图**：谭海彦）

本公司《故事会》《金色年代》列入2009年中国邮政畅销报刊

中国邮政发行畅销报刊

BEST SELLING 2009 中国邮政发行畅销报刊

时政财经

参考消息 瞭望 瞭望东方周刊 财经
新华社每日电讯 中国新闻周刊 南风窗 环球人物
环球时报 21世纪经济报道 商界 中国企业家
南方周末 第一财经日报 三联生活周刊 北大商业评论
半月谈

文化综合

中国剪报 特别关注 每周文摘 作家文摘 读报参考
报刊文摘 青年文摘 文摘报 半月选读 新华文摘
法制文萃报 意林 文摘周刊 小说月报 今古传奇
读者 **故事会** 知识博览报 格言 领导文萃
特别文摘 演讲与口才 良友周报 时代邮刊

老年健康

家庭医生报 老年文摘报 中国老年报 健康指南(中老年)
益寿文摘报 医药养生保健 健康时报 保健与生活
健康文摘报 老年日报 **金色年代**

家庭生活

中国电视报 家庭医生 东方女性 大众医学
知音 现代家庭报 37°女人 人之初
家庭 生命时报 幸福

青少教育

幼儿画报 中小学生学习报系列 我们爱科学
课堂内外 中国少年报 东方娃娃
婴儿画报 儿童文学

时尚杂志

体坛周报 电脑爱好者 时尚
电脑报 足球报 汽车之友
中国国家地理 上海服饰 兵器知识

根据韩国作家崔喜姝的作品改编

洋娃娃里的爱情

□邓　笛　编译

有一对男女，女的叫崔英子，男的叫金正健，两人从小一块儿长大，一直都是朋友，但确定为恋爱关系是在去年的一次旅行时。那次旅行结束时，崔英子向男友表白了爱意，从此，他们成了一对情侣，但是他们相爱的方式却是不一样的：女的全心全意地爱着男的，只爱他一个人，断绝了和其他男生的来往，而男的似乎还有其他亲密的女性朋友。

有一天，崔英子问男友：“你想去看电影吗？”

金正健说“不行”，这使崔英子很失望：“为什么？你需要在家里学习功课吗？”

金正健的回答十分干脆、明朗：“不……我要去见一个朋友……”他总是如此，他从来不避讳在崔英子面前和别的女孩见面，和这些女孩相比，崔英子没有看出她在他眼中有什么特别的，在他们两人之间，“爱”这个字只从崔英子的嘴里说出来，而金正健从未说过“我爱你”这三个字。他们两人每天都约会，大概有100次了，或许是200次了，但他从来不肯说出这三个字。每次分手时，崔英子总是十分期待金正健对她说“我爱你”，但每次总是失望，他只是每天早晨在崔英子的家门口送她一个洋娃娃，每天如此，而她房间里的洋娃娃已经堆积如山了，为什么一定要送洋娃娃呢？崔英子不知道……

有一天，那是崔英子生日的前一天，她早晨起床后，就想象能和金正健一起有一个浪漫的约会，她把自己关在房间里等他的电话，但是，吃中

饭的时候过去了，吃晚饭的时候过去了……接着，天黑了，他还是没打电话来。崔英子不时看电话机，脖子都扭酸了……凌晨2点钟时，金正健突然打来了电话，把崔英子从梦中惊醒，他说他从家里出来了，崔英子听了，还是满心欢喜地冲出了家门。

两人一见面，崔英子首先看到的便是自己男友手中捧着的一个很大很大的洋娃娃，金正健微笑着，把洋娃娃递给了崔英子："昨天没有送给你，所以我现在把它交给你……我得走了，再见！"

崔英子急得喊了起来："等一等……"

金正健见崔英子眼泪汪汪的，便问："你有话要说？"

"我想要你说你爱我……"崔英子依偎在金正健肩上，情意绵绵的，但是金正健还是没有说出崔英子想听的话，他说："我不想说……如果你一定要我说，就找别人吧。"说完，他就走了。

崔英子想不到男友居然会说这样的话，居然会就这么走了，她双腿发软，跌倒在地上。那天，她把自己关在家里，伤心地流泪，而整整一天，金正健一直没有来电话……

一个月之后，崔英子终于重新振作起来，这天，电话铃突然响了，是金正健，他要崔英子去附近的一个公交车停靠站。崔英子努力让自己平静下来，然后走了过去，路上，崔英子不停地对自己说"忘掉他，一切都结束了！"不一会儿，崔英子看见金正健了，他的怀里又抱着一个大洋娃娃。

金正健见崔英子如约而来很高兴："我以为你生气了，不会来的。"

这时的崔英子已经不是生气，而是恨他了，但是她装着若无其事的样子，还说了句玩笑话。后来，金正健又像往常一样送给崔英子洋娃娃，崔英子眼皮都没有抬，说："我不需要这个东西。"

金正健听了显得很吃惊："什么……为什么？"

崔英子没有回答，而是一把从金

正健的手上抢过洋娃娃，扔到了马路上，她愤怒地说："我不需要，永远也不需要！我再不想见到你这个人！"崔英子心中郁积已久的痛苦、委屈、怨恨统统从那扇被她压抑了许久的心底之门中喷泻而出，但是，这一次与往常不一样了，金正健的眼睛湿润了，他小声地道歉道："对不起。"然后，他走到路中央，要去拾那个洋娃娃……

崔英子见了，鄙夷地说："瞧你的傻样！为什么要将这个破玩意儿拾起来？扔远点儿！"

金正健没有理会崔英子，而是依然走去，他走到了洋娃娃的面前，弯腰去捡，就在这刹那间，一辆巨大的卡车以极快的速度开来，崔英子尖叫起来："快闪开！"可金正健像是没有听到她的喊叫，还是蹲下身子去拾洋娃娃，紧接着是刺耳的刹车声和卡车巨大的阴影……

金正健就这样离开了这个世界，他就这样没有对崔英子说一句话而永远离开了她。

从那天起，崔英子每天都恍恍惚惚的，沉浸在失去男友的悲伤之中，心中受尽了负罪感的折磨，她拿出了金正健送给自己的所有洋娃娃，这些洋娃娃全是他送的，以前两人每出去一次，他就送崔英子一个洋娃娃，有多少个洋娃娃，就有多少个他们相爱的日子。

"1、2、3……"崔英子发疯一般不停地数着，"……483、484、485。"总共是485个，崔英子抱起一个洋娃娃，放声大哭，洋娃娃被她抱得很紧，突然，她听到了一声——"我爱你！"

崔英子一惊，松开了洋娃娃，而就在这一瞬间，从洋娃娃的身体里又发出了一声——"我爱你！"

崔英子拾起洋娃娃，在它的肚子上压了一下，于是，声音又响了起来："我爱你！"

崔英子在好几个洋娃娃的肚子上都压了一下，于是它们全都发出了这样的声音——"我爱你！""我爱你！""我爱你！"

这三个字不绝于耳，直到这时，崔英子才知道金正健的心一直陪伴着她，而她却毫无察觉！崔英子从床底下拿出第486个洋娃娃，也就是金正健送给她的最后一个，那上面还有他的血，崔英子细细一看，洋娃娃漂亮的裙子上还写着这么一些字："英子，你知道今天是什么日子吗？我们已经相爱了486天。是的，我是一个害羞的人，我羞于当面说'我爱你'，但是如果你能接受这个洋娃娃、原谅我的话，我从此以后会每天都对你说'我爱你'，直到死去为止。"

崔英子的眼泪夺眶而出，此时此刻，她才知道金正健在生命的最后一刻都一直爱着她……

（**题图**、**插图**：佐　夫）

两个身怀绝技的猎雁高手，一个巧施暗设捕雁之计，一个妄图坐收渔翁之利，在这场惊心动魄的捕杀行动中，究竟谁才是赢家？

捕大雁

□尹全生

1．可怜的大雁“哨兵”

汉江中游上有片荒岛，人称“落雁洲”，和丰镇相邻。早年每到深秋，南迁的大雁总把这里当作栖息之地，到傍晚便落雁无数，“落雁洲”由此得名。“夕阳落雁”原是丰镇的一道千年胜景，可是由于近年来生态遭破坏，加上当地人的捕杀，落雁洲上已有一二十年见不到大雁了。可出人意料的是，这年又有雁群降临落雁洲了，起初每天十只八只，后来增加到每天近百只，引来众多居民隔江遥观，“夕阳落雁”的胜景，从丰镇人的记忆里又回到了现实生活中。

看着落雁洲上的那些大雁，有人却动起了歪心思：要是夜里将栖息的大雁偷偷捕杀卖掉，这可是能发大财的好机会哟！

有两个人不约而同地动了这个歪念头，一个绰号叫“混儿张”，一个绰号叫“溜儿王”，他们都是丰镇街面上的游手好闲之徒。两人之前虽然有过交往，眼下又同在隔江观雁，但为了发不义之财，两人都想人不知鬼不觉地吃独食，谁也没有声张。

歪念头一生出来，混儿张便从溜儿王面前离开，溜出人群，为夜里捕雁做准备去了。

混儿张年轻时曾在夜里尾随别人捕过大雁，对捕雁的方法还知道一些，但由于之后因大雁绝迹而无用武之地，他还没机会一展身手呢。

这天夜里零点时分，混儿张备齐了捕雁工具，独自驾一条小渔船，轻轻地划桨靠近了落雁洲。

夜深时分，万籁俱寂，混儿张蹑手蹑脚地下了船，黑灯瞎火中寻找记忆中的一棵柳树，打算把缆绳拴在树上以泊船。

摸到那棵柳树时，混儿张心里“咯噔”了一下：柳树上已经拴着一条小渔船，毫无疑问，在他之前已经有人捷足先登了！

混儿张恨得牙根儿痒痒，但转念一想这样也好：捕雁是个风险很大的营生，生手难免不出闪失，如今有人在前面“探险”，自己干脆就躲在后面

察看动静，如果对方失手，被大雁啄得头破血流自己就躲过了一劫；如果对方得手，必然要装船，一次次地把死雁往船上装，往返十次二十次是少不了的，待对方装得差不多时，自己就悄悄将载雁的船划走，让对方“做贼遇到打劫的”，自己则直接划船到下游，随便找个集镇，一次性将大雁批发出去……

有了如此想法，混儿张便将自己的船拴到柳树上，而将对方的船拖向下游，用一块大石头把缆绳压住。这样处置完毕，他便躲到柳树旁喜滋滋地察看动静了。

其实，那个捷足先登者正是溜儿王，和混儿张一样，溜儿王年轻时也曾随别人捕过大雁，对捕雁的诀窍也略知一二。大雁栖息的准确方位，溜儿王早已在心里绘好了“地图”。登陆后，他便在距大雁一二十米的地方潜伏下来，准备施展早年学到的手段对付雁群的“哨兵”！

对付“哨兵”是捕雁的关键：大雁和鸡鸭一样都是“鸡宿眼”，黑暗中视力尽失，并且它们入睡时，总要把脑袋包在翅膀里面，如果不是大的动静则难以警醒，而野猫、黄鼠狼等天敌和人类的偷袭，往往也就发生在这时候，所以，“布哨而栖”是大雁世界的传世规则，“哨兵”能否及时发现异常情况并发出警报，关系到整个雁群的安危存亡，而对于捕猎者来说，捕

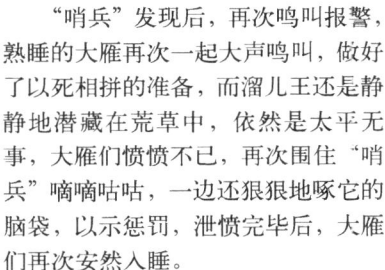

雁成败与否，首要问题就是能否无声无息地把“哨兵”干掉。

潜伏停当后，溜儿王从身上掏出了对付“哨兵”的秘密武器：竹筒、纸闷儿。那竹筒有拇指粗细，一头开口，有盖子；纸闷儿则是将草纸卷成烟卷模样，事先点燃后再将明火吹熄，装进竹筒中。

一会儿，溜儿王开始动作了，他从竹筒里抽出纸闷儿，迎风一晃便是一片光亮，然后又迅速将纸闷儿塞进竹筒、盖上盖子……

警惕的“哨兵”很快发现了亮光，立刻鸣叫报警，熟睡的大雁们惊醒后便大声鸣叫着，有组织地做好了防卫准备。不要以为大雁和鸡鸭一般好欺负，当它们从“哨兵”那里得到入侵者的方位后，便会以嘴和强有力的翅膀为武器反击过去，以死相拼的。早年的捕雁者，在黑灯瞎火的混战中被啄瞎眼睛、啄掉鼻子并非新鲜事，有人甚至因此丢掉了性命。

就在“哨兵”鸣叫报警、雁群严阵以待时，溜儿王却悄无声息地潜藏在荒草中，一动也不动了。

大雁们觉得奇怪了：没什么动静呀，四周除了无边无际的黑暗，似乎再没有其他什么了，天下太平，乾坤安详，于是大雁们嘀嘀咕咕了一阵，像是在责怪“哨兵”谎报军情，不久就又安然入睡了。

过了一会儿，溜儿王再次取出纸闷儿举起晃动，然后又迅速将纸闷儿装进竹筒。

“哨兵”发现后，再次鸣叫报警，熟睡的大雁再次一起大声鸣叫，做好了以死相拼的准备，而溜儿王还是静静地潜藏在荒草中，依然是太平无事，大雁们愤愤不已，再次围住“哨兵”嘀嘀咕咕，一边还狠狠地啄它的脑袋，以示惩罚，泄愤完毕后，大雁们再次安然入睡。

奸诈的溜儿王如此反复多次，“哨兵”也就被反复惩罚，而且一次比一次重，“哨兵”最终被啄得头晕眼花、头破血流，如此一来，它发现异常后就不敢再鸣叫报警了，这有点像“狼来了”的故事……

到了这个时候，溜儿王便觉得自己稳操胜券，捕杀可以开始了！他拿起早已备好的木棒——这木棒的用途是敲击大雁脑袋的，大雁在黑暗中视力尽失，在没有“哨兵”报警的情况下遭到突然袭击，群雁往往会惊慌不知所措，两眼一抹黑，不知往哪儿飞，不知往哪儿跑，完全乱了阵脚，任人一棒一只打杀，要不了多长时间，百十只大雁就会全军覆没，大把大把的钞票就会到手……想到这些，溜儿王禁不住一阵狂喜，他站了起来，蹑手蹑脚地向雁群靠近……

2. 大雁不是鸡宿眼吗

螳螂捕蝉，黄雀在后，躲在后面

的混儿张，尽管不知道捷足先登者是谁，却已领教了其手段，他在心里说：这家伙功夫不在我之下呀！他伸着脖子继续张望，真心希望对方能够马到成功，将大雁们斩尽杀绝才好。

溜儿王一步一探往前摸去，眼看就要靠近雁群实施屠杀时，突然响起了一声响亮的雁叫，这叫声不是“哨兵”发出的，而是从雁群中发出的，紧接着，整个雁群都大声叫了起来，更可怕的是，不但叫声连成一片，而且雁群很快形成了黑压压的阵势，海潮般向溜儿王涌了过来！溜儿王一看情势不好，扭头便跑，而大雁们则鸣叫着紧追不舍……

这一幕，远处的混儿张模模糊糊地看到了，他诧异不止：这是怎么了？都说大雁是鸡宿眼，可它们为什么会发现那个倒霉蛋呢？眼见情势危急，来不及深究，混儿张连忙解开缆绳，登上渔船“捷足先逃”了……

混儿张回到家时天还没亮，他躺在床上左思右想，难以消解心头的迷惑：“哨兵”的作用已经消除，那人向雁群靠近时又没发出一点儿声响，大雁是怎么知道他靠近的？

混儿张年轻时尾随他人捕雁，只是远远地趴着观望，没有靠近雁群去捕杀，因此对其中的诀窍并不知晓。他百思不得其解，打算寻访一个捕雁高手，求教其中诀窍。

混儿张要寻访的捕雁高手，就是住他楼下的云叔。

这两家人虽是近邻但一直不和：混儿张爱约人到家里打麻将，经常通宵达旦，前来打麻将的，都是和他一样的市井混混儿，深更半夜里又是吆喝又是摔麻将，而云叔有心脏病，夜里最怕有大动静，为此多次发生争执，混儿张从不认错，更不改过。

按理说有如此的积怨，混儿张是不好意思向对方讨教的，但他脸皮厚呀，龙门能跳，狗洞可钻，这天早饭后，他提着两瓶酒来到了云叔家，一进门就又鞠躬又道歉，说自己平时不注意邻里关系，眼下经居委会批评前来认错，保证以后夜里不在家打麻将了……云叔是实在人，一听很感动，拉混儿张坐下聊天。

话说到热乎处，混儿张见缝插针，求云叔传授些捕雁诀窍。

云叔一听就摆手，说自己早年捕过大雁不假，可三十多年前就洗手不干了，起因是一次捕雁 那天夜里，云叔捕杀了一群大雁，到天亮时发现“哨兵”独自躲过了这一劫，可它并不飞走，等云叔将其他死雁装船后，“哨兵”才飞上了天空，却又久久徘徊不去、悲鸣不止。突然，那“哨兵”合起翅膀，一头朝下凌空掉落，坠到了云叔面前……

混儿张听了觉得好奇：“那‘哨兵’为啥要自尽？”

云叔说，它可能是看到群雁被杀后愧疚难当，又觉得无所追随，活着没意思了。说到这里，云叔叹了口气，说：“从那以后，我就觉得大雁是有灵性的，捕杀它们坏良心！再说，现在政府又禁止捕杀。”

混儿张眼珠子一转说：“其实我只要捕一只大雁。”

云叔不解：“你要一只大雁干什么？”

混儿张的谎话早就编好了，他红着眼圈说：“我老娘得了一种怪病，中医说要用大雁的口水做药引子，要是捕不到一只大雁，我老娘半个月内就不行了。”

混儿张的老娘随大女儿居住，云叔曾经见过。上了年岁的人一看到当儿子的对老娘如此孝敬，云叔心里自然感动，而且混儿张又只要大雁的口水，不会伤害其性命，于是云叔就掏着心窝子说实话，把捕雁的诀窍说了出来：“捕杀大雁的人，身上是不能有人味儿的。”

混儿张的眼睛眨巴开了：“人味儿咋了？”

原来，历经千百万年的物种进化，以及世世代代野外生存环境的严酷磨练，大雁有着十分发达的嗅觉：夜里栖息时，尽管它们已经酣然入睡了，但嗅觉仍然“醒”着，六七步开外足以闻得到人体的气味，从而惊醒鸣叫。云叔说：“别看它们是‘鸡宿眼’，人还没走到跟前它们就闻到了！”

混儿张一听真是开眼了：那个倒霉蛋之所以失手，恐怕就是在靠近时被大雁闻到了“人味儿”！

混儿张接着就求云叔传授去除“人味儿”的方法，说为了治疗老娘的病，自己宁愿不是人：“我娘那副救命的中药，可就等着药引子了！”

云叔见混儿张眼泪汪汪的，心里也跟着发酸，于是就说出了捕雁之前必不可少的一步：用新鲜野艾熬成水，捕雁前喝上一大碗，随后，再用这野艾水彻底洗个澡，连衣服也要洒些野艾水；如此，“人味儿”便会被暂时掩盖住，连呼出的气也是野草味儿，大雁就难以闻出来了。混儿张一听恍然大悟，他乐得直想笑：嗨，没想到我用一番谎话两瓶酒，就把这老家伙肚里的牛黄狗宝全掏出来了！

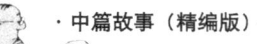

3. 捕雁高手的心计

云叔为人实在，把去人味儿的诀窍传给混儿张不算，还怕他捕雁时意外受伤，又教了他一招：走近熟睡的雁群，看准一只大雁后，要用事先准备的大雁羽毛拨弄它的腿，大雁以为是蚂蚁之类野虫顺着腿爬上来了，便会将脑袋从翅膀里伸出来挠痒痒，到了这个时候就迅速攥住大雁脖子，使它不能出声，抱起来迅速撤离……

混儿张佩服得五体投地，可眼下到什么地方去弄一根大雁羽毛呢？

云叔说用野鸭的羽毛代替也可以，但要用特殊方法清除掉异味，云叔说："我待会儿要到动物园去溜达，顺便找根野鸭羽毛，清洗后你晚上来取。"

混儿张并没为云叔的善良、热心所感动，反觉得这老家伙太迂了，太容易糊弄了，心里这样想，他嘴上却还是假惺惺地"感谢"了一番，喜滋滋地告别云叔，到郊外寻找野艾去了。

云叔平日喜欢动物，也常逛动物园，送走混儿张后他便到那里去了，没料到在途中遇到了溜儿王，

这溜儿王夜里着实吃了苦头：尽管他白天已经规划好了撤退路线，但还是被大雁啄得鼻青眼肿，连滚带爬、屁滚尿流才逃到了柳树下，到这里登上渔船就可以脱离危险了，可是他做梦也没有想到——拴在树干上的船早没了踪影！

船呢？溜儿王来不及细想，猴窜狗跳地爬上柳树躲避雁群的攻击，好不容易挨到天色微明，待大雁飞走他才从树上溜下来，找到小船后离开了落雁洲。

溜儿王回到家后同样是一头雾水："哨兵"明明已经失去作用，我向雁群靠近时又没发出一点儿声响，那些大雁是怎么发现我的？

更令人奇怪的是：我的渔船明明就拴在柳树上，又是怎么移位到了下

游的？难道是缆绳没拴牢，船顺水漂走，而后缆绳被石头绊住的？

溜儿王吃了一次苦头并不死心，也来向云叔求教，他原来是狗贩子，和喜欢动物的云叔早就相识。

溜儿王也早编好了谎话，可是他编的谎话和混儿张竟然不约而同，也说自己老娘病重，急需一只大雁做药引子，云叔一听奇怪了，问道："刚才混儿张说他老娘病重，需要捕一只大雁做药引子……"

溜儿王一听心里突然一动：什么？混儿张也在打大雁的主意？夜里我的渔船换了位，该不是这狗娘养的在捣鬼吧？

想到这里，溜儿王恼火了，一气之下把混儿张的谎话揭了个底朝天："我和他大姐住对门，低头不见抬头见的，他老娘哪有什么病？"

云叔听了心里一个"咯噔"，再联想到混儿张的人品，这才意识到自己被混儿张忽悠了，云叔又气又悔，可捕雁的诀窍已经告诉了他，总不能从他肚里掏回来吧？这么一来，云叔对溜儿王说的为老娘找药引子的话也不相信了，他琢磨了一阵，对溜儿王说"我把所有的捕雁诀窍都告诉混儿张了，他今天夜里就要去捕雁，到时候你躲在他后面，还怕学不到诀窍？"

溜儿王一听喜从天降：就让混儿张在前面"趟地雷"，我躲在后面坐收渔翁之利！

再说混儿张，这时已在郊外挖足了野艾，晚饭后便躺下养精蓄锐。

太阳落山时混儿张起床熬好了野艾水，先从头到脚洗个彻底，又苦着脸喝了一大碗……准备到这份上，混儿张觉得当晚捕雁是万事俱备，只欠云叔给他准备的野鸭羽毛了。

黄昏时分，混儿张去找云叔，云叔见到他后不动声色，用鼻子在他身上嗅，说："你小子啊，身上真是没有人味儿了！"

混儿张说："我就盼着身上没有人味儿啊！"

两人说笑一阵，云叔取出了所说的野鸭羽毛，装进了小塑料袋，封口后交给了混儿张，混儿张问羽毛为什么要装在塑料袋里，云叔说羽毛若是装在口袋里，到时候黑灯瞎火的难以摸到，更重要的，还是防备沾染上了人味儿啊！

4. 屠杀即将开始

又是零点时分了，混儿张独自驾着渔船，轻轻地划桨靠近落雁洲，再次蹑手蹑脚地下船摸到了那棵桠树下。这次，他特地往前后左右侦查了一番：既无人也无船！混儿张料定昨天夜里的倒霉蛋，眼下不是躺在家里养伤，就是躺在医院里治疗，心里自然得意洋洋。

一会儿，混儿张在距大雁一二十

米的地方潜伏下来，很从容地掏出竹筒、纸闷儿，能去除人味儿的野艾水洗也洗了，喝也喝了，再不用担心什么了，混儿张施展和溜儿王一般的伎俩，全神贯注地对付雁群的“哨兵”……

警惕的“哨兵”很快发现了亮光，于是便鸣叫报警，大雁们惊醒后大声叫着，有组织地做好了以死相拼的准备……

昨天的雁群已经飞走，此雁群非彼雁群，此“哨兵”非彼“哨兵”，但大雁的习性是千古不变的：“哨兵”谎报军情后被啄得头晕眼花、头破血流，因遭受了反复惩罚，“哨兵”发现异常后不敢再鸣叫报警了，雁群一片寂静。

混儿张心里暗喜不止，他拿起早已备好的木棒，一步一探地向雁群靠近，他早已胸有成竹，方案是：蹑手蹑脚地溜近熟睡的雁群，看准一只大雁后，先用羽毛拨弄它的腿，待大雁将脑袋从翅膀里伸出来挠痒痒时，就对准它的脑袋挥木棒迅猛一击……第一个遇难者咽气前的垂死挣扎，势必会惊醒其他大雁，惊醒后自然会纷纷“责问”“哨兵”，而“哨兵”根本不会知道发生了什么事，而且早已不敢再出声了，这样，这群大雁就只能任混儿张肆意捕杀了……

混儿张渐渐向雁群接近，眼看只剩三五步远了，昨天夜里的那个倒霉蛋，也就是在这样的距离惊动了雁群的，可现在的雁群却是无声无息，这一下混儿张对云叔的诀窍彻底信服了！

混儿张悄悄匍匐在地，蠕动着身子摸到了一只大雁脚下，从上衣口袋里掏出那个塑料袋，再从塑料袋里掏出羽毛，轻手轻脚地拨弄大雁的腿，作蚂蚁顺腿爬状。那只大雁真的将脑袋从翅膀里伸了出来，接下来就应该是大雁用嘴巴挠痒痒了，也应该是混儿张对准大雁脑袋挥起木棒了，血腥的屠杀也应该开始了……

这时的溜儿王，早已尾随混儿张登陆落雁洲，并同样将两条船换了位置。他此时此刻的

心情，除了也想坐收渔利外，他还想尽可能靠近混儿张，以便偷学些捕雁的诀窍，以后能以此发财，因此，溜儿王没有躲在柳树下，而是潜伏到混儿张身后五六米远的地方，伸着脖子观察。可是黑灯瞎火的，混儿张的身影很模糊，细小动作根本看不到，这就迫使溜儿王一而再、再而三地匍匐跟进……

前面的情景到了最紧张的关头：那只大雁将脑袋从翅膀里伸了出来，混儿张慢慢地挥起了木棒，大屠杀眼看就要开始……

突然，奇怪的事情发生了：那只大雁没有用嘴去挠痒痒，而是突然“嘎”的一声大叫起来，紧接着，大雁的嘴巴又狠狠啄向混儿张拿羽毛的手，也就在这么一瞬间，其他大雁全被惊醒了，它们一起大声叫着，“哗啦啦”地向混儿张包抄过来！

两眼一抹黑的大雁是怎么发现混儿张的？难道他身上还有人味儿？可去除人味儿的野艾水，混儿张是洗也洗了、喝也喝了呀！难道是云叔的诀窍不灵？可他曾用这样的诀窍捕雁多年、是当年有名的捕雁高手啊！那么，该不是云叔没有将诀窍和盘托出、蒙骗了混儿张吧？

这些疑问，匍匐在地的混儿张根本没有工夫琢磨，原先是他第一个捕杀目标的那只大雁，用它那坚实的嘴巴狠狠地啄到了混儿张的手背上，这一嘴巴有多大力量？动物园有人曾做过试验，大雁的一嘴巴实实在在地啄下去，能将三合板啄个洞！

混儿张被啄的那一嘴不能算不实在，手背顿时就皮开肉绽，疼得他忍不住尖叫起来，他爬起来，丢掉木棒和羽毛，用双手护住鼻子眼睛耳朵，撒开脚丫子没命地逃窜……

5.羽毛的功用

昨天夜里的溜儿王是在距大雁五六步远的地方被发现的，还来得及逃离，而今天夜里的混儿张是在大雁脚下被发现的，他爬起来时，就已经被雁群团团包围了，哪里逃得了？大雁们声嘶力竭地叫着，用嘴和强有力的翅膀为武器，向混儿张发起了以死相拼般的攻击……

混儿张身处险境，而溜儿王由于相隔距离太近，也被大雁们圈进了包围圈，更倒霉的是，他没有用野艾水去除人味儿，雁群死死盯着他，毫不放松，一片黑暗中，两个家伙被大雁围得里三层外三层，成了“众啄之的”。他们双双抱头鼠窜，拼死突围求生，好在他们是两个人，分散了大雁的注意力，两个家伙左冲右突，好不容易才逃到了那棵柳树下。溜儿王先一步赶到，他起初试图驾船逃离，但情急中来不及解开缆绳，便又爬上了柳树，那棵柳树野生野长，满身都是小枝杈，往上攀爬还算容易，在一人多高的地方，主枝分叉为“V”字形，正好可以让溜儿王落脚。后脚赶到的混儿张更来不及解缆绳，也拼出老命爬上了树。

那棵柳树上，只有“V”字形的分叉可以落脚，而且只容得下一个人，溜儿王捷足先登，当然要捍卫自己的既得地盘，他对着混儿张的手狠狠踩了一蹄子，混儿张痛得龇牙咧嘴，骂道：“你他奶奶的见死不救，还算人吗？”

溜儿王也回骂道：“老子不是人你是人？你身上连一丝人味儿都没有了！”

下有群雁围攻，上有溜儿王的阻击，混儿张越发急眼了，他抓住溜儿王的一条腿强行往上攀，溜儿王抬起另一条腿狠狠踹去，没想到身体失去平衡，两个家伙双双掉到地上，再次成了群雁的攻击目标……

再说混儿张晚上离家后，云叔先是感到心里痛快：这两个没人味儿的家伙，就该让大雁教训教训他们，可是零点以后，他又渐渐坐卧不安起来：大雁的嘴巴没有轻重，万一他们有个三长两短可怎么办？想到这里，云叔最终还是拨打了110，并说自己可以带路到落雁洲救人。

云叔带着警察，乘快艇赶到落雁洲时，两个偷雁贼正使出最后的力气，在雁群中挣扎求生——本来他们就被啄得遍体鳞伤，又从树上摔下来，摔在密密匝匝的雁群中，想想看，这后果该有多严重？

就在这时，快艇“突突突”驰过来，探照灯贼亮，大雁受了惊吓，不敢恋战，收兵撤退了。

两个偷雁贼都是头破血流的，浑身上下没有一块好皮肉，已趴在地上动弹不得了。溜儿王呈半昏迷状态，但嘴里还在骂混儿张：“你狗东西的功夫不到家就来捕雁，害得老子陪你险些丢了性命不说，又丢人现眼……”

警察说：“这恐怕还不算完，过后，野生动物保护部门还要找你们麻

网络经典语录

◇ 爱情能使一只猫快活得像一个皇帝，也能使一个皇帝快活得像一只猫。

◇ 婚姻要求一个男人准备四种戒指 订婚戒，婚礼戒，受苦戒，忍耐戒。

◇ 20岁的男人下了班想玩一会儿，30岁的男人下了班想歇一会儿。

◇ 对青年有三条建议：第一是思考，第二是思考，第三是不能老是思考。

◇ 敲门声音最响的一定是收费的，敲门声音最轻的一定是推销的。

◇ 人生三难题：思，相思，单相思。

◇ 追到小偷，可以把损失拿回来；追到女朋友，你的损失才刚开始。

◇ 追求姑娘宜用诗歌；记录蜜月可用随笔；讽刺老婆得用杂文。

◇ 名人的言论如果风趣，就会成名言；如果枯燥，则会成为文献。

◇ 如果你经常不按时吃饭，就必须按时吃药。

◇ 写文章要像大人物发布指示那样简洁，像小人物求人办事那样诚恳。

◇ 男人掏钱是情人关系，女人掏钱是夫妻关系，男女抢着掏钱是朋友关系。

◇ 当足球打在门柱上的一瞬间，你便领教了什么叫运气。

◇ 不要以你自己为模型来复制你的部下。

（**推荐者**：史顺利）

烦呢！”

混儿张听警察这么说，后悔死了，但他心里很纳闷，便有气无力地问云叔：“我全按你说的做，怎么还是让大雁发现了？”

云叔忍着笑，说混儿张用羽毛拨弄大雁腿时，可能出手重了，“轻”“重”是手头功夫，谁说得清楚？

警察好奇，悄悄问云叔是怎么回事，云叔说了捕获大雁的方法，并告诉警察：“混儿张捕雁不成的原因，是在那根羽毛上！”

警察疑惑地问：“羽毛怎么了？“

云叔说：“那不是野鸭羽毛，而是一根老鹰羽毛！”

警察一听，这才明白了。老鹰是大雁的天敌，对它身上的气味儿大雁特别敏感。云叔之所以将老鹰羽毛装在塑料袋里，目的就是要把这股子淡淡的味道“保管”起来，而当混儿张从塑料袋里掏出老鹰羽毛、“送”到大雁鼻子下面时，这股子味道一下子就挥发出来了，大雁以为天敌来到，它能不叫吗？

警察把混儿张、溜儿王带走了，云叔望着满身伤痕、垂头丧气的两个倒霉蛋，心里在想：“这两个混小子有了这次教训，以后不会再捕大雁了吧！”

（**题图、插图**：杨宏富）

人总是有欲望的，欲望能催人追求，但是过度的欲望就会给人带来困扰，有句俗话说得好，人心不足蛇吞象。所以欲望要有限度……

古井恩怨

□童存云

1．温泉井

民国年间的皖南祁门县城里，出了一件怪事：有户人家的一口百年老井一夜之间成了温泉，就在这户人家为这个意外惊喜的时候，一家人又在一夜之间死于非命，全家人的身上均无伤痕，但每个人的脚掌上都有一个针眼一样的小孔。经过验尸发现，他们都是中了一种罕见的毒，而这种毒又无从查证，这样一来，这个案子便成了悬案。一时间街上谣言四起，说他们一家准是得罪了什么恶鬼，遭到报复，从此以后，这家的院子便成了一个没人敢进去的荒园。

所有人都相信这家人遇上鬼了，但只有一个人不信，她就是住在隔壁的大商人马天元的女儿竹叶。

竹叶这年十五岁，是个特别的女孩，马天元常常拿女儿开玩笑，说她是一条蛇托的生。

原来竹叶出世的时候还有一段故事：母亲生她时难产，眼看着大人小孩性命不保，突然间从房梁上窜下一条竹叶青蛇来，竹叶的母亲吓得一使劲就生下了她，可奇怪的是孩子生下来之后，一家人到处找蛇却踪影全无，于是家人便以为是蛇仙保佑，就给孩子取了个名，叫“竹叶”。

竹叶没事就趴在自家的楼上观察这个荒园，她总觉得答案就在这里，可具体在哪她一时没想到。这一晃，两年过去了，竹叶也大了。

再说有个叫马武的叫花子，从穿开裆裤起就开始讨饭了，年纪不大，讨饭倒讨了近二十年，他长相猥琐，讨饭不易，度日艰难。

这年四月，马武讨饭讨到皖南境地。在祁门县城里，他发现了一个无人居住的破院子，里面只有几间没有门的房子和一口古老的残井。这当儿，马武又累又饿，他拿来井旁的一只破水桶，便打了半桶井水尝了尝。这一尝之后，他发现这井水甘甜可口，还有些温热，原来这还是口温泉井，马武乐坏了，反正这里无人居住，他就决定在这里安家了。由于太累了，他就靠在井边睡着了。

也不知过了多久，马武被人摇醒，他睁开惺忪的睡眼一看，天早已黑了。明亮的月光下，他看见一个十七八岁的俊俏姑娘，正在等着他醒来。马武一惊，连忙翻身坐起，然后不知所措，慌乱得连手都不知放哪了。姑娘衣着光鲜，剪着时下流行的齐耳短发，她从随身的一个拎包里拿出几个肉包子，说："我就住在附近，白天就看见你来了，本来想给你送点吃的，可一直没时间……"说着就把肉包子递给了马武，马武受宠若惊地接过包子，狼吞虎咽地吃了起来。

都说饱暖思淫欲，吃饱后，马武看看左右无人，姑娘又是那么的美貌，不禁动了坏心思，开始慢慢地往姑娘身边靠，轻佻地把一只手搭在她的肩膀上。姑娘一怔，不过她也没说什么，只是轻轻地让开了，她快步走到古井边，对着井里幽幽地说："宝贝，上来吧，这儿有一个大活人，可以让你大吃一顿了！"说完，那姑娘回头冲马武诡异地一笑，破屋、古井、美人……马武顿时觉得头皮一麻，恍惚之中好像看到井底下有一群饿鬼，他惊吓得撒腿就跑。

马武两脚生风，也不知跑了多久，他才停了下来，多漂亮的一个姑娘啊，只可惜是个女鬼！他有些懊悔，早知道她是女鬼就不去占便宜了，现在倒好，丢了打狗棍不说，连平时讨饭用的那只破碗也丢掉了……

2.竹叶女

丢了打狗棍和讨饭碗的马武什么也不是了，说他是叫花子吧，他怎么会没讨饭碗？没碗怎么跟人家讨饭？讨不着饭还被人家的狗追，没过两天，马武就饿得头昏眼花了。

这天，马武正蜷缩在街角，突然有一个老人跌倒在他身旁，昏迷不醒。马武凑上前一看，原来老人咳嗽不止，一口痰没吐出来，堵住后晕过去了。看着老人被憋得通红的脸，马武犹豫了一下，才凑上前，用嘴帮老人吸出了那一口堵在喉咙里的痰。

老人醒后，为了感谢马武的救命之恩，把他带回了家。

一进老人的家门，马武呆住了，老人的家里极为奢华，他做梦也没有想到，这位衣着普通的老人竟是县里专做中草药生意的首富马天元！马天

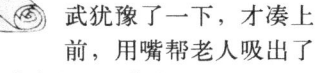

元得知马武是他的同宗后十分高兴，认为是上天所赐的良缘，他膝下无子，便收马武做了干儿子。

一个要饭的叫花子一下成了阔公子，马武的生活顷刻间发生了翻天覆地的变化。

马天元派人把马武的住处安排在朝西的一幢木楼上，当马武满心欢喜地站在楼上观赏景色时，却不由脸色一变——他看到那天栖身的那个破院子！这破院子就紧挨着马家的院墙，没错，就是那口井，他还看到那天遗落在井边的打狗棍、讨饭碗。

更让马武大吃一惊的是：马武在大厅吃饭时遇见了那个神秘的漂亮姑娘，经马天元介绍才知道，她竟然是马天元的独生女儿竹叶，今年才十七岁，还在城里上中学。马武心虚怕被她认出，就一直低着头不说话，而竹叶虽然认出马武就是那天对她非礼的叫花子，可听说是他救了父亲一命，竹叶就不再计较了。看着可爱的竹叶，马武在心里暗暗地给自己定下了一个目标——这辈子一定要得到竹叶！为了她，马武开始奋斗，从此跟着马天元认真地学做生意。

马武是个聪明人，再加上肯吃苦，又天生的一种奴性，见谁都点头哈腰的。马天元十分赏识他，经常将做生意的诀窍传授给他。时间过得真快，转眼间又两年过去了。

现在的马武做生意很像那么回

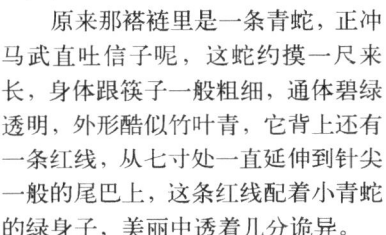

事，马天元渐渐放手让他单独处理一些事情，这时候，竹叶已经中学毕业，长得越发水灵，惹得马武没事就喜欢躲在角落里偷看她，有好多次他看到竹叶深夜偷偷去了隔壁的破院里，来到古井边，行踪很神秘的样子，这让马武想起第一次见到她的情景，心里十分疑惑。

也就在这时，马武发现家里有个叫黄新的厨子最近总爱往竹叶的屋里跑，一打听才知道他俩正在悄悄谈情说爱，听到这个消息，马武又气又急，在他看来，黄新不过是个炒菜的，只是长着一张奶油小生的脸罢了。为了知道他俩的恋情发展的情况，这天一早，马武就躲在竹叶房前的一丛高大的月季中偷窥……

3. 青蛇劫

早晨，竹叶漱洗好后便打发丫头走了，不一会儿，黄新送早茶来了，只见他们眉目传情，一脸甜蜜。黄新走后，马武便听到竹叶高兴地哼着小曲，不由心里酸溜溜的。

马武知道追求竹叶没有希望了，便开始懒散起来，对马家生意上的事，也没以前上心。这天，马武又偷懒跑出来，一个人在街上晃荡，迎面碰上一个江湖艺人，那人一见马武便冲着他神秘地笑笑："我有一样东西你肯定会喜欢。"说完，那人凑上前去，给马武看褡裢里的一样东西。马武探头一看，不由惊得后退三步！

原来那褡裢里是一条青蛇，正冲马武直吐信子呢，这蛇约摸一尺来长，身体跟筷子一般粗细，通体碧绿透明，外形酷似竹叶青，它背上还有一条红线，从七寸处一直延伸到针尖一般的尾巴上，这条红线配着小青蛇的绿身子，美丽中透着几分诡异。

江湖艺人凑到马武耳边，轻声说道："看见了吗？这可不是一般的毒蛇，要问这蛇毒到什么程度，告诉你，它的一口唾沫就能毒死几头大象！虽然这蛇生性暴虐，无人能近，但只要你服下我专门配制的秘丸之后，它便会对你俯首帖耳！看见它背上的这条红线了吗？这红线就是毒液；它还有针尖一般的尾巴，它既能像蛇一样用嘴咬人，也能像蜂一样用针蜇人，令人防不胜防……"

听了江湖艺人的话，马武不由心中一动，他把江湖艺人拉到僻静处，两人嘀咕了半天才分开，走的时候江湖艺人肩上的褡裢已转到了马武的肩上，而江湖艺人的手里则多了一张欠条，上面写明马武欠一千块大洋，立秋后还。

回到马家后，马武又像换了个人似的殷勤起来，对马天元比亲儿子还贴心。不久，马天元的老毛病气管炎又犯了，常常透不过气来，是马武一次次嘴对着嘴地帮他吸痰，将他从鬼门关拉了回来。马天元一感动，便立下遗书，要让马武当这个家，同时把女儿竹叶许配给马武。

马武拿到遗书后立刻翻脸，他从袖中取出青蛇，把它塞进了马天元的嘴里，狞笑着说：“你不是爱让人吸痰吗？让它帮帮你，感觉或许会大有不同吧？”马天元还想说什么，可是已经晚了，青蛇在他的喉咙里狠狠地咬了一口……

紧接着，马武故作悲切地向马家人宣布马天元“因病去世”的消息，因为马天元一向有病，所以没人生疑。按照遗书，马武成了这家之主，接管马家的生意，他把竹叶软禁在房中，却冠冕堂皇地说要保护小姐。马武小人得志后第一个要整的就是黄新，他把黄新捆起来，让黄新受刑具之苦，马武还警告下人：不准将囚禁黄新的事透露给竹叶！

打这以后，马武一脸的不可一世，他整天骑着高头大马，和一帮纨绔子弟吃花酒，逛窑子。没人敢和马武作对，因为他那条小青蛇实在太厉害了，马武靠它打出了一片天下，成为地方一霸。

但是不知什么原因，入秋后这青蛇渐渐委靡不振起来，但这并不重要了，因为一切都已在马武的执掌之中。这天，马武满面春风地来到竹叶的房间，跟她商量结婚的事，这是他第一次走进竹叶的闺房，一进房间，马武立刻看到奇怪的情景：这里摆放着几个土坛子，就跟寻常百姓家腌咸菜用的坛子差不多，怪了，姑娘家的闺房里摆放这个干吗？马武伸手就想揭坛盖，却被竹叶喝住了：“别动！”

4. 换主子

竹叶神情严肃，马武只得缩回了手，他讪笑着告诉竹叶，说是下月初八是个好日子，他决定在那天举办他俩的婚礼。竹

叶的口气却十分坚决，她推说服丧期间不便成婚。

听了竹叶的话，马武不免有些失望，他又讨好地告诉竹叶，他把隔壁那口老井围到马家院子里来了。竹叶一听，兴奋地冲出房间，一瞧，果然，马武把院子扩大了，那口老井的井台也被重新砌过了。竹叶来到井边，动情地摩挲着井沿，眼里闪烁泪花，马武趁机巧言哄道："好妹妹，哥哥为了你付出这么多，你为什么就是不动心呢？"说着，他拉住竹叶的手，竹叶脸一沉，扭转身子不再理他，马武讨了个没趣，只得讪讪地坐在井边。

过了一会儿，竹叶开口问道："你把黄新怎么了？"马武知道她迟早会问，就故作惊讶地说："你还不知道？咱爹死后不久，他就偷了家里的钱溜了，这样的小人亏你还记着他！"竹叶知道马武在撒谎，她没有做声，半晌，她又问："听说你养了一条宝贝蛇？能不能让我见识见识？"

马武便从怀里捧出小青蛇来让竹叶看，竹叶看后脸色一变，厉声说道："我早就怀疑是你了！"马武吃了一惊，他还以为竹叶知道什么，不料竹叶说的却是那蛇。这当儿，只见竹叶一把将青蛇捉在手里，怪的是这蛇平时耀武扬威的，今天见了竹叶竟然十分温顺，还撒娇似的冲竹叶吐吐信子，将尾巴缠绕在她的胳膊上。马武看呆了，这蛇即使是对他也从来没有这样俯首帖耳！

竹叶看到马武吃惊的样子，便示意他跟她一道回房。进屋后，竹叶又关上了门，她指了指墙脚边的那些坛子，说："你不是很想知道里面是什么吗？打开看看吧。"马武走上前去，揭开第一个坛子的盖子，只听得"嗖"的一声，从里面蹿出一个眼镜蛇的脑袋来，龇牙咧嘴地要攻击马武，马武吓得魂飞魄散，就在这时，竹叶走上前来，拍拍那蛇的脑袋，柔声说："小眼，进去！"

眼镜蛇听了竹叶的话便乖乖地缩回了坛里，竹叶把盖子盖上，问马武"这里还有好几个坛子，你还要看吗？"马武连连摆手："谁还敢看呀？想不到你还有这么一手！"竹叶笑了："你不是也很爱玩蛇吗？"

"哪里，我……我……"马武结结巴巴地说不出话来了。

竹叶亲昵地抚摩着小青蛇，对马武说："你先回去吧，它归我了。"马武张了张嘴，有些不甘心，竹叶笑了，半真半假地对小青蛇发出了命令："去咬他！"话音刚落，小青蛇立刻冲上来，对着马武"咝咝"地直吐信子，吓得马武狼狈逃窜。

说来也真怪，自从马武没了小青蛇，就精神涣散起来，说话没底气，做事也没胆气了，总之，先前的奴性又回来了，这样下去可不行，他决定无论如何都要把青蛇抢回来！不过，马武觉得很奇怪：这蛇性情暴虐，它对竹叶怎么会如此温顺呢？难道其中有什么玄机？

马武把竹叶的贴身丫头找来盘问，结果是一问三不知，她甚至还不知道竹叶会养蛇，打发丫头走后，马武又想到黄新，他跟竹叶偷偷好了那

么久，说不定知道竹叶的秘密。于是，马武来到关押黄新的房子里，这时的黄新形容枯槁，一张小白脸已变得蜡黄，他满身是伤地倒在地上。

马武见了黄新，故作惊讶地说："哟！怎么搞成这副模样？脏成这样也不洗洗？来人哪！打些水来让他洗洗，再加些盐巴，这样可以洗得干净些！"他这里话音刚落，早有人答应着去办了。

黄新已满身是伤，用盐巴水洗，这不是活受罪吗？黄新眼里露出一丝恐惧，他哀求道："马爷，小的和您往日无冤无仇，您为何这么苦苦相逼呢？"马武一声冷笑："你小子胆儿不小，敢动竹叶的主意，这就是你和我的最大冤仇！"黄新顿时哑了。

盐水打来了，马武用手蘸了些尝了尝，点头说："不错，够咸的。"说完，他就舀了一瓢要往黄新身上浇，黄新连忙讨饶："马爷，您放过小的吧！小的以后再也不见叶儿了，还不行吗？"马武一听，恶狠狠地把手中的盐水浇到了黄新的伤口上，一边吼叫着："'叶儿'？'叶儿'是你叫的吗？"盐水浇到伤口上火辣辣地痛，黄新刚要惨叫，早有人往他嘴里塞了一块破布。过了一会儿，黄新支支吾吾地想说话，马武就扯去了他嘴上的破布，只听见黄新连声哀告："马爷息怒，小的再也不敢了！"

马武看黄新这模样，觉得时机成

熟。果然，当马武问黄新要“盐水”还是“自由”时，黄新想了一会儿，终于选择了自由，但自由是要付出代价的，那就是背叛竹叶，他必须从她那儿打探到养蛇的秘密，并帮马武夺回小青蛇……

5. 百草囊

马武让黄新好好养了几天伤，又给他换了一身光鲜的衣服，到了晚上，黄新偷偷溜进了竹叶的房间，竹叶见到他，不由又惊又喜。黄新假意与竹叶套近乎，说他被马武迫害，不得已才逃走了，现在因为太想她，才冒险回来。竹叶一边哭一边说：“姓马的说你偷了钱财逃走了，我说什么也不信，果然是他骗人！”

柔情蜜意之间，黄新开始向竹叶打听驯服青蛇的秘密，竹叶对他毫无戒心，她红着脸从胸前取出青蛇，捧在手里把玩，看到黄新一脸的惊诧，竹叶解释说：“这条青蛇有一个别号，叫‘乳青’。因为蛇是冷血动物，而这种蛇更是怕冷，因此它们的活动时间一般只有夏季两三个月。一条雌蛇往往是几十年甚至更久才会产下一到两枚卵，产卵的时间一般是夏末，雌蛇产下卵后便不再管它们，而这种蛇卵在常温下根本不能孵化，除非有个少女能将它焐在双乳间，给它温暖，但哪个少女喜欢这玩意儿？这也是这种蛇稀有的原因。”

黄新听得目瞪口呆：“我怎么从没听说过这些？”竹叶轻轻一笑，说她从小就跟蛇有着不解之缘，后来又读过不少有关蛇类的书，关于乳青蛇的传闻是偶然听一位老者说的。小时候，父亲担心她被蛇所伤，就给她配制一个百草囊，有了它任何蛇都不会主动攻击她。过了几年，父亲嫌她一个姑娘家玩蛇传出去不雅，便不让她再玩，她只好偷偷地玩了。

两年前，隔壁那户人家突遭横祸后，竹叶就对这件事特别上心。不久，竹叶便在隔壁古井壁上发现了一条青蛇游过，蛇的样子很像传说中的乳青，她便上前仔细观察，结果在井边发现一枚蛇卵。竹叶由此推断邻家人的死跟这蛇有关，一定是这井水升温以后，引来了怕冷的乳青蛇，在此栖身，邻家的人在取水时惊动了怀孕的雌蛇，它便开始攻击，这才引发了邻家的灭门之灾。

捡到这枚蛇卵后，竹叶也曾犹豫过，她知道一旦把小蛇孵化出来，就无异于在自己身边埋了一颗定时炸弹，但思虑再三后，她决定用爱感化一条毒蛇，于是她把蛇卵带回家，自己缝制了一个小布袋，每天偷偷地把它焐在胸前。少女的体温让蛇卵渐渐有了变化，不久，一条小蛇蜕壳而出，它果然就是传说中的乳青蛇。竹叶白天怕被人发现，就把蛇藏匿在古井中，每天晚上将它取回来。她知道这种蛇天性暴虐，便每天软声细语地待它，终于使它变得十分温顺。

两个月前的一个晚上，竹叶又去井边唤蛇，却发现小青蛇不见了，井边留下捕蛇人用过的药物，看样子小青蛇是被人捉走了，竹叶为此还难过了好多天，想不到这蛇却辗转到了马武的手里，成了害人的工具，现在好了，青蛇又回到她的手里。听了竹叶这番话，黄新被一个女子的勇气折服了，但他没有忘记马武的交待，更没有忘记让那伤口火辣辣作痛的盐巴水，于是，他装作对竹叶胸前的百草囊产生了兴趣，凑上前仔细打量着，竹叶见他这样，不由脸上一红：“哪有你这样看人的？”

看着竹叶害羞的样子，黄新这才意识到自己正盯着她雪白的脖子看，想到就要背叛心爱的人，黄新的心隐隐作痛，但他不得不涎着脸说：“好妹妹，能把这百草囊送给我吗？”竹叶问：“你要这个干吗？”黄新看着竹叶疑惑的眼神，不由心里一阵发慌，低下头去没再说话。

竹叶把青蛇放在一边，依偎在黄新的怀里，轻声说：“这个现在不能给你，我还不能断定一旦没有它，青蛇会不会还听我的话，其实马武也是仗着有药丸护身……现在青蛇在我手里，马武还有些忌惮我，等我找个机会把他制服，我们就把青蛇送回古井，到时候我再把百草囊送给你，然后咱俩就成亲，你看好吗？”

黄新搂着竹叶，脑海里却想着马武恶狠狠的话，一边是恋人醉人的柔情，一边是马武凶狠的威逼，黄新心慌意乱，不知如何是好，就在这时，他的手无意间触碰到了挂在竹叶胸前的百草囊，他的脑袋里不由“嗡”的一声响，他把心一横，一把揪住百草囊往外就跑，系住百草囊的红绳很结实，在竹叶的脖子上勒出了一道深深的印痕后才被扯断，竹叶摸着被拽痛的脖子，惊呆了，她做梦也没有想到黄新会背

叛自己……

6. 恩仇了

黄新把抢来的百草囊交给马武，并把竹叶的话原原本本地告诉了他，马武得意洋洋：竹叶没有百草囊，看她怎么控制青蛇？第二天，马武花钱从外面雇回一个在街头表演杂耍的女人，这女人年轻俊俏，马武让她戴着百草囊去见竹叶。

再说竹叶这边，因为没了百草囊，整整一夜，青蛇都显得十分焦躁，现在这蛇看到一个陌生的美人戴着百草囊突然出现在面前，竟魂不守舍起来，它从竹叶的手里游了出来，慢慢地游到了新美人的手里。

新美人也是个玩蛇的行家，她教青蛇咬人，青蛇很快变得暴虐，又成了马武逞凶的工具，而黄新在背叛竹叶之后并没有获得自由，又被囚禁起来。也就在这个时候，竹叶病倒了，她拒绝吃药进食，几天工夫人就瘦脱了形。马武进屋看她，竹叶一见他就又骂又喊。马武见她如此激动，只得作罢，不过，他临走前丢下了一句话："我明天再过来，到时候，嘿嘿……"竹叶听懂了他话里的意思，顿觉恶心，为了摆脱马武的纠缠，她决定一死了之。

等到夜深人静的时候，竹叶趁看守的人睡着了，便悄悄来到那口古井边上，她含泪望着不再属于自己的家，突然向上天发出一道惊天动地的诅咒"今天我竹叶死在这口井里，从此以后，不管谁喝了这井水，都让他们不得好死！古井有灵，背叛我的人都将不得好死！"说完，她一头跳进古井。

当时黄新正躺在地上辗转反侧，忽然听到寂静的夜空里传来女人的呐喊声，细细一听，是竹叶在大声诅咒，他惊得跳了起来，紧接着，他就听到院子里一阵喧哗，人们都向那口古井拥去，捞的喊的，乱成一团。黄新的心瞬间碎了，一颗内疚的泪珠滴落了……

马武趿着鞋子跑出来，他气急败坏地喝令大伙，一定要救起竹叶，显然他对竹叶是动了真情，半个时辰后，竹叶才被捞上来，但这时的她已经永远闭上美丽的眼睛。

竹叶死了，马武颓然地坐在井边抽烟，一时间没人说话，只有几个丫头在悄悄抹泪。这时，那个养蛇的美人懒洋洋地走过来，她还不知道发生了什么事，当她看到竹叶的尸体时吓得惊叫起来，她这一声叫，惊醒了在她怀里栖息的青蛇，青蛇钻了出来，突然看到了竹叶的尸体，顿时发起了狂，一口咬死喂养它的美人，然后开始攻击马武。

马武想不到这蛇会突然发狂，便下意识地后退了一步，没料想马武刚才正在井边，这一退，便一头跌到了井里，马武在井下直喊“救命”，但当时大伙正在四处逃命，躲避那条发了狂的蛇，哪顾得了救他？

外面正闹得翻天覆地，关押在小屋里的黄新也是恨声连连，自责不已，突然，他听到身后传来“沙沙”的声音，回头一看，那条青蛇正飞快地从窗口游进来，它显得很狂躁，远远地就冲着黄新“嗞嗞”地吐着信子，黄新没有避开，只是喃喃地说：“我对不起竹叶……”青蛇也不听他啰嗦，上前就咬了他一口，黄新很快倒下了……

青蛇再次回到井边时，天色已暗，整个马家大院里的人都已逃得无影无踪，但就在这时，一个鬼鬼祟祟的人影从外面摸进来，他一边往里走一边自言自语着：“奇怪，怎么门是开的？马武那小子也不知得手了没有？都秋末了，他还不给钱？”

原来他就是当初卖青蛇给马武的江湖捕蛇人，因为黑咕隆咚的，他擦亮火柴照了照，猛然间，他看到躺在井边的竹叶，便走上前，想看看她的脉搏。就在捕蛇人把竹叶的手抬起来的刹那间，他感到脚跟上突然一阵刺痛，他连忙又划亮了一根火柴，发现自己被蛇伤了，蛇的尾巴正刺在他的脚跟上，蛇将那条红线里的毒液用尾部的针“注射”到了他的体内。捕蛇人颓然地跌坐到地上，他放弃救治，因为他知道这种蛇的毒无人能解，片刻后，他便倒地身亡。

说来也真是巧了，怪了，当初，江湖捕蛇人正是在这井边捉到青蛇后卖给马武的，而此刻，他又是在这井边被青蛇断送了性命！

青蛇的毒液用完了，它背上的那条红线也消失了，没有红线的青蛇像枯叶一样失去了生命力。夜深了，秋露带来一阵阵寒意，青蛇的身子开始变得僵硬，它静静地死了……

（题图、插图：黄全昌）

同名同姓

我叫陈立新，待业在家多年后，决定出门谋生，到省城找份工作。那天，我拿着行李走出省城火车站，忽然听见有人朗声念道：“陈立新，男，现年28岁，自2006年以来，到处流窜作案，多次潜入居民家中盗窃……”

我吃了一惊，用眼搜去，只见一群人正围在一起看一张纸，我走近一瞧，原来这是一张人民法院的公告。我也顺着名字往下看，只见公告上有贪污犯、抢劫犯、敲诈勒索犯……我飞速地浏览着公告，发现最后一行写着一个叫陈立新的人，因盗窃罪被宣判处以有期徒刑一年。

这个年头，同名同姓的可真多啊！

我在火车站旁边的报亭里买了份报纸，通过报纸上刊登的招聘广告，找了几家公司应聘，可是，结果都不如我愿，看着同来应聘的人，那春风得意的神色，我心里不免有些嫉恨。

第二天，我又到一家公司应聘，三位主考的小姐见了我便窃窃私语、暗笑不已，董事长很有礼貌地走到我的身边，拍着我的肩膀说：“先生，非常抱歉，我建议你到别处应聘吧。”

我一下凉了半截：“为什么？”

董事长笑得有些尴尬，说：“不为什么，因为如果你到本公司就职的话，本公司马上就会引起混乱。”原来这个董事长跟我同名同姓，也叫陈立新！

我迅速逃出这家公司，心里直嘀咕：这也太巧了，连着两天，都碰上和自己同名同姓的人，这世上到底有多少人叫陈立新的？我倒要去查一查！于是我立即一头扎入网吧，在百度输入了“陈立新”三个字。结果，“陈立新”马上潮水般地向我涌来，有新闻记者、革命烈士；有富商款爷、武林高人；也有风流厨师、残疾人、小偷、小贩……我顿时看傻了，这世界上的陈立新排起来可以绕地球一圈！我继续搜索着条目，最后目光停留在了一个文学网站上，那里登着许多作家简历，其中就有一个作家叫陈立新，我一拍脑门，叫道：“我有办法了！”

我出了网吧，在报亭买了一些杂志和一份招聘报纸，当天晚上，我坐上了去广东的火车，第二天上午，我来到了广东厦宁中学，敲响了校长办公室的门。我对校长说，自己是来应聘语文教师的。

校长挑剔地盯着我：“我们这儿确实是需要一位教高二的语文老师，可你有本科文凭吗？你有教师资格证吗？你教过语文吗？”

我从旅游包里掏出一叠文学杂志甩在沙发上：“这算不算文凭？”

校长一下怔住了，教导主任抚着杂志问我：“你迄今为止发表多少文字了？”

“不多，大约10万字吧。”

校长点点头，又问：“你最擅长写什么？”

我随口答道：“我擅长写小说。”

校长长长地透了一口气，像发现宝贝一样地握住我的手，我一边致谢一边开始填写个人履历表，在曾担任过何种职务一栏中，我填上了“业余作家”。就这样，我凭着那一叠刊有“陈立新”作品的杂志，顺利地在这所中学里当上了一名语文教师。

两个月过去了，这天，我正准备到总务室去领工资，校长差人把我叫去了，到了那里，只见校长正和一位戴眼镜的漂亮女子谈话，那女子见到我便一下站了起来，自我介绍道：“您好，我也叫陈立新，咱俩同名同姓哩！”

校长在一旁喃喃地说：“想不到你是一个文骗子！要不是人家陈作家来我校应聘，我还真被你蒙在鼓里了！”

霎时，我的脑子“嗡”的一声作

806房间的客人

□罗蜀疆

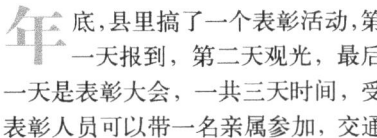

年底，县里搞了一个表彰活动，第一天报到，第二天观光，最后一天是表彰大会，一共三天时间，受表彰人员可以带一名亲属参加，交通和食宿等费用由主办方承担，其中有一位刘大爷，是和老伴一起来的，住在宾馆的806房间。

李婷是会务组的一名工作人员，也住在宾馆里，负责接待并照顾受表彰人员和随行亲属的食宿。

第一天晚餐后，李婷去探望那些受表彰的人，到806房间时，只有刘大爷的老伴在，她说老头子逛街去了。李婷一听，皱起了眉头。在晚上

响，站在我面前的竟然就是那位名扬省内的女作家陈立新，我在应聘时甩出的那些杂志上的小说，都是她写的呀!

被学校开除后，我从广东飞一般地逃回了老家，我发誓一定要当一名真正的作家。

我买了20支水写笔，一大叠稿纸和50个信封，躲进了一间破旧的房屋里。两年后，当我披头散发出现在街头的时候，我的第一部小说集出版了，我拿到自己的处女作，回想起这几年的经历，不禁老泪纵横，万分感叹：唉，茫茫人海，有多少人和我同名同姓?

（**作者**：陈立新）

（**题图**、**插图**：安玉民　梁　丽）

（本栏目欢迎来稿。来稿可从邮局寄发，也可从网上传递。如为电子邮件，请发以下信箱：xiaomeng.ye@gmail.com）

的欢迎宴会上，领导特别强调，参加这次表彰活动的人比较多，为确保大家的安全和会议顺利，希望大家不要单独活动，确实需要外出时，一定要跟工作人员讲一下。这老大爷一个人晚上跑出去，连个招呼也不打，实在是太目无纪律了！

李婷拿出手机，要跟刘大爷联系，刘大娘说，老头子压根儿就没有用过手机。

李婷无奈，又向刘大娘讲了组委会的有关规定，老人家也有点急了，她说："姑娘，等老头子回来，我好好说他一顿，再不让他乱跑了！"李婷不好再说什么，便出了房间。

第二天，李婷带着大伙儿乘车游览县城风光。县城正在举办艺术节，处处花团锦簇，热闹非凡。李婷发现车上的人大都兴高采烈的，唯独刘大爷老是靠在座椅上打盹，到了景点，别人忙着拍照、观光，刘大爷却连车也懒得下，索性"呼呼"大睡，这个老头子，到底咋啦？

晚上，李婷有事要回家一趟，出了宾馆，她看见刘大爷又在街上闲逛，不免有些生气，她想走过去，劝他回宾馆，却见刘大爷转身进了一个屋子，走过去一看，原来是一家录像厅！

李婷随后跟了进去，见刘大爷正要买票看录像，她就走上前去，埋怨起来："大爷，宾馆里有电视啊，您怎么出来看录像呢？"

刘大爷一见李婷，十分尴尬，赔着笑脸说："嘿嘿，我喜欢看录像，那比电视好看。"

李婷知道，这种地方，有时会放一些乱七八糟的录像，老大爷年纪都一大把了，还喜欢看这个，这也太不像话了！但这话不便说，李婷只得打起了官腔："组委会的规定您也知道，要是领导发现您单独活动，就会说我没尽到责任，说不定还要扣我的工资呢！"

刘大爷一听涨红了脸，说："还要扣工资？这录像俺不能看了，回去看

电视！”他说着就赶紧走了。

今天就要开表彰大会了，用早餐时，李婷到餐厅一看，刘大爷和刘大娘都不在，她心里感觉不妙，赶紧去806房间，敲了一阵门，里面没有声响，楼层服务员也不在，李婷又急忙去宾馆前厅问值班人员，值班的说好像有一位老大娘出去了，李婷心急火燎地跑到宾馆外面，四处一看，只见刘大娘正在街边东张西望的，李婷急忙上前问道：“大爷呢？哪儿去了？”

刘大娘结结巴巴地说：“早晨……他说出去看看就……就……回来吃饭，我也不……不知道咋回事……”

李婷一听，忍不住埋怨起来：“马上就要开会了，他却不见人影，你们

这是咋搞的嘛！”说着，她急得眼泪都掉了下来。

说话间，早餐已经结束，与会人员坐上专车要去会场了。就在李婷急得死去活来时，刘大爷这才回来了，他上了车连忙向李婷道歉，说是早晨出去逛街，不小心迷了路。

李婷一听，心里嘀咕开了：昨天专门去观光，你却一直打瞌睡；今天要开会了，你又出去逛街，你这老头也真太怪了！

于是，李婷便对刘大爷更加留意起来，在表彰会上，她只要一听到刘大爷的名字，就把耳朵竖了起来，没想到这个貌不惊人的老人，竟然是这样一位模范人物：刘大爷开了二十多年的豆腐坊，自己过着十分节俭的日子，用一分钱都要掂掂分量。但就是这么一个节约的老人，却拿出全部积蓄5万元，捐助给了那些家庭困难的学生，他是因为爱心助学而受到表彰的。真是海水不可斗量，人不可貌相！

李婷对刘大爷的印象，一下子来了个大转弯，对他更是关心了，临睡前，决定再到806房间去看看这对老人。当她刚走出电梯口，就遇见一位陌生的妇女。李婷往806房间走去，那陌生的妇女也往806房间走去，两人同时来到了门口。

李婷有点纳闷，脱口问道：“你找谁？”

陌生的妇女回答说：“不找谁，我就住在这里。”

“这里住的是一对老人，哪有你的份？”

陌生的妇女不像在说谎：“你说得不错，这里住的是一对老人。这几天，县里搞艺术节，再加上你们的表彰会，宾馆都住满了人，我正为住处犯愁，这间房的刘大爷就把自己的床位让给了我。”

“什么？他把床位让给你，自己睡哪里？”

陌生的妇女想了想，说：“听说是去录像厅过夜。”

李婷全明白了：为什么刘大爷老是打瞌睡，老是迟到，为什么自己老是在806房间里只见到刘大娘……她实在想不明白，这刘大爷，为什么要这样做。

此时，806房间的门开了，出来的不是别人，正是刘大爷。原来，时间到了，刘大爷又要去录像厅过夜了，但一看到李婷和那妇女在一起，知道一切都露馅了，他尴尬地笑了笑，说：“这事，没想到让你给抓住了，县城的姑娘就是机灵！”

李婷说：“既然被我发现了，您就待在宾馆吧，别去外面瞎凑合了，身体要紧呀！”

刘大爷急了：“不行呀姑娘，我答应了人家，让她住三个晚上，这位妇女，还给我房钱；再说，住这么贵的房子太浪费了，我出去对付一宿，除了开支，还能赚一百八九十块钱，比得上我卖好几天豆腐。这么多钱，能给没钱读书的娃娃救多少急呀！”

李婷听了鼻子一酸，泪水一下涌了出来，她无法开口责怪刘大爷说的这么一番坦诚朴实的话语，她只能哽咽着说：“大爷，明天早上您就要回去了，今晚您老人家就在宾馆里舒舒坦坦地睡一夜吧，这位妇女的住宿由我安排。”

接着，李婷不由刘大爷分说，把他推进806房间，并关照服务员看好，说什么也不能让刘大爷出来。

（**本栏插图**：安玉民　梁　丽）

盛情款待

□愚　心

麻三和牟四是好朋友，分别住在相距很远的两个城市里，他们经常通电话，在电话里他们都说："有时间来呀，我一定好好款待你。"

这一天，牟四真的来到了麻三住的城市，麻三握着牟四的手，说："走，我们吃鱼排去。"

牟四吃过牛排羊排猪排什么的，还真没吃过鱼排，心想，能做成鱼排的鱼肯定小不了，看来今天要饱饱口福了，牟四一脸高兴。

麻三领着牟四来到了海边，这里密密匝匝地停靠着许多渔船，他们从这个船到那个船，一连跨过了十几条船，最后来到了一条挂着饭店幌子的船上，在靠近窗户的一张桌子前坐了下来。

见有客人来，服务员端来了一个小火锅，往里面倒了两碗清汤，待火锅开了之后，又往里下了两条三寸来长的小青鱼和几片巴掌大的菜叶。

麻三用筷子点着火锅，热情地说："吃，吃，别客气。"

牟四往火锅里瞅了一眼，见里面连一个油珠都没有，比旧社会还"清贫"，心里琢磨道：也许这是辅菜，一会鱼排就会上来的。

可是一直到火锅见了底，鱼排还是没上来，这时麻三已经撂下了筷子，一边擦嘴一边说："怎么样，味道还不错吧？"

牟四问："怎么没见鱼排？"

麻三说："这就是鱼排呀，在我们这里，在这一排排的渔船上喝鱼汤，就叫吃鱼排。"

牟四差一点没给气晕过去。

时间不长，麻三出差到了牟四住的那个城市，牟四满面笑容地说："欢迎欢迎，热烈欢迎，我为你接风洗尘，走，吃猴头去！"

麻三没吃过猴脑，也不知道什么是猴头，他想，猴头也许是一道地方特色菜，说不准是用猴子脑袋上的哪

块肉做成的，这牟四还真够意思。麻三跟着牟四穿过一条条街，越过一条条巷，来到了一家小饭店，刚坐下来，服务员就过来问："先生，吃点什么？"

牟四很大气地说："就吃你们最拿手的饭菜！"

"好哩——"服务员转身走了，一会儿，端上来两碗稀粥和几碟咸菜，牟四热情地说："吃，趁热吃，到我这里你就别装假！"

麻三心里暗想：什么地方有什么地方的规矩，在这里也许吃猴头之前都要喝粥，于是他就一小口一小口地呷，一边呷一边不时地往门口瞅，盼猴头快点上来，可一碗稀粥都喝光了，别说是什么猴头，就是鸡头鸭头也没有，麻三有点着急了，不满地说："这是什么饭店，手脚也太慢了，怎么还不把猴头拿来？"

牟四推了推饭碗，说"我们吃完了呀！"

麻三不解地说："吃完了？怎么没见上猴头呀？"

牟四得意地说："外行了不是？在我们这里，在这家饭店吃饭，不论吃什么，都叫吃猴头，因为这家饭店是——'老侯头粥铺'！"

红版编辑部各编辑邮箱：

姚自豪：yaobianji@126.com；
郑继文：zjw002@vip.163.com；
吕　佳：lujia411@yahoo.com.cn；
周　吟：keyin118@163.com；
叶小萌：xiaomeng.ye@gmail.com。

·本刊信息传真·

2008最佳旅游方案征集评选活动

活动主办： 故事会　金色年代　秀with　旅游天地

独家网络合作伙伴： sina 新浪网

支持单位： TOURISM MALAYSIA　格林豪泰酒店管理集团　一嗨租车 eHi Car Rental　RhôneAlpes

2008年5至9月，上海故事会文化传媒有限公司联合旗下《故事会》、《旅游天地》、《秀with》、《金色年代》4本期刊及新浪网博客频道共同举办2008最佳旅游方案征集评选活动。

历时5个月的活动终于圆满落下帷幕，期间收到众多读者来信来稿，现将最终入选的征文作者名单公布如下。

1. **年度最佳旅游方案特别大奖：** 陈玲　李立兴
2. **年度最佳旅游方案奖：** 孙奕　薛晨峰　赵丽菲
3. **月度最佳方案奖：** 叶蕴华　许舒　程东虹　杜薇　陈广远　夏海锋　张千里　胡喜盈　马利群　李国锋　范耀平等

由于版面有限，公布部分获奖名单，其余奖项我们将以书面形式通知获奖者并邮寄奖品。

难偷的60万

□侯智勇

孟发财是个小偷，一直想大干一票，最好能保他一辈子吃喝不愁，不过，如今有钱人的防盗意识很强，孟发财迟迟没有找到下手的机会。

这天，孟发财溜进一家高级饭店，想从顾客中寻找作案目标，果然，他在洗手间里听到了两个老板的对话，其中一个正炫耀着："哈哈，这次到西藏倒腾皮毛，你猜我赚了多少？告诉你，60万！""哇，今年你刘二狗可是福星高照啊，不过现在的贼可厉害了，你可千万要小心！""哼，贼有什么可怕的？我那60万就放在院子里，谁有胆子偷就去试试！"

孟发财一听乐坏了，他耐心地等这两个老板吃完饭，然后跟踪那个叫刘二狗的老板到了郊外的一座小别墅，又眼看着刘二狗走进别墅……

到了半夜十二点，孟发财估计刘二狗已经睡熟，便搬来一架梯子，搭到围墙上面，很顺利地翻了进去。来到院里，孟发财打开手电四处照了照，发现院里都是些花花草草的，没什么值钱的物件，孟发财不由暗骂起来："这该死的刘二狗，是个大忽悠吧？"

孟发财正在垂头丧气，忽然听到面前传来"呼哧呼哧"的声音，他下意识地用手电一照，顿时吓个半死，只见面前虎视眈眈地站着一只大狗，这狗眼似铜铃，壮得像个小牛犊子，正张开血盆大口对着孟发财，孟发财吓得扯开嗓子大叫起来："救命啊！"

刘二狗醒了，他立刻报警，一会儿，警察赶来了，架起吓得尿裤子的孟发财上车，可孟发财却死活不上车，非要跟刘二狗说几句，警察问他："你还有什么好说的？"孟发财气呼呼地说："我亲耳听他说的，他的院子里放着60万，可我找了半天也没找到！"

刘二狗听了大笑，他拍着那只大狗，说："我可没骗你！这只藏獒，就是我花60万从西藏买来的……"

洞房闹不得

□尚庆海

小王结婚，喝完喜酒，小王却悄悄地对小张、小李说:“不好意思，今天闹洞房这一项就免了，嘿嘿，其中缘由，想必也不用我细说了。”

两人不依，说晚上怎么着也得让新娘子给他们端杯茶水敬支烟吧？谁知道这个小王是个见色忘义的家伙，居然以新娘子忙了一天、需要早点休息为借口，拒绝了小张他们的正当要求，无奈，两人喝了半夜的闷酒，喝酒时，小张愤愤不平地说:“到我结婚的时候，坚决让兄弟们闹个痛快！”小李也附和起来。

轮到小张结婚了，这一天喝完喜酒，小张居然和当年的小王一副嘴脸:“不好意思，今天闹洞房这一项就免了，嘿嘿，其中缘由，想必也不用我细说了。”另两人同样无奈地喝了半夜的闷酒，最后，小李豪气地说:“兄弟们什么时候想闹洞房了，跟我说一声，我宁愿牺牲单身汉的快乐时光，成全大家！”小王和小张听了，眼含热泪，热烈鼓掌。

半年之后，小李突然宣布自己也要结婚，小王就问小李:“你不是晚婚主义者吗？”小李苦笑一下，说:“不行了，顶不住了！”

小李大喜那天，喝完喜酒，小王和小张摩拳擦掌，准备把洞房闹他个天翻地覆，看看他们的架势，小李悄悄在桌子下面用手拉拉新娘子的衣角，新娘子是个大大咧咧的姑娘，她明白小李的意思，便站起身来，上前一步，说:“各位兄长，抱歉，今天闹洞房这一项就免了，原因很简单，因为……”她用手在自己的肚子上轻轻抚摩了一下，算是把下面的话说完了。

小王和小张瞪大眼睛一瞅新娘子的肚子：乖乖，都显山露水了，看来今天这洞房是实实在在闹不得啦！

和老婆玩“失踪”

□绿路行者

阿明找了个警察老婆，前天，老婆对阿明说：“14 日是国际警察日，到时候记着给我买礼物哟！”

到了14日，阿明买了礼物在家里等了整整一天，还是不见老婆的人影，阿明火气上来了，决定给老婆来个大的“失踪”，让她尝尝等人的滋味。

阿明动手给老婆写留言：“老婆，饭在锅里，我在床上……”然后他把房间搞得乱七八糟……又用手机给老婆发了个短信：“我被绑架了，快来救我！”接着，阿明便关了手机，然后爬到床下等着看好戏。

过了一会儿，阿明的老婆回来了，床下的阿明先是听到她“啊”了一声，然后又听到她“咦”了一声，估计是看到桌上的留言条了，接下来老婆的举动却令阿明沮丧。老婆先慢条斯理地吃饭，然后“叮叮当当”地收拾碗筷，阿明心里这个气呀，老公都被人绑架了，你竟然一点也不着急？

接下去的情景，阿明是越看越恼火，他蹲在床下往外看，又见老婆收拾完后打开电脑听起音乐，然后又把洗脚盆拿来，坐到床上开始洗脚，她脱掉鞋子，“咣”的一声，把鞋子朝床下甩了过去，不偏不倚正打在阿明脸上，痛得他差点没叫出声来，刚喘过气，另一只鞋子也飞了过来，阿明刚伸手接住鞋，袜子又扔过来了，老婆天生有汗脚的毛病，那个臭呀！

老婆洗完脚就上了床，扯开被子就躺下了，阿明伤心呀，平日里，老婆不回家，他可是从没一人先睡的呀！阿明正犹豫着是不是要出去和老婆大干一场，却听见老婆在上面喊了：“死鬼，你还不上来睡呀！”

阿明讪讪地爬出来，问老婆：“你怎么知道我在床下呢？”老婆指了指桌子上的留言条：“你自己看呀！”

阿明一看，傻了，留言上写的是——“饭在锅里，我在床下……”嗨，他慌里慌张地把“上”写成“下”了！

为啥喜欢你

□喻钊文

莉莉很爱打扮，这天，她身着一身白色毛绒绒的衣服去逛街，逛了一会儿，莉莉累了，便在广场上找了个干净的椅子，坐下来歇息。

正在这时，一个满身珠光宝气的年轻太太拉着一个小男孩走来，看样子小男孩有点不开心，他手里拿着一块蛋糕，一把鼻涕一把眼泪的，母子俩走到莉莉的旁边坐下。

小男孩看见了莉莉，眼睛里突然放出惊喜的光来，他拿起手中的蛋糕，送到莉莉的嘴边，莉莉再三推辞，小男孩还是硬把蛋糕送到她的嘴里。小男孩的妈妈歉意地说：“这孩子，都怪我和他爸平时把他宠坏了……”

莉莉平时见了有钱人连说话都细声软气的，这时，她巴结地说：“大姐，你的孩子真乖，从小就很有礼貌。”

小男孩的妈妈再三催促小男孩回家，可他不仅没起身，反而一把抱住莉莉，把圆圆的脸蛋一个劲儿地往莉莉头上贴，妈妈一把拉过小男孩：“你再胡闹，阿姨要生气了！”

莉莉笑着说：“没事没事，这么乖巧的孩子，谁不想和他亲热呢？”

小男孩的妈妈尴尬地说：“不好意思，我们刚从宠物市场回来，他的手都没洗……”莉莉听了一愣。

“不瞒你说，我家养的一条狮子狗前两天死了，孩子就像丢了魂似的，缠着我给他另买一条，今天我们到宠物市场去看了，没有一条满意的……”小男孩的妈妈话没说完，莉莉已经气得直翻白眼了……

（**本栏题图、插图**：顾子易　包丰一）

（本栏目欢迎来稿。来稿可从邮局寄发，也可从网上传递。如为电子邮件，请发以下信箱：xiaomeng.ye@gmail.com）

425 2008 SEMIMONTHLY 下半月刊 10月 STORIES

欢迎登录本刊主办"故事中国网"(www.storychina.cn)

故事会

2008 年 10 月

下半月刊 · 绿版

主　编：何承伟

常务副主编：吴　伦

副主编：姚自豪（上半月 · 红版）

副主编：夏一鸣（下半月 · 绿版）

本期责任编辑：邢　悦

电子邮箱：simyyue@126.com

绿版发稿编辑：

夏一鸣　王雅静　朱　虹　杭　帆

特约编辑：

范大宇　崔新三　申之珉

美术编辑：李宝强

电脑制作：郭瑾玮

通　　联：归依玲

本社办公室电话：021-64375030

上半月刊编辑部电话：021-64332325

下半月刊编辑部电话：021-64336469

（上海市绍兴路 74 号　邮编：200020）

主管、主办：上海文艺出版总社

出版单位：《故事会》编辑部

制作、发行总监：张　凯

电话：021-64313938

广告业务：上海故事会文化传媒有限公司

广告总监：张　淮

广告业务：021-34010383

广告投诉：021-64333738

广告经营许可证

沪工商广字 3100320050022 号

发行：中国图书进出口上海公司

平均分配

有对夫妻感情不和，协议离婚。婚姻问题顾问给他们俩提了个建议：在离婚前进行平均分配，以免产生纠纷。

妻子很不高兴地问：“我那一万元私房钱，也得分他一半？”

顾问点点头。

妻子又问：“那我们三个孩子怎么平均分配呢？”

顾问想了半天，没想出合适的办法，只好说：“我劝你们重归于好，等到第四个孩子出世后，再考虑离婚。”

（董　行荐）

（本栏插图：包丰一）

健身器

王嫂买了个家用健身器，可没几天，新鲜劲一过，健身器就被晾在一边。

一天，家里来了客人，王嫂的小女儿带着客人参观房子，她指着那个健身器说：“那是我妈妈的运动器材。大家都不准碰它。”

客人问：“你为什么这么说啊？”

小女儿一本正经地说：“连我妈妈自己都不碰它。”（笑笑松）

感动上苍

一场露天文艺演出正在广场上举行，没想到天公不作美，突然间下起了小雨。晚会主持人为了调节现场气氛，诙谐地说道：“大家要同心协力，让我们一起来感动上苍吧！”

话音刚落，小雨顷刻间变成了瓢泼大雨，演出只能取消，一位观众在离场时，笑着说：“看来上天真的是被感动了，你看它哭得多伤心啊！”

（黎丽萍）

好奇惹祸

有位大学生正在网上预选下学期的课，可是他输入学号后发现，这次选课系统和以往不一样，系统提示他：退学请按“5”，休学请按“6”，复学请按“7”。

学生觉得很好奇，便试着按了“5”，系统用语音回答道：“退学成功。”

学生脸色大变，这时他突然想起来，刚才系统提示说复学可以按“7”。

于是他按下了“7”字键。

只听到系统语气坚定地回答：“对不起，非本校学生不得使用本系统……”（顾述毫）

快速变绿

一位基因研究所的专家正在研究一个课题：如何让发黄的植物快速变绿，可一直没有进展。回家后，老婆看到他愁眉不展的样子，便问他：“你这是怎么了？”

专家叹了口气，说：“我不知道怎样才能让植物快速变绿。”

老婆笑着说：“咳，我还以为什么事呢？要快速变绿还不简单啊？直接扔进股市里去呗，你看我昨天买的股票，今天全变绿了。”

（海 燕 荐）

查　案

一个失主向克里警官报案：“警官，我丢了一把小提琴。我是个音乐爱好者，我每晚都要拉两个小时。请你们务必帮我找到！”

“好的，先生。”克里警官回答。等失主走后，他将案件交给一个警员，说：“根据我的经验，你最好先去查查他的邻居。”

那个警员疑惑地问：“为什么呢？”

克里笑了笑说：“如果你的邻居每天制造两个小时的噪音，你也会想偷走他的琴的。”

（开 心 荐）

·笑话·

爸爸出差了

每次爸爸出差，孩子们都会跑去和妈妈同睡一张床。

可是，这次出现了例外，爸爸出差后，因为孩子们太调皮，妈妈命令他们回到自己的房间睡觉，以此作为惩罚。

一周以后，妈妈领着孩子们到机场接爸爸。当爸爸走出来时，其中一个孩子跑过去，用在场所有人都能听见的声音大声喊道“爸爸，爸爸！你出差这段时间，谁也没和妈妈一起睡觉！”

（小　东 荐）

不吃亏

哈里对朋友说：“最近我发现一个道理，老实办事是不会吃亏的。”

朋友很好奇，问他“你怎么发现的？”

哈里笑着说：“前些天，我顺手牵了人家一条狗，本想把它卖了，可是五十块都没有人买；于是，我索性又把它送回原主，原主一高兴，竟给了我一百块。”

（周国辉）

跳来跳去

这天晚上，一个越剧团下乡搞露天演出，老李加班没去成。下班回家时，他在路上碰见看戏回来的朋友小何，便问他：“怎么样？演出好看吗？”

小何说：“人太多了，我去晚了，在后面什么也看不见，只能跳起来看几眼，后来跳累了就不看了，也没有什么好看的。”

不一会儿，老李又碰见了朋友老钱，问道：“你也看戏去了？”

老钱回答：“嗯！”

老李又问他：“好不好看？”

没想到老钱十分恼火地说：“好看什么？戏没看多少，就看见前面有个神经病在那里跳来跳去的！”

（苏　毫）

我真的很棒

这天，工会主席教大家做一套新的健身操，他边做边喊："我真的很棒，我真的很棒……"

所有的人都认真地跟着学，这时大家听到后面有奇怪的声音，回过头看，只见站在最后一排的小胖一边做一边喊："我真的很胖，我真的很胖……"（杨　松）

发言权

丽丽打算利用午休时间去单位附近的游泳馆游泳。她听说小蓉把那几个游泳馆都游遍了，便打电话去咨询。

小蓉在电话里笑着说："您问我算是问对了，这些游泳馆我都熟。东区的水味道有点儿涩；西区的水漂白粉的味儿大点；南区的水味道发苦；只有北区的水感觉最好，有点儿像饮料。"（叶　丹荐）

唯一缺陷

一位工人问他的朋友"你的手表都有啥功能？"

朋友得意地回答："我的手表功能可多了，既防水，又防尘，还防震。"

第二天，工人发现朋友没有戴表，便问道："哦，你的表在哪儿？"

"我现在没有手表了，"朋友说道，"它什么都防，就是不防盗啊。"（佟　星荐）

网络游戏

最近几个月，一到中午休息，老李就坐到电脑前玩网络游戏。

同事小曹忍不住问他："李哥，这都是小孩子玩的游戏，你儿子都上高中了，你怎么还这么痴迷啊？"

"你不知道吧，"老李停下手，指着自己在游戏中奖励的虚拟金币说，"你看这都多少钱了。几百万啊！这种赚了钱不用上交老婆的感觉，真舒坦啊……"

（小　叶）

（本页为主题笑话栏目，欢迎欣赏。笑话来稿可从邮局寄发，也可从网上传递。如为电子邮件，请发以下信箱：simyyue@126.com）

你是他的亲戚吗？

帕特是海德镇上公认的坏孩子，总喜欢小偷小摸。大人们教育孩子时，常把帕特当成反面教材："千万别向帕特学习，没出息。"

其实，帕特很不幸，在他出生时，母亲难产死了，父亲情绪低落变成了酒鬼，常常在酒后打骂帕特。于是，帕特就特别嫉妒那些和睦温馨的家庭，总是找机会捣乱，不是丢石头砸碎人家的玻璃，就是把人家园子里的花草拔光。

海德镇上几乎没有一个家庭没被帕特"报复"过，时间长了帕特渐渐觉得有些无聊，希望找一点新鲜事情来做。恰巧这时镇上新搬来了一家人。

一天上午，帕特溜达到那家人门前，发现房门紧锁着，似乎主人不在家。帕特很兴奋，机会终于来了。他绕着房子转了一圈，确认里面没有人，而且后屋有扇窗没关好，便毫不犹豫地从那扇窗子钻了进去，准备拿点东西作纪念。

可当帕特进入屋子，却惊奇地睁大了眼睛：屋子里整齐地放着一排排书架，书架上码满了书——这间屋子正好是主人的书房。

帕特在一排排书架前看来看去，舍不得离开一步。其实帕特很喜欢读书，因为他没有朋友，只有从书中才能找到快乐。然而，由于家里经济状况不好，帕特没钱买书，小镇图书馆的管理员也拒绝他进门，因此他很少能看到书。

帕特在书架前摸摸这本，又摸摸那本，每本书都是他从未见过的。帕特真希望自己就是这些书的主人，那么他便可以随时选书看了。最后，帕特选了一本《约翰·克利斯朵夫》，坐在窗前看了起来，他沉醉在克利斯朵夫的人生世界里，完全忘记了自己到这幢房子来的目的。

突然，帕特的肩膀被人拍了一下，他吃了一惊，书从手上滑落到了地上。帕特回过头，看见一位慈眉善目的老人正看着他。帕特心想：坏了，这一定是房子的主人，我该怎么办？如果自己被抓住，一定会被送到小镇警察局关起来的。

然而，书房里都是书，过道很窄，老人站在那里，刚好挡住了他唯一的逃跑路线。帕特正想着如何冲出去，突然听到老人问他："孩子，你是阿尔法特博士的亲戚吗？"

帕特看着微笑的老人，忙机械地点了点头。他一边点头一边想：但愿他不要发现我在说谎……

老人冲帕特笑了笑，介绍自己道："我叫莫里，是阿尔法特的好朋友，专程来拜访他。"帕特心情紧张地听着老人的自我介绍，暗自庆幸：幸好莫里不认识房子主人的亲戚，但我得赶快脱身。

想到这里，帕特对老人说"我还有事，我先出去。"他一边说，一边站起来，准备侧身从莫里老人身旁走过去。莫里老人突然一把拉住他，帕特心里一紧。

只听莫里老人说道"小伙子，看得出你是个热爱学习的好孩子。你好像很喜欢《约翰·克利斯朵夫》，到这里是为了拿这本书看吧？呵呵，你可忘记拿书了。"说着，莫里老人把《约翰·克利斯朵夫》捡起来，递到了帕特面前。

帕特忐忑不安地从莫里老人手中接过书，飞也似的向大门外跑去。

刚跑出门，帕特就撞到了一个人，一看，原来是小镇的邮递员。邮

递员一看是帕特，问道："你到莫里家来干什么？"

帕特愣住了："房子的主人叫莫里，难道刚才那位老人……"想到这儿，帕特不敢再多停留，也没有回邮递员的话，就赶紧离开了这幢像图书馆一样的房子，心里久久难以平静。他知道，刚才那位老人，其实就是这幢房子的主人。

帕特更知道，作为房子主人，莫里自然认识自家亲戚。刚才，莫里老人是为了保护帕特的自尊心，才谎称自己是房主人的朋友。

帕特没有想到的是，莫里老人是位心理学教授，当他刚回到家，第一眼看到帕特时，他已经做好了报警准备，然而，当看到帕特正在看书时，便打消了报警的念头。他相信，一个喜欢看《约翰·克利斯朵夫》的孩子再坏也坏不到哪里去，保护好他的自尊，可能就拯救了他的灵魂。

帕特回到家后，对莫里充满了感激。在这个小镇，过去还没有谁在意过帕特的自尊，总认为他是个坏孩子。他在心里默默地对自己说：帕特，无论如何，你也不能让莫里老人失望啊。

帕特决定从此做个好孩子。

后来帕特和父亲离开了小镇。十几年后，已经80高龄的莫里老人在杂志上读到了一篇专栏文章，文章名字叫《一本珍贵的书》，署名为帕特。

看着这篇文章，老人微笑着想起了多年前那个善意的谎言，他相信，这个帕特就是那个"阿尔法特博士的小亲戚"。

（**原作者**：汪　洋；**推荐者**：冯国伟）
（**题图、插图**：安玉民　梁　丽）

绿版编辑部各编辑邮箱：
夏一鸣：gshxym@163.com
邢　悦：simyyue@126.com
王雅静：wyjing833@sohu.com
朱　虹：zhong98305@sina.com
杭　帆：hangfan1102@126.com

都市花园里的被告

下面这则故事在社区里面流传很广。

金师傅退休后住在都市花园，每天看看书，种种花，养养鸟，遛遛狗，小日子过得有滋有味。这天晚上，金师傅刚放下饭碗，门铃“叮咚”响了，他开门一瞧：噢，认识，是小区物业的工作人员，只听那人客气地说：“金师傅，上半年的物业管理费该收了，这是收据，您看一下。”

金师傅接过收据，一页页翻过去，突然他的眼光停在了“电梯运行费”上。

都市花园一共有10栋32层的大楼，而金师傅家住的是7号楼的最底层。以前交物业费时也没细想，今天金师傅大脑突然开窍，不对呀，我住一楼，从来没坐过电梯，为何要出这笔冤枉钱？

金师傅把“电梯运行费”的单据拿出来，把理由一说，工作人员很为难：“金师傅，我是跑腿的，只管收钱。”金师傅也干脆：“那你把你们的领导叫来，我跟他说！”工作人员见状，只好尴尬地离去。

过了不到半小时，工作人员带着他们的经理又找上门来，一见面就介绍道：“金师傅，这是我们的郑浩经理。”郑经理忙笑着解释：“您的意见我们知道了，但收取电梯运行费是上级部门批准的，其他小区也是这么收的，请金师傅理解和配合。”

见对方这么说，金师傅也客气地说：“郑经理，我不是不支持你们的工作，实在是这笔费用收得不合理，我从没坐过电梯，为何要交电梯运行费？过去做错了，现在就应该纠正。你们何时纠正，我何时付物业费！”郑经理耐着性子做工作，金师傅就是油盐不进，还口口声声说是维护消费者权益。郑经理说了半天好话，到头来仍是一分钱没收到。

接下来的事就麻烦了。金师傅觉得自己为抵制乱收费作出了贡献，不免有些得意，所以在小区遛狗时，常把这事当新闻传，一传十，十传百，很快小区里的居民都知道了，特别是住在一楼的居民，纷纷叫好，也跟着拒交“电梯运行费”，就连二楼三楼的居民也在扳指头算，自己和32楼的居民，用电数有多大区别。

这天晚上，金师傅遛狗到小区大门口，见郑浩经理穿着保安的制服，不停地向进出小区的居民敬礼。金师傅觉得奇怪，这怎么啦？他悄悄地问

旁人，人家告诉他，郑经理收物业费不力，已被免职，改当保安了。金师傅闻言，再看看郑浩哀怨的眼光，不免心生愧意，但再一想，这也是没办法的事，要维权，总会得罪人的。

时间慢慢过去。这天，金师傅在小区里碰到住在27楼的老王，两人唠起了养花经，老王告诉金师傅，最近自己觅到一盆稀有品种的月季。金师傅一听来了兴趣，就提出要饱饱眼福。

吃过晚饭，金师傅坐电梯上了27楼。事情真是巧，这一幕被巡逻的郑浩看见了，他如获至宝，赶紧跑到小区监控室，调出录像带。

金师傅在27楼老王家饱了眼福，就坐电梯下楼，到了一楼，电梯门一开，人还没出来，郑浩已经手拿一叠收据等在那里了：“金师傅，请付物业费！”金师傅以为“电梯运行费”的事解决了，郑浩又官复原职了，脸上不由得露出笑容：“好，好，该付的钱，我一分不欠，咦……”金师傅一翻收据，又翻到了“电梯运行费”，这下就来了火气：“我不是说了吗，我住一楼，从不坐电梯……”话还没说完，郑浩变戏法似的从口袋里拿出一盘录像带：“金师傅，这是你刚才坐电梯的录像，你怎么解释？”

金师傅这下真的冒火了，喉咙也响了：“你们这是干吗，抢钱呐，我儿子住在龙旗小区23楼，我几乎每星期都去，人家物业从未向我收过‘电梯

运行费'，你们还讲不讲道理？”郑浩显然是有备而来，也不啰嗦，只是冷冷地说：“那好，我们法庭上见吧！”金师傅底气很足地说：“我还怕你打官司？告诉你，这事，打到天边，你也不会赢！”

不久，都市花园小区物业公司真的向法院起诉，被告除了金师傅，还有都市花园小区拖欠物业费的其他居民。

开庭的那一天，审判大厅坐满了人，连新闻媒体也派出了不少记者。

金师傅坐在最前面，心里很笃定，法庭讲究以事实为依据，自己没乘过电梯，凭什么付“电梯运行费”？

经过一番辩论，法官最后作了判决，结果让金师傅他们大吃一惊！

根据《中华人民共和国物权法》第六章第七十二条规定：业主对建筑物专有部分以外的共有部分，享有权利，承担义务；不得以放弃权利不履行义务。法官还特别强调：公民的权利和义务是相辅相成的，为此，在中华人民共和国《物业管理条例》中专门写明了业主的权利和义务。都市花园小区的电梯属业主的建筑物区，居住在那里的每个业主都有权享受，但在享受权利的同时，他必须履行应尽的义务。因此金师傅他们拒付“电梯运行费”是错误的，也是违法的。

在法官耐心的教育下，金师傅他们恍然大悟，最后都按规定付清了“物业管理费”。

·解剖一个案例 明白一个道理·

律师点评：

金师傅住在高层一楼，不需要用电梯，却要付“电梯运行费”。对此，法院还支持了物业公司的主张……这一事实从常理看似乎令人难以理解，尽管故事结尾还引用法律条文作支撑，但对于普通老百姓来说，脑子里可能依旧一头雾水，还想问一个为什么？

首先，从事实方面分析：因为，物业收费是由各个部分组成的，基本都是均摊，如要做到绝对公平很难。像盲人，他就不可以以没有享受到灯光为由而拒付灯光照明费。

其次，从法定方面分析：根据法律规定，高层住宅中的首层在没有特殊约定的前提下，应该与其他楼层住户一样缴纳电梯费。金师傅在购房签约时，就应该认真阅读购房各项条款，如有异议，即时提出即时协商，这样就可避免合同认可生效后出现问题；从财产所有权看，一栋住宅按所有权分专有部分和共有部分，高层住宅的电梯属共有部分中的共有设备，作为业主对共有部分享有共有和共同管理的权利，并且业主对建筑物专有部分以外的共有部分享有权利、承担义务，不得以放弃权利而不履行义务。

当然，随着法制的不断完善，今后对“电梯运行费”此类的实施，则可以进一步人性化。

（**题图、插图**：安玉民　梁　丽）

（法律知识故事征文启事详见本期第78页）

本期游戏难度指数：★★★☆☆

世界500强面试题

改变数字

IX是罗马数字中的9，如何加上一笔，让它变成6？

（推荐者：开　心）

超级视觉

通向城堡的路

城堡外有两条小路，分别是AB和AC，哪条路更短一些呢？

福尔摩伍的问题

北极狐照片

6月的一个下午，有个行人在路上被人抢劫。根据路人的描述，警方很快就找到了嫌疑人丘林。

但是，丘林却说当天他正在动物园里游玩，因为每年夏季，他都会到动物园里去走走。为了证明他不在现场，丘林还拿出了几张他所拍的动物照片。其中一张是北极狐的照片，在照片上北极狐浑身皮毛呈雪白色，真是可爱极了。

然而，负责审讯的福尔摩伍看了照片后却对丘林说："你的这些照片虽然拍得不错，但这张北极狐的照片却说明你是在撒谎！"

你知道福尔摩伍是如何识破丘林的谎言的？

（推荐者：陈抗美）

答案

福尔摩伍的问题

北极狐夏季的皮毛为灰黑色，尾端为白色，而只有在冬季全身皮毛的颜色才是雪白色的。

世界500强面试题

加上一笔：S，变成SIX，那就是英语单词"6"。

超级视觉

你猜得没错，用尺子去量是一样长的，可是看上去是不是AC更长一些呢？这是由于视觉误差造成的。

（如果您有好的智力题或谜案故事，欢迎给我们来稿。来稿可从网上传递，请发以下信箱：simyyue@126.com）

她，在家中日思夜想，苦苦期盼；他，在城里苦心积虑，愁眉不展，而这些，仅仅是因为一张相片……

相片

□黄冈

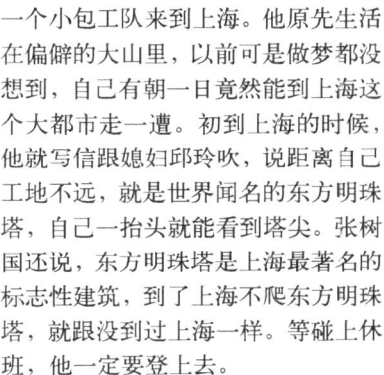

张树国是一位建筑民工，这年春天，跟随一个小包工队来到上海。他原先生活在偏僻的大山里，以前可是做梦都没想到，自己有朝一日竟然能到上海这个大都市走一遭。初到上海的时候，他就写信跟媳妇邱玲吹，说距离自己工地不远，就是世界闻名的东方明珠塔，自己一抬头就能看到塔尖。张树国还说，东方明珠塔是上海最著名的标志性建筑，到了上海不爬东方明珠塔，就跟没到过上海一样。等碰上休班，他一定要登上去。

邱玲很激动、很骄傲，男人是村里第一个到上海的人，又是在电视里常出现的东方明珠塔附近干活儿，还要登上去，那多荣耀啊！有一次，她和几个女人到村长家看电视，看到东方明珠塔的时候，忍不住一惊一乍地炫耀："看，这塔俺家树国爬上去过。"

女人们一片惊羡，叽叽喳喳，说你家树国真有本事。只有村长的女人不服气，邱玲长得比她好看，她就一直看不过眼，逮着机会就要唱反调，冷不丁哼了一声，说："吹什么吹？我还说我男人上过天安门城楼呢。"

女人们闻听，都笑了。村长心脏不好，去年到北京的医院看过病，是村里第一个到北京的人。在村里人心里，北京是圣地，天安门城楼更是圣地中的圣地，那是随便上的吗？他一个小村长，有资格吗？村长女人说他上过天安门城楼，明摆着是吹牛皮。

村长女人不信，邱玲也不跟她一般见识，自豪地说："树国真的爬过东方明珠塔，他干活的工地就在那塔的旁边。"村长女人"哧"的一声："那也证明不了他爬过呀。就像我男人虽然去过北京，却不能证明他上过天安门城楼一样。大伙说，对不对呀？"

有人就附和，说对呀，空口无凭呀。邱玲气得差点掉眼泪，发狠说："不信你们就等着瞧，我让树国寄相片回来。"她电视也不看了，"噔噔噔"昂首挺胸地走了。

回到家，邱玲就趴下来给男人写信，让他一定要去爬东方明珠塔，而且，爬上去后，一定要照张相片。

张树国回信答应，说没问题，电视塔离工地不远，抬头就能看到，抬脚就能过去，他随时可以去爬。

后来，张树国才知道，这件事，还并不那么容易呢。

首先，是时间问题。因为工期紧，工人们经常要加班加点，歇班时间很少。而且即便是有了时间，还有第二个问题，那就是钱的问题。

第一个歇班日，张树国兴冲冲地赶到东方明珠塔下，这才知道，要想爬上去，还要花钱买门票。到最高处的门票要150元。张树国才不会花这笔巨款爬到塔上去看风景。在他心里，150元能干的事情多着呢，那是他一个月的生活费，是十斤猪肉，是儿子一学期的杂费，是一袋化肥。看风景儿就要花一百多元，太奢侈了！

可是，不爬上去，又完不成老婆交给的任务。张树国在广场上转了几圈，看到有不少照相的摊点，灵机一动，就花了十块钱，照了两张以电视塔为背景的相片。相片上，为了将高高的电视塔全部摄入画面，他显得很渺小，面目模糊，不过，他身后的电视塔巍峨耸立，"东方明珠"几个大字清清楚楚。

邱玲收到相片后，底气立马足了，到处展示给村里的女人看。大家欣赏后，又是一番赞叹，唯有村长的女人依然不服。她一眼就看出了问题所在，不屑地说："笑话，站在塔下就

能证明你家树国上去过吗？”她拿出一张村长在天安门广场上照的相片，“照你这么说，这张相片是不是也能证明俺家富贵登上过天安门城楼了？”

邱玲哑口无言，对呀，树国如果上了电视塔，就该有在塔上的相片啊，听说那塔好几百米高，在上面可以俯瞰黄浦江，还可以看到上海的城市全景。为什么没有这种在半空中的相片？邱玲也怀疑了，就写信质问张树国：你到底上没上去过？如果没有，一定要上去，一定要有以上海市区全景为背景的相片。

张树国只得实话实说，回信说门票要150元呢，我觉得花这钱不值。

邱玲看到信后，也觉得不值，但再一想，自己已经把话放出去了，这可关系到以后能不能在村里抬起头做人的问题。人要脸树要皮，花再多的钱，也要挣回脸面。她犹豫了几天，一咬牙，去信说：我不管，反正你要把相片寄回来，不然我没脸见人。

张树国只有服从，不过，一想到拍张照要那么多钱，还是不舍得。

秋天的时候，邱玲来信更勤了，除了要钱以外，就是要相片。张树国往家里寄了些钱，可想到又要花一百多块钱去拍相片，还是舍不得，只好附信骗老婆说等年底发了工资，一定到塔上去照相。

没想到，老婆邱玲很快回信，说“钱是收到了，但相片比钱更重要！村长前几天到北京医院复检回来，带回一张他站在天安门城楼上的相片，在那儿挥着手，神气极了，现在全村都轰动了，村长老婆更是神气活现，说话夹针带刺儿地挖苦我，我现在都不敢出门了。”

接到这封信，张树国的脸色比以前更沉了。他躺在床上，连饭都不想吃。工友们问他怎么了，张树国就把憋在心里的事原原本本说了一遍。工友们听了，笑得都透不过气来，说：“原来你憋气，只是为了照张相片啊。花这冤枉钱干什么？咱这楼年底就盖到顶层了，比那电视塔也矮不了多少，保证到时候在楼顶看到的景色跟在电视塔上看到的一样，想照相的话，到时候你爱怎么照就怎么照。”

张树国心中一亮 对呀，到时候，登上楼顶拍张照，就说是在电视塔上面照的，背景又是半空中俯瞰上海的全景，和塔上拍的一样，保证人人相信，何苦还要去花150元钱呢？

张树国主意拿定，就给老婆邱玲写信，说现在赶工期，没有时间去爬电视塔，但年底马上就到了，你再忍几天，我保证到时候带着全部工钱和在电视塔上照的相片回去。

两个月后，大楼终于盖到了最顶层。再过几天，就要放年假了，大家都惦记着能拿着钱回家过年，张树国除了这个，还记挂着照相的事，因为这个更重要。

这天上午，工地上放假。张树国拉着一个工友，拿着借来的相机，坐升降机上了顶楼。此时，顶楼外围的架子还没拆，外面还围着安全网，遮挡住了视线。张树国拆掉一块安全网后，眼前豁然开朗，果然可以俯瞰对面的市区，只见楼群密密麻麻，黄浦江、外滩等景点尽收眼底。张树国大喜，选好背景，摆好姿势，让工友照相。他嘱咐道：“一定要选好角度，镜头注意避开安全网、铁架子，另外，东方明珠塔也要避开，别让它出现在背景中。”

这就有点难度了，张树国必须探身到铁架子之外，才能达到要求。

张树国小心翼翼地将身子探到外面，拍了几张以对面楼群为背景的相片后，还不满足，又想拍几张以下面的黄浦江为背景的。这需要从上往下拍，为了选好角度，同时避开铁架子，张树国就踩着铁管，尽量下蹲、外探，然后就问：“可以照到江面了吗？”

工友在脚下垫了好几块砖，踮着脚，在取镜框里看了看，说：“还差一点。”张树国再往外探了探：“现在呢？”“还差一点点。”

张树国竭力外探，脚下只剩下脚尖还在架子上了：“现在呢？”“好了。”

张树国松开紧握铁管子的左手，举起两指，摆出胜利的“v”形。

工友“啪”一声摁下了快门。

就在此时，张树国突然失去平衡，脚下一滑，刹那间，他就像断了线的风筝一样，向楼下飘落下去……

不久，包工头亲自将张树国的骨灰送回老家，除了骨灰，还有几张相片。相片上的张树国摆着胜利的手势，很神气。

老婆邱玲捧着相片，听着包工头讲述事情经过，哭着说道：“我，我只是想要一张相片，没想到……”

包工头叹了口气，说：“咳，你着什么急呢？建筑公司原本就打算春节放假前，组织大家集体参观东方明珠塔。可等我去通知他的时候，他已经爬上去了，为了一张面子，丢了一条人命，你说，值吗？”

（**题图、插图**：魏忠善）

挡不住的爱情

□南 风

老栓的老婆去世好几年了，他苦熬着把女儿小月拉扯大，现在眼看小月越来越大了，老栓便寻思着该给自己找个合适的人儿，等将来小月出嫁了，不至于冷冷清清一个人过日子。有了这份心思，他渐渐和村里的余寡妇对上了眼。可是好事多磨，白天老栓要下地干活，只有晚上得空，偏偏余寡妇还有个老公公，老栓又不敢硬往上凑。因此，两人好了有些日子了，却连说个热乎话的机会也没捞到，这让老栓非常郁闷。

机会终于来了，余寡妇公公的闺女家盖新房，老头子去帮忙，要住几天才回来。

这天，天刚擦黑，老栓就坐不住了，出门直奔余寡妇家而去。见他来了，余寡妇喜滋滋地炒了两盘小菜，端上桌来，含情脉脉又不好意思地说："知道你好喝两口，我刚才去小卖店想买瓶酒，没想到刚巧卖完了！"

这么好的菜，这么好的人，这么好的晚上，没酒怎么行？老栓一拍腿："我家里有，我这就去拿一瓶来。"说着就起身出了门。

老栓大步流星回到家里，一把推开门，只见女儿小月慌里慌张站了起来，红着脸说："爹，你，你怎么这么快就回来了？"老栓一楞，这才发现房里多了个小伙子。老栓认得，这小伙子是邻村的，家境一般，相貌也一般，可老栓一心指望小月将来能嫁个好人家，所以平时对小月管教很严，禁止她随便跟男青年来往。现在天都黑了，把个男的招在家里，老栓顿时黑了脸。小伙子一看不妙，赶紧走人。

老栓气呼呼地在家坐守了一会儿，这才拿了酒出来，到了余寡妇家。可没喝上三口，他心里又不踏实了：刚才那小伙子会不会杀个回马枪呢？这事可马虎不得！老栓越想心里越毛，不行，我得回去看看！他便找了个借口，溜回家里，蹑手蹑脚地摸进院子，把耳朵贴在房门上：屋里静悄悄的，看来小伙子已被自己吓退，小月也已老老实实睡下了。老栓这才放下心来：总算可以踏踏实实地去和余寡妇美美地喝上一顿小酒了。

谁知刚走出院子，一个人慌里慌张走来，和老栓撞了个满怀，老栓瞪眼一看，竟然是女儿小月，这下气坏了，跳脚骂道："你这个死丫头，三更半夜的你瞎跑什么？"小月支支吾吾地说："我，我出去透透气……"

"进屋去，再乱跑小心老子敲断你的腿！"老栓凶巴巴地骂道。这下，他再也不敢马虎大意了：如果他前脚走，两个小年轻后脚做出点什么事儿来，可怎么办？看来，一定得把女儿看紧了。这么一想，老栓啥心情都没了，匆忙赶到余寡妇家，撒谎说家里突然有点事，今天这酒是喝不成了，改日吧！

唉！煎熬了这么久，总算得了个空子，却让女儿生生给搅和了。老栓垂头丧气地摇着脑袋，一只脚刚跨出余寡妇家的院门槛，不想却绊上了什么东西，害他差点摔倒，老栓恼火地骂了一句，踢了踢地上的东西，觉着有点异样，拿出打火机一照，原来是只大刺猬，他盯着刺猬看了会儿，突然"嘿嘿"乐了，他快速脱下外衣，小心翼翼地将刺猬抱回了家……

第二天一大早，老栓的房间里就传出了一阵阵"咳咳咳"的咳嗽声。小月隔着门让爹买点药吃吃，老栓抢白了一句："你让我省点心，比什么都强！"一句话呛得小月立马哑了声，再也不敢言语了。

到了晚上，老栓对小月说，自己累了，想早点睡，让小月也早点休息。

他话虽这么说，待小月进了房，却偷偷溜出去和余寡妇约会去了。不知为什么，他这次好像一点也不担心家里有啥事了；更奇怪的是，一到余寡妇家，他的咳嗽病也不治而愈了。

这样相安无事的晚上，一连过了好几天。这天，老栓又来和余寡妇约会，情到深处，余寡妇情不自禁地靠在了老栓怀里，老栓一颗半嫩不老的心激动得“扑通扑通”直跳。就在这时，窗外突然响起“咳咳咳”一阵老头的咳嗽声，老栓吓得一个激灵跳起来：“不好，你公公回来了！这可咋办？”余寡妇也是慌得手足无措，有心让老栓躲起来，可屋子里除了一席炕，就是一张桌子和几把椅子，两口柜里还装满了粮食，她真恨不得扒条地缝让老栓钻进去。两人狼狈不堪，抖个不停，只能眼巴巴等着余寡妇的公公撞进来揍人。可两人一等再等，外面却没有动静了，余寡妇的公公也没有冲进来。

老栓咽了口唾沫，壮起胆子，把门拉开一条缝，往外瞅了一眼，只见院子里空荡荡的，哪有老头子的身影，他让余寡妇拿了个手电筒，两人来到院子里，四处找了一圈，又悄悄地摸到余寡妇公公房间的窗前，没听到任何声音，大着胆子用手电照了照，屋里空荡荡的，显然没有回来。这可真奇了怪了！就在两人莫名其妙刚要推门进去的工夫，咳嗽声又响了起来，这回老栓听清楚了，声音是从窗户根下发出的。他过去用手电筒一照，真是让老栓哭笑不得。窗户下倒扣着一个竹筐，筐上趴着的正是老栓捉回家的那只大刺猬，脚上还戴着老栓给拴的半截麻绳，此时它的脖子正一颤一颤发出“咳咳咳”的声音呢！

余寡妇舒了口气，直抚胸口：“原来是它，吓死我了！”

“怎么？你认识这刺猬？”

“嗨！前几天我在柴垛子里抓着了两只刺猬，像是一对儿，我把它们扣在竹筐里，后来一只不见了，我以为跑掉了，没想到它还挺痴情，又跑回来找自己的伴儿了！”说着，余寡妇掀开了竹筐，里面果真还有一只刺猬。不过，她还是有些纳闷：“奇怪！这刺猬怎么会像老头一样咳嗽呢？”

老栓挠了挠头，说“我给它喂了盐巴！”原来刺猬吃了盐巴，就会发出像老头咳嗽一样的声音。他原想把刺猬拴在家里，用这个声音震慑女儿，让她不敢轻举妄动，没想到却把自己和余寡妇吓得够呛。余寡妇知道是老栓使的坏，数落了他一番，然后两人一道将那对刺猬放生了。

从此以后，老栓再也不干涉女儿谈朋友了，因为那对有灵性的刺猬启发了他，他终于明白：爱情来了，挡是挡不住的！

（**题图、插图**：谭海彦）

· 中国新传说 ·

孤品

□黄春生

这几年，收藏热席卷大江南北。登州有个叫那鸣的人，家里有个祖传下来的花瓶，他越看越像宝贝，就专程带着花瓶跑到北京，找了一个专家鉴定。鉴定结果竟然是官窑烧出来的，相当珍贵。

那鸣最关心的是值多少钱。

专家说“如果是孤品的话，肯定价值连城。如果不是，价格就会打些折扣。”那鸣不明白，请教道：“什么叫孤品？”专家告诉他：“所谓孤品，就是世上仅此一件的藏品，所以才奇货可居，要多少钱都不为过。你的这只花瓶很可能是孤品，因为至今尚未发现相同的藏品。”

那鸣听了，心中一沉。因为他心里清楚，这只花瓶并不是孤品，在他弟弟家里，还有一只一模一样的花瓶。当年，父亲给弟兄俩分家，不偏不向，祖传的两只花瓶，两人一人一只。但眼下的那鸣是决不肯把底细说出去的，一口咬定，从未见过第二只。

京城有位收藏家，听说这事后，找到那鸣，愿出五十万元的高价，购买这只花瓶。那鸣虽然心动，却没有答应。他觉得，对方既然愿意出五十万，那这个花瓶的价值肯定不止五十万。他试探地问收藏家：“这是你能出的最高价吗？”收藏家沉思了一下，说：“目前，五十万的价格已经很公道了，因为很难说，将来会不会出现一只跟这个一模一样的花瓶。”

那鸣一听，顿时明白了：他是担心这只花瓶不是孤品啊。看来，要想卖更高的价，得让这只花瓶成为孤品。

那鸣心中就萌生了一个主意，他

借口回去跟家人商量，让收藏家等几天再说，然后匆匆忙忙返回老家，一脚跨进弟弟的家门。

那鸣的弟弟是个老粗，一贯大大咧咧。那鸣进门后，只字不提花瓶的事，故作关心地问候了一番后，两只眼睛便四处搜寻了起来。只见花瓶跟暖瓶、茶壶等放在一起，随随便便地摆在桌子上，里面插了一支塑料花，看来弟弟他并不知道这只花瓶是宝贝。

那鸣顿时心花怒放：不但花瓶在，而且弟弟还不把它当一回事。看来，只要花点小钱，把弟弟的花瓶买到手，然后毁掉，这样自己的花瓶就成了孤品了。那鸣正想走过去，拿起花瓶与弟弟说话，可那迈开的腿突然缩了回来，张开的嘴又闭了起来：弟弟见到自己要买这只花瓶，必然会起疑心，万一猜出这花瓶不一般，那就麻烦了。再说，弟媳可不一般，再来个火上浇油，狮子大开口地漫天要价，事情非弄僵不可。也许是他们的父母把弟弟的机灵都给了那鸣，那鸣眼珠一转，办法有了。只见他拿起茶杯，佯装去拿暖瓶倒水，顺势用暖瓶的瓶底轻轻一碰花瓶，花瓶就倒在桌面上，那鸣一手拿着茶杯，一手拿着暖瓶，故作惊慌的样子，眼看着花瓶骨碌碌滚了几下，掉到地上，“啪”，碎成两瓣，瓶底也摔破了。

弟媳有些不高兴，将那支塑料花捡起来，埋怨说：“哥，你咋不小心点？这花可没地儿插了。”

弟弟训斥她道：“咱哥又不是故意的，一个旧花瓶，你唧歪个啥？”那鸣故作歉疚地说：“这样吧，回头我去市场给你们去买只花瓶。”

几天后，那鸣买了只新的花瓶送了过来，看上去很鲜亮，弟弟不但不埋怨，还不停地夸那鸣办事认真。

第二天，那鸣就带着孤品，兴冲冲地赶到北京，找到那位收藏家，说：“现在我可以保证，这花瓶是孤品了。”收藏家很奇怪：“你怎么知道的？”那鸣得意地说：“因为另一只跟这个一模一样的花瓶，昨天已经碎了。”收藏家闻听，脸色当即就变了：“你还有一只与它一模一样的花瓶？”

那鸣说：“是呀，不过，那只花瓶现在不存在了。现在，我这花瓶绝对是孤品，你再给一个价格吧。”

收藏家失声问：“那只花瓶是你砸碎的？”收藏家从那鸣脸上看到了答案，倒吸一口凉气，心疼得眼圈都红了，他长叹一声，说：“现在，这花瓶我只能出二十万了。”

“什么？”那鸣跳起来，跺着脚，“你别诳我，怎么比原来还要少？”

收藏家连连摇头：“你呀，是聪明反被聪明误啊！你这只花瓶，是鸳鸯瓶，本来是一对的，如果能配齐，至少值二百万。我之所以肯出五十万，就是希望有朝一日能找到另一只花瓶，配成对。现在另一只既然已经毁了，没成对的希望了，所以只能值二十万了。”

那鸣的眼顿时直了，脑中一晕，差点摔倒。清醒过来后，他眼泪都流出来了，喃喃道：“不可能的，是你在骗我！”收藏家说：“你可以到处去打听打听，如果谁出的价格高于二十万，你尽可以卖给他。”

那鸣心有不甘，他四处寻找买家。此时，他打碎另一只花瓶的消息已经传开，果然没人出的价格高于二十万。最后不得已，他只好回头找到那个收藏家，以二十万出了手。

那鸣回到老家。他本来以为此事神不知鬼不觉，万万没想到消息已经

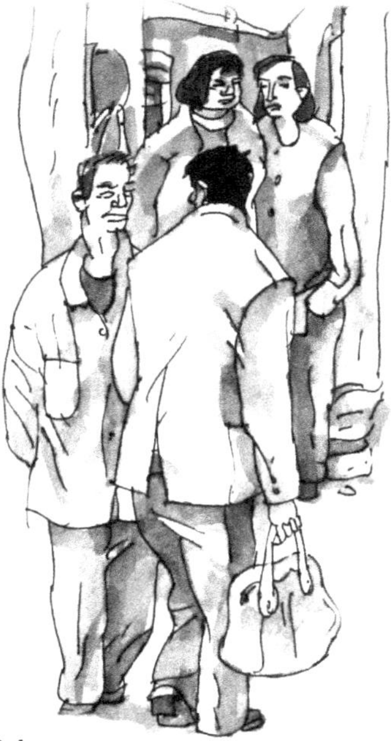

在家乡传开了。顿时，他成了所有人耻笑的对象，大家都笑他见利忘义、最后却搬起石头砸了自己的脚。

那鸣见伎俩败露，羞得躲在家里。他整天提心吊胆，怕弟弟一家上门找他算账。奇怪的是，弟弟吃了这么大的亏，竟然一直没来找他。

一个月后，弟弟终于上门找他来了，但不是兴师问罪，而是来向他表示感谢。原来，弟弟听说花瓶的事后，就带着扔在旮旯里的那几片破碎的瓷片，请修复专家将花瓶进行了修复，思量着多少也能卖几个钱。不想，修复成功没几天，消息就传出去了，那位先前购得那鸣花瓶的收藏家主动找到他，说即使修复的，他也想买。

那鸣问：“他出了多少钱？”

“人家说，本来值一百万的，因为是修复的，所以打了折扣。”

“到底多少？”“三十万。”

那鸣呆了：这怎么可能？要知道，自己的好花瓶才卖了二十万，这个碎片拼起来的，竟然能卖三十万？

弟弟又说：“人家还说，贵是贵了点，但配成对平均下来就不贵了，虽然一个好一个破，但因为配成了鸳鸯瓶，加起来的价值要比单个高多了。”

弟弟看了看那鸣，笑着说：“哥，算起来，我还是占了你的便宜呢。”

那鸣一听，血压陡地升高，两眼一翻，登时晕了过去。

（**题图、插图**：谭海彦）

是什么让故事中的孩子充满仇恨？现实生活中，我们是否也曾犯过同样的错误？

杀人的葫芦

□王立雪

班里的麻烦

每个老师都有自己最喜欢的学生，可最让他们印象深刻的，却常是班级里最让他们头疼的那一个。对中学老师陈五谷来说，李中秋就是这么个学生。

陈五谷是乡里中学初中一年级的班主任，李中秋是他班上最不听话的学生，虽然师生两个人是邻居，可陈五谷一直不喜欢李中秋。

这天早上，陈五谷骑着自行车去学校，刚出村口，就看见李中秋鬼鬼祟祟地把一个东西，塞进了村头一棵树下的草垛里。

上午上第一节课，陈五谷一踏进教室，就发现班上一名女生伏在桌子上哭。陈五谷上前一问，原来，这女生画画的油彩头天放在抽屉里，今天上课时就不见了。陈五谷一听，头都大了，这事儿要是放在别的孩子身上还好说，可这闺女是乡长的宝贝疙瘩，那油彩可是乡长专程上省城给闺女买的呀。

这下，动静就大了，校长也来了，让陈五谷把教室里凡是能藏的地方，搜他个底儿朝天，一定要查出这个害群之马。陈五谷一听，一下子就想起了李中秋。他知道这个李中秋打小手脚就不干净，刚会走路时，就跑到陈五谷家偷鸡蛋，被他自己父亲痛打了一顿，总算消停下来。没想到，如今老毛病又犯了，刚才，他偷偷往草垛里藏的，说不定就是他偷的油彩。

陈五谷这么一想，忙把校长拉到一边，笑着说：“不用查，我知道是谁！”说着，他喊出几个学生，对他们小声说了一番话，几个学生一听，便撒开脚丫子出了学校。陈五谷回身走到讲台上，先用威严的目光把教室里的学生扫视片刻，然后，用肯定的语调，不紧不慢地说：“我知道是谁！现在就看你的态度，如果你能主动坦白，我就看在乡里乡亲的份上，既往不咎。如果想蒙混过关，嘿！嘿！可就别怪我六亲不认！”

听他这么一说，喧哗的教室一下子鸦雀无声。同学们都知道老师说的是谁，顿时“刷”一下把鄙夷的目光投向李中秋。

可李中秋依然犟着，摆出一副死猪不怕开水烫的样子。陈五谷见状，心头无名之火直冒，突然大吼一声：“李中秋！你给我站起来！”

没想到，李中秋不仅不站起来，反而红着脸，大声顶撞道：“我没有偷！你冤枉好人！”陈五谷教书素以严厉著称，班上从来没有学生敢跟他顶嘴，他见李中秋竟敢当众顶嘴，顿时勃然大怒，指着李中秋的鼻子，大声喝骂：“你也算好人？”接着，他就唾沫横飞地将李中秋小时候的事儿，一桩桩一件件数萝卜下窖，说了一遍，末了，他还盖棺定论地说，“我们班除了你这粒老鼠屎，还能是谁？”

就这时，那几个外出的同学抱着一个盒子回来了。陈五谷接过一看，果然是油彩，这下可是铁证如山了。不料李中秋嘴还是很硬，一口咬定，这是他帮爸爸放鸭时，捡漏攒钱买的。陈五谷听了，冷笑道：“你爸放鸭时，眼睛瞪得比鸭蛋还大，哪会有漏掉的鸭蛋让你捡？”

同学们一听，哄堂大笑。在笑声中，李中秋像一只受伤的狼崽，嗷叫一声，抓起书包，冲出教室。后来虽然乡长女儿经过辨认，发现找来的油彩并不是自己的，但因为李中秋在课堂上顶撞老师，学校还是让他检讨悔过，李中秋不理，父母软硬兼施教育打骂，他不听，他铁了心再也不肯踏

进这个学校。他回家后，就从父亲手中接过放鸭铲，在村外的望天湖上，当上了小放鸭佬。陈五谷也乐得李中秋不上学，这样班上就少了一个麻烦。

被偷的葫芦

可没过多久，李中秋又出事了。这天一大早，陈五谷正迷迷糊糊地睡在床上，不料却被一阵叫骂声吵醒了。陈五谷一听，原来是李中秋的爹在打骂李中秋。原来，村里吴七婶家的葫芦昨晚都被偷了，查来查去，是李中秋干的。听到隔壁传来的打骂声，陈五谷寻思着，这李中秋是该被好好管教一下了，“棍棒底下出孝子”嘛。可不一会儿，隔壁又传来李中秋娘的哭喊声：“别打了！别打了！”接着就拼命敲陈五谷的门，“五谷兄弟！快来呀！再打李中秋就没命了！”

陈五谷一听，只好从床上翻身而起，几步赶到隔壁。只见李中秋缩在柴房的一个角落，怀里抱着一个新鲜的葫芦，手中拿着一把钢锯磨成的刻刀，有鼻子有眼地刻着，任凭他的父亲抄起锄头柄，雨点一般打在他的身上，可他不避不让，低着头一声不吭，打死也不叫饶。

陈五谷见状，连忙上前，伸手拦住。李中秋的父亲见到陈五谷拦他，恨铁不成钢地说了句：“这娃子不光不上学，还偷东西。你看他这个样子，我恨不得打死算了，眼不见心不烦！”说着，把手上的锄头柄一扔，气冲冲地走了。

李中秋见父亲走了，就从地上爬了起来，抹了一下嘴角的血，看也不看陈五谷一眼，抄起一根放鸭铲，抱着葫芦，一声不吭地走出柴房，来到屋旁的鸭棚，呵斥一声，赶着一群鸭子，下湖去了。

李中秋的母亲看着儿子的背影，忧心忡忡地对陈五谷说：“这孩子自打从学校回来，整天像个闷葫芦，见谁都不理。你说我家菜园里这么多葫芦，都被他摘光了不说，他还偷了东家偷西家，偷遍了全村的葫芦，到底为了个啥？”陈五谷听了，也觉得十分奇怪，是啊！全村家家户户值钱的东西多着呢，他咋就单偷葫芦呢？

刻好的人像

陈五谷叹着气回到自己的家。一进家门，老婆就对他说：“我刚才看见李中秋赶着鸭子，往我家湖边的菜园方向去了，昨天我看见菜园里有两个带着缨子的嫩葫芦，我没摘，想留着今晚做葫芦面疙瘩，你快去摘回来，可别让这娃子偷了！”

陈五谷一听，赶紧出门，悄悄跟在李中秋后面。果然看到李中秋来到他家的菜园边，像猴子一样，动作灵敏地纵身翻过篱笆，摘下葫芦抱进怀里，又翻过篱笆，然后赶着鸭子就走。陈五谷本想上前截住他，可他忽然产生了好奇心，就悄悄跟在李中秋后面，想看看他偷葫芦，到底是干啥？

说来也怪，李中秋将饿了一夜的鸭子赶到湖边，却不放它们下湖，而是把它们赶进湖边一个圈鸭子的围网里关了起来，而他则抱着几个葫芦，一闪身就钻进湖边的芦苇荡中。陈五谷轻手轻脚地跟上去一看，只见李中秋坐在芦苇丛中，拿出那把锯刀，先锯掉葫芦柄，再掏空里面的瓤，然后，就在葫芦上一丝不苟地刻了起来，刻好了几个葫芦，就放在一边，又起身钻进了芦苇丛深处。

陈五谷趁着他不在，赶紧溜了过去，捧起一个葫芦一看，不由一惊，心想没想到李中秋这娃子竟然无师自通，还有这手雕塑手艺，在葫芦上刻了一张人脸，有鼻子有眼，栩栩如生。陈五谷一瞧，觉得这人脸眉眼像村里非常熟悉的一个人，可又想不起是谁，他心里不禁感叹起来：这娃子要是没这贼毛病，如果继续上学，凭他这天赋，说不定将来能成为画家、雕塑家什么的，真是可惜了！

陈五谷正想着，忽然听到芦苇丛中有动静，他连忙抽身躲到一边。只见李中秋提着一大网兜活蹦乱跳的小鱼小虾回来，全部装进挖空的葫芦里，紧接着，他抬手朝自己的鼻子打了一拳，鼻孔里顿时鲜血汹涌而下，他伸手一摸，用指头蘸着鲜血，在葫芦上勾勒起五官的轮廓，葫芦上的人面，顷刻之间，被涂得鲜血模糊，狰狞可怕，看得陈五谷不禁毛骨悚然，他心想，李中秋莫不是中了邪，学了什么巫术，在诅咒谁？不一会儿，李中秋就抱着鲜血淋漓的葫芦，走出了芦苇荡，来到了湖边。

到这时，李中秋才打开围网，顺手将几只葫芦丢进湖中，一群饿得“嘎嘎”直叫的鸭子，扑腾着一窝蜂地拥了过去，围着葫芦疯狂地争夺起来，转眼间，就将几只葫芦啄得支离破碎，将里面的鱼虾抢食一空。陈五谷见状，恍然大悟，原来李中秋偷葫芦，是为了喂鸭子，可是哪有这样喂鸭子的？这娃子八成是疯了！

嗜血的鸭子

陈五谷蹲在芦苇丛中，左思右想，也想不明白，李中秋为啥这样放鸭？正想着，忽然听到老婆喊他回去吃早饭，他便蹑手蹑脚地退了出来，他边走边想，虽说自家丢了两个葫芦，但终于弄清了李中秋偷它干什么，也值！他想等回去碰见了李中秋的父母，一定要告诉他们，让他们好好说说李中秋，制止他这种怪异的行为。

这两天，正赶上农忙，陈五谷这做老师的也得到自家的地里干活。吃完早饭，陈五谷就跟老婆一起下田插秧，插到傍晚时分收工回家。

一回到家里，陈五谷就急不可耐地拿上毛巾、香皂，急急忙忙赶往湖边下湖洗澡。夏天干完农活下湖痛痛快快地洗个澡，这是陈五谷的喜好，几乎是天天如此，雷打不动。

可是，当陈五谷来到村口的湖边一看，湖水已经被李中秋的鸭子和村里的孩子搅得天昏地暗，腥臭不堪。他只好穿过一大片芦苇，来到远离村庄的湖荡深处，这里寂静无人，湖水清澈见底。

陈五谷脱光衣服，下水后又浑身上下擦满香皂，然后一头钻进湖里，湖水清澈凉爽，好不惬意。

他在湖水里潜了好一会儿，才再露出头来。他刚一露头，就听到芦荡中传来一声短促的唿哨，紧接着又传来“哗啦啦”的一片水响。他连忙用手抹了一把眼睛，只见几百只鸭子铺天盖地地扑了过来，它们张大着嘴巴，嘎嘎叫着，就往他脑袋、眼睛、鼻子上乱咬乱啄，眨眼间，陈五谷被啄得脸上鲜血淋漓，一连呛了几口水。

陈五谷只得又潜入水中，可是等他再次浮上水面，鸭子就像与他有深仇大恨一般，又疯狂地扑上去，在他的头上堆成了一座鸭山。

在这生死关头，陈五谷只好一边张开鲜血直流的大嘴，拼命地大喊“救命”，一边慌不择路地一会儿下潜一会儿上浮，可他怎么也没想到这群鸭子竟这么嗜血成性，跟着他穷追不舍，疯狂撕咬。

村里人闻讯赶来，都被眼前血腥的场面吓呆了。直到陈五谷体力不支沉入水底，这群疯狂的鸭子才意犹未尽地游入芦苇荡中。

村里几个会水的年轻人赶紧下水，将陈五谷从湖底救了上来，急救了半天，陈五谷才苏醒过来。

这时，村里的吴七婶在岸边的芦苇丛中看到一个葫芦，她抱起来一看，又盯着陈五谷血肉模糊的脑袋看了一眼，突然惊叫起来：“大家快来看，这葫芦上刻的人头，不就是活脱

编读往来：你的问题我来答

山东读者赵普： 我曾经在饭桌上听到一个老人讲民间故事，觉得挺有趣的，能投给你们吗？

绿版编辑部： 如果您听到好的传闻、故事，欢迎记录整理后给我们投稿，但一定要注明作品的来源和创作方式，比如：该作品是不是通过“搜集整理”的方式创作的。

如果您想将报刊上好的故事推荐给我们，也一定要留下原作者的姓名和作品原发的刊物。需要注意的是，如果原发刊物上注明“请勿转载”等文字的，请不要推荐。谢谢您对我们工作的支持。

江西读者万小娟： 我经常在故事里读到，夫妻被称为“两口子”，这是为什么呢？难道就是指夫妻两人两张嘴在一起吃饭吗？

绿版编辑部： 这个解释也有道理，但似乎有些太简单了。关于“两口子”的由来，有许多不同版本的故事。其中一个发生在清朝：乾隆年间，山东有个叫张继贤的才子，偶然结识了本地恶少的妻子曾素箴。两人一见钟情，经常私下往来。那恶少是个酒鬼，一次因为饮酒过度身亡，他的家人怀疑曾素箴勾结外人谋害亲夫，便告到县衙。结果张继贤和曾素箴被判了死罪。刚巧，乾隆阅案时看到了张继贤的供状，觉得文笔不凡，就有心要救他。于是，乾隆御批将两人分别发配到微山湖的卧虎口和黑风口。两个地名听起来很险恶，其实地方都不错，而且离得又近。于是张、曾两人经常往来于“两口”之间，渐渐就被称为“两口子”了。

（本栏目欢迎读者提供新鲜活泼、有代表性的问题，一经采用，即致薄酬。）

脱的陈五谷吗？怪不得李中秋天天偷葫芦喂鸭，原来他……”

陈五谷睁开眼睛一看，怪叫一声，又昏了过去。大家围过来一看，一个个吓得面无人色。

李中秋的父亲闻讯赶了过来，这时芦苇荡里除了这群鸭子，还有那只插在岸边的放鸭铲，却不见李中秋的人影。李中秋的父亲狂怒地朝着芦苇荡中大吼一声：“李中秋！你这个杀千刀的，还不给老子出来！”他的话音一落，湖面泛起一阵涟漪，李中秋的尸体竟应声浮了上来。

村民们赶紧把他打捞上来，只见李中秋双手紧紧抱着一个葫芦。

村民们掰开一看，只见那个葫芦上刻着几个字：我没偷油彩，我不是小偷！

李中秋的父亲一见，对着湖面仰天长啸一声：“中秋！我的儿！”随即一口鲜血喷涌而出。

这时，望天湖上残阳如血，湖泊村庄一片殷红！

陈五谷从医院里出来后，就变得神经兮兮的，嘴里常常嘀嘀咕咕：“李中秋，李中秋！”书也教不了，病退回到家里。而且，他一见到葫芦就犯病。从此，望天湖边的人家，再也没人敢种葫芦了。

（**题图、插图**：谢　颖）

偷棵摇钱树

□曾长建

吴二狗傻了

吴二狗是吴家村的一个二流子。前不久，他出去逛了几个月，等回来后，人就变怪了，常坐在村里的樟树底下发呆，偶尔还会发出几声傻笑，人们暗地里全在猜测，吴二狗是不是傻了？可吴二狗不在乎村民们怎么想，因为他这次是回来赚大钱的！

前段时间，吴二狗在城里认识了一个叫黄冲的老板，黄老板正在给自己过世的老娘找木头打棺材，一听说吴家村有棵千年大樟树，立即表示愿出十万块钱买下，而且不计较树是死是活。

吴二狗二话没说就答应了，但要求黄冲给他一个月的时间。他知道要是明目张胆地搬走那棵大树，全村人非把自己踩死不可，因为这棵树在村里人看来是有灵性的，自己得好好想个法子才行。黄老板说行，说自己过一个月就到村里来买树。

吴二狗回来后，在树下发了好几天的呆，最后决定偷偷刨树根。听老一辈人说，樟树的根是横着长的，只要把那些根都刨断，不出半月，樟树就会枯死！这树一死，事情就顺利多了，死树能值个啥？

这天半夜，吴二狗扛着锄头摸到樟树底下，先不慌不忙地点了根烟，准备坐下先歇会，忽然觉得脊背好像被人轻碰了下，忙警觉地站起来，哪料后脑勺又被轻踢了下。他猛地一个转身，拿出手电一照，登时吓得魂飞魄散，只见树杈上挂着一个面目狰狞的人！

吴二狗吓得拔腿就跑，跑了几步觉得不对劲，那吊着的人好像是吴玉山的媳妇林小娟，衣服又那么眼熟，难不成是她在上吊？他迟疑了一下，又颤巍巍地转回到树底下，拿手电照着仔细一看，还真是那娘儿们，当下拍拍突突跳的心口，用力一顶把她拽了下来，嘀咕道："后山那么多上吊的好树你不用，偏偏要吊死在这棵树上。"

幸好林小娟上吊时间并不久，经吴二狗掐过几下人中后，就苏醒了过来。她醒来第一件事就是抓着吴二狗的衣服号啕大哭，俗话说"冲锋号不如女人闹"，这一哭立即惊醒了周边的村民。吴二狗叫苦不迭，想走，可怎么都扯不开林小娟的手。

不多时，樟树底下就挤满了义愤填膺的村民，不待吴二狗开口解释，村民们的拳头脚尖就雨点般落了下来。大家都还以为吴二狗把林小娟给欺负了，有人边打边喊："早看出他这次回来不正常，没想到竟做出这种禽兽不如的事来……"

等村民们停下了手，林小娟才哭着说："不关他的事，让我去死吧，我没法活了！"

这一来不知情的村民们更加愤怒了，对着吴二狗又是一顿狠揍，只痛得吴二狗一个劲惨叫。

就在此时，住在村头的吴玉山奔了过来，边跑边喊道："媳妇啊，我知道错了，你千万别想不开啊，我以后再也不打你了……"村民们一愣，面面相觑，拉过林小娟一问，才知她是和老公打架，被老公打了一顿，一时想不开半夜跑出来上吊寻死的。

大家才明白这下是冤枉吴二狗了，忙歉意地把他从地上扶起，但很快就有人开始怀疑：半夜三更的，吴二狗怎么会跑到这里来？

吴二狗眼珠一转，哼哼道："我自己还奇怪呢，明明是做梦梦见有人在这上吊，于是过来救她，哪知道却被你们打醒了，哎哟，痛死我了！"说着一拐一拐回家去了。村民们诧异地看着他离去的背影，对他刚才讲的话将信将疑，这家伙真能有这个能耐？

接下来的几天，吴二狗成了村里的焦点人物，村民见到他就问："吴二狗，你那奇怪的梦有没有再做啊？"更有人打趣道："下次梦见哪里埋了元宝可千万记得敲下我的门！"说者无心，听者有意，想起那十万块，吴二狗心里蓦地一动，有了主意……

吴二狗神了

这天早晨，吴家村突然热闹了起来，安静没两天的吴玉山夫妇又开始大打出手了，屋子里的破碗烂碟摔了

一地。

他们小小的院子里顿时挤满了前来劝架的村民，林小娟手上拿着个用来当武器的锅盖，哭噎着说:“我没指望跟着你吃香喝辣，可现在连娃的学费都交不起，你一个大男人不想办法赚钱反而天天在家里闹，你说这日子怎么过？”

人群中议论纷纷，不少人都叹息着摇头。

这时站在人堆中的吴二狗突然挤了出来，站在吴玉山的面前，犹豫了一下，终于开口说话了:“玉山哥，你先别急，我昨夜做了个奇怪的梦，梦见你家茅房的一角埋着钱，你看看去，如果真有钱，孩子的学费就有着落了。”

好奇的村民立即拥着吴玉山夫妇走向了茅房，不料真在一角挖出了上千块钱。吴玉山激动地握着吴二狗的手:“兄弟，你真是神人呐，是不是菩萨上身了？”村民们也纷纷拉着吴二狗问长问短，更有人缠着要跟他学做梦。

吴二狗双手一摊:“我自己也觉得奇怪啊！”脸上不动声色，心里却暗自得意: 舍不得孩子套不到狼，这招果然灵光，比起十万巨款，自己埋入吴玉山茅房的那区区千把块钱不过九牛一毛，接下来该把矛头指向大樟树了。

自打埋钱事件过后，吴二狗走到哪里都有人围上来，俨然成了一位高人！吴玉山更是有事没事就拉着他喝酒，向他询问做梦的事，希望自己也能学个一招半式。吴二狗天上地下地胡扯一番，倒也把他唬得入迷入痴，深信而不疑!

数天后的一个深夜，吴二狗找了把斧头，来到樟树底下，对着树干一阵猛砍，边砍还边吆喝。吆喝声惊醒了附近的村民，村民发现砍树的人是吴二狗，一时不知如何是好，大家还在发愣，吴二狗已经收起了斧头，头也不转地回家去了。

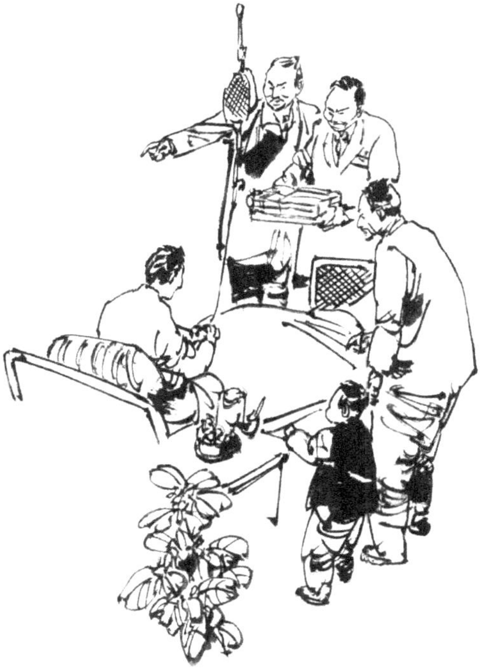

第二天一早，有人小心翼翼地问起吴二狗昨晚做了什么，吴二狗歪着脑袋想了好久，突然一脸激动地叫道："记起来了，我梦见自己跟一个妖怪斗了一夜，那妖怪好厉害，我打不赢它！"村民们面面相觑，对吴二狗的话将信将疑的。

倒是吴玉山，死缠烂打地把吴二狗请到家，边吃饭边追问妖怪的事情。

一提起妖怪，吴二狗又变得激动无比："一定是那妖怪在作怪，要不咱村也不会这么穷，我想消灭它，可大家都站在边上不帮我，我从没做过这么可恶的梦！"

吴玉山听到这里，忙出主意道："兄弟，你的梦可不是虚的，那樟树肯定有问题，坚决要伐掉！可我担心村里那些老顽固会反对，不过我倒是有个主意，村里那些小兔崽子不是整天闲着吗？我暗底下帮你吹吹风，只要他们想通了，这事准成！"

"好！"吴二狗夸道，"谁砍倒了樟树，他准第一个发大财！"这餐饭两人都吃得开心无比，直到太阳下山，吴二狗才摇摇晃晃地走回家。

吴二狗伤了

然而好几天过去了，大樟树却丝毫未损，奇怪的是吴玉山也从吴家村消失了！这天深夜，按捺不住的吴二狗再次操起斧子，摸到大樟树底下，向着树根猛砍下去。

他砍着砍着，只听见一声闷响，大樟树缓缓地倒向一边，吴二狗只顾低头砍树，根本没注意到大树倒下来。当他反应过来准备逃跑时，粗大的树干已经死死压住了他的一只脚，吴二狗只觉一阵钻心的绞痛，当场就昏迷了过去。

等吴二狗醒来的时候，发觉自己已经躺在医院里。

村民们听说吴二狗醒了，一下子拥进了病房，脸上都露出了宽心的笑容，村长拉着他的手说："终于醒了，可把大家吓坏了，醒了就好，要安心养病，药费村里给你出，吴玉山那小子已经被捉起来了，打老婆的事我们管不了，这次的事可没这么容易放过他！"

吴二狗一脸不解：吴玉山怎么了？紧接着他又想起了樟树的事情：那棵树倒了？村里把樟树怎么处理了？

村长看出他的疑惑，解释道："吴玉山深更半夜跑去用电锯伐树，被他老婆在背后偷偷看了个一清二楚，就在暗地里咳嗽了两声，吴玉山砍到一半就被吓跑了。知道你出事后，林小娟就跑到我家说出了这事，你可是她的恩人！我已经叫人把那王八羔子抓回来了，砍伐樟树，这次老天也不会放过他。王八羔子还嘴硬，威胁我说

他马上就要发大财了，要我识趣点，我呸！癞蛤蟆想上天，我当场刮了他两耳光！”

吴二狗恍然大悟，难怪自己几斧子就把樟树砍倒了，当下急着追问：“樟树呢？打算怎么处理啊？”

村长拍拍他的手，安慰道：“你别操心，樟树已经倒了，扶也扶不上。正巧，有个老板到我们村里来买树，本来我们不打算卖的，可林小娟说你是她的救命恩人，你受了难，得救你，就求着大伙把树卖掉，换来钱给你治病。”

“对，如果多卖些钱，还能为村里做点好事！”吴二狗立即接口道，心里笑开了花，虽然自己伤得不轻，但比起十万块巨款来说根本不算什么，眼下急的是自己出钱买下那棵扶不起的樟树！

见他这么一说，村长也笑了：“你我想到一块去了，树已经卖掉了，老板马上就送钱过来，然后再去村里拉树，你知道卖了多少不？整整十万块呢！正好抵掉你的医药费……”话未说完，病房门口走进来一个男人，村民们立即让开了一条路，男人拿着一摞钱面带微笑地走到了病床边上。

看着眼前一脸微笑的男人，吴二狗脑子轰的一声，彻底绝望了！这不是别人，正是他日夜挂念的大财主、开价十万买樟树的老板黄冲！

（**题图、插图**：刘斌昆）

（本栏目欢迎来稿。来稿可从邮局寄发，也可从网上传递。如为电子邮件，请发以下信箱：simyyue@126.com）

· **本刊信息传真** ·

上故事中国网　看大作家写.小故事

你想看看中国最著名的作家们写的故事是什么样的吗？故事中国网（www.storychina.cn）近日重新整理推出了“大作家讲的小故事”，汇集了《故事会》“名人讲故事”栏目中的大部分作品，作者均是中国当代知名作家，其中不乏各省的作协主席、副主席。看大作家写的小故事，别有一番味道。

本公司最近出版《故事中国》一书，收录了30年来《故事会》中最广为流传的99则精品佳作，支付宝用户可以直接在故事中国网（www.storychina.cn）上购买此书。

故事中国网开设“故事点评”和“咬文嚼字”两个栏目，前者欢迎大家对每期《故事会》的作品进行点评，凡入选在网站发布的故事评论将获得50到100元的稿费，优秀评论还有机会在《故事会》上发表；后者则是将你在《故事会》中发现的任何语言文字上的错误，通过网站“举报”，就有机会获得《故事会》的合订本。

不可能的复仇

□楚横声

恐吓电话

乔治今年四十岁，在一家大型修车厂工作。这天，他正躺在车下干活儿，手机突然响了，接起来一听，话筒里传出一个阴森森的声音：“乔治，赶紧离开这个地方，不然你就没命了。”乔治吃了一惊，忙问：“你是谁？”那人不等他说完，就打断他的话，语气显得很暴躁：“现在马上滚，你没时间了。”说完挂断了电话。

乔治愣了半天，觉得莫名其妙，不过那人语气中隐隐透出的杀气，让他有点害怕。他按打来的号码回拨过去，可铃声响了半天也没人接。乔治摇摇头，决定不理这件事，继续工作。

下班的时候已经很晚了，乔治离开的时候，好朋友威尔笑着说：“乔治，你的脸色很难看啊，怎么搞的？别忘了你妻子玛丽还在等着你呢。”

乔治勉强地一笑。乔治是个本分人，二十一岁的时候，他出了次意外，脸上留下了一道永久性的伤疤，斜斜穿过大半张脸颊，使他看上去狰狞可怕，因此没有公司愿意要他，幸好有好朋友威尔推荐，到修车厂当了修车工。这道伤疤几乎毁了他的一生，直到三年前，他才娶到了玛丽做老婆，去年玛丽又给他生了一个儿子，乔治觉得上帝终于开始眷顾他了。

天色已经黑了，乔治快步走在街上，突然看见驶来一辆车，车子的天窗里钻出一个大汉，脸上狞笑着，手里握着一把手枪，枪口对准了乔治。乔治吓呆了，正在这时，一辆巡逻警车从路口驶了过来，大汉一愣，趁这机会，乔治撒腿就往警车跑去。那个大汉迅速钻进车里，车子飞速地开走了。

乔治惊魂未定，心想要不是运气好遇到了警车，他现在可能已经死了。谁会想杀他呢？乔治想起那个莫名其妙的电话，于是哆哆嗦嗦拿出了手机，再次拨打那个电话，可依然无人接听。

乔治觉得不能在那里久留，于是叫了一辆出租车回到了家里。玛丽见他狼狈的样子，吓了一跳，急忙问他怎么了，乔治说是不小心摔了一跤。吃过饭，乔治刚在沙发上坐下，他的手机又响了起来，竟然还是那个威胁他的人打来的，那人骂道："你这个王八蛋，我不是叫你离开这个地方吗？你能躲过一次，下次还能这么幸运吗？"乔治低声问对方到底是谁？怎么会知道有人要杀死自己？电话那头沉默了一会儿，那人叹了口气："看来，如果我不把真相跟你说清楚，你是不会离开的。好吧，你马上来找我吧。"那人说了一个地址，就挂断了电话。

乔治起身穿上衣服，对玛丽说修车厂有急活儿，便匆匆出了门。那人所说的地址是一个工厂，厂房已经被废弃了，里面漆黑一片，乔治战战兢兢地往里走，心里越来越害怕，突然，他一阵恶心，弯下腰呕吐起来。

暗藏杀机

正在这时，工厂突然灯光大亮，在乔治前方的一扇门前，站着一个彪形大汉。他冲乔治招了招手，乔治直起腰走过去，大汉狞笑着，一把将他推入屋内。屋里面有两个男人，一个三十多岁，一身名牌西装，却是满脸凶相，大模大样地坐在一张破桌子上；另一个人戴着眼镜，穿着一身医院的白衣服，像个医生。乔治正奇怪，只觉得双腿一痛，原来被身后的大汉踹了一脚，他不由自主地跪了下去。

身后的大汉转到乔治身旁，将一支黑洞洞的枪口顶在他的太阳穴上。那个满脸凶相的人站起身，骂道："你这个王八蛋，已经警告了你让你走，你当老子是放屁吗？"乔治立即听出来，这个人就是约自己见面的人。那人走过来，用手铐将乔治铐在柱子

上。乔治被枪顶着，不敢反抗，只是不断地恳求，问对方为什么要这么对自己。那人哈哈大笑：“我叫弗朗西斯，你听过这个名字吗？”乔治大吃一惊，弗朗西斯是本地黑帮的第二号人物，据说是个狠角色。

乔治强做镇静，努力使自己的声音不发抖：“弗朗西斯先生？我没有得罪过你啊？为什么你把我骗到这里来？你要杀我吗？”

“我已经给你机会让你离开，可你不听我的，是你逼我杀你的。”弗朗西斯狂笑着说，“医生，请你动手吧，务必全刺在他的肝脏上。”

乔治大叫：“你们这是为什么？为什么？”弗朗西斯冷笑着说：“对于快要死了的人，我非常愿意满足他们的要求，免得留下什么遗憾。乔治，你知道约翰逊吧？”

乔治一愣，约翰逊是本地的黑帮头子，名头比弗朗西斯还要响亮。乔治不由自主地点了点头。

弗朗西斯恨恨地告诉乔治，前不久，约翰逊查出得了肝硬化，想活命只有移植一个健康的肝脏。可是，约翰逊是罕有的RH阴性血，很难找到合适的，而恰好，约翰逊知道乔治也是这种血，于是决定杀死乔治，用乔治的肝脏来保自己的命。

而弗朗西斯却希望让约翰逊病死，这样他弗朗西斯就可以坐上老大的宝座，于是当他得到乔治的手机号码后，第一时间打电话让他离开，认为只要乔治逃离此地，约翰逊就不能及时得到合适的肝脏，必死无疑。

可是，乔治并没有走，反而被约翰逊的手下盯上了，本来想绑架乔治，没想到碰到了警车，约翰逊已命令手下今晚闯入乔治的家里，带走乔治。弗朗西斯当然不能让约翰逊得逞，便抢先骗出乔治。他不但要杀死乔治，而且要破坏掉他的肝脏。

弗朗西斯得意地讲完这一切，命令医生动手。医生拿起匕首，走到乔治的面前，正要挥刀刺下去。突然一声枪响，医生手里的匕首“当”地掉在地上，手腕上出现了一个血窟窿。

新仇旧恨

弗朗西斯吃了一惊，刚想拔枪，几个人已经闯了进来，手里的武器指着他们。来人是约翰逊的手下，原来他们得知弗朗西斯骗来了乔治，便找了过来。他们用枪指着弗朗西斯，让他放开乔治。

弗朗西斯毕竟是黑帮的二号人物，趁对方走神，踢掉了对面一个人的枪，一个翻滚滚到铐着乔治的柱子背后，掏出手枪来，击碎了屋顶上的灯，屋子里顿时变成漆黑一片。一时间黑暗中枪声大作，乔治紧闭双眼，以为自己必死无疑，可突然觉得手上一轻，原来一颗流弹正好打断了他的

手铐。乔治慌忙趴下身子，向窗边爬去。

厂房里子弹横飞，可乔治却奇迹般的一枪都没有中。乔治趁着黑暗，悄悄地钻出窗外，发疯一样逃走，他心里清楚，弗朗西斯这次完蛋了，而约翰逊一定会找到自己，现在唯一能做的就是报警。乔治跌跌撞撞地往附近的警察局走去，就在这时，他的手机响了。他接起来，里面传来一阵狂笑声，然后一个低沉的声音说道："乔治，我是约翰逊。"

乔治愣了，一时间竟不知道说什么好。只听约翰逊继续说："我给你打这个电话，是想告诉你一件你不知道的事情，关于你脸上的伤疤。这二十年来，你一直不知道这是谁干的吧？"乔治不由自主地摸了一下脸上那道长长的疤痕，想起二十年前那件莫名其妙的事情。有一天，二十一岁的乔治从球场打完球回家，中途被几个大汉绑进一辆车里，然后被打昏了，等他醒来时，脸上已经被人用刀划了一道又长又深的伤痕。而且他的身体极其虚弱，就像大病了一场。起初乔治不明白，后来他发现胳膊上有一个针眼，这才恍然大悟，有人趁他昏迷时抽走了大量的血。他知道自己的血型是稀有血型，很难找到，家人一直告诫他小心，不要受到外伤，否则有可能因为缺血而丧命。

这一直是乔治心里的谜。而今天他终于得到了谜底，原来就是约翰逊。乔治简直气疯了，他大喊"二十年前，你明明可以让我捐血给你，可你为什么要绑架我，抢走我的血？"

"我从不欠别人的情，所以我不要你的施舍，我要用自己的能力拿过来。"约翰逊冷冷地说，"那年我失血过多，要不是你的血，可能现在我已经在上帝那里了。噢，对不起，当时我应该说声谢谢。"

乔治不顾约翰逊的嘲讽，歇斯底里地叫道："你抢走了我的血，我不怪你，可你为什么又在我脸上划了一刀？这对你有什么好处？"

约翰逊得意地笑了："你就是我

的血库，所以我希望你一辈子都是一个小人物，毁了你的脸，也就断送了你的前途，让你只能卑微地活着，这样我需要你的时候，随时可以无人察觉地取走你的命，没有人会关注一个小人物的去向。”

“我……你这个杂种，我要杀了你。”乔治不能自制地狂叫起来。约翰逊的声音却一下子变得冰冷：“乔治，你以为我告诉你这些是什么意思？我是想提醒你，你的命运早在二十年前就已经定下来了，你是我的。在这个城市里，我杀死一个人就像捏死只蚂蚁一样容易，就在刚才，弗朗西斯已经死了。而我的手下就在你家门前，是你乖乖地给我肝脏，还是我让他们先杀了你的老婆孩子？”

乔治像被迎头浇了盆冷水，好半天，他绝望地哀求说：“不要伤害他们，千万不要伤害我的老婆孩子，我……我把我的肝脏给你。请你放过他们。”约翰逊答应他，说自己只要肝脏，乔治如果能把肝脏给他，约翰逊不但不会伤害玛丽母子，还会给他们一笔钱。乔治绝望地说：“好吧，你不要伤害我的妻子和儿子，最迟下午，你就可以得到我的肝脏。”

意外结局

天亮以后，乔治拖着沉重的身体来到修车厂，跑到厂房的三楼，假装准备部件，趁人不注意，松开了身后栅栏的几颗螺丝。

他又假装干了一会儿，直起腰，拍拍手上的灰尘对工友抱怨道：“见鬼，今天的活儿可真难干，我得歇一会儿了。”说着，他装作自然地向栅栏上靠去，栅栏突然倒下，乔治惨叫一声，从三楼的平台掉了下去。等乔治被送到医院时，早已经死了。

约翰逊也没有想到，乔治竟然这么配合他，用这种方式捐赠自己的肝脏，他命人去找玛丽，请她在器官捐赠表上签字。

玛丽悲痛欲绝，但她并不知道是约翰逊逼死了乔治，为了养活自己和孩子，在得到了一笔钱后，她签下了自己的名字。

几天之后，乔治的好朋友威尔送

来了厂里的赔偿金，并交给玛丽一封信，看着信封上熟悉的字体，玛丽惊呆了——那是乔治写给她的。

威尔沉痛地说："乔治出事的前一天夜里，找到我，嘱咐我过几天把这封信交给你，并让我好好照顾你们。我开始没太注意，以为他在说胡话，没想到第二天，他就出事了。"

玛丽哆哆嗦嗦地打开信，乔治在信里说，是约翰逊逼他自杀的，为了不让妻儿受到伤害，他只好选择死。于是，他设计了这起事故，这样修车厂就会赔偿一笔钱，有了这笔钱，玛丽母子的日子就不会那么艰难了。

乔治在信里还叮嘱玛丽，要带着孩子远远地离开这个地方，尽量不要跟任何人透露孩子的血型，他不希望自己的悲剧在孩子身上重演。

玛丽将信里的内容告诉了威尔，威尔这才明白乔治为什么会对他说那些话。

在威尔的帮助下，玛丽带着孩子离开了这个让她伤心的地方。

玛丽在另一个城市生活得平静安逸，只是想起这一切都是乔治拿命换来的，她就黯然落泪。三个月后的一天，她突然接到了威尔的电话，在电话里威尔兴奋地叫起来"玛丽，告诉你个好消息——约翰逊死了。"

玛丽吃了一惊：约翰逊换了乔治的肝脏，治好了他的肝硬化，怎么还会死呢？

"约翰逊移植了乔治的肝脏，没想到肝硬化的问题解决了，却得了另一种绝症，没过多久就死了，死的时候，瘦得只剩下一把骨头。"说到这里，威尔声音转低，"所有的人都说，是乔治的肝脏惩罚了他，或许，乔治的血液里，有这种病的基因，传染给了约翰逊。你的乔治自己为自己报仇了。"

玛丽欣慰地笑着说："我的乔治没有病，但是我相信，是上帝帮乔治杀死了约翰逊。"

威尔挂上电话，自言自语道："玛丽，原谅我没有把真相全告诉你，约翰逊患病后，挖出了乔治的尸体进行化验，发现乔治身上的确有这种病，这种病发病时会令人呕吐。医生说。这种病传染的几率很小，可为什么约翰逊偏偏就被传染呢？这可能就是上帝的旨意吧。"

（**题图**、**插图**：佐　夫）

不会叫的狗

□西　瓜

初进县衙

山阳县城里，来了一位名叫郑春城的卖艺人，每天他往街头一站一吆喝，四周就立刻围满了人。郑春城三十多岁，表演的是驯狗。他只有一个人，却带着大大小小十几条狗。这些狗极通人性，技艺高超，钻火圈、叠罗汉几乎无所不能，其中的几条甚至还能穿上道具衣服，表演无声的戏文。最奇的是，这些狗自打来了之后，就没叫过，只是乖乖地听从主人的命令。

这一天傍晚，郑春城正准备收工，忽然被人叫住了，来人是本县的捕快。原来是县令赵东平想请郑春城回府叙话。父母官邀请，郑春城不敢推辞，就一路跟着捕快走进了府衙。没想到，赵东平对郑春城让座请茶，十分客气。

赵东平问郑春城："我有一事不明，想向先生请教。我听说你驯的狗，从来不叫，这是什么道理？"

郑春城笑了笑："大人，这个……这是小人的饭碗啊。"狗是喜欢叫的动物，能让它们不叫，确实是门绝技，郑春城自然不肯轻易说出来。

赵东平当然明白他的意思，却仍然问道："如果我重新给你一个饭碗，你能不能告诉我这个秘密？"

郑春城不知道这赵县令葫芦里卖的什么药，只是摇头。

赵东平又说"那么，我给你一个

新饭碗，也不要你说出这个秘密，如何啊？我想让你担任本县的总捕头。”

郑春城吓了一跳，立马站起来，跪倒在地：“大人万万不可。小人只是个卖艺的，哪能当捕头？”

赵东平叹了口气，扶起郑春城，说出了事情的原委。原来，最近县城外的南山上出了一群盗匪，时常骚扰附近的民众，偷盗抢劫，无恶不作。县衙几次组织人手去拿人，却都被盗匪避开了，这让赵东平很头疼。

赵东平看着郑春城道：“我就是想借助你的力量，用不出声的狗前去追踪盗匪，不知道你愿不愿意帮我这个忙？”

郑春城沉吟了片刻，答道：“大人一心为民除害，这个忙我不能不帮。只是我为了卖艺方便，在驯狗之时已经设法扰乱了这些狗的嗅觉。如要用狗追踪盗匪，还需要另觅良犬，恐怕需要时间……”

赵东平说道：“良犬我倒是准备了几只，嗅觉也极是灵敏，郑兄只要能让它们不叫，就可以了。”

赵东平这么说，郑春城只好答应，留在了县衙，教导几名捕快驯狗。原来这郑春城不光会驯狗，还精通武艺。驯狗之余，还教了捕快们几手点穴的功夫。半个月后，郑春城告诉赵知县，这些狗可以用了。赵东平很纳闷地说：“可是我听几位驯狗的捕快说起，这些狗仍然会叫啊。”

郑春城笑笑：“这个，小人自有妙计！”

踏入陷阱

这天夜半时分，郑春城带着几十名捕快出发，很快到了南山的山脚下。郑春城对几名一起驯狗的捕快说道：“其实让狗不说话的本事，说穿了一文不值，这便是给狗点穴。点了狗的哑穴，它自然就不叫了。”说完，他伸手做了个示范，给一条狗点了穴道。捕快们按照他的方法，给狗点了穴，这些狗果然都不叫了。

这些狗虽然不能叫，但嗅觉依然灵敏，带着捕快们七转八绕，很快到了半山腰的一处山洞前。郑春城指着这个山洞，小声说道：“如果我所料不错，盗贼就在这山洞之中！”

此时，忽听一声长笑：“不错，盗贼就在山洞之中！”一个人从山洞中走了出来，却是县令赵东平。郑春城吓了一跳：“大人怎会在这个地方？”

赵东平微微笑道：“因为我就是这南山的强盗啊。明目张胆地抢掠百姓，朝廷怎会放过我？我只好自己做个强盗，去抢金夺银啊。最近州府责备我追拿盗匪不力，要派兵来援，这分明是要断我的财路！幸亏你送上门来，帮我驯狗，又传授了让狗不叫的办法。等州府的兵一来，我手下这些人就能靠这几条狗确认敌踪，避开他们，这还要多谢你啊。”

郑春城大吃一惊，才发现自己已经被捕快们围住。他看看四周，已经无路可逃，勉强笑道："那么大人现在是否要过河拆桥，杀人灭口呢？"

赵东平眼中露出一股杀意："郑先生倒是聪明！"

郑春城急中生智，镇定下来说道："大人不可以杀我！"

此时，赵东平已经抬起一只右臂，正要示意手下灭口，听到郑春城这么说，手臂停在了中途，问道："为什么？"

郑春城不答，反而问道"大人可知道'子午流注'？"

赵东平一愣"我自然知道，那又怎么了？"赵东平也学过功夫，知道"子午流注"是练习点穴功夫的必学之法，说的是人体的脉络在不同的时辰，有着不同的流转规律。因此，在点穴之时，经常要根据不同的时辰，点在对手不同的穴道上，才能发挥制敌的功效。

郑春城笑道："大人当然知道'子午流注'，却未必知道狗的脉络是如何流转。这几条狗，在六个时辰之后，哑穴自解，需要重新点穴，大人可知道那时应该点在哪处穴道？"

赵东平一愣，抬起的手臂轻轻落下，拍了拍郑春城的肩膀"郑先生果然机智非凡。我爱惜你是个人才，不杀你了。今后是不是跟着我干，就看你一句话了！"

郑春城好不容易捡回了一条命，因为紧张，衣服都已经汗湿了，听得赵东平如此一说，当下跪倒在地"郑春城愿为大人效犬马之劳！"

赵东平扶起郑春城，哈哈大笑："好，以后就是自家兄弟了！"

从这一天起，郑春城便成了赵东平的一名手下。只是赵东平一直对他有所提防，并没有告诉他南山的匪徒具体的位置。郑春城为了保命，也不肯说出给狗点穴的秘诀，只是保证在需要时自会出手。他知道，如果把这秘诀全盘托出，说不定早已成了刀下之鬼了。

血溅深谷

州府对擒拿南山盗匪这件事催得很急，这一天，真的派出了一队官兵前来相助剿匪。官兵到来后，斥责赵东平办事不力。赵东平争执了几句，负气抱病回府，再也不问此事，不管谁来，皆是闭门不见。来援的官兵也不理会赵东平，直接把队伍拉上了南山。他们不知道赵东平闭门不出，只是做戏给人看。暗地里，他早已带着郑春城等人上了南山。

郑春城这时才知道赵东平的势力有多大。南山上的匪徒，有数百人，而且大多身体强健，目露凶光。匪徒们带着几条一声不叫的良犬，和这队官兵兜起了圈子。郑春城本想让这几条狗叫出声，引官兵追来。可是赵东平派了几名捕快，把他盯得很紧，因此郑春城不敢乱动!

这官兵捉强盗的游戏，一直玩到入夜时分。无论是官兵还是匪徒，都已经非常疲惫。就在这时，郑春城终于找到了一个机会，趁身边的几名捕快走神，伸出手指，飞快地解开了其中两条狗的穴道，然后纵身从一处山坡蹿了下去。郑春城身边的一名捕快反应过来，伸手一扯，却只是扯下了他的半截衣袖。

郑春城一时情急，黑暗中根本看不清路径，只听得身后的狗吠声、盗匪的惊呼声，远处官兵的喧哗声夹杂着响起，而自己的身体却磕磕绊绊顺着山坡滚了下去，身上被灌木和尖石划伤了好几处。恍惚间他以为自己滑到了坡底，踩在一块岩石上，正要松一口气，不想岩石一松动，他又跟着往下滑去。等他看清下面是一处悬崖时，已经收不住身子了，直挺挺地落了下去!

下落中，郑春城掉在一棵树上，昏了过去。不知道过了多久，他醒了过来，挣扎着下了树。他看了看地形，知道自己是在一处山谷，跌跌撞撞向前走去，走了不远，就感觉有点不对劲，像是有人跟踪。他猛一回头，哪里是什么人，是一头狼！狼在夜里盯人，总是慢慢地跟在人的身后，等他回头，一扑而上，咬他的咽喉。这头狼大概没料到前面这个人如此警觉，见到他回头，一扑而上。郑春城竭尽全力，一指点在这头狼的穴道上。狼的穴道和狗的差不多，一点之下，这头狼立刻软软地倒了下去。郑春城身上伤重，用力过猛，当时俯卧在地，又昏死过去。

他不知道昏了多久，被一阵人声吵醒。睁开眼来抬头一看，却见几个人慢慢地走了过来，就在离他不远处，坐地休息。

只听一人说道：“赵老大，今天这么一番血战，杀了州府的官兵，弟兄们也只剩了这几个，真是元气大伤，这可怎么办？”

又听一人说道：“那些官兵一个也没有活下来，死无对证，有谁奈何得了我。咱们休息一下，寻路回去，我仍是山阳的县令。花个一年半载，又可以聚起一帮弟兄。”

郑春城听出，这正是赵东平的声音，不由心里叹息，只恨自己身受重伤，无力杀贼，要是被这些人发现，难免一死，连个拼命的机会都没有。

突然，他心念一动：“狼这东西习惯群居。这里有一只狼，必然附近还有。如果召来狼群……”想到此处，他悄悄爬到那头狼的身边，伸指解开了它的穴道。这狼穴道初解，全身无力，懒洋洋地看着他。郑春城一咬牙关，咬破了自己的食指，塞到狼的嘴里。这狼闻到血腥，精神一振，一口咬下了郑春城的手指，随即翻身站起，仰天长嗥！

赵东平和身旁的几个人听到狼嗥，都警觉地站起来，想要逃走。可哪里来得及？一声狼嗥很快就变成了数声，不到片刻，整条山谷都是狼声，无数双碧绿的眼睛在夜色中闪动着，由远及近。赵东平悲呼一声：“天亡我也！”

这一夜，山阳县的县令赵东平和数名捕快一起失踪，无人知道原因。几天后，有一个猎户在南山的山谷里发现几具被狼吃剩的尸体。据他说，其中有一个，是笑着死的，真是奇怪。

（题图、插图：黄全昌）

（本栏目欢迎来稿。来稿可从邮局寄发，也可从网上传递。如为电子邮件，请发以下信箱：simyyue@126.com）

超值回报

这一年的冬天，天气非常恶劣。慈善家罗伯特照例准备了不少帐篷、奶酪和防风暴的棉衣，想接济周围的穷人。可是，眼看暴风雪一天比一天猛烈，却没有人前来领取这些东西。妻子凯丽看出了罗伯特的焦急，便对他说：“我有办法让穷人来领你的东西，不知你同不同意？”

罗伯特说：“只要能帮助那些穷人安全地过冬，什么办法我都同意。”

凯丽认真地说：“那么，从现在开始，你便假装患了间歇性失忆症，每年到了这个时候，你的脑子里便成了一片空白，那些熟人你一个也不认识，甚至连我也不认识了。”

罗伯特不解地说：“那我不成了一个废人？还怎么去帮助那些需要帮助的人呢？”

凯丽摇摇头说“不，你这样会更好地去帮助那些需要帮助的人。”

原来，很多穷人都不止一次地得到过罗伯特的帮助，他们真心希望自己有一天也能够回报罗伯特，可是，由于生活困难，他们总是心有余而力不足。所以，当他们又一次需要面对罗伯特的时候，会感到非常尴尬。

知道了这一点，罗伯特觉得自己暂时“失忆”一下，还真是一个不错的主意。

罗伯特失忆的消息一传开，果然陆续有人前来领取过冬物资了。罗伯特表情木然地看着他们，心里却温暖极了。人们领走物资时，都对罗伯特说“可怜的好人啊，希望您快点好起来。”

更令罗伯特没有想到的是，十年后，他陆续收到了一些医院的来信，还接待了许许多多来客，都是关于医治罗伯特的间歇性“失忆”症的。

那些人中有的曾经得到过罗伯特的帮助，有的是被帮助过的穷人的后代。他们都是医生，所学的专业竟然都是神经科。当年，罗伯特帮助过的人实际上不到一百人，但如今他得到了超值的回报。

（**作者**：［美］德尼罗；**编译**：沈　湘）

我选择绝交

詹姆士和古里特是一对铁哥们。后来，詹姆士开了一家公司，邀请古里特担任财务总监。

公司的经营起初势头不错。后来，因为管理问题，公司的效益每况愈下，几乎到了无力挽回的程度。詹姆士清楚，一旦这些被下面的人知道，将导致公司彻底瘫痪。因此在管理层会议上，他严厉地要求自己的亲信们务必守口如瓶。

可是，没想到第二天，关于公司陷入困境的消息还是传得沸沸扬扬，好多员工都选择了离开。詹姆士大为光火，派人暗中调查是谁走漏了消息。

调查人员反馈的消息让詹姆士大吃一惊：竟然是古里特公开对大家说的。

詹姆士既愤怒又寒心，他没想到自己最要好的兄弟在这节骨眼上，不仅不助自己一臂之力，反而落井下石。

第二天，詹姆士把古里特叫到自己的办公室，向他宣布了解聘的决定。

古里特什么都没有说，很平静地领走了该拿的薪水，带走了属于他自己的东西。

事后，詹姆士心想，既然你古里特巴不得我倒霉，我倒要振作起来，重新风光给你瞧瞧！因为詹姆士的努力，公司竟然又恢复了生机。

失业后的古里特生活非常拮据，一直没有找到工作。

几位离开詹姆士公司的员工，听到这个消息，就邀请他到自己新组建的公司上班，不过薪水要比原来低许多。

在简陋的加盟宴会上，新同事们都为古里特的仗义而惋惜，说古里特如果不公开消息，那现在肯定还在原来的公司里呼风唤雨。

古里特喝了一口酒，然后神色凝重地说："当初我只是考虑，在那种情况下，对员工们封锁消息无疑是剥夺他们的知情权，使他们丧失重新选择的良机，这对他们来说是不公平的。所以我只能选择跟好朋友绝交。"

新同事们没有一个人面露不快，他们纷纷举杯和古里特共饮。

何谓真正的仗义？它不应该是囿于江湖义气的私心，而理应是出于人间正道的公心。

（**作者**：赵功强；**推荐者**：冯国伟）

（**本栏插图**：安玉民　梁　丽）

学写作文，从读故事开始

科技以人为本。但以人为模本的科技，却常让我们啼笑皆非。

智能机器人

□谢元清

这一天，杨主任在报纸上看到一则广告：有家科技公司研发出系列高智能机器人，不但能替人干活，还可以替人上班。杨主任很好奇，这一天，他来到这家公司，想看个究竟。

接待杨主任的是一位身材高挑、挂着胸牌的小伙子。小伙子热情招呼道："欢迎光临！先生，欢迎参观、选购我们的产品。"杨主任随着小伙子来到展厅，抬眼望去，大厅摆着各式各样的机器人，有司机、厨师、保姆、清洁工……各行各业都有，看上去和真人一模一样。杨主任看了啧啧称奇，不过他毕竟在官场混了多年，对官场类机器人更感兴趣，于是问小伙子道："有'领导'机器人吗？"小伙子点点头："有，有，您随我来。"

杨主任随小伙子走进一个门牌写着"办事员"的房间，只见一个机器人耷拉着脑袋立在墙根，乍一看，像一个站着打盹的真人。小伙子取下挂在墙上的遥控器一按，机器人立即"苏醒"了，只见他彬彬有礼地走上前来，对杨主任一个九十度的鞠躬："同志，您好！"随即打了一个标准的手势，"您请坐！"

杨主任暗暗称奇：这倒像那么回事呢！他想看看办事员还有什么能耐，便在旁边一张沙发坐下。

办事员麻利地从饮水机取来一杯水递了过来："同志，请喝水。"随后像模像样地坐回办公桌后的工作位，关切地问道，“您有什么需要帮忙的吗？”

杨主任一愣，忙点点头：“嗯，我……我找你们办事！”

办事员眉头一舒，一本正经地问：“您有报告吗？”

难道你还会识字？杨主任惊疑地瞪大了双眼，正好，这一段时间他为妻子跑调动，写给教育主管部门的报告就在公文包里，于是把报告找出递了上去。

谁知，办事员看文件比真人还快，只往纸上扫了几眼，便说：“噢，您是想把在乡下教书的妻子调回城里

工作啊？咳，城里老师人满为患，您这事倒是难办了……”眨巴眨巴几下眼睛，随即又说，“现在城里老师与乡下老师工资一个样，谁都爱往各方面条件好的城里挤，解决这事倒有一个办法：每离城一公里，月增加补贴十元钱，比如，您夫人离城五十公里，每月增加五百元补贴，不够再加一些，直到有人愿意留在乡下为止，如果这样，您夫人还愿意调进城吗？”

“这办法好！”杨主任暗暗佩服起机器人的智商来，不过他还想看一看办事员的本事，就故意惊喜地说，“好哇，我情愿让夫人每月多拿五百元，留在乡下，这事就这么办了，你马上给批一下，照此执行吧！”

办事员“嘿嘿”一笑，两手一摊，说：“我只是随便说说而已，我一个小小的办事员哪有那么大权力批这个？”

杨主任心里一惊“噢，你这个叫‘会办事，而无权办事’啊！”随即问道，“谁有权力批呢？”

办事员笑了笑，说：“这样吧，你把报告留下，等我们科长来了我转给科长办理，为了便于联系，您把电话号码留下好吗？”

哟，你还会写字呀？杨主任更加惊奇了，于是忙报了一个手机号码，只见办事员掏出钢笔，“刷刷刷”在报告的空白处写下了联系方式，随即说：“报告放我这里，有情况，我会及

时与您联系的。”

杨主任看了赞叹不已，这办事员竟和他前几天跑教育部门碰到的那个办事员没有什么两样：对人热情礼貌，可就是解决不了实质问题！于是，忙收回报告，搪塞道：“嗯，不用，不用，我……我直接找你们科长去……”

办事员见杨主任要走，忙不迭地送出门外，和杨主任握握手说：“同志，您走好，再见！”

杨主任明知眼前站着的是机器人，但还是被其热情的服务所感动，不由自主地同他挥手告别。

刚走出房间，小伙子一按遥控器，只见机器人回到起初的位置，垂着头立在墙根。小伙子将遥控器放回原处，问杨主任道：“先生，您看这架机器人满意吗？”杨主任不禁竖起拇指说：“太好了，我看不出任何破绽，完全可以顶替真人上班！只是……只是……”杨主任问题又来了，接着又问，“只是刚才那个‘办事员’说的全是教育部门的事，要是换一个部门他还那么熟悉吗？”小伙子笑了笑，不容置疑地说：“都熟悉的，机器人软件里输入了各个部门的信息，他们是‘看菜吃饭’，需要什么角色就扮演什么角色！”

“噢，真是太神奇了！”杨主任钦佩地点点头，往里走几步，忽然一抬头，看见斜对面的门牌赫然写着“科长”的字样，他心里想：科长机器人是怎样的呢？我倒要见识见识，于是一抬脚迈进了那个房间。

这个科长机器人是开着的，他一见杨主任进来，坐在旋转椅上眼皮也没抬，就虎着脸问：“啥事？”

杨主任蓦地一惊：哟嗬，果然有科长的派头呢！他稳了稳神，又把刚才那张报告递了上去，说：“我老婆在乡下教书多年，想调回城里。”

科长装模作样地在报告上扫了一眼，“嘿嘿”一声冷笑，意味深长地说：“这事难办呀，不过……这个事嘛……嗯，想进城的人多的是，名额有限，要排队……”

杨主任心里一颤：“噢，你这个属于‘不给好处不办事’的啊！”忙赔着笑脸说，“嘿嘿，您给通融办一下，晚上我请你吃饭！”

科长两眼一眯，忙从抽屉拿出一枚公章，“啪”在报告上盖了一下，煞有介事地说：“好吧，本科室同意，你找局长批去吧！”杨主任一愣：这简直是他前几天为夫人跑调动碰到的那个科长的翻版，不禁暗暗佩服起商家高水平的设计来。

杨主任本还想看看科长的能耐，可一听说还有局长机器人，陡然来了精神，立即与科长告辞了。

在小伙子的引导下，杨主任迈进了“局长”的房间。这位局长机器人是个大腹便便的中年汉子，此刻他正坐在椅子上玩电脑，见杨主任进门，看也没看他一眼，继续玩他的电脑。杨主任心里一惊：好大的架子呀！但想到这是机器人，没什么好胆怯的，就故意“嗯哼”一声，又将那份报告递上去：“局长，我老婆在乡下教书多年，想找你们调回城里工作。”

局长鼻腔里重重哼了一声，瓮声瓮气地说：“报告搁那里，这事要研究研究！”

杨主任一听，倒吸了一口冷气，故意着急地说：“研究？什么时候研究？”

局长瞪了杨主任一眼，不耐烦地说：“这个没准，我马上要参加一个会，你先回去吧！”

杨主任又好气又好笑，摇摇头，暗自叹道：“噢，你这个叫‘有权办事不办事’啊！还懂得下逐客令呢！照你这样扯皮，倒是可以顶替真的局长上班了！”

杨主任本还想和局长理论理论，但看看时间已不早，只好作罢。

参观结束，杨主任想了解机器人报价，便随小伙子来到大厅一侧的业务间。小伙子笑吟吟地从抽屉里拿出价目表，杨主任端详了一会儿，不禁大吃一惊：办事员机器人的售价高得惊人，科长机器人售价便宜一些，而局长机器人的售价则更便宜了。杨主任大惑不解，眉头一皱，指着价目表问道：“同样是机器人，为何价格如此悬殊？我也是当过领导的，现实中，我的工资是办事员的两倍，凭什么局长机器人的身价不及办事员的三分之一？你们也太贬低领导了吧！”

小伙子瞥了杨主任一眼，没好气地说：“您懂什么？局长机器人只会讲一句‘研究研究’；科长机器人最多只会盖个公章什么的；而办事员机器人可就大大不同了，他要看报告、写文字、倒开水……他的电脑程序、芯片设计比局长机器人复杂多了，您说这能是同一个档次吗？”

杨主任被说得面红耳赤的，半天说不出话来，小伙子见了，不失时机地向杨主任推介道：“先生，您看上哪一款产品，我们允许先试用一个星期，不满意还可以退货，价格也可以打折！”杨主任摇摇头说：“这一次太匆忙了，下一次再说吧！”

这时，公司下班铃响了，只见从对面经理室走出一个人，那人径直走进这房间，瞪了小伙子一眼，骂道：“蠢货，一桩生意也没谈成！”说着从墙上取下遥控器，对着小伙子按了一下，小伙子立即垂头耷脑立在墙根，接着那人从“小伙子”屁股隐蔽处抽出一个插头，插在墙上的插座上……

杨主任惊得目瞪口呆，半天说不出话来。

（**题图、插图**：安玉民　梁　丽）

死亡打捞

□老刀把子

汤姆和佛德曼是好朋友，也是两个潜水高手。这天他们正在一间酒吧喝酒，突然从外面闯进来一个四十多岁的男人。这男人看到了汤姆和佛德曼，便大步走上前，突然双膝一软，在两人面前跪了下去。

佛德曼认出了这个男人，是一个潜水爱好者的父亲，赶紧手忙脚乱地将他扶起来，问道：“克莱尔先生，您怎么了？别忘了您可是有身份的人啊。”克莱尔脸上满是泪水，哽咽着说：“佛德曼，求你救救我的儿子。”

“小迈克？他怎么了？”

克莱尔绝望地说：“小迈克……我可怜的小迈克……他死了，呜呜……”

一旁的汤姆忍不住给佛德曼使了个眼色，意思是说：这家伙是不是个疯子？人都死了还怎么救啊？佛德曼却没理他，只是急切地问：“死了？小迈克怎么会死？”

克莱尔抹着眼泪告诉他说，一个星期前，小迈克独自去了南非，随后不久便传来死讯，原来，小迈克在潜洞过程中意外丧生了。

佛德曼也流下泪来，小迈克是个年轻的小伙子，热情善良，冒险精神十足，喜欢各种极限运动，佛德曼一直非常喜欢他。他问克莱尔自己能帮着做些什么。克莱尔说：“他是我唯一的儿子，如今他死了，我要把他葬在家族的墓地里，可是他的遗体还在那个该死的洞穴里，你是他的老师，是他生前最信任的人，你一定会帮我这个忙，对吗？”

克莱尔一脸期待地望着佛德曼，没等佛德曼回答，汤姆大声问道：“南非的哪一个洞穴？不会是拉索里洞穴吧？”

克莱尔眼神黯淡下来，轻轻地点了点头。

汤姆和佛德曼互相看了一眼，都能看出对方眼中的惊惧。拉索里洞穴是潜水爱好者的圣地，那里的洞穴地形十分复杂，曾经使许多有名的潜水高手铩羽而归，但也因此吸引了许多寻求刺激、挑战极限的年轻人。汤姆和佛德曼曾经去过那里，虽然成功探底，但现在想起来依然很后怕。如今克莱尔要求打捞儿子的尸体，这跟正常的潜水可不大一样，危险系数无疑会增加许多。克莱尔紧紧抓住佛德曼的手，恳求说："我愿意提供一切装备，你可以多找几个人帮忙，只要能把我儿子弄出来，我愿意付……一千万，那是我全部的财产。"

佛德曼缓缓地说："我不要你的钱，迈克是我的好朋友，他死了，我愿意为他和他的父亲做任何事情。"

第二天，汤姆和佛德曼就开始着手组织潜水者。几天之后，他们跟另外几个同伴来到拉索里洞穴，由克莱尔亲自驾船，将他们送到迈克失踪的地方。那洞穴里面浮满了绿色的海藻，水深不见底，闪动着幽深晦暗的光。克莱尔把装备分发给每一个人，逐一跟他们握手，祝福他们，并希望他们能把小迈克的遗体顺利打捞上来。

佛德曼第一个进入洞穴，汤姆和其他人紧随其后。按照计划，佛德曼要潜到洞穴最深处，找到小迈克的尸体并将他放入裹尸袋，然后把它交给等候在上面的汤姆，汤姆再交给更上面的人，用接力的方式把尸体弄上来。

佛德曼有过一次拉索里洞穴的潜水经验，所以很快地潜入到水底，他在缝隙中游动着，寻找自己的目标。洞穴周围都是有棱角的礁石，尽管佛德曼不停躲避，但手上还是被划了几条口子，不停地渗血。但他已经顾不得那么多了，终于，他看到了小迈克的尸体卡在洞穴底部，手摊开着，随着水流慢慢晃动。佛德曼游过去，按计划将小迈克装进裹尸袋，然后开始上浮，可就在这时，只听得一声沉闷的声响，佛德曼大吃一惊：他身后的氧气瓶输气管阀门在水底的高压下，竟然爆裂了。

在水底世界，没有氧气只有死路一条。佛德曼扯过输气管，拼命用手掐住它，想阻止氧气的流失，可是这只是白费心机，气泡不断地从水底升上去，氧气已经快跑光了。佛德曼绝望了，他握紧管子，塞到嘴边，最后狠狠地吸了一口，然后抱着裹尸袋拼命向上浮去。

却说上面的汤姆，一直不见佛德曼上来，眼看约定的时间一分一秒地接近了，他意识到佛德曼出了问题。他什么都顾不得了，冒险向水下潜去，可是到了水底，任凭他怎么寻找，什么都没有找到。这时，汤姆开始出现了"深海眩晕"症状，肌肉也出现

了痛感，再不上去，恐怕就再没机会离开这里了。他强忍着巨大的悲痛浮上了水面。跑到船上，汤姆扔掉头盔，放声大哭起来。

克莱尔惊呆了，他小心翼翼地问："佛德曼呢？"一名潜水员黯然说："他应该是死了。我们的计划失败了。"

"他死了，但你看……"最后从水底浮起的潜水员大声说，"他们已经浮上来了，只是卡在水面下的石缝里。"原来，佛德曼和小迈克的尸体，避过了水底的障碍，竟然一直浮了出来，只是刚才大家都没有发现。

汤姆和同伴跳下去，将佛德曼和小迈克弄了上来。克莱尔一下子扑到小迈克身上，放声大哭。汤姆和其他潜水员们，则默默将佛德曼的装备解下来，汤姆拿着迸断的输气管阀门，突然大喊起来："克莱尔，你不是说过，你会供应最好的装备给我们吗？难道这就是最好的装备？是你害死了佛德曼啊。"

克莱尔哭着说："这确实是最好的装备，是我花大价钱买回来的，这是意外。佛德曼虽然死了，但是我仍然会兑现我的诺言，凑齐给你们的一千万的酬劳……"

人已经死了，责怪克莱尔又有什么用？很快，佛德曼被安葬了，各地的潜水爱好者们纷纷赶来参加佛德曼的葬礼。可奇怪的是，克莱尔直到葬礼结束，都没有露面。汤姆又悲伤又生气，可是他还有一件重要的事情要做，他要找到生产那副致命装备的公司，去讨一个说法，否则，佛德曼死也不会安心。可出乎汤姆意料的是，公司的接待员看过装备之后，却一口否认佛德曼所用的设备是他们生产的。

汤姆大吃一惊，他一直认为是因为产品不合格造成了这场悲剧，根本就没想到，另有原因。他仔细检查了装备，这才发现佛德曼的装备和自己所用的有细微的差别。这时，公司接待员提醒汤姆，另一家公司的产品跟他们公司非常类似，唯一不同的就是输气管阀门，自己公司生产的可以经

受住一千三百米深水的压力，而另一家公司的产品，最多只能承受八百米的压力。而拉索里洞穴的水深是八百七十米。

汤姆简直气炸了肺，他终于知道佛德曼的死是一个阴谋。汤姆想起，在现场，是克莱尔亲手把装备发给每一个人，一定是故意把劣质装备发给了佛德曼!

汤姆找到了克莱尔，愤怒地冲着他大喊："为什么？佛德曼为了打捞你儿子的尸体才冒险的，你为什么要害死他？"克莱尔冷笑着说："你在胡说什么？佛德曼死于意外，是你亲眼看见的。"

"我已经找到了证据。"汤姆把装备摔到克莱尔面前，"这是你分给他的装备。"

克莱尔不屑地说："我知道，你想勒索我，这根本就不是当初佛德曼用过的装备，你早就把装备掉包了。说这是我安排的，你有什么证据？"

汤姆轻蔑地说："克莱尔，你太自作聪明了。虽然佛德曼死了，但他已经给我们留下了证据。"

克莱尔愣住了，他不停地摇着头："不可能，不可能，这个计划天衣无缝。你是找不到证据的。"

汤姆指着那套装备说："佛德曼被打捞上来时，手依然紧紧握着氧气管。而当我掰开他的手时，发现他的手被下面的礁石划出了许多伤口，我想一定有血迹留在氧气管或者潜水衣上，至于是不是佛德曼的，让警方验证一下管子上残留的DNA就知道了。你就等着坐牢吧。"

"哈哈哈……"克莱尔突然放声大笑起来，"坐牢？我的儿子死了，我活着还有什么意义？我已经给小迈克报了仇，我早就什么都不在乎了。"

克莱尔像个疯子一样，笑够了又痛哭起来，断断续续地说："你猜得不错，佛德曼是我害死的。我的小迈克本来是一个好孩子，可自从他认识了佛德曼，就疯狂地迷恋上了潜水，我劝过他很多次，可他就是不听，结果把命送到了这里。如果不是佛德曼教会了他潜水，他又怎么会死？是佛德曼杀死了他，我当然要为我的儿子复仇。"

汤姆指着克莱尔，痛心疾首地说："你难道不知道，佛德曼是为了对朋友的义务，是想成全一个父亲的爱子之情才来的？你怎么下得了手啊？"

克莱尔歇斯底里地喊道："你只知道一个父亲对儿子的爱，但你知道一个父亲对害子仇人的恨吗？为了给我儿子报仇，我宁可毁掉整个世界，何况一个区区的佛德曼……"

汤姆逃出了克莱尔的家，他觉得面对的是一个疯子。他能做的，是把所有证据提供给警察，他相信，警察一定会还佛德曼一个公道的。

（**题图、插图**：佐　夫）

烟杆宝贝

□莫　休　搜集整理

清朝年间，有一个嗜烟如命的老农，早晨起床脸还没有洗，就先得抽上一口，要是上茅房，必得先装满一袋烟，抽完了才走出茅房，每顿饭后撂下饭碗总得过足了瘾才下地干活，用他的话说就是“来锅叶子烟，快乐赛神仙”。

这老农手中的烟杆，可是一根有年纪的烟杆了，听说是老农的爷爷的爷爷辈传下来的。那烟杆已经被几代人的手磨得光滑油亮。大约是历经了岁月的烟熏，那烟杆早已通体发红，变成血一样的绛红色，还隐隐发光。更绝的是，晚上就寝，老农将烟杆挂在床前，烟杆里的烟油会顺着烟嘴口出溜出来，油光剔亮，稠得像蜜，牵成了丝，眼看就要拉断，谁知那烟油“哧溜”一下自个儿缩了回去，奇得很！老农不知其中道理，反正当作宝贝一样贴身不离。

说起这烟杆的奇来，还有一个秘密。老农家里喂了不少牲畜，经常要放到野外喂草。林子里经常有野猫、野猪、野獾在牲畜吃草的地方屙屎屙尿，尤其是野猫屙的尿，一旦牲畜不小心吃了，那牲畜的脚就会浮肿，痛苦得不吃不喝。换作别人家遇到这类事情，早就不知所措了。可老农自有他的一套方法，他把那贴身的烟杆取出来，找来一根细长竹签，从烟杆里掏出一些烟油泥垢，和些清水喂给牲畜喝了，嘿！第二天牲畜浮肿的脚就会消除。这事在周围越传越神，谁家牲畜得了这病，便都来找老农帮忙，

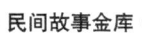

老农倒像成了名医。所以，老农愈加得意了。

话说有一天，老农正蹲在自家门前抽着叶子烟，一个商人模样的年轻人骑着马经过，对着老农的烟杆看了很长一阵子才走。老农没有在意，只是很小心地摸摸烟杆便赶紧回屋了。可是第二天，那个年轻人又来了，又是看了很长一阵子才离去。如此过了三天，老农心里起了疑心，怀疑那个年轻人在打什么坏主意，准备下次年轻人来的时候问个明白。

第四天，那个年轻人果然又来了。老农正要上前问个明白，年轻人却跳下马，径直朝老农走过来。

“老人家，我是来此地游玩的布商，这几天我听说您老有一根不错的烟杆，特地来看一看。”年轻人上前作揖，说道，“只是怕您误会，故不敢造次打搅。”

老农仔细打量年轻人，不像是心怀叵测之人，就问：“听谁说的，一根普普通通的烟杆，有什么好看的？”

年轻人又是一笑：“老人家，我已经来过三次，每次都注意到您手中的烟杆，不愧是祖上宝贝，您老人家谦虚了。我有一个朋友，专爱此物，我这次来就是想把您这根烟杆买下，作为礼物送给他，不知您老愿意不愿意？”

老农一直深爱他的烟杆，就像宝贝疙瘩一样，可到底宝贝到什么地步，他却不知道。这个年轻人既然想买，何不借此机会试探一下，能值多少钱？于是老农说道：“我这是祖上传下来的遗物，怎能随便当作东西出卖？不可不可。”

年轻人一听这话，显出一副很着急的样子：“老人家，我那位朋友是生死之交，救过我一命，无以回报，现在我生意做大了，又巧遇了您手里这样宝贝，自当想方设法送给朋友。”

老农一看这阵势，知道问价钱的时候到了，便说道：“我这可是祖宗遗物，卖出去可是不肖子孙呀，钱多钱少倒是其次。”

“老人家，您开个价，多少？”年轻人往前一步，弯腰问道。

“这，祖宗遗物呀——你说，出多少价？”

年轻人看着老农的脸，舔了舔嘴唇，说：“五百两白银。”

“多少？”

“五百两。”

老农总算听明白了。五百两白银呀，他家的祖上还没有谁有过这样多的家产，他这一辈子、下辈子都可以不用愁了……

年轻人不知道老农的心中想法，以为是价格太低，又连忙说道：“老人家，是不是价钱太少，可以再商量商量吗？我们借一步到家中说话，如何？”

进了家，老农请年轻人坐下，自

个儿掏出烟杆抽起了叶子烟，心里嘀咕着眼前发生的事情。年轻人一看老农的架势，趁热打铁说道："老人家，我知道您的心思，这样吧，我再加三百两，八百两白银怎么样？"

老农只是一个劲地抽烟，仍然一句话不发，他还没有转过神来，他不知道这个年轻人是不是疯了。年轻人却是急得坐不住了，嘴里嘀咕半天，又一咬牙，说道："老人家，您就成全我吧，您看，一千两，怎么样，一千两，就这个价钱，不能再加了，您老说句话呀。"

老农看见年轻人急成那样，激灵了一下，从沉思中醒过来："这件事我得和家里人商量一下，祖宗的遗物嘛，您说是不？要不明天您再来，给您回话。"

"好的，好的，我明天一定来，听您的佳音。"说完，年轻人转身上马离去。

待年轻人走远，老农把全家人叫来，把刚才发生的事情原封不动地说完，全家人个个喜上眉梢，说那个年轻人不是脑筋有问题，就是观世音派来帮助他们家的善人、神仙，会有这等好事？不就是一根上了年头的烟杆嘛，卖！老农从腰间拿出烟杆，从头到脚来回看了三次，想着那自动缩回的烟油和牲畜浮肿的脚，怎么也抵不上一千两白银稀奇，于是也就下定决心准备卖了。

第二天，年轻人如约而至。一番寒暄，年轻人说要看一看老农的烟杆，老农故意装成很谨慎的样子，小心翼翼地将烟杆递给年轻人。年轻人拿到手里，细细看过，高兴得连连说"就是它，就是它，好！好！果然是宝贝。"然后还给老农，又说道，"老人家，我这次出门，没有带太多的银两，不过您放心，我这里有五百两的银票，我先放在您这里，我这就回家准

备剩下的银两，来回大约需要三个月的路程。我们以三个月为期限，三个月之后我准时回来，将余下的五百两白银给您，您再把您的烟杆完好地交给我，如何？我们立字为证。”说完，立下字据，付了银票。

临走时，年轻人又要求看一眼烟杆，一再嘱咐老农要妥善保管好烟杆，切不可失信。老农连连点头答应。

转眼三个月过去了，年轻人果然信守承诺，带足银两来到老农家。老农急忙回屋取出烟杆交给了年轻人。年轻人高兴地接过烟杆，谁知看过之后，脸色大变，连说：“不是的，不是的，错了、错了，这不是原来的那杆烟杆。”老农连忙接过，看了又看，说“没错呀，就是三个月前你看过的烟杆，一直都是我保管的，我天天都要看一遍。”

“什么，您每天看一遍？只是看看，没有抽吗？”

“没有，我怕给你弄坏了。”

“您，您呀，一件天下稀世珍宝让您给毁了。”年轻人捶胸顿足地说道。

原来呀，这老汉不知道，他这根烟杆竟然是一件活宝，在这烟杆的烟锅处住了一只烟虫。只有米粒般大小，蛀穴一般人很难发现，就算是老农这样天天拿在手中的人，如果不去仔细看，也不知这其中的底细。这烟虫可是个灵物，全靠每天新鲜的叶子烟味和不温不火的烟油滋养，平时主人抽烟的时候，它就老老实实地呆在蛀穴里面，晚上主人不抽的时候，它才探出头来透透气。

这烟虫也不知在烟杆里待了多少年，一身的皮就和那烟杆的颜色一样了。

年轻人对烟杆有些研究，听说了老农烟杆的事，仔细一琢磨，觉得其中道理正是在那只烟虫身上，要知道那烟虫是个宝，经它吞吐的烟油不仅能治牲畜的浮肿病，还能治人身上的创伤，要是卖到京城，起码值千两黄金。于是年轻人专程跑了过来，通过三天的观察，再经过亲眼验证，发现了烟杆的秘密，才肯出这么昂贵的价钱。

再说老农，原本也是一片好心，想到人家出如此高的价钱，不能对不起人家。所以在年轻人走后，就把这只烟杆取下来，用一块干净的棉布包好，放了起来。殊不知，那活宝几日得不到新鲜的烟油滋养，便一命呜呼了。

老农听到这个秘密，又是懊恼又是惊奇，便将烟锅取下，往茶桌上一磕，果然有一条小虫掉出来，不过已经变硬成了一具躯壳了。

（**题图、插图**：黄全昌）

（本栏目欢迎来稿。来稿可从邮局寄发，也可从网上传递。如为电子邮件，请发以下信箱：simyyue@126.com）

新来的保姆总是用异样的目光打量家中的孩子，而她的言行也让人疑窦丛生，一天，孩子失踪了……

□杜　辉

假意真情

1. 奇怪女人

赵云程是一位知名企业家，妻子夏文欣是他的大学校友，在一家出版社任职。这个事业有成婚姻幸福的男人，不知被多少人羡慕和嫉妒，但家家有本难念的经，赵云程也有自己的烦心事，最让他头疼的就是独生儿子赵晨阳。

刚过十岁生日的晨阳性格执拗蛮横，行事骄纵任性，富家子弟的不良习气沾了不少，眼里只有自己没有别人。赵云程不知训诫过他多少次了，根本没有多大作用，一棵已经长歪的树，哪能那么容易扳直？

其实赵云程也清楚，孩子变成现在这样，作为父母他们难辞其咎，他整天忙得不可开交，虽然给孩子提供了优裕的物质条件，却没能尽到一个父亲的管教之责，而妻子的工作也很忙，孩子平时的饮食起居，完全是由保姆照顾的。

这些年到底换了多少个保姆，赵云程自己也记不清了。保姆们都因忍受不了赵晨阳的少爷脾气，最后都是主动辞职走人的。

现任保姆叫小麦，是个年轻女孩儿，也许是出身贫苦的她习惯了忍辱负重，对晨阳的百般欺侮，她都选择了默默承受，从来没向赵云程夫妇诉过一声苦，这让赵云程心里非常过意不去。

这天早上，晨阳吃罢早饭，背着书包去上学了。过了一会儿，赵云程开车出去，却看见晨阳在别墅大门外，正指手划脚地呵斥一个女人。这个女人看上去三十来岁，面容清秀，衣衫整洁，面对晨阳的声色俱厉的呵斥，她不言不语，只是呆呆地看着晨阳。

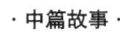

赵云程停车下去，喝住儿子。晨阳一脸的不服气，说出了事情的前因后果，原来这几天晨阳出门时，老是感觉有人在暗中偷看自己，于是就留了心，刚才一出大门，他便来了个突然出击，冲到一棵大树后，把这个女人揪了出来。

赵云程沉着脸训斥儿子："有话不能好好说吗？怎么说人家也是你的长辈，大呼小叫的像什么样子？别人看见了会骂你没家教。好了，你先去上学吧，回来我再找你算账。"

晨阳气鼓鼓地走后，赵云程很客气地对那女人说："如果现在没事的话，可以请你去我家里坐坐吗？"

赵云程刚出现时，那女人显得有些惊慌失措，但现在她的神情已经镇定下来，她跟着赵云程来到客厅坐下，没等赵云程开口询问，她便轻轻叹息一声说道："其实不怪您孩子，是我太失礼了，这件事说来话长。"

于是，那女人神色黯然地讲了起来。

这个女人叫林兰，今年三十岁，老家在滇西北的一个山村。她的婚姻非常不幸，丈夫性格粗暴，好赌嗜酒，赌输了喝醉了就拿她发泄，非打即骂，后来她忍无可忍，就不顾这个男人的百般威胁，毅然和他离了婚，回到了娘家，唯一让她放心不下的就是年幼的儿子。

让林兰没想到的是，那男人为了报复她，竟然带着孩子离开了村子，一去三年不知所踪。三年来，她想儿子都快想疯了。直到最近，才有一位在外打工的村里人告诉她，他在深圳曾见过她的前夫。林兰一听，不假思索地带上所有的积蓄，来到深圳。可是一个从未出过远门的农村女子，想在一座陌生的城市找到一个人哪有那么容易？几个月下来非但一无所获，身上带的钱也所剩无几了。

一天，林兰从一幢私家别墅门前经过时，看见从大门里走出一个虎头

虎脑的男孩。这个男孩和她儿子年纪差不多，容貌和神情也有几分相似。看着男孩一蹦一跳走远的背影，林兰的眼睛不知不觉湿润了，明知道这个男孩和自己的儿子毫无关系，她还是会经常情不自禁地躲在树后偷看他，就是为了释放一下压抑三年之久的思子之情。

赵云程听完她的讲述，深感同情地说："可怜天下父母心呀！林女士，接下来你打算怎么做？是留下来继续找，还是先回去再说？"

林兰低着头说道："不找到儿子我是不会回去的，大哥，我一看就知道你是个好心人，你能不能帮我一把？您的家业这么大，佣人肯定是少不了的，能不能把我收留下来，我只有先把自己安顿好了，才能够继续找儿子啊。"

赵云程虽然觉得家里并不缺人手，但想到林兰现在走投无路，如果袖手旁观的话，未免有违自己做人的原则，于是他略一迟疑后说道："既然这样你就暂时留下来吧，找儿子的事我会想办法帮你，毕竟我在这里认识的人多一些。"

晚上，夏文欣下班回到家，看到儿子坐在电脑前玩游戏，一个陌生女人正在用抹布擦拭客厅的一个青瓷花瓶，但她的眼睛却直勾勾地盯在晨阳身上，一见夏文欣进来，她忙不迭地将目光移开。

见此情景，夏文欣顿生疑云，等赵云程回来，听他说了林兰的来历，她的眉头不由紧皱起来："云程，你做事一向谨慎周到，这次怎么这么轻率？这个女人来历不明，行为可疑，这样贸然把她留在家里，万一出了事想找她都没地方找。"

赵云程笑道："你多虑了，现在这个世道的确人心难测，但也不能把所有人都想象成坏人，林兰现在正需要帮助，我们不能袖手不管。"

夏文欣仍然眉头紧锁，道："可是她看晨阳时那种奇怪的眼神，让我有种非常不安的感觉。"赵云程又笑了笑说："这个我可以帮她解释，林兰有三年多没见过自己的儿子，想儿子都快想出病来了，这种郁积的情感需要一个出口，她很大程度上是把晨阳当成自己儿子了。同样作为一个母亲，你应该能理解她的感受。"

夏文欣轻声自语道："是这样吗？"她神情凝重地摇摇头，"我总觉得没有那么简单，我会交代小麦，要她多留意一点，涉及晨阳的事，我不能有丝毫疏忽。"

2. 惊心绑架

如果说赵云程对妻子的怀疑不以为然，那么接下来小麦的汇报就不能不引起他的重视了。小麦说，几天来她通过细心观察，发现林兰身上的疑点越来越多：她暗中窥视晨阳，经常偷偷尾随在晨阳身后，有时还神情诡秘地往外打电话，有一次小麦还看见她躲在别墅外一棵大树后，和一个陌生男人鬼鬼祟祟地交头接耳。

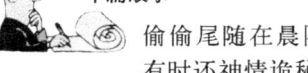

听了小麦的汇报，赵云程心里也没底了，他决定亲自试探一下。他把林兰叫来，以帮她找儿子为由，详细问她儿子的情况，并要她提供几张儿子的照片。赵云程发现，自己问得越深入，林兰的神情就越慌乱，说话吞吞吐吐，眼神躲躲闪闪，一副心虚的样子，她拿不出儿子的照片，说是从未给儿子拍过照。

尽管赵云程心里疑窦丛生，但他还是没有贸然将林兰赶走，他想也许林兰是另有隐情，还是再观察一段时间再说，以免冤枉了好人。

这天晚上赵云程正在陪一位重要客户，夏文欣打来电话，她带着哭腔说道："晨阳到现在还没回来，那个林兰也不见了，我都快要急死了……"她的声音充满恐惧，"你说晨阳他会不会……云程你快点回来啊……"

赵云程一听脸色都变了，他跟那位客户打了个招呼，急急开车往回赶。这时下起了雨，路上行人几近绝迹，电闪雷鸣将夜色映得忽明忽暗，整个世界仿佛充满了一种不祥的气息。

赵云程远远便看见妻子失魂落魄地站在别墅前，同样一脸焦虑的小麦在旁边给她撑着伞。赵云程停车下去后，夏文欣哭着埋怨丈夫："我说不能相信那个女人，你就是不听，现在可好了……晨阳要有个三长两短，我也没法活了……"

赵云程只能尽量宽慰妻子，劝她回家去等着，临走前他叮嘱小麦："文欣的情绪不够稳定，麻烦你帮我照顾她。"

小麦用力点头道："您快点去找晨阳吧，文欣姐就交给我了，我相信吉人自有天相，晨阳一定会平安无事的。"

赵云程急忙进车，掉转车头冲进茫茫雨幕中。他边开车边打电话，召集了很多亲朋好友，大家分头行动，在这座城市的大街小巷四处搜寻，可是几十个人一直找到天亮都一无所获，晨阳好像在这个雨夜里消失了。

赵云程筋疲力竭地回到家，面对着精神接近崩溃的妻子，他连劝慰的力气都没有了，两个人就这么呆呆地对坐着，小麦端着做好的早饭过来，轻声劝道：“再着急也得吃饭呀，要不然晨阳还没找到，自己的身体先被拖垮了。”

小麦劝了好几遍，可他们哪能吃得下去？就在这时，电话突然响了，赵云程一把抓起话筒，“喂”了几声，那边没有回答，却传来一个孩子的哭叫声，赵云程一听正是儿子的声音，他刚叫了一声“晨阳”，哭叫声便戛然而止了。

接着，一个阴沉沉的男人声音响了起来：“是赵老板吧？您的生意是越做越大了，不过一个人吃独食就不太好了。兄弟们最近手头紧，想跟您借俩钱花花，限你在今天下午两点之前，筹齐三百万现金赎回你儿子，不要讨价还价，你的家底我们清楚，交货地点在……”

到现在赵云程终于不得不承认，自己错信了一个面善心毒的女人，事实已经摆在眼前了，这是一次蓄谋已久的绑架，那个女人先想方设法接近晨阳，然后再和同伙里应外合劫走孩子。赵云程沉声道：“林兰呢？你让她和我说话！”

绑匪怪笑一声道：“林姐的任务已经圆满完成了，接下来就是我们兄弟的事了。记着，如果你胆敢报警或耍什么花招，就等着给你儿子收尸吧！别忘了，钱没有了还能再赚，儿子的命可只有一条，这世上什么都有，就是没有卖后悔药的……”

赵云程重重地放下电话，接着又拿起电话准备报警。夏文欣赶紧抓住丈夫的胳膊，声音发抖地说：“不行啊云程，万一要让那帮人知道我们报了警，他们会杀了晨阳的，我真的好害怕……”

小麦也急切地说道：“文欣姐说得没错，您可要想好了再做，那些人都是亡命之徒，什么事都做得出来，我有一个老乡也是做保姆的，那次她主人家的孩子被一伙人绑架，那家人偷偷去报了警，没承想不知怎么被绑匪察觉了，结果孩子被那伙人用绳子活活勒死了……”

赵云程脸色铁青，在客厅里走来走去，一向行事果断的他，此刻却陷入了两难，但他犹豫片刻后，终于拿定了主意，毅然说道：“文欣，你知道我一贯的性格，从来不肯向邪恶低头，现在无论是否报警，晨阳都免不了会有危险，与其把赌注押在绑匪的信用上，不如相信警方和正义的力量，晨阳能不能逢凶化吉，只好看他的造化了。”

三个小时后，赵云程提着一只皮箱，出现在火车站的钟楼下，这是绑匪指定的交易地点。钟楼四周的建筑物里，几十名刑警已经预先设伏，远处的摩的司机和商贩，也是警察装扮的。网已经张开，就等目标出现了。

但绑匪并没有如期现身，赵云程正等得暗自心焦时，他的手机响了，接通后传出绑匪阴冷的声音："赵老板，辛苦了！"

赵云程说道："钱我已经带来了，你快点来完成交易，放了我儿子！""是吗？"绑匪冷笑一声道，"可惜我改变主意了，把钱给你儿子留着，准备给他办后事用吧！"

赵云程一听，大惊失色，对着手机大声道："你到底什么意思？这么做对你有什么好处？"绑匪阴森森地说道："别怪我把事做得太绝，一切都是你咎由自取，我警告过你不准报警的！"

赵云程怀疑绑匪是在诈自己，急忙说道："你不要疑神疑鬼，三百万虽然不是个小数目，但跟我儿子的性命相比不值一提，我没有报警，你不要莽撞行事！"

绑匪厉声喝道："少跟我来这一套，有没有报警，你自己心里最清楚！我不会冤枉你的。姓赵的，你记着，是你逼我杀死你儿子，是你自己把他送上黄泉路的……"

手机从赵云程手中缓缓滑落，他面如死灰地站在那里。发现情势不对的警察们迅速聚拢过来，问清情况后一个个神情严峻，其中一个警察问领头的刑警队长："难道我们的身份被绑匪察觉到了？"

队长沉吟道："应该不会，到目前为止，我们所做的只是在周围便衣设伏，并没有采取任何有可能暴露的行动，就算绑匪藏身暗处，做贼心虚有所怀疑，也绝不至于那么肯定，更不会断然撕票。要知道绑匪铤而走险完全是为了钱，不会轻易下出那种两败俱伤的死棋，根据现有的情况分析，我认为最大的可能是走漏了风声。"

队长要赵云程回想一下，知道他报警的都有谁，赵云程沉默良久，缓缓说道："除了我们夫妻俩，就只有一个人知道了，难道会是她……"

3. 舍命卫护

夏文欣一见丈夫和警察进来，噌地站起身，眼神中交织着希望和恐惧。她既渴望得到儿子获救的消息，又害怕听到可怕的噩耗，她紧张得连问都不敢问出口，只是神情木然地看着所有人。

赵云程避开了妻子的目光，问道："小麦呢？她不是一直和你在一起吗？""她早就出去了，说是在家等得心急，想去外面等你们，不知怎的到现在还没回来…"

赵云程背脊一阵发凉，心想：如果小麦真在外面等着，他们不可能遇不到，看来警察的推断没错，问题果

然出在了这个小保姆身上。直到此刻赵云程才恍然意识到，事发后小麦那种过度关切，其实是一种欲盖弥彰的表演。

得知儿子可能已经遭遇不测，夏文欣一下子昏死过去，等到苏醒过来，她死死揪住赵云程，撕心裂肺地哭喊道："这不可能，晨阳不会死，晨阳不会死的……"

赵云程慢慢闭上眼，面孔扭曲，声音嘶哑："我知道你无法承受这种打击，其实我何尝不是这样？但我们不得不面对现实，晨阳他恐怕真的已经……"

刚说到这儿，门外突然传来由远及近的急促脚步声，接着响起剧烈的敲门声，夹杂着一个孩子的尖声呼喊，一个警察赶忙打开门，赵云程和夏文欣同时发出一声惊喜的叫声："晨阳！"

夏文欣扑上前去，将儿子紧紧搂入怀中，失声痛哭道："谢天谢地，我就知道你不会有事的……"

晨阳从母亲怀里挣脱出来，大口喘着气急切地说："快点去救林阿姨啊！她为了救我，被那个坏蛋捅了好多刀，流了好多血……你们快去救她，不要让她死啊……"

赵云程和警察们顾不得多问，迅速上车，由晨阳指路，向出事地点赶去，路上，惊魂未定的晨阳讲述了事情的整个经过。

昨天下午，晨阳放学回家，快到家门口时，一辆面包车突然停在他的身旁，一个人高马大的男人打开车门跳下来，一把揪住晨阳就往车里拖。晨阳吓得拼命反抗，大声呼救，这时不远处的林兰见了，发疯一般猛扑过来。在车门已经关上一半时，她硬生生地挤进车内，不顾一切地抱住晨阳，一副豁出生命的架势，想把他从男人手里抢过来。厮打中男人急了眼，狠狠掐住林兰脖子，直到将她掐昏过去才松开手。

男人取出绳子绑住两人的手脚，开车来到郊外一座废弃的工地，将吓瘫了的晨阳和失去知觉的林兰关在一

间库房里，锁上了那两扇沉重的大门。

这时天色已经黑下来，库房里暗影幢幢、阴气森森，不时传出令人心悸的响声。晨阳从小养尊处优，哪里经历过这种场面？他吓得身体缩成一团，双腿瑟瑟发抖，牙齿咯咯打战，恐惧到了极点。

就在这时，黑暗中忽然响起一个温柔的声音：“晨阳，现在害怕是没有用的，你是个男孩子，遇事要坚强一点，你父母一定会想办法救你出去的，绑架你的恶人也一定逃不过法律的严惩。”

晨阳再也没有了往日的趾高气扬，他带着哭腔颤声说道：“可是我真的很害怕，林阿姨，你说那个人会不会杀了我？”

林兰的声音不高，却说得斩钉截铁：“你放心，只要林阿姨有一口气在，决不会眼睁睁看着他伤害你。”

有生以来，晨阳第一次知道了什么是感激：“林阿姨，你为什么对我这么好？我以前一直对你那样不礼貌。”

黑暗中看不见林兰的表情，她沉默好久后才发出一声叹息。

为了缓解晨阳的恐惧，帮他度过这个难挨的夜晚，林兰让晨阳靠在自己身上，给晨阳讲起了她家乡很多有趣的事儿，讲起了农村孩子的玩耍游戏方式。在城市长大的晨阳对这些闻所未闻，听得津津有味，还不时提问，似乎忘了身处何地，他一脸向往地说：“林阿姨，以后你领我去你们那玩儿好吗？”林兰说：“好的，咱一言为定。”

在林兰的抚慰下，晨阳靠在她身上，沉沉地睡着了，醒来时天已大亮，一夜未睡的林兰低声对晨阳说：“我们不能坐以待毙，要想办法自救才行。”她打量了一下整座仓库，目光落在了一个方形的水泥柱子上，手脚被反绑的她艰难地一点点挪过去，在柱子棱角上用力磨着绳子，磨得手背鲜血淋漓，终于磨断了手腕上的绳子。

晨阳发出低声的欢呼，但他很快发现，虽然他们摆脱了束缚，却仍然无法逃出去。仓库大门锁得严严实实，窗户上也安着密密的铁栅栏，他们无隙可乘，插翅难飞。晨阳一脸沮丧，再次陷入了绝望。

这时，外面突然传来“噔噔噔”很重的脚步声，林兰一惊，急忙拉着晨阳回到原位，捡起绳子缠在自己和晨阳小腿上，两人反背双手坐在地上，装出仍被捆着的假相。两人刚准备停当，门被“轰隆”一声打开，绑匪凶神恶煞般地站在门口，手中拿着一把明晃晃的尖刀。

绑匪一脸杀气地瞪着晨阳，恶狠狠地吼道：“别怪老子心狠手辣，既然你爹要舍命保财，老子就成全了他！做了鬼别来找我……”说着举刀直奔晨阳，晨阳惊恐地跳起来，绳子

散落一地。绑匪愣了一下，再次举刀朝晨阳逼近。眼看晨阳就要丧身刀下，地上的林兰突然猛扑上前，拼命抱住绑匪的双腿，大声叫道："晨阳快跑……"

绑匪使劲用脚踢她，想甩开她，但林兰不知哪来的力气，双臂像一个铁箍，死死地抱住他的双腿不放，晨阳被吓傻了，呆呆地站着、看着。林兰急得冲着晨阳大声嘶吼："快跑啊！再磨蹭就来不及了……"

晨阳哭着奔出了仓库，再回过头时看到的是血腥一幕。气急败坏的绑匪挥刀朝林兰连连猛刺，血光迸溅中林兰发出声声惨叫，但她仍然死命抱着绑匪的双腿不放。

警方很快赶到事发地点，将倒在血泊中的林兰抬上警车。林兰身中数刀，失血很多，被送到医院时，已经命悬一线，好在由于当时她是伏地的姿势，所中刀伤全在肩背处，未伤及要害，最终经过急救，还是捡回了一条命。

那名绑匪在潜逃三个月后被缉拿归案，同时落网的还有那个表面单纯、心机很深的保姆小麦，案情至此彻底水落石出，原来那个绑匪是小麦的男友，这起绑架案是由小麦一手策划的。

出身贫苦的小麦心性很强，来到赵家做保姆后，对主人家的豪富景象，既怀着强烈的嫉妒，又带有很深的敌视，而晨阳对她的肆意欺侮，更激发了她内心的仇恨。在贪欲和报复心理的双重驱使下，小麦产生了一个孤注一掷的想法——绑架晨阳！敲到一大笔钱后，和男友远走高飞。

小麦的男友也是个有着强烈仇富情结，却又做梦都想成为有钱人的主儿，小麦的计划让他无比亢奋，不断催促她快点行动，但小麦始终心存顾虑，她很清楚，作为晨阳的保姆，自己的目标太明显，一旦晨阳出事，自己很容易成为被怀疑的对象。

林兰的出现给小麦提供了天赐良机，她对晨阳那种令人费解的关注之情，在引起夏文欣疑心的情况下，却让小麦有了嫁祸于她的条件。但让小麦没想到的是，成也林兰，败也林兰，林兰既替她背了黑锅，又破坏了她的整个计划，直到已经身陷囹圄，小麦仍然想不通，林兰为什么会这么做。

其实这同样是赵云程夫妇的疑问，他们对林兰充满感激的同时，也被这个问题所困扰：她为什么竟把一个非亲非故的孩子，看得比自己的生命更重要？

4.无奈母亲

这天，赵云程和夏文欣去医院看望林兰，他俩推开病房的门，看见林兰静静地躺在床上，脸色苍白，眼神忧郁，好像在想心事，直到赵云程夫

妇来到她的床前，她才恍然惊觉。

夏文欣坐在床边，拉着林兰的手，说了很多感激的话，林兰则有一句没一句地随口应着，眼神始终显得有些魂不守舍的样子，但当夏文欣提到晨阳的名字时，林兰的双眼却会忽然闪亮。

一直默默注视着林兰表情的赵云程终于开口了："我觉得你对晨阳似乎有一种很特别的感情，这种感情甚至可以让你为他不惜舍弃生命，林兰，你能不能告诉我这是为什么？"

林兰眼神里掠过一丝慌乱，忙不迭地说："你们在我走投无路时收留了我，我怎么能眼睁睁看着你们的孩子出事……"

赵云程感觉，林兰的话显然言不由衷，他轻声说："恐怕没那么简单吧？那天医生告诉我，你在昏迷时，一直在喊着晨阳的名字，醒来后的第一句话，就是问晨阳怎么样了……"

赵云程顿了顿又语气真挚地说："林兰，你是晨阳的救命恩人，也就是我们的恩人，你到底有什么为难的事，能不能告诉我们？只要能帮助你，我们一定尽力而为。"

林兰双眼定定地望着赵云程的眼睛，她看到的是温暖和真诚，她低下头去，沉默着，但她内心在作激烈的斗争。病房里一片寂静。突然，林兰双手掩面，痛哭失声道："晨阳他，他是我的亲生骨肉啊……"

接着林兰一脸哀伤地讲起自己的经历。

十年前，在深圳市一家医院的妇产科病房里，二十岁的林兰孤零零地躺在床上，两天前她刚刚生下一个健康的男婴，但这个婴儿带给她的不是喜悦，而是绝望。

林兰做梦也没想到，那个信誓旦旦说他会爱她一生，口口声声将给她一个温暖的家的男人，竟会在她临产前夕卷走了她辛辛苦苦攒下的积蓄不知去向。林兰欲哭无泪，欲叫无声：原来爱上一个人容易，看穿一个人竟是那么困难呀！

林兰愁肠百结以泪洗面，她不知道自己以后该怎么办，她觉得自己是个普通的打工妹，根本没有能力独自抚养一个孩子！要是回家乡，她能想象得出来，当自己带着这个没有父亲的孩子，回到那个闭塞而保守的山村时，会面对什么局面：不仅自己会被乡亲们的唾沫淹死，还会连累父母抬不起头来。退一步说，就算她为了孩子硬撑下来，可是她能给这个孩子带来幸福吗？

林兰的情况被一个产科护士看在眼里。她来到林兰病床前，轻声细语地询问起来，无助的林兰见有了倾诉的对象，就把满腹苦水都吐了出来，这位护士边听边叹，她犹豫了一会儿后，说出了一番话，让林兰呆住了。原来，护士有一个亲戚请她在医院里寻个父母不想要的孩子，这个亲戚也是受朋友之托，而他那位朋友却是一家公司的老总，家资巨富，因为妻子不能生育，想领养一个孩子。

护士察言观色，见林兰发呆不语，轻声说："如果你不想放弃这个孩子，就当我什么都没说过；如果你真的无力抚养孩子，希望你为了孩子认真考虑一下我的话，至少孩子跟了那家人，会有个优裕的生活环境，有个很好的前程。"

林兰纵有万般不舍，最终还是忍痛同意了。当护士抱走孩子时，她抱着孩子亲了又亲，眼泪流了又流，连那位护士见了，也不禁流下了同情的眼泪。

护士给林兰送来了一大笔钱，算是那位公司老总给她的感谢费，尽管护士百般相劝，林兰还是拒绝收下，她不想让自己感觉是卖了孩子。

林兰离开了这个伤心地，回到家乡后，很快由父母做主，嫁给了邻村一个男人。新婚之夜丈夫发现她不是处女，当晚便向她挥起了拳头，她不幸的婚姻也就此拉开了序幕，但所有的苦难对林兰都已经不算什么，因为她的心已经死了。

在婚后的第十个年头，林兰那个嗜酒如命的丈夫死于肝硬化，这桩婚姻留给她的，只有一身伤痕，满腔苦楚。

男人死后，林兰就一个人整天呆在空空的屋子里，她感到心也空得发慌，便思念起那个送给别人的孩子，她想：儿子今年有十岁了，个子应该很高了吧？他长得什么模样呢？会不会和自己有几分相像？

其实这些年她一直没有停止过对儿子的思念，只是由于身不由己，她只能把这种思念藏在心底，唯有在梦里一次次与儿子相会。现在丈夫死了，她也恢复了自由身，她终于回到了阔别多年的深圳。

林兰来到那家医院，找到了那位护士，当她说明来意，对方的脸立刻沉了下来："当初不是说好了以后两不相认吗？你现在去相认对谁都没有好处，你不为别人也该为孩子考虑一

下吧？我想他现在生活得很好，相信他和父母的感情也很好，你这么一出现，对孩子的伤害有多大你想过吗？如果给大人和孩子之间造成隔阂，是你愿意看到的吗？”

林兰声泪俱下道：“你说得都对，可我并不敢奢望和他相认，我只是想看看他，远远地看看他，哪怕只看一眼也行，他是我的儿子，是我身上掉下的肉啊！”

护士最终还是被打动了，她叹了口气说：“其实我和那家人也没什么联系，他只是我一个亲戚的朋友，不过当初是我亲自把孩子送去的，他家的地址我还记得。”

护士领着林兰来到一座花木掩映下的豪华别墅前，告诉林兰这就是那家人的住宅。离开之前护士对林兰说：“我只能帮你这些了，希望你好自为之。”

林兰躲在一棵大树后，眼睛盯着别墅的大门，想到很快就要见到朝思暮想的儿子了，她的心就擂鼓般一阵紧似一阵地狂跳，当她终于看到一个男孩背着书包从别墅里走出来时，她感觉自己几乎要晕过去了。

林兰看到的是一个长得像小牛犊般结实的男孩，他一副大大咧咧满不在乎的样子，连走路都不安分，看到脚边有什么就上前踢一脚。林兰盯着他，泪水顿时模糊了视线，他的背影已经消失了，林兰仍然一动不动地呆望着。

从这天起林兰每天都会守候在那里，只为能偷偷多看儿子几眼，但没想到后来竟被晨阳发现了，同时还惊动了赵云程，林兰索性借这个机会，编出了那个来深圳寻子的故事，取得了赵云程的同情和信任，顺利地留在了赵家，并在随后发生的绑架中，舍身救了儿子一命。

林兰结束了她的讲述，她低着头不敢正视赵云程夫妇，夏文欣似乎想说什么，被赵云程用眼神制止了，赵云程沉默片刻后，对林兰说道：“这件事关系重大，我需要一点时间考虑，明天我会再来，给你一个答复。”

赵云程夫妇走了，那晚林兰彻夜难眠，她不知道自己将面对什么局面，赵云程会不会逼自己离开赵家，让自己永远无法再和晨阳见面呢？一想到这种结果，她就不寒而栗。

5. 共同儿子

第二天，赵云程是一个人来的，在林兰忐忑不安的注视中，赵云程面色凝重地说道：“晨阳确实不是我们的亲生骨肉。我和文欣是大学同学，我们夫妻感情一直很好，但结婚多年她一直没怀上孩子，后来经过检查才知道她患有先天不孕症，于是我们才收养了晨阳，也就是你的孩子。”

尽管林兰早已确认这个事实，但

由赵云程亲口承认说出来，她还是禁不住一阵激动，只听赵云程继续说道："从领养晨阳的那一天起，我们就对他投入了全部的爱，这些年来，我们对晨阳的感情，和亲生的没什么两样，如果不是你的出现，我早已淡忘了他的来历。"

林兰满面愧色，低声说道："对不起，都是我的错，当初我不负责任地把他抛给你们，现在又不顾你们的感受突然出现，我知道我太自私了，可是求求你看在我是晨阳亲生母亲的分上，让我留在他身边吧！我保证不会告诉他真相，只要让我给晨阳做个保姆，每天都能看到他，我就心满意足了。"

看到赵云程缓缓摇头，林兰的心沉了下去。赵云程一字一句说道："母亲是这个世界上最伟大的称谓，我怎么能让一个母亲给他的亲生儿子做保姆？"

林兰呆呆地看着赵云程，不知道他的话预示着什么。赵云程继续说道："林兰，其实你不必过于自责，你当初放弃晨阳，也是身不由己，现在回来找他，更是出于母亲的天性。昨天回去后我和文欣商量了很久，已经想出了最好的解决办法。"

赵云程加重了语气对林兰说："我们希望你留在我们家，以晨阳生母的身份留下来，我会对晨阳说明一切，然后让你们母子相认，从此以后，这里就是你的家，你永远不需要再离开晨阳！"

听了这话，林兰如在梦中，她喃喃自语道："可以这样吗？真的可以这样吗？可是你为什么会愿意这么做？""很简单！"赵云程说，"因为这样一来，我们谁也不会失去什么，而晨阳身边会多了一个爱他的人！"

林兰感激涕零，但她仍担心地说："可是晨阳他会认我吗？"赵云程斩钉截铁地说："如果他不认自己的生身母亲，我第一个不答应！你放心，我一定会想办法做通晨阳的工作。"

回去后赵云程把晨阳叫到房间，郑重其事地对儿子说："晨阳，在我眼里你已经不算是小孩子了，有些很重要的话我想跟你说。"

父亲的语气让晨阳有种莫名奇妙的紧张，自从经历了那次绑架事件，在鬼门关前走了一趟后，晨阳受到很深的教训，性格改变了很多，少了几分骄横跋扈，多了一些平实内敛。

赵云程说道："晨阳，你这次能够死里逃生多亏了林阿姨，她险些为此付出了生命的代价，你想知道她为什么甘愿为你舍弃性命吗？"

晨阳摇了摇头，看着父亲，他确实很想知道答案。那惨烈的一幕让他至今心有余悸，对舍命护卫自己的林兰则心存感激，毕竟，这世上没有什么比救命之恩更难忘，也没有什么比生死与共更能拉近两个人的感情。

赵云程把林兰的经历复述了一遍，晨阳越往下听眼睛瞪得越大，他猛地跳起来，吓坏了似的拼命叫道："不！我不相信！这不是真的！"

赵云程皱眉道："晨阳，你太粗心了，你听了林阿姨的经历，再想想我们家的情况，难道没发现什么问题吗？"

晨阳眨着眼睛，一脸的茫然："有什么问题啊？爸，你别跟我打哑谜了好不好？"

赵云程只好点破："你还记得我们是什么时候住进这座别墅的吗？""当然记得，三年前啊！"话刚一出口，晨阳叫了起来，"我明白了！林阿姨是十年前送出去那个孩子的，而咱们家是三年前搬进这里的。爸，这么说彭小天才是林阿姨的儿子？"

赵云程点头道："我记得彭小天和你同岁，是你的同学对吧？他父亲彭伟年是我的朋友，是这座别墅的原主人，三年前他们全家移居海外，临走前把这座别墅转让给了我。可你林阿姨哪清楚这些，结果稀里糊涂就把你当成了儿子。"

晨阳不解地问："那你为什么不把事情跟林阿姨讲清楚？反而要将错就错让她一直误会下去？"

赵云程叹息一声："那个孩子是林阿姨现在活下去的精神支柱，如果让她知道儿子已经去了国外，她这辈子很难再见到儿子，只怕她会承受不住这种打击，更何况她现在的身体还没有复原。"

晨阳问道："那我们接下来该怎么做？"赵云程说："明天我会带你去医院，到时候你要假戏真唱，和林阿姨来个母子相认，你自己先做好心理准备，别让林阿姨发现破绽。""没问题！"晨阳跃跃欲试，"演戏我最在行了，保管把林阿姨骗得找不着北！"

赵云程正色道："晨阳，我的目的不是要你虚情假意地去骗林阿姨，而是希望你付出真心，真正把她当成妈妈，是林阿姨给了你第二次生命，说她是你的又一个母亲并不为过。"他不放心地嘱咐道，"你以后和林阿姨

相处时，说话要尽量小心一点，千万别说漏了嘴，还有，你要守口如瓶，别对任何人说起这件事，这是我、你和你妈妈三个人的秘密，决不能让第四个人知道，明白吗？”

晨阳很认真地点头，赵云程面露欣慰之色，说道：“经过这次教训后，你比以前懂事多了，我真的很高兴。”他开玩笑地说，“看来我还得感谢小麦呀！”

次日清晨，当晨阳低着头走近病床，在赵云程和夏文欣的催促下，清清脆脆地叫出一声“妈妈”时，林兰情不自禁一把将晨阳抱在怀里，失声痛哭。

6. 最好礼物

林兰和晨阳朝夕相伴，感情一天比一天好，在赵云程夫妇仍然很忙的情况下，林兰完全充当起了一个母亲的角色，对晨阳照顾得无微不至。晨阳对林兰也非常亲密，有些话不愿和父母说，却总是悄悄地讲给林兰听。

随着晨阳放了暑假，林兰却心事日重，赵云程看了出来，他对林兰说：“晨阳放假在家，闲着也是没事，如果你不嫌麻烦的话，不妨领着他回去看看，一个孩子没去过母亲的家乡，怎么也有点说不过去。”

林兰一听喜出望外，这是她埋藏在心底的愿望，虽然赵云程夫妇从来不把她当外人，但这里毕竟不是她自己的家，她做梦都想带着儿子回去，母子两人单独相处一段时间。可她怎么好意思开口呢？没想到赵云程主动替她说了出来。

晨阳听了更是高兴得一蹦老高，自从被绑架的那个夜晚听了林兰的讲述，他就一直想去她的家乡玩个痛快，没想到这么快就如愿以偿了。一路上坐火车，换汽车，晨阳都兴高采烈，恨不得插上翅膀飞过去，可是当他步行几小时，身临其地时，整个人都傻眼了。

那崎岖狭窄的土路、低矮简陋的房屋、面有菜色的村民、衣裳破旧的孩子，构成了一幅穷困破败的景象，让晨阳进入了一个从未见识过的世界。他睁大眼睛环顾四周，仿佛在怀疑自己看到的一切。

村民们见林兰领回一个城市打扮的男孩，都不禁感到奇怪，有嘴快的就出声询问，林兰当然不能实说，她已经事先想好了应对方法，对村里人说晨阳是她雇主的儿子，这次是趁暑假来体验一下农村生活的。

确实，无论从身体上还是精神上，晨阳都在经受着从未有过的体验，他吃着难以下咽的苞谷饭，睡着硬邦邦的木板床，体会着没有空调的闷热，这个习惯了锦衣玉食的富家子，终于有机会看到生活的艰辛，也意识到自己是多么地身在福中不知福呀。

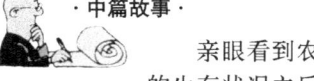

亲眼看到农村孩子的生存状况之后，晨阳的心灵受到了强烈的震撼，那些和他同龄的孩子们，用稚嫩的肩膀挑起生活的重担，拖着瘦小的身躯劈柴下田，走十几里山路才能到达那所破烂不堪的学校，那样渴求读书却因为家境贫困而辍学。想到自己穷奢极欲好逸恶劳的同时还嫌东怨西，想到自己有那么好的学习条件却不思进取，晨阳就有种无地自容的感觉。

在钢筋水泥森林中长大的晨阳，也头一次享受到了亲近大自然的乐趣，他很快和村里的孩子们混熟了，整天跟着小伙伴们一起上山下河、捕鸟捞鱼，在高粱地里捉迷藏、在稻草堆里翻跟斗，玩得好不尽兴。

天气一天比一天热，中午时分更是酷暑难当，林兰生怕晨阳出去中了暑，千叮咛万嘱咐要晨阳呆在家里，等下午天凉快些再出去玩，晨阳嘴上答应得好，趁林兰一个不注意，又偷偷地溜出门去。

林兰又气又急到处寻找，一直找到了村后的池塘边，透过岸边密密匝匝的芦苇，她看到几个赤条条的男孩正在游泳戏水，背对着自己的那个男孩正是晨阳，他俯下身子嬉笑着向同伴泼着水。林兰没有惊动孩子们，她悄悄地返回了家中。

晨阳一直玩到天黑才回家，进门后发现房里没有开灯，林兰一个人静静地坐在黑暗中。晨阳吐了吐舌头，心想：看来这位好脾气的妈这回真的生气了，他眼珠一转，凑上去先亲亲热热喊一声妈，然后开始给林兰讲笑话，可他自己都笑得前仰后合了，林兰却一点反应都没有。

晨阳没辙了，苦着脸说："行了行了，我以后中午不出去就是了。"接着他又恢复了嬉皮笑脸的模样，"别生气了，没听人家说过吗，女人生气会老得很快的。"

看着半带耍赖半带撒娇的晨阳，林兰伸出手轻轻抚摸着他的头，柔声说道："晨阳，再过几年你就会真正长大了，那时你会不会忘了我，忘了曾经有过我这样一个妈妈？"

林兰的沉重语气让晨阳有些不安，他迟疑着说："妈，你为什么会这么说？是不是我真的做错了什么让你很失望？"

林兰充满感情地说："晨阳，无论你身上有什么缺点，你都是妈妈心目中最好的孩子，我看得出来，这次回来后的所见所闻，让你明白了很多东西，我相信你会越来越成熟、越来越优秀，会成为我和你父母生命中真正的骄傲！"

回到城市，一切照常，林兰在赵家一住就是两年，她把全部的心血都倾注到晨阳身上，晨阳也没有辜负林兰的苦心，他身上的不良习气越来越少，学习成绩越来越好，并在这一年顺利地考上了市里的一所重点中学。

这天，赵云程在家里设宴庆祝，席间他不胜感慨地说道：“今天我实在太高兴了，一直以来，我都对晨阳的性格和未来感到忧心，他能有今天的改变和进步，全是林兰的功劳！我要特别地感谢她，感谢她当年把这么好的一个孩子送给我，如今又帮我重塑了这个孩子的人格！”

赵云程斟满一杯酒递到林兰面前，林兰不会喝酒，但她仍然接过酒杯，一饮而尽，脸上很快泛起朵朵红云，她面带微笑看着在座三人，轻声说道：“赵大哥、夏大姐、晨阳，能和你们三个结缘，是我今生最大的福气，不过天下没有不散的宴席，我离开的时间已经到了。”

听她说出这话，三个人同时愣住了，晨阳首先叫了起来：“妈，你在说什么呀？一杯酒就让您喝醉了？”赵云程紧跟着说道：“林兰，你怎么突然想起离开了？晨阳是你的亲生儿子，这里是你的家，你怎么能说走就走呢？”

林兰仍然在微笑着，但眼里已是泪光闪烁，她抹了一下眼泪，说“其实真正应该说感谢的是我，两年来，你们为了照顾我的感受，一起维系着一个爱的谎言，为我营造出一个爱的世界，我一直不忍心戳破这个谎言，舍不得打碎这个世界。其实我早就知道晨阳不是我的儿子了。”

接着她说了那天她站在芦苇丛中，看着水中背对自己的晨阳，发现了一件令她震惊的事。

原来，当初当林兰同意将孩子送人时，她难舍从自己身上掉下来的肉，可又别无选择，她的心在滴血。她期盼有朝一日能与孩子相认，她想从孩子身上找到一个印记什么的。可是，她找遍了孩子的全身，却是肉鼓鼓，红润润，光滑无瑕。她绝望了，她把孩子紧紧搂在怀里，亲了又亲，吻了又吻，突然，她发疯似的对着孩子的嫩屁股咬了一口，孩子疼得哇哇大哭，她望着孩子臀部渗出的鲜血呆了，顿时抱紧孩子，哭昏过去……

孩子的伤口在那位护士的护理下

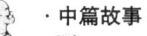

很快好了，但林兰清楚地记得，孩子的臀部上留下了她咬的疤痕。可那天她同样清清楚楚地看到晨阳的屁股光溜溜的。直到这时她才意识到也许自己从一开始就错了。

回来后林兰暗中向附近邻居打听，才知道赵云程一家是三年前才搬进这座别墅的。得知真相后的林兰深受感动，她能够体会到赵家人为她的苦心付出，她不愿就此离开，她想多为晨阳做点什么，多为这个家做点什么。两年后的今天，她可以放心地离开了。

赵云程一家苦苦挽留，无奈林兰去意已决，她动情地说："你们放心，我会经常回来看你们的，我已经把这里当成自己的一个家，把晨阳当成自己的亲生孩子了。我的生命中已经不能没有你们了！"

接下来的几天，林兰再也没有见过赵云程，问晨阳时他一脸神秘地告诉林兰，父亲去给她准备一件重要的礼物了，要在她离开之前送给她。林兰一听笑了："晨阳，我不需要什么礼物，你就是上苍送给我的最好的礼物！"

一个星期之后，赵云程风尘仆仆地回来了，他拿出了送给林兰的礼物——一张飞往温哥华的机票。原来，赵云程放下手边所有的工作，亲自去了一趟加拿大，他费尽周折多方打听找到了彭伟年，提出要让林兰和亲生儿子彭小天母子相认。一开始彭伟年不同意，因为彭小天并不清楚自己的身世，彭伟年不想让他们一家平静的生活受到打扰，但当赵云程说出了林兰和自己一家的曲折故事时，彭伟年深受感动，最终同意了他的请求。

林兰的眼泪止不住簌簌坠落，滴在了那张飞机票上……

（**题图、插图**：杨宏富）

· 本刊信息传真 ·

法律知识故事征文启事

本刊在与司法部连续举办三届法制故事征文的基础上，推出新栏目"法律知识故事"，通过发生在我们身边的、短小而具体的个案，生动、形象地宣传法律知识。这些知识注重现实性、实用性，真正起到解剖一个案例、明白一个道理的作用。

为鼓励作者深入生活，写出高质量的法律知识故事，我刊决定面向全国征文，优秀作品除在《故事会》发表并参加评奖外，还将结集出书（具体评奖方法稍后公布）。

本次征文也欢迎读者和法律界人士提供相关素材、案例，一经录用，即付稿酬。

来稿方法：1. 从邮局寄发，请在信封上注明"法律知识故事"字样，本刊地址：上海市绍兴路74号《故事会》杂志社，邮编：200020。2. 从网上传递，可寄以下信箱：wulun@vip.sohu.net，请在主题上注明"法律知识故事"字样。凡已和我刊编辑有联系的作者，稿件可继续投给原编辑。相关栏目作品参见本期第11页及本刊10月红版第27页。

赞赏效应

华克公司承建的一幢办公大楼眼看就要完工了，可没想到，承包铜工装饰的商人却突然说因为材料紧张不能如期交工。无论华克公司如何交涉，对方都不理不睬。最后，华克公司的总经理卡伍不得不亲自出马，去布鲁克林与铜工装饰商见面。

第二天上午，卡伍一进铜工装饰商的办公室就兴奋地说："你知道吗？我在布鲁克林发现了一个大秘密。"铜工装饰商好奇地问："什么秘密？"

卡伍说："我查电话号码簿时意外地发现，整个布鲁克林只有你一个人叫这个名字。看来你是一个独一无二的人啊！"

铜工装饰商听后觉得很新奇，便打开了桌上的电话号码簿，发现果然是这么回事，便自豪地说："这确实是个不常见的姓名。因为我祖先是荷兰人。"接着，他便谈起了他的祖先和家世。

谈完这个话题，卡伍又说："许多人都称赞你的工厂，不知道我能不能参观一下呢？"铜工装饰商笑着说："这家工厂可是我的光荣，如果你愿意的话，我愿陪你一起去看看。"

参观工厂时，卡伍对工厂的几台机器设施赞不绝口，这使铜工装饰商感觉遇到了知音，他告诉卡伍，那几台机器都是他自己发明的。卡伍赞叹道："能遇上像你这样的合作者，真是我们的幸运啊！"

参观完工厂，铜工装饰商告诉卡伍："我没想到我们竟然谈得如此愉快。我知道你来此的目的。你先回去吧，我保证会满足你的要求。"

自始至终，卡伍除了对铜工装饰商的欣赏外，一直没提任何要求，但是却达到了目的。大楼所需要的材料全部运到，大楼也如期交工。

心理学家说："赞赏实质上是对一个人价值的肯定，而得到肯定评价的人往往也会怀着一种潜在的快乐心情来满足你对他的期待，这在心理学上叫做'赞赏效应'。"

（**作者**：王　飙；**推荐者**：蒋化帅）

关键词：赞赏效应

·开卷故事·

无意中的“剪彩”

二十世纪初，美国各地的商人都有个习惯：商店开张那天早晨，在门前横系一条布带，以防顾客在营业前就拥进店里。

1912年，在美国圣安东尼奥州的一个小镇上，有一家大百货公司即将开张。老板威尔斯为了讨个吉利，按照当地的风俗，一大清早就把店门打开，并在门前横系着一条布带。万事俱备，只等正式开始的时刻了。但万万没有想到，就在正式开张前不久，老板的小女儿牵着一条哈巴狗，从店里匆匆地跑出店外，无意中碰断了横在门前的布带。这时，在门外久候的顾客都以为这家公司正式开始营业了，蜂拥而入，争先恐后地购买货物，从此店里的生意一直很兴隆。

不久以后，威尔斯的第二家公司又要开张了，他忽然想起了第一次开张时的盛况。于是，他又如法炮制，用弄断布带表示开张营业，结果生意还是很好。后来，人们纷纷效仿这个方法，并用彩带取代了色彩单调的布带，用剪刀剪断彩带。这样一来，人们就正式将这个仪式命名为“剪彩”。

（**推荐者**：木　木）

关键词：剪　彩

炊事班士兵和头盔

头盔的出现，可以追溯到远古时代，不过现代意义上的头盔，却和一个炊事班的士兵有关。

在第一次世界大战中，法国将军亚得里安去医院看望伤员，一个伤兵向他讲述了自己负伤的经过“那天德军炮击的时候，我正在厨房值班，炮弹打来，弹片横飞，我急中生智，忙把铁锅扣在头上，结果保住了头部，很多同伴都被炸死了，我只受了轻伤。”

亚得里安受到伤兵的启发，立即指定一个小组进行研究，制成了第一代头盔。因此这种头盔也被命名为“亚得里安头盔”。

（**推荐者**：开　心）

关键词：头　盔

（**本栏插图**：安玉民　梁　丽）

□ 刘江波

谁砸了我的玻璃

我在市里开了一间酒吧，生意一直红红火火。没想到，麻烦却找上门来了。

这天半夜，我睡得正香，突然听见“砰砰”两声，紧接着“哗啦”一声，我被吓醒了，打开灯一看，酒吧的玻璃被砸得粉碎。我提心吊胆地过了一个晚上，第二天早上起来一看，地上还有两块碎砖头，估摸着是哪个醉鬼无聊，路过酒吧的时候往里面扔砖头。没办法，我只好打扫干净，又重新安了新玻璃，也没把这点小事放在心上。

但没想到，我白天刚把玻璃安好，到了半夜，又是“砰砰”两声，新安的玻璃又碎了。

被人莫名其妙地砸了两次玻璃，我有些慌了，这明显是有人故意破坏。可我一向和气生财，没人会跟我过不去啊。我越想这事越闹心，长此以往，这生意还怎么做？

我打算查清楚，到底是谁在捣乱。等到了晚上，我没睡觉，关了灯，拿着棍子，就坐在大厅里守着。可守了两天，没什么动静，我心想也许这两次真是偶然，心这才放了下来，又照常打点自己的生意，照常睡觉。谁知道这个砸玻璃的好像长了透视眼，我这里刚刚睡着，窗户那里又是“砰砰”、“哗啦”几声响，玻璃又碎了。这下我火了，从床上跳起来，拿着棍子就冲了出去，但是外面黑漆漆的，连个人影都没有。

转过天来，我找了几个哥们儿，晚上埋伏在酒吧四周，和我一起蹲坑。可我们一连蹲了三天，砸玻璃的也没有出现，我紧张的心才算放了下来。

这天晚上，我让哥们儿都回家休息了，自己也洗了个澡，准备好好睡一觉，但这该死的家伙，又像幽灵一样出现了，这回不但砸了玻璃，还多扔了几块砖头，把桌上的杯子都给砸了，我又在半夜里被吓醒，只觉得冷汗直冒。

我撑不下去了，打电话给我的老同学胡凯，我到市里来开酒吧就是他的主意。他一听这种情况，马上就奔过来了，可他说什么也不让我报警。我问为什么，胡凯讲得头头是道："万一警察把丢砖头的家伙逮着了，罚了

款再拘留，这可就结下仇了，他出来以后还能放过你吗？"

我一想也有道理，可是怎么办呢？胡凯说："你好好想想，到底有没有得罪过人？比如吃饭时，有没有和顾客争执过？"他这么一提醒，我猛然想起来，就在上个月，有个叫龙哥的人喝了酒想赊账，我没有同意。龙哥也没说什么，就是冷笑了几声，丢下钱就走了。

胡凯的表情一下子紧张起来："这个龙哥是不是三十多岁，眼眉上有道疤？"我想了想，就是他。

胡凯一拍大腿"这可坏了，龙哥是在社会上混的，这一带的小混混都听他的，你这算把他得罪了，别看一顿酒钱是小事，他觉得在兄弟们面前丢了面子，肯定要来报复你。"

那怎么办呢？我有些害怕，就对胡凯说："要不你把酒吧盘过去吧？你们两口子都下岗了，正找不着工作。估计我一走，龙哥也就不会找你麻烦了。"胡凯嘴唇动了动，又摇摇头："你的生意这么好，别为这点小事就打退堂鼓。这样，咱花点钱，把酒吧门口的门窗都安上卷闸门，这样他看没地方砸，也就算了。"

事到如今，这也算个好办法。我当天就找人安上了卷闸门，把玻璃挡得严严实实。本以为这下总可以高枕无忧了，谁知，睡到半夜，又听见外面"砰砰"两声，我被吓得几乎掉到

床底下了，玻璃是没碎，但砖头落在卷闸门上的动静，比砸玻璃可恐怖多了，每一下都像砸在我的心脏上一样。再这样下去，我非被折磨疯不可。

我只好又找到了胡凯："老同学，我实在受不了这种折磨了，你看我满嘴都是大泡，挣钱再重要，也不能豁出命呀。要不你把酒吧盘过去吧，我跟你说实话吧，现在是旺季，每月有上万块钱的收入呢。"

胡凯吃了一惊，能挣这么多？看样子他也动心了，但他还是劝慰我："我回家和老婆商量商量，你也再想想办法，实在不行，我就盘过来。"

胡凯走了以后，我心里也觉得割舍不下，毕竟这是个不错的买卖，怎么办呢？情急之下，我突然冒出一个念头，干脆找龙哥去，当面讲清楚。我在街上找了几个穿得流里流气的小青年，壮着胆子向他们打听龙哥的下落。他们很快就给龙哥打了电话，龙哥倒是很爽快，不一会儿就开车来到了我的酒吧。

我连忙叫服务员上了两瓶好酒，赔着笑给龙哥倒酒，小心翼翼地说了自己的情况："我一个外地人，也不懂规矩，有得罪的地方多多包涵。"趁着龙哥高兴，我又把一个装了钱的信封递了过去，他也不推辞，随手把信封装进了包，然后就给了我一个定心丸："放心，我会帮你把这事调查一下，争取给你摆平了。"

龙哥倒是说到做到，这以后的很多天里，酒吧平安无事，有时候营业的时间晚了，卷闸门我也懒得放下来，居然也没有人来砸我的玻璃。我的心定下来，看来这点钱算花对了，这就叫"破财免灾"吧。

又过了几天，胡凯赶过来，递给我一个大信封："老同学，盘你这个酒吧要多少钱，你看这些够不够？"

我连忙把信封还给他，把情况和他说了一遍。胡凯半天没吭声，最后嘿嘿笑了："你小子还真聪明，这步棋算走对了，不过可别让这帮人捞着甜头不撒手。"

哪里知道，胡凯的话还真成了现实，两天后的一个夜晚，门口的玻璃又碎了，时间、手法都和以前一样。

这下我可气坏了，换了玻璃又放下了卷闸门，但还是没有用，这个家伙砸不着玻璃就砸门，总之就是不让你睡消停觉。这日子过不下去了，我横下了心，还得找龙哥去。见了他，我气哼哼地把情况说了，指责他不讲信用。龙哥倒是一脸无辜：“以前或许有点误会，但自从我交代以后，我手下的弟兄肯定不会再砸你的酒吧，你是不是又得罪了人？”

我看他的样子不像撒谎，心里也犯嘀咕，但除了龙哥赊账那件事，我从没有得罪过谁呀。所以我也豁出去了，大声嚷嚷：“我老实巴交做生意，你说我能得罪谁？我就得罪你了。”

龙哥倒没生气，他想了想对我说：“这样，你照常营业，照常睡觉，晚上我派人盯梢，我倒要看看，谁在那栽赃嫁祸？”

这天晚上，我按龙哥说的，故意不关卷闸门，穿着衣服，躺在床上假装打呼噜，就等这个家伙上钩。等到半夜时，就听到“砰砰”两声，玻璃又碎了，我一个翻身坐起来，抄起棍子就冲了出去。外面传来脚步声和叫喊声，黑暗中我看见几束手电的光亮，龙哥和几个人按住了那个砸玻璃的家伙。我恨得咬牙切齿，举着棍子就要打下去，这时只听那个人叫了一声：“别打，是我！”

啊？这个声音怎么那么耳熟啊！我忙抢过手电来一照，竟然是胡凯。

我气得直哆嗦：“你……你怎么能干出这种事？你可是我的老同学呀！”

胡凯冷笑了一声：“同学？狗屁！你几次三番说把酒吧盘给我，又告诉我酒吧能挣多少多少钱。每一次和我说完，我和老婆都兴奋得几夜睡不着觉。为了盘你的酒吧，她把结婚时买的项链和戒指都卖了。可是等我们东挪西借把钱凑够的时候，你偏偏又反悔了。有你这么折腾人的吗？不砸你几回玻璃，我这口气咽不下！”

我手里举着的棍子垂了下来，再也没有力气把它举起来。

（**题图、插图**：安玉民　梁　丽）

谁气死谁

□常树东

教育局要评选一个推广体育运动先进学校，其中数八中和七十八中最有竞争力。不过，七十八中的张校长却成竹在胸，不说别的，单说这个操场就比八中的强，看来这次七十八中要改名“气死八中”了。

正巧，教育局最近要举办一届学生运动会，还说不同项目要在不同场馆举行，由各学校竞标。这下各个学校都忙活开了。其中数八中最积极，整修了操场不说，还请了几个体育明星到学校造势。只有七十八中的张校长没啥动静，只是简单递了个申请表，就再也没声音了。

竞标结果下来，果然不出所料，八中抢走了热门的球类项目，而七十八中只分到了铅球、标枪、铁饼等项目。七十八中管体育的吴老师担心地问：“校长，这几个项目场面都有些‘闷’，不够热闹，观众也不多啊。”

张校长嘿嘿一笑：“我早打听过了，教育局万主任的儿子常参加铅球、标枪之类的比赛。有了这些项目……万主任总会来看儿子比赛的吧。”吴老师听了这话，这才恍然大悟，连连点头。

比赛如期举行了，万主任的儿子果然来参加了比赛，万主任也来当了观众，临走的时候他还向张校长透露，第二天一早，检查团就要到各学校检查体育设施。

送走了万主任，张校长得意起来，看来这先进是拿定了。正在这时，吴老师跑过来，指着操场叫道：“校长，你快看操场……”张校长顺着他指的方向看过去，一下子愣住了：原本平整的操场，变得坑坑洼洼的。

张校长这才反应过来，在自己学校举办的都是投掷项目，那些铅球、标枪、铁饼飞下来都得砸出几个洞，几场比下来，场地就变了样，估计明天早上怎么也复原不了了。

吴老师还告诉校长：“选手们都说这里场地合适，明年比赛还要来。”

赌西瓜

□曾隆瑞

这天，胡老汉和老伴贩了一大卡车西瓜，到农贸市场去卖。可没想到，大半天了没一个人来买他的瓜。

到了下午，胡老汉急得团团转。

更让胡老汉生气的是，不远处有群人从早上开始就在打牌、玩麻将，可却没一个人来买他的瓜。本来天就热，那群人大呼小叫的，让胡老汉越来越烦躁，禁不住看着那群人直嘀咕：“光知道赌，这赌博还能当饭吃，当水喝？”

他一边嘀咕，一边看自己的西瓜，突然他眼珠一转，手掌往脑门猛地一拍，然后转过身，对苦着脸的老伴大声喊道：“老婆子，快找块硬纸板来。”

老伴从车上找了块纸板给他，胡老汉用红粉笔在纸板上写了一个告示，竖在摊前，然后扯开嗓子，把告示上的字读了出来：

“特好消息：赌瓜！猜中西瓜重量，白送；重量出入半斤以内，每瓜优惠2元；重量出入半斤以外，每瓜优惠5角。西瓜每斤1元。”

这么一吆喝，引来了不少人，那些打牌玩麻将的，听说有这么新鲜的事，也不玩了，都过来看热闹。

人群中一个中年汉子问：“这话算数吗？”

胡老汉胸脯一拍，说“要是说话不算话，我老汉的摊子随你砸。”

一个中年汉子见胡老汉这么说，觉得好奇，捧起一个瓜，托在手掌上，向上掂量了一下，笑了笑说：“12斤半。”

“说准了吗？”胡老汉接过瓜问。

“准了。”汉子自信地说。

众人目光一下子全聚焦在那个西瓜上。

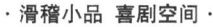

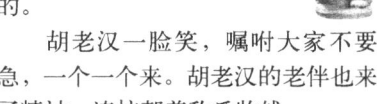

胡老汉接过西瓜，往电子秤一放，红色显示灯闪了几下稳住了，正好12斤半。

“哇！”全场哗然，都盯着胡老汉，看他怎么办。

胡老汉笑眯眯地说：“你真神，这个瓜送给你。”说着把瓜递给中年汉子。

“神了吧，”汉子乐了，说，“再来一个。”说着，放下手中的西瓜，又拿起一个更大的，掂了几下，说，“13斤。”

胡老汉将西瓜往秤上一放，说：“好眼力，13斤4两。相差不到半斤，优惠2元，只收你11元4角。”

汉子这下高兴了，连掂了几个瓜，有的优惠多，有的优惠少，最后他心满意足地拎着瓜走了。

这下，在场的人都争先恐后地抢起瓜来，仿佛这瓜不要钱似的。

胡老汉一脸笑，嘱咐大家不要急，一个一个来。胡老汉的老伴也来了精神，连忙帮着称瓜收钱。

老两口累得满头大汗，不到两个小时，一车瓜卖得一个不剩，还不断有人过来问有没有瓜卖。

胡老汉用毛巾揩着头上的汗水，一脸兴奋地说：“今天没有了，明天，我再运一大车来，让大家买个够！”

胡老汉和老婆上车回家。在车上，老婆搂着胀鼓鼓的大钱袋，有点疑虑地问：“老头子，今天白送的瓜虽然不多，但差不多每个瓜要少收5毛钱，不会亏吧？”

“亏？嘿嘿。”胡老汉得意地摇摇头，说，“我看我们是赚了。”

“赚了？不会吧？”老婆一脸疑惑。

“我这叫薄利多销！你知道不，赌博一上瘾，人就像发了疯，什么也顾不了啦。本来买一个，现在一买就是四个！”胡老汉眨眨眼睛，压低声调贴着老婆的耳朵，说，“我这点瓜起码要卖两天，如今两个小时就卖掉了，这城里啥都贵，吃饭、住宿我们省了不少钱呢，早就赚了。”

（**本栏题图、插图**：顾子易 王 俭）

撞车

□周 林

厂长办公室要选一位秘书，推荐的人选很多，李其味是其中之一。

论条件，李其味是人选中的佼佼者：大学本科，专业对口，笔头又勤，还常用笔名“魏二正”在报刊上发表文学作品。

可人事科长却私下跟李其味说：“这选秘书，需要全面素质，条件虽然好，也要有人缘啊。”

李其味当然明白“人缘”是啥意思。经过多方活动，没几天，他就通过一个远房表亲和厂长搭上了亲戚，紧接着就拎着重礼到了厂长家。

两人家长里短地聊了半天，厂长见李其味一表人才，而且会说话能来事，还是亲戚，心中不禁窃喜：这秘书真是踏破铁鞋无觅处，得来全不费工夫，便拍拍胸脯说：“你这秘书，我要定了！”

有了厂长这句话，李其味心里踏实了许多。

第二天上午，李其味又碰到了人事科长，人事科长悄悄告诉他：“下午领导就要讨论秘书人选了，听说这次人事变动，书记说话更有分量。”

一听这话，李其味心里又打起了鼓，干脆，来个双保险，再到书记那里走一趟。他听说书记特别喜欢文学，于是赶紧从网上下载了自己发表过的作品，装订成册，带着去找书记。

一见书记，李其味忙递上自己的作品，说：“书记，这些都是我写的。”书记扫了一眼那本东西，突然两眼放光，问道：“你就是魏二正？”李其味连连点头。

书记笑呵呵地说：“哎呀，我一直喜欢看这人的作品，没想到，这人才就在我眼皮底下。我待会儿要去讨论秘书人选，放心，我不会让人才埋没的。”

李其味见书记要出去开会，忙起身告辞。临走时，书记拍着李其味的肩，对他说：“二正同志，好好干，会

制造意外

□马凤文

罗伯特是个天生的乐天派，闲下来就喜欢找乐子。这几天，他闲得发慌，便想着要制造些刺激的事情。最后，他把目标对准了哈里。

哈里同他从小就是好朋友，现在又住在一个镇里，按说再怎么也不能拿朋友开涮，可罗伯特却总想制造意外，从中取乐。

拿定了主意，罗伯特精心策划了一番，然后拨通了哈里的电话：“哈里老兄吗？我有个极其重要的消息要告诉你。”哈里毫无防备，吃惊地问：“什么事，你快说！”

罗伯特故作神秘地说：“你……你……唉，还是不说了。”听到他吞吞吐吐的口气，哈里受不了了，大声说：“快告诉我什么事，否则我饶不了你！”罗伯特忙说：“好好，告诉你。我偷听到我父母的谈话，他们说，他们说……”

“他们说什么？”

有前途的。”听到这些，李其味心里的石头总算落了地。

可没想到，下班的时候，人事科长却找到李其味，说他落选了。李其味忿忿不平地去找厂长讨说法。

厂长把他拉到一边小声说：“这事怨不得我，会上我全力保荐你。谁知半路上杀出程咬金，管人事的书记也全力推荐一个叫魏二正的人，我俩你一言我一语，争得脸红脖子粗。最后，大家决定，为了不伤和气，也不影响工作，推荐的人选都不录用，由人事科到人才交流中心人才库中择优选定一人。”

李其味一听傻了眼，拍着自己的脑门直后悔：“哎呀，中午我怎么忘了告诉书记，李其味就是魏二正，魏二正就是李其味啊！”

罗伯特小声说："他们说你不是现在的父母亲生的，而是从孤儿院领养的一个孩子……"听到这儿，哈里顿时愣住了，一句话都说不出来，可电话那头的罗伯特却乐开了花，放下电话便开始手舞足蹈起来。

再说哈里，听了罗伯特的话，足足苦恼了两天，终于决定做个亲子鉴定，于是他把父母骗到医院，暗地里让医生做了亲子鉴定。

一个多月后，结果出来了，让哈里吃惊的是，报告竟然说他真的不是父母亲生的。这下，哈里痛苦死了，追问母亲自己是从哪里领养的。哈里的母亲一听这件事，觉得莫名其妙，说哈里明明是自己亲生的，根本不会搞错。可哈里哪里肯信。

最后，哈里一家决定，再去医院做一次鉴定。而此时，罗伯特就躲在暗处观察哈里一家，他早猜到哈里一家会再做鉴定，心说这次一定要把意

外制造得大点，最好把哈里的父母也拖进来。于是，罗伯特按照上次的做法，先一步找到医生，给医生一些钱，嘱咐道："上次你完成得很好，这回还像上次一样，但你要把检测结果写成哈里是他母亲生的，和他父亲没一点血缘关系。"医生把眼一瞪："你这个混蛋，可把我害惨了，上次因为一时贪心，害我差点失了业，这回说什么也不听你的了！"

这时，哈里一家人也到了医院，自觉惭愧的医生向他们道出了真相。在一旁的罗伯特看着哈里一家吃惊的样子，笑得前仰后合，说自己没别的目的，就是想取个乐。

哈里刚要发怒，旁边的母亲竟呜呜哭了起来。罗伯特觉得自己的确有些过分了，连连道歉。哈里的母亲擦一下眼泪说："孩子，难道你有预感吗？其实你才是从孤儿院领养的，你的父母不让我把真相告诉你，为的就是不让你痛苦，可你也这么大了，我总觉得瞒你一辈子太不应该了……"

罗伯特眼睛都听直了，半晌才给家里的父母打电话："爸，妈，你们快来医院，我要做亲子鉴定……"

这时，哈里一家已走出了医院。哈里问："妈妈，这么不幸的消息为什么要告诉罗伯特呢？他会从此失去乐趣的。"哈里妈妈一笑说："不，这回正遂他意，等他做完亲子鉴定，就会知道什么叫小巫见大巫了。"

www.ingramcontent.com/pod-product-compliance
Lightning Source LLC
Chambersburg PA
CBHW051933220626
47052CB00004B/660
9787545201512